초코
쉐이크

초코쉐이크 1

초판 1쇄 찍은 날 | 2014년 05월 13일
초판 1쇄 펴낸 날 | 2014년 05월 20일

지은이 | 차해성
펴낸이 | 서경석

편 집 장 | 권태완
편집책임 | 손수화
편　　집 | 장미연
디 자 인 | 신현아

펴낸곳 | 도서출판 청어람
등록번호 | 제387-1999-000006호
등록일자 | 1999. 5. 31
어람번호 | 제5-0372호

주소 | 경기도 부천시 원미구 부일로 483번길 40 서경B/D 3F (우) 420-822
전화 | 032-656-4452 팩스 | 032-656-4453
http://www.chungeoram.com
E-mail | chungeorambook@daum.net

ISBN 979-11-316-9017-8 04810
ISBN 979-11-316-9016-1 (SET)

Chungeoram romance novel 1

초코 쉐이크

ChocolateShake

차해성 장편 소설

도서출판 청어람

conTentS

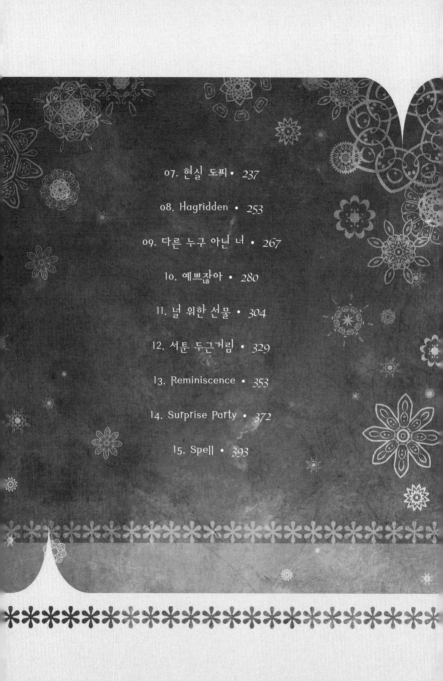

사랑은

너무 더워 그날만은 정신을 차리지 못하는…….

그러나 가을이 지나 겨울이 되면,

그때 그 여름날의 아스라한 기억만 떠오르는 그런 것이다.

타오를 듯한 태양과 서로에 대한 열정도 잠시뿐이다.

—콜레트 맥켈런(Collet McKellen)

「Hot Fun In The Summertime」

다이어리

없다, 없어!

세림은 사색이 된 얼굴로 벌어진 입을 다물지 못했다. 이리저리 풀썩거리며 과실을 헤집은 통에 바닥 먼지가 남쪽으로 향하는 철새 떼처럼 그녀의 입안으로 날아들었다.

등줄기가 서늘해지고 땀이 맺히는 것만 같다. 심장은 오그라들며 빠르게 뛰었다. 서랍을 뒤져 보아도, 신문과 각종 음식점 전단지로 수북한 책상을 헤집어보아도 찾을 수가 없다. 엎드려 먼지투성이 소파 밑바닥도 샅샅이 살펴봤지만 마찬가지다. 도무지 찾을 수가 없다.

큰일이다!

그녀는 자리에서 일어나 과실을 허둥지둥 나섰다. 들키고 싶지 않은 물건을 찾는 사람처럼 수상쩍은 모양새다. 세림은 걸음을 재촉하며 동그란 눈동자를 이리저리 바쁘게 굴렸다. 그 바람에 쌍꺼풀 라인이 예쁘게 그려진 동그란 눈매도 바쁘게 반응한다. 초조함이 묻어나는 얼굴로 엄지를 입에 물다가 아랫입술을 자꾸만 잡아물었다. 어디서 잃어버렸는지 자세히 기억나지는 않지만 누가 보기라도 한다면……! 하는 생각이 들자 순간 눈앞이 아찔해졌다.

앞뒤 생각도 못하고 벌컥 강의실 문을 열었다. 다행히도 공강인터라 강의실은 쥐 죽은 듯 고요했다. 눈동자가 생각을 해내듯 미세하게 움직인다.

처음 수업을 듣기 위해 친구들과 함께 강의실로 들어와서 창가쪽에 자리를 잡았다. 책상 위에 책과 과제물을 꺼내놓고 커피를 뽑으러 간다던 단아 언니를 쫓아 강의실 문을 나섰었다. 그리고 다시돌아왔을 때 마침 교수님이 들어오셔서 자리에 앉으며 다른 과목의 책과 가방, 과제물을 창가에 올려두었다.

아마도 그것과 같이.

수업이 끝나고는 창가 위에 둔 물건 그대로 들고 과실로 갔는데거기에 없다는 게 말이 돼? 과실과 오늘 시험을 보았던 강의실, 수업을 들은 강의실 모두를 이 잡듯 뒤졌다. 도대체 어디서 잃어버린거야!

"하아!"

깊은 한숨이 절로 나오고 급격한 피로감이 단번에 밀려왔다. 아무리 생각해도 어디서 잃어버렸는지 기억나지 않는다. 까마귀 고기를 삶아 먹었나? 울고만 싶다. 아침에 집에서 나올 때 분명 책상위에 올려뒀던 걸 가방에 넣고 지하철에서 한 번 확인했다.

파노라마처럼 이어지던 생각들이 뚝 멈췄다. 기억의 한 조각이 빛처럼 뇌리를 빠르게 스쳐 지나갔다.

세림은 망설임 없이 강의실을 빠져나가 또다시 어디론가 다급하게 향했다.

"조금만 잘 기억해 주시면 안 될까요? 저기 창가 자리요! 아까 12시쯤에요!"

누가 들어도 더없이 절실한 목소리다. 커피숍 직원은 난감해했다. 세림이 창가 자리를 가리키며 몇 번이나 되물어도 원하는 대답은 해줄 수가 없기 때문이었다.

"죄송합니다. 손님이 앉아 계셨던 건 어렴풋이 기억나는데 그 후에 언제 가셨는지, 그 뒤엔 어떤 손님이 거기 앉으셨는지는……. 12시쯤부터 손님이 몰리기 시작해서요. 정말 죄송합니다."

옅게 웃음까지 머금은 커피숍 직원은 진심으로 안타까워하며 말했다. 결국 듣고 싶던 대답을 끝내 듣지 못한 세림은 울상 짓고 말았다. 가슴을 메우던 뽀얀 연기 같은 한숨이 짙게 새어 나온다. 카운터 선반을 잡고 있는 손에 떨치지 못한 미련이 서려 있다.

"알겠어요."

맥이 풀린 손이 힘없이 아래로 떨어졌다. 세림은 자신이 낮에 앉았던 자리를 다시 돌아보았다. 이 커피숍만의 파미그래네이트 블루베리 라떼가 맛있어 가끔 들르곤 했는데 하필이면 여기서 잃어버릴 게 뭐람. 이제 매번 이 커피숍에 올 때마다 속상한 기억을 떠올려야 할 것이다. 그녀의 눈동자가 축축하게 젖었다. 금방이라도 울음을 터뜨릴 것처럼.

무거운 발걸음으로 커피숍을 나선 세림은 미련을 온전히 떼지 못한 얼굴로 다시 창가를 돌아보았다. 포근하게 떨어지는 4월의 햇살이 괜스레 기분 나빠지는 오후다. 세림은 커피숍 앞에서 서서 가지도, 다시 들어가지도 못한 채 결국 자리에 주저앉았다.

"바보! 멍청이! 어우, 덜렁아!"

그렇게도 자신이 미울 수가 없다. 그녀는 양 손바닥으로 머리를 때리며 부여잡았다. 그때 가방에서 익숙한 휴대전화 벨소리가 울렸다. 절친한 친구 자영이다.

"자영!"

〈세림! 너 어디야? 수업 끝난 지가 언젠데 왜 보이질 않아?〉

"자여엉······."

수화기 너머 들리는 자영의 목소리에 긴장이 풀렸는지 세림은 기어이 닭똥같이 서러운 눈물을 똑똑 떨어뜨렸다.

〈뭐야? 너 울어? 무슨 일 있어?〉

"나, 다이어리 잃어버렸어!"

2006년 4월 19일,

시험이 막 끝나고 눈물 나도록 맑은 어느 봄날 오후의 일이었다.

❖　❖　❖

대학교 근처 술집은 알코올과 함께 분위기에 잔뜩 취해 웃고 떠드는 학생들의 들뜬 목소리로 시끌벅적했다. 그 틈바구니 속에서 세림은 술기운이 한껏 올라 서럽게 눈물을 펑펑 쏟다, 비식비식 웃다, '죽어버릴 거야!' 하며 폭주하였다. 정신을 놓고 점점 우스꽝스럽게 변해가는 모습에 자영과 해나는 웃고 싶은 걸 꾹 참아내고 있었다. 자꾸 터져 나오는 웃음 때문에 얼굴 근육을 누르고 있다 보니 볼이 다 아플 지경이다. 아마 세림이 조금만 더 웃기면 한꺼 번에 터질지도 모를 일이다. 그런 두 사람 속에서 어떻게 위로해야 하나 걱정하는 건 단아뿐인 것처럼 보인다.

"끝이야, 끝! 은세림! 수수하고 무난했던 대학 생활! 다…… 끝이 라구! 으허허엉!"

세림은 자신 앞에 놓인 술잔을 들어 입으로 가져갔다. 입에 넣기 만 해도 쓰디썼던 술이 오늘따라 달달하고 혓바닥에 착 감겼다. 그 녀는 술을 단숨에 넘기고는 캬, 하고 시원한 감탄사를 뱉어냈다. 술잔이 테이블에 탁, 소리를 내며 놓였다. 세림은 입맛을 다시며 온갖 음식 찌꺼기가 묻은 물수건으로 입을 닦아냈다.

"자영아, 나 휴학할까? 해나 언니, 단아 언니, 나 휴학할까? 응 응?"

"휴학은 무슨 휴학! 이 계집애야, 네가 죄졌어?"

웃음을 꾹 참던 자영이 불같이 목소리를 높이며 세림의 등짝을 손바닥으로 철썩 내려쳤다. 세림이 아프다며 우는소리를 낸다.

"그래, 네가 죄진 것도 아닌데 왜 휴학해? 누가 주워갔어도 돌려 주겠지."

이번엔 해나가 얼굴에 웃음기를 걷지 않고 얌전히 사과를 오물 오물 씹어 먹으며 아무렇지도 않게 대답했다.

"근데 그걸 누가 주워가도 문제인 게…… 만약 우리 학교 애면 어떻게 해?"

"그게 무슨 소리야?"

세 사람의 눈동자가 동그래져서 단아를 향해 한꺼번에 달려들었다. 세림은 마치 1999년을 떠들썩하게 하던 노스트라다무스의 무시무시한 예언이라도 들은 듯 다급히 목소리를 높였다. 휴대전화로 문자를 쓰고 있던 단아는 슬라이드를 닫아 테이블 위에 올려두었다.

"그러니까…… 그걸 주위간 애가 세림이 다이어리 읽고 세림이랑 영우를 수소문할 수도 있잖아. 국문과 은세림하고 의예과 박영우가 도대체 누구냐고."

"헐, 그리고 당연히 이렇게 말하겠네. 이 다이어리 주인이 국문과 은세림이란 앤데, 박영우란 애한테 세 번 차이고도 정신을 못 차리고 지금은 여자친구가 있는데도 좋아하고 있. 다. 고!"

"대박!"

해나의 깔끔한 마무리에 세림은 나락으로 떨어졌다. 정신 차릴 수 없이 까만 구멍으로 소용돌이치며 빨려 들어간다. 그녀가 자리에서 벌떡 일어났다.

"안 돼! 절대 안 돼! 당장 찾아야 돼!"

"무슨 수로? 어디 있는 줄 알고. 하루 종일 찾았다며? 그리고 소문나면 대학교가 더 무섭게 나는 거 알지?"

해나는 사근사근 웃으며 비수 같은 말들을 잘도 뱉어냈다. 의도적인지, 그렇지 않은지 모를 화살촉 같은 말들이 그대로 세림의 가슴에 콱콱 박혔다. 자리에 털썩 주저앉은 세림이 또다시 눈물을 왈칵 쏟아냈다.

"언니, 왜 애를 울려!"

자영이 눈을 부라리며 해나에게 톡 쏘았다. 해나가 미안한 듯 입을 살짝 오므리며 애교 있게 단아에게 눈길을 던진다.

"내가 말이 너무 심했나?"

"어."

단아는 여전히 시니컬한 표정으로 테이블에 올려두었던 휴대전화를 다시 집었다. 자영과 해나는 테이블에 엎어져 엉엉 우는 세림을 보고 작은 한숨을 내쉬었다. 정말 사태가 심각해진 걸 깨달았는지 단아가 조심스럽게 말을 꺼냈다.

"역시…… 휴학밖에 방법이 없나?"

"언니, 진짜. 너무들 장난한다!"

"그럼 무슨 방법 있어? 다이어리는 못 찾고, 혹시라도 우리 학교 애들 손에 들어가서 최악의 상황으로 과에 소문나면 세림이만 피볼 텐데. 다이어리에 영우 얘기만 주구장창 써놨다며."

파인애플을 포크로 찍어내며 이번에는 해나가 말하였다.

"그 커피숍에 우리 학교 애들만 있나, 뭐."

"거의야. 거의 우리 학교 애들만 이용하잖아. 학교 앞 커피숍이거든."

자영이 팔짱을 끼고 곰곰이 생각하다가 시선을 단아에게로 던졌다. 눈이 마주친 두 사람은 결국 참았던 웃음을 유쾌하게 터뜨리고 말았다.

"거의야, 거의! 어떡해, 은세림! 으이구, 우리 세림이 불쌍해서 어쩔 거야."

울상인 얼굴로 자영이 폭소하며 엉엉 우는 세림을 옆에서 껴안았다. 단아와 해나도 웃음을 걷지 못하고 세림에게 휴지를 건넸다. 나름대로 심각한 문제임에도 즐거움이 묻어난 그녀들의 웃음소리는 끊이지 않았다.

❖ ❖ ❖

　밤늦도록 하얀 불빛이 환하게 켜진 도서관에는 시험 기간이 막 지났음에도 여기저기 자리 잡고 앉아 공부하는 학생들이 많았다. 창가에 자리 잡고 두꺼운 전공서를 펴 든 시준 역시 공부에 여념이 없다. 샤프펜슬로 연신 필기해 가며 전공서에 집중하고 있는 그의 눈빛은 사뭇 날카롭기까지 했다. 책상 위에 펼쳐 놓은 전공서 주위로는 또 다른 전공서가 탑처럼 쌓여 있고, 그 주변으로 프린트 물이며 리포트들이 어지럽게 널려 있었다. 그 어지러운 공간 속에서 갈색 가죽 다이어리가 유독 눈에 띈다. 겉표지에는 다이어리 주인의 이니셜처럼 보이는 알파벳 스티커와 하트 스티커가 도드라지게 붙어 있다.

　―E.S.L

　클래식한 다이어리와 달리 스티커는 앙증맞아 보이기까지 하다. 남자 취향이라고 하기에는 상당히 무리가 있어 보이는 것이다.
　"뭐냐, 이거?"
　정신없이 전공서를 파고들던 시준의 귓가에 예의라고는 조금도 느껴지지 않는 음성이 날아들었다. 어린이 딱지는 이제 지겹다고 생각하던 열두 살 때 만나 오늘날까지 징글징글하게 붙어 다니게 된 박승범.
　승범은 시준의 옆자리에 조심성 없이 털썩 앉으며 책상에 놓인 갈색 다이어리를 집어 들었다.

"다이어리 써? 닭살 돋게."

크진 않았지만 결코 작지도 않은 승범의 경망스러운 목소리가 도서관의 흐름을 깨뜨렸다. 주변에 앉아 공부하던 학생들이 작게 인상을 쓰며 시준과 승범 두 사람에게 곱지 않은 시선을 던졌다. 그 부담스러운 시선들에 시준도 반쯤 뜬 마른 눈초리를 승범에게 보냈다.

책장 넘기는 소리마저도 조심스러운 것이 도서관의 규율이라면 규율. 이쯤 되면 눈치껏 민망해하며 겸연쩍어하는 것이 일반적인 사람이거늘 이 뻔뻔스러운 놈은 공공장소에서의 예의를 뇌에서 삭제한 듯 오로지 갈색 다이어리에 꽂혀 주변이 자신을 어떻게 쳐다보는지 관심조차 없는 눈치다. 배운 놈이 모범을 보여야지.

시준은 그에게 둔 눈길을 거두며 자리에서 일어나 도서관을 나섰다. 다이어리에 정신이 팔려 있던 승범 역시 따라 일어서며 시준을 쫄래쫄래 쫓아갔다.

"너 이 새끼, 말해봐. 이 다이어리 어디서 났어?"

승범은 다이어리를 펄럭펄럭 넘기며 도서관 개찰구를 잰걸음으로 통과했다. 시준은 이미 도서관 정문 오른편에 마련된 벤치 옆 커피자판기 앞에 서 있었다. 그는 피곤이 묻어나는 얼굴로 잠시 목을 풀며 카디건 주머니에서 담배 케이스를 꺼냈다.

두 시간이 넘도록 움직이지도 않고 앉아 있었더니 허리며 목, 어깨 등 안 아픈 데가 없다. 담배 한 개비를 입에 물고 지폐 투입구에 천 원짜리 지폐를 조심스레 밀어 넣었다.

"주웠어, 커피숍에서."

위잉, 소리와 함께 지폐가 밀려들어 가자 자판기 각 버튼에 빨간 불이 들어온다. 시준은 다시 주머니에서 지포라이터를 꺼내 담배 끝에 불을 댔다. 불이 붙여진 담배를 깊이 빨아들이고 연기를 입 밖으로 뱉어냈다. 그가 카페 아메리카노 버튼을 꾹 눌렀다.

"커피숍에서? 별걸 다 줍고 다니네. 네가 이런 거 줍고 다니는 놈이었냐?"

시준은 실없이 바람 빠지는 소리를 냈다.

자신이 생각해도 어이없을 만큼 황당했다. 쏟아지는 과제에 한 숨 돌리기 위해 학교 앞 커피숍에 갔다. 주문한 음료를 쟁반에 받쳐 들고 창가 자리에 앉으려는데 소파 구석에 무언가가 놓여 있었다. 다이어리였다. 바로 점원에게 갖다 주는 것도 귀찮고 해서 나가기 전에 맡겨야겠단 생각을 할 무렵 조교에게서 급히 찾는 전화가 걸려왔다. 간만에 찾아온 휴식도 잠시, 휴대전화를 귀에 대고 바쁜 걸음으로 커피숍을 나섰다. 반대편 손에 다이어리를 든 채.

손에 다이어리가 들려 있단 사실을 깨달은 건 과 사무실에서 나올 무렵이었다. 다이어리가 손에 들려 있는지도 모를 정도로 정신을 놓고 있었다니 어이가 없어 웃음이 나왔다. 주인이 찾을지도 모른다는 생각은 했다. 하지만 다음 수업 시간이 얼마 남지 않아 다시 커피숍으로 갈 여유도 없었다. 결국은 버릴 수도 없어 하루 종일 들고 다니게 된 셈이다.

"와, 다이어리 꾸민 거 봐. 겁나 쓸데없어. 날마다 뭘 이렇게 꼬 박꼬박 써놨어? 난 여자애들 이해를 할 수가 없다니까. 이 짓을 왜 공들여서 해?"

자기가 쓴 다이어리도 아니면서 승범은 툴툴대며 다이어리를 뒤적였다. 말은 그렇게 해도 눈빛은 재미난 장난감을 찾아냈다는 듯 반짝인다.

다이어리는 하나의 작품 같았다. 콜라주처럼 잡지나 영수증을 찢어 붙이기도 했고, 스티커나 요란한 하트들을 날짜별로 붙이기도 했으며, 알록달록한 색연필로 예쁘게 칠해놓기도 했다. 말 그대로 열심히 써 내려간 흔적이 여기저기 난무했다.

"대박! 뒤에 일기도 있어!"

다이어리 탐색에 즐거움을 느낀 승범은 잔뜩 흥이 났다.

공부에 관심 없는 놈들이 쓸데없는 데 호기심이 강하지.

시준은 다 내려온 커피를 들고 그의 옆자리에 앉았다.

"오늘 공부는 했어?"

"했어, 했어. 날 뭐로 보고. 야야, 이 여자애 대박 골 때려."

"미친 새끼."

학교를 공부하러 다니는 건지, 날로 먹으려고 다니는 건지. 시준은 고개를 저으며 커피를 마셨다. 그는 벤치 깊숙이 몸을 기댔다. 깨알 같은 글자에 눈을 혹사시킨 탓인지 눈이 아프다.

시준은 고개를 들어 눈을 두어 번 깜빡거렸다. 길게 뻗은 속눈썹이 미세하게 흔들린다.

"우와, 제대로 콩트야. 야, 내가 재밌는 거 읽어줄게. 작년 건데…… 2005년 5월 3일, 오늘 자영이랑 같이 학생식당에서 밥을 먹었다. 그런데 정말 우연히 영우를 보게 됐다! 이건 행운이야! 입학식에서 영우를 보고 이번이 처음인데, 오랜만에 본 영우는 여전히 멋있었다. 영우도 은근히 학생식당을 잘 이용하나 보다. 나처럼. 이제는 매일매일 학생식당에서 밥 먹어야지!"

승범이 배꼽을 잡고 폭소를 터뜨렸다.

그렇게 제대로 웃긴 일기는 아닌데.

"얘 도대체 뭐냐? 영우를 짝사랑 중인가 봐. 박영우 아냐?"

"미치는 것도 가지각색이다."

자꾸 터져 나오는 웃음에 자지러지는 승범을 보며 시준은 한쪽 눈썹을 밀어 올렸다.

학교생활 내내 도서관 화장실 근처에도 가지 않던 자식이 공부 좀 하자더니 결국 이렇게 미치는 모양이다. 제정신으로 하는 말은 아닌 줄 알고 있었지만 지금 하는 꼴을 보니 확실히 맛이 가긴 갔다. 연신 미쳐 웃는 승범을 옆에 두고 입에 문 담배를 손가락 사이에 껴 빼냈다. 입안의 담배 연기가 캠퍼스의 청명한 밤공기에 물결치며 퍼져 간다.

왼편 계단에서 여학생들의 들뜬 목소리가 계단을 따라 올랐다. 네댓 정도 되는 여학생들이다. 그중 짧은 미니스커트에 화려한 색조 화장이 인상적인 여학생이 바람에 실린 담배 연기를 따라 시준에게 시선을 두었다. 여학생을 따라 시준도 눈길을 거두지 않았다. 한참 동안 시선을 맞추며 무리를 따라 걷던 여학생은 이내 붉은 입꼬리를 밀어 올리며 유혹적인 웃음을 보냈다.

여자의 웃음은 붉은 진달래처럼 화사했지만 커피숍 선반 구석에 먼지를 뒤집어쓰고 오래도록 방치된 조화 같았다.

시준이 고개를 비스듬히 하늘로 돌려 허공에 담배 연기를 길게 내뿜었다. 무료한 밤하늘은 지나치게 짙푸르다. 밤바람은 한 점도 느껴지지 않는다.

"얘 진짜 골 때리네! 야, 또 있어, 또. 2005년 5월 19일, 요번 주는 학생식당에서 영우를 볼 수 없었다. 지난주에는 두 번이나 봤는데……. 혹시 영우도 식당에서 날 봤나? 그래서? 아니야. 그럴 리 없어. 공부가 바쁜 거야. 그래도…… 다음 주에는 볼 수 있었으면 좋겠다. 푸하하하! 대박이야, 진짜!"

"아직도 읽고 있냐?"

"재밌잖아. 도대체 누구야? 얼굴 좀 보자!"

승범은 흥이 올라 다이어리 제일 끝으로 펄럭펄럭 넘겼다. 그 모습이 정말 가관이다. 덕분에 심심하진 않지만 말이다.

"여기 있다! 야, 봐봐!"

승범이 다이어리 맨 뒷장을 손가락으로 가리켰다. 시준의 시선이 그가 가리킨 손가락 끝에 닿았다. 그곳에는 다이어리 주인으로 보이는 여학생의 사진이 붙어 있었다. 볼에 바람을 가득 불어넣고 두 손가락으로 브이 자를 그린 꽤나 귀여운 인상의.

"귀여운 척, 대박."

"우리 학교 앤데?"

승범의 어깨에 턱을 올려두고 보고 있던 시준이 고갯짓을 하였다. 사진 밑으로는 여학생의 것으로 보이는 프로필이 나열되어 있었다.

"어라, 진짜? 태종대학교 국어국문학과 05학번? 학번도 같아."

학과와 학번을 확인한 승범이 눈으로 재빨리 프로필을 훑었다. 잃어버릴 거라고는 전혀 생각지 못했나 보다. 이름이며 학과와 학번은 물론 생년월일, 신장, 심지어 몸무게까지 세세하게 적어놓았다.

"미쳤네. 사생활 공개에 일기도 쪽팔린데 몸무게까지 강제 오픈. 학교도 우리 학교야. 아우, 쪽팔려. 쪽팔림 쓰리콤보다."

"잠깐."

시준이 승범의 손에 들린 다이어리를 빼앗아 들었다. 다이어리 겉표지 가장 오른쪽 주머니에 사진이 빠끔히 나와 있다. 천천히 사진을 꺼내 든 시준의 눈동자가 굳어간다. 표정이 심상치 않았다. 승범 역시 놀란 듯 두 눈동자를 동그랗게 떴다.

"영우! 박영우잖아!"

어디서 본 듯한 남자의 옆모습이더라니. 날카로운 인상과 대조적으로, 전혀 어울리지 않을 것 같은 부드러운 웃음을 한층 매력적으로 짓고 있는 박영우.

사진 속 주인공은 같은 과 동기 영우였다. 사진을 들고 있는 시준이 묘한 표정으로 웃음을 흘렸다.

"재밌네."

❖   ❖   ❖

시준은 어깨에 수건을 대강 걸친 채 옷방에서 나왔다. 축축이 젖은 머리칼 끝에서 물방울이 뚝뚝 떨어져 작은 원을 그리며 셔츠 위에 물들 듯 번졌다. 그는 복도를 따라 세면실 앞의 간이 화장대에 섰다. 화장대 거울에 비친 얼굴을 이리저리 살피다가 잠시 미간을 모아 세운다. 피곤한 듯 가칠한 피부는 딱 보기에도 좋지 않은 상태였다.

중간고사도 끝났겠다, 이제 공부랑 안녕 좀 해보려는데 웬걸. 의예과 교수들은 결코 녹록하지 않았다. 그들은 학생을 괴롭히는 데 취미라도 붙인 것처럼 가차 없이 과제를 쏟아내 주었다. 리포트, 강의 질문지, 조별 과제 제출에 심지어 학점과 상관없는 시험까지. 덕분에 전날 새벽까지도 컴퓨터 앞에 앉아 과제며 시험공부를 해야만 했다. 오늘 교양 수업이 운 좋게 휴강 나지 않았다면 아마 수업 시간 내내 의자에 기대어 세상모르고 기절했을지도 모른다.

이런 사이클의 반복 때문에 요새는 의사가 되기도 전에 송장으로 병원에 실려 가는 게 아닌가 하는 생각마저 들었다. 쓴웃음을 지으며 한숨을 내쉰다. 그래도 본인이 선택한 길이니.

시준은 복도를 빠져나와 거실로 걸음을 옮겼다. 대리석 바닥에 쓸리는 슬리퍼 마찰음이 넓은 거실을 적막하게 울린다. 그는 한쪽에 자리한 직각의 크림색 소파에 앉았다. 질 좋은 가죽으로 가공된 소파가 가볍게 눌렸다. 자리에 앉아 멍하게 허공을 응시하던 시준은 테이블에 놓인 백팩을 집어 들었다. 의과학의 이해, 보건복지학론…… 책을 꺼내던 무심한 손길이 한곳에 머문다.

바인더형 갈색 가죽 다이어리.

수건으로 젖은 머리를 탈탈 털어 정리하고는 다이어리를 꺼내 눈높이로 들었다.

의문의 다이어리, 그 주인, 그리고 박영우.

기묘한 연관성은 꽤 재미있는 그림을 만들어냈다. 시준은 다이어리 맨 뒷장으로 넘겨 주인의 사진과 프로필을 다시 눈으로 훑었다.

이런 걸 흘리다니. 지금쯤 꽤나 전전긍긍하고 있겠는데.

사진 속 주인공은 다이어리가 지금 누구의 손에 들려 있는지 모른 채 귀엽게 웃고 있었다. 둥근 이마를 가린 앞머리, 어깨에서 찰랑거리는 다갈색의 머리칼과 매끈하게 쌍꺼풀 진 동그랗고 까만 눈동자, 부드러운 곡선을 그리는 콧날과 동그스름한 콧방울, 적당히 붉은 빛깔이 도는 입술.

미술관에 걸린 명화를 감상하기라도 하듯 시준은 사진 속 주인공을 하나하나 뜯어보며 세심하게 살폈다.

주인공의 얼굴에서 느껴지는 전체적인 분위기로 인해 시선을 뗄 수가 없었다. 간단히 말해 동안, 좀 더 감상을 보태자면 앳된 소녀의 잔상이 남아 있는, 한마디로 덜 자라 어긋난 미감을 자극하는 여성상.

"은세림이라……."

팔베개를 해 소파에 드러눕고는 일기장 한 부분을 한 움큼 쥐어 넘겼다. 대강 눈으로 봐도 영우란 이름이 빠지는 날짜는 거의 없어 보였다. 아까 읽은 부분은 대충 넘기며 다음 내용을 찾았다.

—2005년 6월 1일

오늘 학교에서 오랜만에 또 영우를 보았다. 친구들이랑 같이 웃으면서 지나가는데, 너무 보기 좋았다. 원래 영우가 인상이 별로 안 좋아서 무표정일 때는 엄청 띠꺼운데 웃으면 너무나 멋있다.

시준은 긍정하듯 하하 웃었다.

—그리고 예전에는 웃는 모습을 좀처럼 보기 어려웠는데 요새는 마주칠 때마다 웃는 얼굴이다. 좋은 일이 있나 보다. 영우가 잘 웃어서

그런지 나도 기분이 좋다. 영우한테 좋은 일만 생겼으면 좋겠다.

그의 미간이 묘하게 움직인다.

─2005년 6월 9일

오늘은 꿈속에서 영우를 보았다. 하고 싶은 말이 많았는데 도저히 입이 떨어지지 않았다. 꿈속에서도 현실인 줄 알고 아무 말도 할 수 없었다. 근데 이상하게도 오늘 학교에서 영우를 보았다. 관도 다르고 과도 달라서 좀처럼 보기 힘든데 음악당 앞에서 봤다. 하마터면 눈물이 날 뻔했다.

─2005년 7월 3일

오늘은 자영이랑 단아 언니, 해나 언니랑 술을 마셨다. 기분 좋기도 하고 슬프기도 한 날이다. 나는 오늘 혼자서 생일 축하를 했다. 내 생일이냐구? 아니다. 영우 생일이다. 영우를 안 지 벌써 4년. 올해는 선물조차 줄 수가 없다. 영우야, 생일 축하해.

─2005년 7월 26일

오늘 시내에 나갔다가 영우를 봤다. 정확히 말하면 본 게 아니라 마주쳤다. 현아와 함께 있는 영우와. 우리는 어떤 말도 할 생각조차 못하고 순간 서로를 멍하니 보기만 했다. 인사를 하는 것도 어색해 시선을 피해서 다른 곳으로 걸어갔다. 하필 오늘 같은 날 마주칠 게 뭐야! 오늘 완전 구질구질하게 하고 나왔는데…… 정말 기분 더럽다.

일기는 눈물 없인 볼 수 없을 정도로 절절했다. 남의 사생활을 몰래 들춰보는 취미를 가지진 않았지만 은세림의 일기는 어딘지 모르게 눈길을 뗄 수 없게 하는 무언가가 있었다. 이거 박승범을 뭐라 할 처지가 아닌데.

뒷부분쯤에서 손길이 멈췄다. 찬찬히 살피던 그는 어이없는 한숨을 토해냈다.

어딘지 낯익은 시간표. 그것은 자신과 똑같은 영우의 강의 시간표였다.

"은세림, 스토커야? 무슨 짝사랑을 이렇게 열심히 해?"

친근감 있게 세림의 이름을 중얼거리는 것과 달리 그는 질렸다는 듯 고개를 절레절레 흔들었다.

박영우 한 사람에 대한 열정에 은세림을 위한 열녀문이라도 세워줘야 할 것 같다. 자신을 바라봐 주지도 않는 상대에게 쏟아붓는 지극정성이라니. 쓸데없고 지루하다. 무엇보다 불편한 감정이다. 좋아하는 사람에게 연인이 있단 걸 알면서도 넘치는 감정을 절제하지 못하는 어린애. 그것도 5년 동안이나.

어리석다. 그 시간이 아까울 정도로. 5년이나 반응 없는 남자에게 목을 매? 이러니까 박영우가 안 쳐다보는 거 아니야. 이해가 가지 않았다. 아니, 다이어리의 주인을 이해할 수 없었다. 이럴 시간에 차라리 다른 남자랑 연애를 해도 백 번은 했겠어.

시준은 무심코 시선을 옮기다 급하게 쓰인 낙서를 발견하였다. 거의 날아갈 정도로 갈겨쓴 글씨.

—ID:choco_lim/PW:y8607

어디서 많이 본 번호 조합.

고개를 갸웃하며 자리에서 일어나 가방 옆에 놓인 휴대전화를 집어 들었다. 번호판에 8607이라는 숫자를 재빠르게 누른다.

"하…… 하, 하하하하!"

벙찐 표정으로 한참 동안 액정을 보던 그는 이마에 손을 얹으며 폭소를 터뜨렸다. 하도 기가 막혀서 터진 웃음이다.

박영우의 휴대전화 뒷자리.

휴대전화 액정을 보며 시준은 참을 수 없다는 듯 큭큭 웃었다. 코미디가 따로 없다. 이거 정말 걸작인데. 도대체가, 한 사람한테 이렇게 정성일 수 있는 거야? 이건 짝사랑 정도가 아니라 집착이잖아. 아니, 짝사랑도 이 정도면 스토커 수준이야.

시준은 다시 다이어리를 집어 들며 맨 뒷장의 사진에 시선을 고정시켰다.

"은세림, 너 도대체 누구냐."

아무것도 모르고 그저 귀엽게 웃고 있는 사진 속 주인을 향해 시준은 답이 돌아올 리 없는 질문을 던졌다. 꽤나 흥미롭다는 듯 즐거운 얼굴을 감추지 못하고.

오후 4시 그 커피숍

시준은 강의실 책상에 팔베개를 하고 턱을 걸친 채 무언가 유심히 보고 있었다.

박영우.

179㎝의 모자람 없는 장신, 여자들이 탐내할 법한 하얀 피부와 유독 눈에 띄는 선홍빛 도톰한 입술, 쌍꺼풀 없이 옆으로 길게 늘어져 사나워 보이는 눈매, 그리고 그와 달리 어딘지 순박해 보이기까지 한 눈동자에는 알 수 없는 다정함까지 서려 있다. 가끔은 사나운 눈매로 인해 표정 없이 건조하게 있을 땐 시비라도 걸고 싶은 충동이 들 정도로 거슬리는 인상인데 웃으면 꽤 귀엽다. 성격도 무난하니 좋은 편이다. 특별히 사교성이나 붙임성이 좋은 건 아니지만 터놓고 지내면 의리도 있고 선천적으로 배려 깊은 성품이다. 무엇보다 조용함에서 느껴지는 평온함.

은세림이 좋아하는 박영우라…….

세림의 다이어리가 손에 들어온 지 며칠이나 지났지만 시준은 여전히 돌려줄 생각이 없었다. 애초부터 세림의 일기를 즐기려는 의도는 조금도 없었다. 그날 밤, 다이어리를 덮으며 곧 돌려주려 했다. 분명 전전긍긍해하며 찾을 테니까. 다음날 손을 뻗어 다이어리를 다시 보기 전까지는.

이유는 단순했다. 흥미를 끄는 책은 아닌데, 그래서 결국 어떻게 됐는가 하는 호기심. 같은 맥락이었다. 박영우를 포기하게 됐나, 아닌가 하는 그 뒷부분이 궁금했다.

그런데, 빌어먹을.

칠푼이 같은 은세림의 일기에 저도 모르게 푹 빠져 습관적으로 손길이 가게 된 것이다.

이제 갓 대학교를 입학한 새내기의 적응기와 인간관계의 고뇌가 담긴 청춘 드라마, 은세림 시트콤, 은세림 산문, 은세림 로맨스……. 영양가 있는 전공서도 아니고, 정보를 얻어낼 일간지도 아니고, 독자의 마음을 쥐고 흔들어 명작으로 남을 스테디셀러도 아닌 단순한 일기는 나름 몰입도가 좋았다. 로맨스만 빼고.

은세림의 절절한 외사랑이야 모르는 사실도 아니지만 가끔 황당할 정도로 감탄하다가도 순간 알 수 없는 울컥함이 치밀기도 했다. 그럴 때면 다이어리를 대충 덮고 아무 데나 던져 놓았다. 신경전을 하듯 무심하게 지나치는 것도 겨우 반나절. 다음 내용이 궁금해 또다시 다이어리를 슬쩍 펼치고야 마는 손길이었다. 그 무의식적인 행동을 애써 제지하진 않았다.

그러기를 며칠. 정확히 2006년 4월 16일에 쓴 일기까지 읽고 나서야 시준은 본인이 박승범 못지않게 한심한 놈이란 걸 깨달았다. 미치도록 자존심이 상했다. 더 어이없는 건 최근의 은세림 일이라면 전부 다 꿰고 있으니 이러다 절친이라도 될 기세다. 그리고 이쯤부터였다. 집요한 시선으로 박영우의 일거수일투족을 관찰하는 이상한 버릇이 생기게 된 건. 좀 더 정확히 말하자면 은세림이 좋아하는 영우의 모습이 궁금해진 것이다.

시준은 상체를 들어 올려 의자 등받이에 몸을 기댔다. 다리를 꼬고 버릇처럼 엄지로 입술을 쓸어낸다. 시선은 여전히 박영우를 좇으며.

친구들 사이에 섞여 한참 동안 웃고 떠들던 영우는 연신 자신 쪽으로 향하는 부담스러운 시선에 고개를 돌렸다. 끈질긴 눈빛을 보내고 있는 건 다름 아닌 이시준. 시준은 햇살이 밝게 쏟아지는 창가 자리에 앉아 자신을 느긋하게 쳐다보고 있었다.

저 자식, 요 며칠 이상하다.

"뭘 그렇게 자꾸 쳐다봐? 내 얼굴에 뭐 묻었어?"

"네가 어떻게 생겼나 궁금해서."

"……."

순간 영우는 멍했다. 언제나 관심 밖의 것에 대해선 없는 것 취급하던 놈이다. 어느 날 시준에게 고백했던 과 동기 여자애가 실은 한 학기 동안 시준과 같은 조였다는 것도 모를 만큼. 그것도 현아만큼 과 내에서 훈녀로 통하고 있단 사실조차 모를 정도로, 자신이 신경 쓸 필요가 없는 것에 대해선 눈길조차 주지 않는 성격이다. 그런 놈이 한다는 소리가…….

처음 시준과 친해지게 된 것도 그의 절친인 태현을 통해서였다.

타인과 소통을 잘 하지 않는 시준과 달리 태현은 상대가 기분 좋을 정도로 부드러운 녀석이다. 태현과 조별 과제로 친해지지 않았다면 아마 이 자식과는 예과, 본과 합쳐 6년 내내 한 번도 이야기를 나누지 않았겠지.

"닭살 돋는다, 자식아."

영우는 어이없다는 표정을 지었다. 시준이 씩 웃으며 자리에서 일어나 영우 옆으로 다가와 앉았다.

"박영우 너, 고등학교 다닐 때도 여자애 여럿 울렸지? 지금도 김현아랑 사귀면서 인기 좋잖아."

시답잖은 질문에 영우는 황당해하며 웃었다.

인기는 나보다 자기가 더 좋으면서.

"남 말 하고 있네."

무심히 대답하는데 얼굴 위로 빤한 시준의 눈동자가 내려앉았다. 잘생긴 놈이 유심히 쳐다보니까 기분이 묘하고 쑥스럽기까지 하다.

"뭐냐, 너?"

"네 매력을 찾고 있어."

"……너, 이 넓은 세상에서 네 기준에 맞는 여자를 못 찾으니까 남자한테로 관심을 돌렸냐?"

"그것도 나쁘지 않겠네."

영우는 미간을 살짝 좁히고 한숨 같은 웃음을 흘렸다. '뭐라는 거야?' 하며 창가로 고개를 돌린다. 옆선으로 떨어지는 시준의 시선을 받으며.

시준은 수업 시간 내내 교수가 하는 말을 귓등으로도 듣지 않았다.

박영우야 비주얼, 멘탈 모두 흠잡을 데 없으니 과 여자 동기들에게 호감의 대상이 되는 건 당연한 일이었다. 이해 못할 것도 없다. 그런데 5년 동안이나 짝사랑했다는 건 좀 심했다. 둘 중 하나겠지. 영우한테 헤어 나올 수 없는 매력이 있다거나 은세림이 집착이 강한 것이거나. 그 밤, 세림의 집착이 강한 것으로 결론을 내렸다.

시준은 손가락 사이로 빙글빙글 돌리던 펜을 멈췄다.

일기를 읽고 나서는 생각이 달라졌다. 영우에 대한 은세림의 일방적인 감정을 단순하게만 정의할 순 없을 것 같았다. 둘 사이에 무언가 있었다. 그걸 정확하게 알지는 못하지만 은세림은 영우한테 이성의 감정뿐만이 아닌, 그 이상의 인간애를 깊이 느끼고 있는 것 같았다.

이성 이상의 인간애……. 그렇다고 해도 한 사람을 5년씩이나 좋아한다는 건 말이 안 된다. 하지만 결국 며칠이나 영우에게 눈길을 떼지 못하는 자신을 발견할 뿐이다. 중증이다. 도대체 뭐 중요한 일이라고. 아무리 생각해도 은세림은 답이 안 나온다.

시준은 턱 괸 손을 책상에 내려놓았다. 정신을 차려보니 책 위에 무의식적으로 '은세림'이란 세 글자를 써놓고 그 주변에 네모 라인을 미친 듯이 그려대고 있었다. 낙서를 곤란하게 보던 그는 탄식과도 같은 비웃음을 터뜨렸다.

"제대로 미친놈이네."

고개를 돌렸다. 초록빛 나뭇잎 사이로 쏟아지는 봄의 절정이 반짝반짝 눈부셨다.

❀   ❀   ❀

　세림은 수업이 끝나자마자 빛의 속도로 강의실을 빠져나왔다. 인문대학에서부터 사회대학까지 이어지는 비탈길을 정신없이 내달렸다. 숨이 턱까지 차올라 몇 번이고 멈추다 달리기를 반복했는지 모른다. 상쾌한 동풍이 부는 따사로운 봄날, 온몸에 생각지도 않게 열기가 올랐다. 등골에서 난 땀 때문에 옷이 들러붙어 축축해진다. 그러나 불쾌한 기분을 느끼기도 잠시, 또다시 학교 앞 커피숍까지 질주하기 시작했다. 다이어리를 잃어버린 지 일주일 만이다. 꼭 일주일 만에 분실한 다이어리를 주웠다며 낯선 남자에게서 전화가 왔다. 전공 선택인 작가론 수업 시간 전이었다.

　살얼음판을 걷는다는 게 이런 심정일까. 도무지 찾을 길 없는 다이어리 때문에 세림은 단 하루도 편한 날 없이 인문학관 계단을 올랐다. 그저 전전긍긍. 온갖 걱정으로부터 세포 분열된 망상들이 전신에 다닥다닥 달라붙어 그녀를 바짝바짝 죄어왔다. 동해 바다 항구 빨랫줄에 매달아놓은 오징어가 된 기분이었다. 혹시라도 지나가는 과 동기가 '대박이다!'를 외치기만 해도 움찔움찔 놀라고, '진짜?' 하며 무심코 던진 시선에도 괜히 뜨끔해했다. 그야말로 고문이 따로 없는 하루하루였다.

　세림은 신경을 곤두세운 채 조심스러운 손길로 강의실 문을 밀었다. 어제와 다름없는 일상이 문 너머 그곳에 있었다. 다행이다. 그녀는 변함없는 풍경에 안도의 한숨을 내쉬며 조용히 강의실로 들어섰다.

동기나 선후배들이 간혹 반갑게 인사하며 가벼운 안부까지 물었다. 웃는 얼굴로 대꾸했지만 괜스레 간이 쪼그라들어 수업 듣기가 점점 지쳐 가는 날들이었다. 혹시라도 소문이 나면 어쩌지? 그래, 소문은 소문일 뿐이야. 오래가진 않을 거다. 하지만 당분간은 힐끔힐끔 호기심을 감추지 못한 시선들을 견뎌야 할 것이고, 귓가에는 '그랬대'라든가, '정말?' 같은 감탄 섞인 과 동기들의 수군거림 정도는 자주 맴돌 것이다. 차라리 그런 날이 빨리 온다면 이렇게 애가 타진 않을 텐데. 진짜 휴학이라도 할까.

세림은 침울한 표정으로 고개를 책상에 묻으며 엎드렸다.

"다이어리 찾았어?"

어느새 온 건지 단아가 손에 든 커피를 책상 위에 올려두며 앞자리에 앉았다. 캡 사이로 달콤한 커피 향이 나선을 그리며 코끝으로 녹아들었다.

"아니……."

울상을 지으며 세림은 책상에 묻은 얼굴을 떼었다.

"아, 속상해. 어떡하니. 하필 그 다이어리를 잃어버릴 게 뭐야."

"내 말이. 언니, 나 정말 돌아버리겠어. 이러다 내가 제명에 못 살고 죽지 싶어."

"그래도 우리 학교 애가 주웠으면 일주일 안에 말이 돌았을 텐데 조용하잖아. 우리 학교랑은 관계없는 사람이 주워갔거나 버려졌을지도 몰라. 너도 이제 그만 마음 졸여."

"언니는! 소문은 원래 어딘가부터 조심스럽게 멀리멀리 퍼지는 법이야. 이렇게 며칠 방심하고 있다가 오늘내일 안에 전 과는 물론 학부로까지 퍼질걸!"

한 톤 낮춘 목소리에는 예견된 공포가 묻어 있었다. 동그란 눈동자가 곧 재빠르게 주변을 휙휙 살폈다. 세림은 잠시 흥분된 감정을 다스리고는 소곤거리듯 다시 말을 이었다.

"국어국문과 05학번 은세림이라는 애가 의예과 박영우한테 집착 장난 아니게 쩐대…… 이런 말!"

"그거 비약이야."

단아가 측은한 듯 말했다. 그러나 세림은 실수한 일에 대해 자신의 잘못을 너무나 잘 아는 예닐곱 살 어린아이처럼 풀이 죽었다.

차라리 정말 주워간 사람이 다이어리를 버리기라도 했다면, 그럼 이제 영우에게 그만 얽매이라는 하늘의 뜻으로 받아들이고 단념할 텐데. 정말이지 말도 안 되는 핑계다.

그때였다, 책상 위에 올려둔 휴대전화에서 왈츠곡을 연상시키는 벨소리가 울리기 시작한 것은. 세림이 의아한 표정으로 휴대전화를 내려다보았다. 액정에 떠오른 번호는 저장되지 않은 낯선 숫자였다.

"누구지?"

"모르는 번호야?"

"응."

"혹시 다이어리 주워간 사람 아냐? 빨리 받아봐!"

"뭐?"

혹시나 하는 단아의 말에 세림은 후다닥 통화버튼을 누르며 전화를 받았다.

"네, 여보세요!"

〈태종대학교 국어국문학과 05학번 은세림 맞지?〉

수화기 저편에서 낯선 남자의 음성이 들려왔다. 남자는 거두절미하고 세림의 신상부터 확인했다. 세림의 얼굴이 설마 하는 의구심과 함께 기쁨과 환희와 감동과 걱정으로 뒤섞였다. 그녀는 곧바로 흥분을 감추지 못하고 대답했다.

"네, 네! 제가 태종대학교 국문과 05학번 은세림 맞아요!"

백 번 물어도 백 번 다 대답해 줄 기세였다. 수화기 저편에서 피식 웃는 소리가 넘어왔다.

〈다이어리 주운 사람인데.〉

"아, 네, 감사합니다! 전화 주셔서 정말로, 진짜로 너무너무 감사드려요!"

세림은 자리에서 튕겨져 나갈 듯 일어나 수화기에 대고 굽실굽실 인사했다. 단아가 민망한 듯 고개를 돌렸다.

다이어리를 찾을 수 있다! 오직 그 생각만으로 눈앞이 장밋빛으로 반짝반짝 빛났다. 남자는 아예 대놓고 웃음을 터뜨렸다. 부끄러움에 얼굴이 달아올랐다.

〈많이 찾았나 봐. 돌려주고 싶은데 내가 학과로 찾아갈까, 아니면 어디서 만날래?〉

"네, 만나요! 학교로 오시지 말고 다른 데서요."

〈그럼 그 커피숍으로 와. 다이어리 잃어버렸던 커피숍. 창가 자리에 앉아 있을 테니까 혹시라도 못 찾으면 전화하고.〉

"네, 감사합니다, 감사합니다!"

그 남자가 눈앞에 있기라도 하듯 세림은 몇 번이고 꾸벅꾸벅 배꼽인사를 해댔다. 어느새 강의실에 있는 애들이 그녀의 푼수 짓을 재미있다는 듯 쳐다보고 있었다. 다른 몇몇 이들은 이상하다는 눈길을 보냈지만 그런 건 이미 안중에도 없었다.

감격에 겨워 눈물이 날 것 같았다. 일주일 동안 악몽 같은 괴로움 속에서 살았다. 숨죽이며 부디 평온하디평온한 일상이 깨지지 않기를 간절히 기도했는데…… 이제 해방이다!

다이어리를 다시 찾는다는 생각에 세림은 지금 죽어도 좋을 만큼 행복했다.

커피숍 문을 밀자 찰랑 하고 맑은 음이 울렸다. 한창 붐빌 시간이라 실내는 사람들로 가득했다. 세림은 숨을 고르며 창가 자리를 둘러보았다. 혼자 앉아 있는 남자는 세 명. 한 명은 노트북으로 무언가를 작성하고 있고, 다른 한 명은 전공 도서를 펼쳐 놓고 공부에 빠져 있다. 또 다른 한 명은 세림 쪽으로 등을 보이고 앉아 커피를 시켜놓고 여유롭게 잡지를 읽고 있다.

도대체 누구야. 전화를 해야 하나?

그녀가 작게 인상 쓰며 옆으로 비스듬히 멘 가방 줄을 꼭 잡았다. 세 남자를 번갈아가며 보고 있을 때, 가운데 벽 기둥 근처에서 잡지책을 읽고 있던 남자가 고개를 돌렸다. 공중에서 눈길이 마주치고, 이내 세림을 알아본 남자가 웃으며 손을 들었다.

저 사람이구나!

이제 곧 다이어리를 찾을 수 있다는 짜릿한 기분이 어깨부터 감싸듯 내려앉았다. 몸을 감는 전율을 털어내고 성큼성큼 남자가 있는 자리로 걸었다.

"안녕하세요."

조심스럽게 인사를 건네자 남자는 부드러운 웃음을 지었다.

"은세림?"

"아, 네."

"앉아."

"네."

남자는 잡지를 덮으며 반대편 소파를 가리켰다. 세림이 어색하게 웃으며 자리에 앉았다.

중저음의 차분한 목소리가 어른스럽게 들려 나이가 좀 더 있을 줄 알았는데 생각보다 어려 보인다. 그래도 자신보다 두세 살 정도는 많은 것 같다. 스타일이 참 좋았다. 얼굴은 말할 것도 없이 근사했고, 키가 굉장히 클 거란 생각이 단번에 들었다. 자리에 앉아 있음에도 청바지를 입은 길쭉한 두 다리가 소파 밖으로 한참이나 나와 있다. 골반이 소파 깊숙이 들어가 있는 게 무색할 만큼. 아직 때이르지만 무지 검정색 반소매 셔츠 아래 기다란 팔에 돋아난 남자다움의 상징인 핏줄이 기절할 만큼 섹시하게 돋보인다. 한마디로 완전 훈훈한 풍경이다. 괜히 가슴이 떨린다. 다이어리 받으러 왔는데 이게 웬 안구정화인가 싶다.

분에 넘치는 감상에 속으로 괜히 뿌듯해하는 것도 잠시, 테이블 오른쪽에 놓인 다이어리가 세림의 눈에 들어왔다.

"내 다이어리!"

세림은 기쁜 마음에 다이어리를 덥석 잡았다.

잡았다?

테이블 위에 가만히 놓여 있던 다이어리가 순식간에 손길을 피해 사라져 버렸다. 세림이 어찌 된 일인가 하고 남자를 보니 그의 손에 다이어리가 들려 있었다.

"공짜로는 못 돌려주지."

그는 짓궂은 표정을 짓고 있었다. 황당한 세림이 이게 무슨 상황인가 싶어 멍하니 그를 올려다보았다.

공짜로 못 돌려주면 사례금이라도 달란 얘긴가? 밝히기는. 그토록 애타게 찾던 다이어리다. 그 정도 인심이야 못 써줄 것도 없다.

"그럼 혹시 사례를……."

'말씀하시는 건가요?' 라고 하려는데 그가 불쑥 말을 꺼냈다.

"태종대학교 05학번 국어국문과 은세림, 그리고 같은 학교 의예과 05학번 박영우."

남자가 능청스레 웃었다. 세림은 머리 위로 물음표를 띄우며 눈동자를 굴렸다. 얼굴이 순식간에 질려 버렸다. 저도 모르게 벌려진 입은 황당함에 다물어지지 않았다. 놀라움은 곧 분노로 바뀌고 말았다.

"호, 혹시…… 다이어리 안의 내용 보셨어요? 그런 거예요?"

"……."

"아, 아니, 아무리 다리어리를 주웠어도 그렇지, 그런 걸 보는 게 어디 있어요!"

당황스러움에 세림의 목소리가 흥분으로 높아졌지만 남자는 신경 쓰지 않는다는 듯 다음 말을 이어갔다.

"그리고……."

두 눈을 도끼같이 뜨고 남자를 노려보았다. 불규칙적으로 심장 박동이 빨라진다. 에이 씨, 설마 주위 사람들한테 다 말하고 다니는 거 아니야? 미치겠네.

"같은 학교 의예과 05학번 이시준."

한껏 인상을 구기며 생각에 잠겨 있던 세림은 무슨 말을 하냐는 듯 남자를 있는 대로 째려보았다.

"나야."

오만상을 하고 있던 세림이 끔벅 느릿하게 반응하며 남자의 말을 되씹었다. 단 몇 초도 안 되는 순간 두 눈동자가 토끼처럼 동그랗게 커졌다. 세림의 반응에 남자는 재미있다는 듯 씨익 입꼬리를 밀어 올렸다.

콰르릉!

마른하늘에 날벼락이 정수리 위로 떨어졌다. 찌릿찌릿한 전기가 사정없이 온몸을 휘둘러 자극한다. 눈앞에 까만 막이 덮이더니 일정한 패턴이 이어졌다. 머리의 나사 하나가 핑 튕겨 나가는 기분이다.

같은 과 사람이 주웠다니……. 이런 최악의 상황은 생각해 본 적 없단 말이야!

눈을 빠르게 깜박이던 세림은 결국 울상을 지었다. 그저 울고만 싶었다.

카운터 앞과 테이블마다 그득 메워 수다를 늘어놓던 한 무리의 사람들이 썰물처럼 빠져나가자 커피숍은 금세 한산해졌다. 귓가를 멍멍하게 울리던 말소리와 흐르는 음악이 얽혀 정신없던 실내는 숨통이 트이듯 여유로워졌다.

세림과 시준은 테이블을 사이에 두고 앉아 벌써 10분이 넘도록 아무 말도 하지 않고 있었다. 다리를 한껏 얇아 보이게 해주는 스키니에 주먹을 쥐고 올려둔 세림의 두 손이 땀으로 흥건하게 젖어 갔다.

이게 도대체 무슨 날벼락이람.

혼자 보기에 아까울 정도로 당황한 얼굴이던 세림은 결국 꿀 먹은 벙어리가 되었다. 그녀는 어느새 시준의 눈치를 보느라 바빴다. 이시준은 계속 침묵을 지키며 그저 이 상황을 즐기는 듯 보였다. 흡사 도마 위에 올려둔 물고기를 어떻게 요리하면 좋을까 궁리하는 요리사의 얼굴과도 같이. 세림을 보는 그의 눈빛이 어떤 재미있는 것에 대한 기대감에 물들어 있다.

팔에 소름이 돋을 지경이다. 나쁜 놈, 나쁜 놈, 나쁜 놈! 울컥 화가 치솟았다. 반반하게 생긴 것들 치고 얼굴값 하지 않는 놈 없다는 말은 백번 맞는 진리다. 속에서 열불이 활활 타오른다. 어쩌지 못하는 자신의 반응을 즐기고 있는 걸 보면 주위 사람들한테는 아직 말하지 않은 것 같은데. 이 악마의 자식, 사탄! 사실은 그보다 더한 말을 쏟아주고 싶다. 하지만 어떤 후한이 돌아올지 두려워 도저히 입을 함부로 놀릴 수가 없다.

이 상황을 도대체 어떻게 해야 하는 거냐고!

침묵이 더욱 무서운 세림은 하는 수 없이 먼저 입을 열었다.

"그러니까…… 그쪽이 원하는 게 뭔데요?"

이젠 자신보다 두세 살 나이 많은 오빠가 아닌 동갑이란 것쯤은 알고 있지만, 시준의 기에 눌려 또다시 존댓말이 튀어나와 버렸다.

으이구, 이놈의 주둥이! 승질 팍팍 내면서 기선을 잡아도 모자랄 판에 잔뜩 졸아서 이게 뭔 짓이람. 생각 같아서는 입을 손바닥으로 벌해주고 싶다. 예상대로 시준이 비웃음을 흘린다.

그리고 날아든 황당한 그의 말.

"나랑 사귈래?"

세림의 눈동자가 둥그렇게 커졌다.

"아니, 나랑 사귀자."

정정해서 다시 한 말이 더 가관이다.

이 자식이 지금 미쳤나?

울컥해 하마터면 생각하고 있던 말을 그대로 내뱉을 뻔했다. 악질 중에서도 최악이다. 기가 막혀서 '허!' 하고 거친 한숨이 나와 버렸다. 잔뜩 날 선 눈으로 그를 노려보았다.

"지금 장난해?"

자기도 모르게 튀어나온 반말에 세림은 잠시 당황했으나 그게 무슨 상관이랴. 어차피 동갑인데. 더 이상 존대할 이유가 없잖아. 아니, 이런 놈한테 존대를 하는 건 멍청한 짓임이 분명했다. 그보다 지금 존대고 반말이고 그게 중요한 게 아니잖아.

세림은 분명 '설마 내가 진심으로 그랬을 거라 생각해? 어느 누가 너무 바보 같기에 놀려주고 싶었어'라는 대답이 돌아올 줄 알았다.

"진심이야."

미친놈.

목구멍까지 차오른 말을 꾹꾹 눌러 담았다. 정말 저놈이 미치지 않고서야 다이어리 안의 내용을 보고도 저런 소리를 지껄일 수가 없다. 내용을 어디까지 봤을지 모르겠지만…… 아마 일주일이면 전부 뒤져 보고 남았을지도 모른다. 설마 진짜 뒤져 보느라 일주일 씩이나 가지고 있었던 거야? 아니, 아니, 그런 건 둘째 치고서라도 이제 만난 지 얼마나 됐다고 뭘 어쩌자고?

여러 가지 생각이 복잡하게 머릿속을 헤집는 가운데 이시준은 여전히 기분 나쁘도록 여유롭게 쳐다보았다.

무슨 생각을 하는 거니? 세림은 원망 섞인 눈빛을 사정없이 보냈다. 그러나 시준은 세림의 대답을 기다리고 있다는 듯 눈을 한 번 깜빡이는 것으로 의사를 표시했다. 그녀가 두 번째 한숨을 털어낸다.

"제정신이야, 너? 이 봄에 꽃 피는 거 보고 정신줄 놨어?"

그녀의 말에 시준이 '푸하하' 하고 유쾌하게도 웃었다. 오히려 놀란 세림은 벙쪄 그를 쳐다보았다.

뭐가 그렇게 웃겨?

"너한테 사귀자고 한 말이 그렇게 이상한 거야? 왜 그 말에 정신줄 놨냐는 소리까지 들어야 해?"

"상식적으로 생각해 봐. 너랑 나랑 만난 지 이제 겨우 20분도 안 됐어. 그런 사람한테 사귀자 그러면 누가 옳다구나, 응, 사귀자 하겠어? 길거리 헌팅에서도 황당할 것 같거든?"

"어, 나 그런 적 많은데?"

와, 재수 없어.

"그건 너한테 작업 거는 애들이나 하는 말일 테고, 너처럼 눈이 하늘에 달렸을 것 같은 훈남께서 나한테 할 말은 아닌 것 같다?"

"이야, 칭찬 고마워. 그런데 너, 네 자신을 너무 잘 안다?"

또다시 울컥. 세림은 두 주먹을 불끈 쥐었다.

제 무덤을 스스로 파는구나, 은세림.

도대체 왜 여기서 이 자식과 이런 실랑이를 벌여야 되는 건지 머리가 아파오기 시작했다. 생각 같아서는 정신 나간 여자처럼 머리라도 헤집으며 소리라도 지르고 싶었다. 그래서 넌 다이어리를 돌려주겠다는 거냐고, 말겠다는 거냐고! 집에 가서 중간고사용 대체

리포트 써야 한다. 모레는 쪽지 시험도 봐야 하고. 안 그래도 할 일 투성인데.

세림은 아랫입술을 비틀어 깨물었다.

"내 다이어리 봤다며. 그런데도 그런 말이 나와?"

"안 나올 건 또 뭐 있어? 오히려 무지 관심이 가던데. 은세림, 누굴까?"

장난기 가득한 시준의 눈동자에는 진지함이라곤 조금도 찾아볼 수 없었다. 그런 시준을 보며 세림의 입에서 세 번째 한숨이 터진다.

갈수록 가관이다.

"단순한 호기심에 이러는 거면 적당히 해. 장난치곤 질이 나빠. 기분 엄청 나쁘다고."

"난 지금 외로워. 다이어리 보니까 너도 외로움에 사무쳐 있는 것 같은데, 그런 쌍팔년도 구닥다리 짝사랑은 집어치우고 나랑 사귀자."

"그러니까, 내가 짝사랑하고 외로워하는데 왜 네가 나서? 동정하는 거면 그딴 거 필요 없어. 외로우면 길 가는 사람 아무나 잡아서 사귀자고 해! 너는 가능한 일이라며!"

"아무나는 싫으니까."

"나는 아무나 아니야?"

"넌 영우를 5년이나 짝사랑한 것만으로 이미 순정녀(純情女) 증명됐어. 그런 여자를 만남에 있어서 어떤 이유가 더 필요해? 여자친구가 생겼어도 배신하지 않는 그런 충성, 내지는 집착. 박수 쳐주고 싶을 정도로 아주 훌륭해. 사랑스러운 충견이야."

조롱 섞인 그 말에 세림의 표정이 대번에 굳어졌다. 하지만 반박하지 못한다. 누구보다도 그녀 자신이 잘 알고 있는 사실이니까.

땀으로 진득해진 손을 폈다가 다시 쥔다. 축축하다. 눈가에 비치는 오후의 햇살이 눈부시지만 따뜻하다. 그날의 온도만큼.

아스라한 기억은 늘 닦아놓은 듯 선명했다. 영우를 처음으로 가까이서 마주하던 그날, 늦여름의 햇살이 무덥게 쏟아지던 교실. 그 시절 영우와 그린 날들은 음악상자 안에서 돌아가는 키네파노라마처럼 눈앞에서 아직까지 반짝이고 있다. 놀랍도록 깨끗하게. 누군가 물어본다면 어제 일처럼 생생하게 이야기해 줄 수도 있다. 일방적인 애정으로 한 사람을 5년이나 좋아한다는 게 결코 평범치 않다는 것쯤은 잘 알고 있다. 만약 자신이 지금까지도 영우를 좋아한다는 걸 알면 그는 어떤 표정을 지을까? 이해해 줄까, 아니면 아직도 그러고 있느냐고 싫어하려나.

보답은 바라지 않는다. 작열하는 태양을 바라보기만 하는 해바라기가 된다 해도 상관없다. 코카서스 산 바위에 쇠사슬로 묶여 매일 독수리에게 간을 쪼이는 프로메테우스처럼 그의 고통과도 같은 형벌을 받는다 해도 상관없어. 간이 아닌 심장이 매일같이 반복적으로 너덜너덜해지는 고통쯤 기꺼이 참아낼 수 있어. 익숙한 고통은 고통이 아니니까. 하지만 프로메테우스는 아주 오랜 세월 뒤 헤라클레스로부터 구원받는다.

"하지만 그거……."

나는 달라. 나 아닌 누구도 고통의 시간 속에서 꺼내줄 사람은 없다.

"어떤 의미론 존경스러워. 보상받을 수 없음에도 조용하게 한결

같을 수 있다는 거, 대단하다고 생각해.”

널따란 창을 통해 차들이 분주하지 않게 오가는 도로를 멍하니 바라보던 세림의 시선이 시준에게 향했다. 그의 눈동자는 어느샌가 깊어져 있다. 창으로 스며드는 4월의 노란 햇살이 그의 얼굴에 일직선으로 내려앉았다.

부드러운 표정을 지을 수 있는 사람이구나 생각했다.

난데없는 칭찬에 괜히 얼굴이 달아오른 세림은 다시 눈길을 돌려 버렸다. 시준의 기다란 손가락이 커피가 담긴 머그컵 손잡이로 향했다. 가늘고 기다란 손가락. 남자의 것이라고 하기엔 지나칠 정도로 예쁜 생김이었다.

“그거에…… 반했어.”

나직하고 부드러운 음성. 그 목소리가 흘러들 듯 세림의 가슴으로 스며들었다. 심장이 저도 모르게 조여왔다.

시준은 무심히 머그컵을 들어 입으로 가져갔다. 이미 식어버린 커피에서 카페 아메리카노의 잔향만 느껴질 뿐 맛은 씁쓸했다. ‘커피가 별로네’ 하고 중얼거리며 그는 머그컵을 다시 내려놓았다.

“다른 거 다 필요 없고, 그거에 가장 마음이 흔들렸어.”

처음 본 순간부터 장난뿐이던 그는 더 이상 없었다. 세림의 고운 눈동자가 미세하게 흔들리며 허공을 맴돈다. 눈을 반쯤 내리감으며 테이블에 시선을 고정시킨다.

“진심이라면 고마운 말이지만……. 나, 누군가 하고 사귈 생각…… 아직 없어.”

조심스러운 세림의 대답에 순간 멍한 건 시준이다. 그는 소리 내어 너털웃음을 터뜨렸다. 세림은 다시 시선을 들어 올려 시준을 보았다. 세림이 민망한 듯 얼굴을 붉혔다.

"뭐야? 왜 웃어? 비웃는 거야, 지금?"

"당연하지. 은세림 너, 지금 찬밥 더운밥 가릴 때가 아냐. 나 박영우보다 훨씬 멋있어. 넝쿨째 굴러들어 온 호박을 쳐다보지도 않고 차는 거야, 지금? 무슨 자신감이야? 후회한다, 너."

허세도 아니고 차인 게 민망해서 둘러대는 말도 아니었다. 몸에 밴, 지극히 자연스러운 거만한 말투였다. 그런 밑도 끝도 없는 건방진 태도에 기가 차다. 그래, 네가 잘난 건 알겠는데 그렇게 나오니까 되게 얄밉다. 간단명료하고 당당하게 말하는 모습을 보니 오히려 이쪽에서 무안해진다.

세림은 황당한 얼굴로 말도 잇지 못하고 한참이나 시준을 쳐다보았다.

"그렇게 쳐다보면 뚫어져."

시준이 다시 커피를 한 모금 넘긴다. 역시나 씁쓸한 듯 살짝 인상을 찌푸리며 손에 든 머그컵을 내려놓았다.

"대답해 봐. 이래도 나랑 못 사귀겠어? 기회란 건 자고로 아무 때나 오는 게 아니야."

"단순히 그런 이유 때문에 나한테 사귀자고 하는 거야?"

"단순히 그런 이유? 무슨 특별할 이유가 더 있어야 해?"

"그러니까 그렇잖아. 난 납득이 안 돼."

"그러니까 네 말은 내가 어째서 내 동기를 짝사랑하는 너한테, 그것도 만난 지 얼마 되지도 않은 너한테 이러고 있느냐는 뭐, 그런 거?"

세림은 대답 없이 진지한 얼굴로 시준을 응시하였다. 시준이 눈썹을 들어 올렸다. 소파에 몸을 깊숙이 묻은 채로 세림을 쳐다보던 그는 자세를 고쳐 앉았다.

"은세림, 심각하게 생각하지 마. 남녀 간에 느낌이 끌리는 데는 특별한 이유가 없어. 괜찮다고 생각되면 얼마든지 할 수 있는 게 연애야. 그냥 간단하게 생각해. 다른 거 필요 없이 난 너한테 관심이 생겼고, 사귀고 싶어. 지금 당장은 갑작스럽겠지만 너도 날 한 번 알아가 봐."

고심하듯 세림은 여린 입술을 꾹 다물었다. 대답은 한참 동안 없었다. 시준의 머리 위에 내려앉았던 태양빛이 세림의 어깨 위로 드리워졌다. 노란색이던 햇살이 어느새 다홍빛이다.

"미안하지만…… 안 되겠어. 바보라고 비웃어도 좋아. 그래, 솔직히 첫눈에 보기에도 근사한 네가 갑자기 사귀자고 하니까 설렌 건 사실이야. 그런데…… 현실 같지 않아. 현실감이 전혀 없어."

"……."

"그리고…… 아직은 내가 다른 사람을 사귈 준비가 안 돼 있는 것 같아. 미안해."

테이블 쪽으로 몸을 내밀고 있던 시준은 한숨을 내쉬며 다시 소파에 등을 댔다. 그리고 양 손잡이 위에 팔을 올려놓고는 손가락 끝으로 톡톡 친다. 테이블을 사이에 두고 앉은 두 사람의 그림자가 사선으로 길어졌다. 테이블 정중앙을 응시하며 잠시간 침묵으로 일관하던 그가 세림에게 눈길을 주었다. '생각보다 재미없네'라고 중얼거리며. 말은 공기 중에 흔적을 남기고 사그라졌다. 무안해질 만큼 장난도, 웃음도 지워진 무미건조한 눈동자. 시준이 기다란 다리를 꼬며 자세를 고쳐 앉았다.

"그렇게 안 봤는데 생각보다 되게 이기적인 구석이 있어."

세림이 눈을 동그랗게 떴다.

곧은 그의 눈동자가 가슴을 날카롭게 찔러온다. 심장이 뜨끔거린다.

"사귀는 사람이 있단 걸 알면서도 좋아하는 거, 당사자의 연인한테 얼마나 기분 나쁜 일일까 생각해 본 적 없어? 네 마음 감추고있다고 해도 품어서는 안 될 마음이잖아. 배려가 없는 건가."

중얼거리는 듯한 마지막 말에 세림은 대답도 못하고 시선을 떨어뜨렸다. 풀 죽은 눈동자가 축축이 젖어 초점을 찾지 못하고 이리저리 떠돈다.

생각해 보지 않았을 리 없잖아.

"아니면……."

"……."

"확 뺏어버리든가. 내가 도와줄게."

"뭐?"

"몇 년 동안 이렇게 말도 못하고 시간 낭비, 감정 낭비할 바에야확 뺏어버리는 게 낫지 않아?"

"너 미쳤니?"

"왜, 그건 자신 없어? 하긴, 김현아가 승부도 걸 수 없을 만큼 스펙이 화려하긴 하지. 아니면 순정적인 여자 놀이 하면서 자기만족이라도 하는 건가? 한 남자를 오래 좋아함으로써 다른 사람한테 보이는 일종의 자기만족. 나 한 남자한테 이만큼 목매는 순정적인 여자예요, 하고. 그거 좀 이상한 취미잖아. 이해가 안 되네."

차가운 눈빛과 입꼬리에 걸린 비소, 한껏 빈정대는 말투. 그가 뱉어낸 독설은 전신 구석구석 유폐돼 웅크리고 있던 굴욕을 불러 일으키기에 충분한 것이었다. 세림은 자리에서 벌떡 일어섰다. 이 제껏 무례함을 무례함인 줄도 모르고 상대하던 자신이 바보처럼 느껴졌다. 여기에 더 앉아 있는 건 자신을 우습게 만들 뿐이다. 자신의 감정이 왜곡당하는 것도, 누군가에게 그 감정을 질책당하는 것도 싫었다. 어쩐지 이 애 앞에서는 더욱.

"어떻게 생각하든 네 자유지만……! 내 마음까지 네 멋대로 해석하고 비난할 권리는 없어!"

"집착 그만해. 박영우, 너 안 좋아해. 걔가 연예인이라도 돼? 여자친구가 생겼는데 왜 포기를 못해?"

"내가 집착하든 말든 네가 무슨 상관인데? 그리고 내 감정은 내가 알아서 해. 현아가 기분 나빠하지 않도록 조심할 테니까, 그 충고 새겨들을 테니까 더 이상 참견하지 마."

"변함없는 사랑이 해보고 싶어? 그거 혼자 하면 좀 힘들지 않나? 청승맞게 혼자 그러지 말고 나랑 해보자고. 내가 상대해 줄게."

시준은 말끝을 느릿하게 끌며 노골적으로 우롱했다. 세림은 입술을 꾹 다물며 그를 싸늘히 내려다보다 발길을 돌렸다. 그가 세림 쪽으로 다이어리를 들이민다.

"다이어리 안 가져가?"

안 가져가긴 왜 안 가져가! 그것 땜에 일부러 뛰어왔는데. 두 눈을 부릅뜨고 다이어리를 빼앗으려 손을 뻗었다. 또다시 휙 하는 바람 소리와 함께 손끝에서 다이어리가 빠져나간다. 반대방향으로 잽싸게 빼돌린 이시준이 즐겁다는 듯 웃음을 걸었다.

이쯤 되자 세림은 약이 오를 대로 올랐다.

"다이어리 돌려받고 싶으면 나랑 연애해."

그녀가 분노로 일그러진 아랫입술을 지그시 깨물었다.

"미친놈."

드디어 참고 참았던 말을 뱉어냈다. 더 이상 예의 갖춰 상대할 가치가 없는 놈이라고 생각했다. 무시하듯 발걸음을 떼었다.

"동네방네 소문낼 거야."

세림은 뒤쪽에서 들려오는 얄미운 목소리에 고개를 팩 돌렸다. 이시준의 뒤통수밖에 보이지 않는다. 생각 같아선 컵에 물을 따라와 저 자식 머리에 확 부어버리고 싶다. 하지만 그녀는 배울 만큼 배운 사람이다. 사람들 다 보는 데서 그런 예의 없는 짓을 할 수는 없었다.

"또라이 같은 자식! 네 마음대로 해!"

결국 세림은 거칠게 말을 내뱉고는 그대로 커피숍을 나섰다.

커피숍 유리문에 달린 인테리어 종이 신경질적으로 딸랑거렸다. 창 너머 다홍빛으로 물든 거리를 세림이 빠르게 걸어간다. 시준은 입매를 부드럽게 밀어 올렸다.

멀어져 가는 세림이 작은 점이 될 때까지, 시준은 자리를 떠나지 않았다.

03.
진심

기억이란 침모(針母)다. 그것도 변덕스런 침모다. 기억은 안으로 들어갔다가 밖으로 나오고, 아래로 내려갔다가 위로 올라가고, 이쪽저쪽으로 침모의 바늘을 움직여 나간다.

—버지니아 울프「올랜도」

맥주를 들이켜는 세림의 목 넘김 소리는 개운하도록 경쾌했다. 그녀가 손에 든 잔을 탁 하고 소리 내어 테이블에 놓았다.

"와, 장난 아니다. 그걸 그냥 찼어? 아깝게. 사귀자 그러는데 한 번 사귀어보자 하지 그랬어."

"언니는, 아깝긴! 사귀긴 뭘 사겨? 사귀고 말고 할 것도 없어. 그 놈은 그냥 날 놀려먹는 게 목적이었던 거야. 언니가 걔 눈빛을 봤어야 했다니까? 진짜 미친놈, 또라이 소리가 절로 나올 정도였어."

포크 하나로 치킨을 집고 다른 하나로는 푹푹 살을 찢어내며 말하는 세림의 목소리에 신경질이 잔뜩 묻어 있다. 그녀는 가늘게 뜬 눈으로 아까의 일을 회상하더니 이내 고개를 절레절레 흔들었다.

생각하면 생각할수록 피가 거꾸로 솟구친다.

"근데 정말 대박인 게, 어떻게 하필이면 같은 과 사람이 주워간 거야? 그럴 수가 있어?"

"내 말이. 난 진짜 세상 좁다는 말 오늘 실감했어. 으이구!"

포크에 찍힌 닭 살점을 입으로 가져가려던 세림은 그대로 내려치듯 살짝 쥔 손을 테이블 모서리에 대었다. 기름 때문에 윤기 흐르는 뽀얀 닭살이 포크에 매달려 덜렁거린다. 그녀가 질린다는 듯 한숨을 푹 내쉬더니 다시 맥주를 들이켰다.

"이시준이 정말 너한테 사귀자고 했어? 말도 안 돼. 진짜 안 믿겨."

눈을 동그랗게 뜬 자영이 세림에게 연신 되물으며 놀랍다는 듯 고개를 가로저었다.

"넌 뭐가 그렇게 말이 안 되는데?"

이번에는 단아가 의아한 얼굴이다.

"전부 다. 이시준이 세림이한테 사귀자고 한 말도 그렇고, 세림이 얘가 그 훈남이를 단칼에 잘라내 버린 거나, 둘 다!"

"그게 왜 말이 안 되는데? 훈남이면 잘라내지도 못해? 세림이 말대로 정말 미친놈이었나 보지."

"걔가 그런 이미지가 아니야. 아니, 그것보다 이시준이 여자애한테 그런 말 했다는 거 자체가 안 믿겨져. 걘 친한 애들 아니면 말도 안 걸고 대꾸도 안 한다니까. 오죽했으면 별명이 시베리아 냉풍

이게."

"웬 시베리아 냉풍? 완전 유치하다, 야."

"그도 그렇게, 얼굴 잘생겼지, 스타일 좋지, 우등생이지, 게다가 하고 다니는 거 보면 집도 잘사는 것 같지. 여자애들이 당연히 드글드글 꼬이는데 한 번도 썸씽이며 그런 소문이 난 적이 없다니까. 심지어 입학하고 2년이나 됐는데 걔가 여자애들이랑 친하게 지내는 걸 본 애가 없을 정도야. 아, 자기 친구들하곤 말한다. 아무튼 절대 그런 가벼운 이미지는 아닌데……."

"진짜?"

"진짜. 오죽했으면 여자 선배들이 재수 없다고 할 정도야. 딱 동기, 선배, 후배, 그 이상은 절대 못 넘어오게 해. 다른 과에 예쁜 여자애들이 고백해도 다 차고. 장난 아니야. 그런 애가 사귀자고 그랬어? 다이어리 보고 정말 너한테 반할 걸 수도 있잖아."

같은 예과인 자영이 하는 말이니 거짓말은 아닐 것이다. 게다가 남의 일에 무심하기로는 자영도 만만치 않은데, 그런 자영이 흥분할 정도면 정말 인물이긴 인물인가 보다.

단아가 피식 웃으며 세림을 보았다. 그저 닭다리에 심취해 있던 세림은 자영의 말에 입술을 댓 발은 내밀고 매섭게 눈을 감았다 뜬다.

"김자영, 진짜 아니라고. 나보고 뭐라는 줄 알아? 영우는 나 안 좋아한다고 집착 그만하래. 걔 그 말이 하고 싶었던 거야, 단순히. 누가 그거 몰라?"

세림은 자존심이 상했는지 아랫입술을 질끈 깨물었다. 눈물이 맺히는 듯 눈동자가 촉촉이 젖는다.

자영은 말할 것도 없고 단아와 해나 역시 1년 반이라는 시간을 세림과 함께했다. 지고지순한 순애보는 그녀들이 보는 것만으로도 안타까울 정도였다. 조용히 혼자만 계속하는 애정에 무어라 말도 해줄 수 없었다. 그러나 이젠 세림이 좋은 남자와 예쁜 연애를 하는 것이 자영과 단아, 해나의 바람이었다. 세림 역시 그 마음을 모르지 않을 것이다.

"그래, 알아. 집착인 거 나도 알아. 어쩔 땐 내가 잊지 못하는 건 영우가 아니라…… 영우랑 같이 보냈던 그때가 아닌가 싶기도 했어. 그래서 소개팅도 해보고 다른 애도 만나보고 그랬는데, 그때마다 드는 생각은…… 난 아직도 영우가 너무 좋아. 아직도 영우만 보면 가슴이 뛰고 행복해. 그 남자애 말대로 현아 생각 안 하고 영우 좋아하는 거, 이기적이란 거 알면서도……."

테이블에 침묵이 돌았다. 와자지껄한 속에서 세 사람의 자리만이 조용하다. 한참 뒤에야 단아가 안쓰러운 눈으로 깊은 한숨을 내쉬며 입을 열었다.

"그 기분 이해해. 쉽게 포기하지 못하고 어쩔 수 없게 되는 마음도. 존경스럽기도 하고 그 남자애 말처럼. 사람을 그렇게까지 좋아할 수 있는 네가 참 대단하다. 속상해하지 마. 누군가를 잊는 데에 시간이 좀 오래 걸리는 것뿐이야."

단아가 침울해 있는 세림의 손등을 감싸며 애써 위로를 건넸다. 꾹꾹 눌러내고 있던 눈물이 결국 툭 손등 위로 떨어지고 만다.

"그래, 네가 영우한테 어떤 보답을 바라고 좋아하는 게 아니라는 건 알고 있어. 그런데 너 영우 잊어보려고 노력은 해봤어? 아니, 다른 남자들이랑 사귀어도 보고 소개팅도 한다고 했어. 그런데 네가 마음 열어서 걔들한테 관심 가져 본 적 있어? 그 애들이 네 마음에 파고들 수 있게 기회 줘봤냐고. 너 남자들이 막상 고백하면 도망갔지? 영우 잊지 못할 것 같다고."

가만히 맥주잔을 만지작거리던 자영이 기어코 쏘아붙였다. 세림의 눈동자가 점점 커졌다. 자영을 보는 단아는 염려의 눈빛을 보내고 있다.

안 그래도 우울해 죽겠는 애를 울릴 셈이야?

단아가 눈짓해도 자영은 모른 척하며 말을 이을 뿐이다.

"그때마다 남자들이 그랬지. 너 기다려 주겠다고. 그런데도 너 영우 정리 못 했어. 남자들은 결국 지쳐 나가떨어지고. 바보야, 박영우는 너 이제 신경 안 써. 김현아랑 깨가 쏟아진단 말이야. 차라리 이시준 개 말대로 확 뺏어오든가. 이도 아니고 저도 아니고, 그러니까 지금 네가 이러고 있는 거 아니야."

"자영아!"

자영의 말에 놀란 건 세림보다 단아였다. 자영이 현실적이고 이성적인 성격이긴 했지만 이제껏 세림을 늘 받아주는 편이었다. 그런데 웬일인지 오늘은 평소와 다르다. 자기 변호가 약한 세림을 몰아붙이고 있다.

원망스러움이 담긴 세림의 눈동자에 물기가 맺힌다.

자영의 한마디 한마디는 이시준이 불러일으킨 굴욕에 찬물을 뒤집어씌운 격이었다. 마음이 너덜너덜, 바람에 맥없이 날아가 버리는 천 조각이 되어버린다.

"내가 영우 못 잊고 혼자 좋아하는 게 그렇게 잘못되고 나쁜 거야? 난 두 사람 행복 망쳐 가면서까지 영우 욕심내고 싶지 않아. 너

잘난 척하지 마. 자기 상황 아니면 누구도 그 마음 이해 못해. 그렇게 쉽게 될 수 있는 문제라면 나도 참 좋겠다. 이제껏 그 말이 하고 싶어서 어떻게 참았냐?"

마음에도 없는 말을 내뱉은 세림은 가방을 챙겨 들고 신경질적으로 치킨집을 나섰다. 자영은 답답한 숨을 털어냈다.

모르고 있지 않았다. 세림과 영우, 사귄 건 아니었지만 사귀는 연인과 다를 바 없는 시간을 보낸 두 사람. 세림뿐만 아니라 자영, 주변의 다른 친구들까지도 그렇게 생각했다. 사귀기라도 했다면, 아니, 차라리 친구 사이가 아니었다면. 세 사람 중에 결국 가장 바보가 되고 미련스러워진 건 세림이다. 영우랑 사귄 것도 아닌 추억이란 물속을 한없이 들여다보고 있는 세림. 하지만 그럼에도 자영은 세림이 그럴 수밖에 없다는 걸 누구보다 잘 아는 사람이다. 다른 남자들을 알아갈 때도 영우랑 자꾸 비교가 되어 더욱 그러했을 것이다. 배려하는 말 한마디, 세림을 생각해 주던 행동 하나하나, 따스했던 눈길, 장난스럽게 부르던 그들만의 애칭. 영우에 관한 추억을 나열하자면 끝도 없겠지. 다른 남자들을 사귈 때면 그때의 기억이 더욱 선명하게 되새겨져 괴로웠겠지. 도저히 사귈 수가 없었을 거다.

자영은 거칠게 한숨을 터뜨렸다. 그때의 일을 아직도 잊어버릴 수가 없다. 가장 충격받고 공포로 남았을 그 밤. 세림의 곁을 지켜 주었던 건 자영이 아니라 영우였다.

"나나 해나도 너랑 똑같이 생각하고 있지만…… 오늘은 정말 심했어. 위로해 줘야 했잖아."

단아가 나직한 한숨을 내쉬며 애꿎은 맥주잔만 만지작거린다.

자영 역시 마음이 편할 리가 없다. 말은 독하게 해도 가장 친한 친구인데 누구보다 걱정됐을 것이다. 그런 말 역시 친한 사이가 아니면 하기 힘겨운 것들이니까. 외사랑을 하고 있는 세림의 마음도, 옆에서 아무것도 해주지 못한 채 마냥 지켜보기만 하는 친구의 마음도 이해되는 순간이다.

"나도 세림이 보면 갑갑해. 어떻게 해줄 수 없어서 더 그렇고."

"……."

"그런데 세림이 말이 맞아. 누구든 자기 상황 아니고서야 쉽게 이해 못해. 네가 더 잘 안다며. 은세림 저러는 거 누구보다 이해한다며. 그런데 오늘 왜 그랬어? 누군가를 사귄다고 해도 그 마음에 순수하게 그 사람만 있지 않을 때도 있어. 나도 현준이 아직까지 못 잊잖아. 사랑이란 게 특히 더 그런 것 같아. 마음대로 안 돼."

"그래도 이제는 아닌 건 아닌 거야. 언니는 다른 사람이라도 사귀고 있지, 세림인 혼자서 저러고 있잖아. 더 이상 받아주면 안 돼."

"……가끔은 힘들지만 포기가 쉽게 안 되는 사랑이 있어."

첫사랑이라면 자영도 호되게 앓고 지나갔다. 세림이 영우와 보낸 시간도 시간이지만 사랑하는 여자의 마음을 모르지 않았다. 그래서 계속 받아주기는 했는데…….

주인이 박차고 나간 자리를 보며 자영은 깊은 한숨을 내쉬었다. 반도 남지 않은 맥주를 보며 눈살을 찌푸린다. 영우에 대한 세림이의 마음이 지금은 저 정도나 될까? 다 비워 버리지 못한 채 얼마나 더 담아두어야 하는 걸까. 미지근하게 남아 있는 영우에 대한 마음을 누군가 쏟아버렸으면 좋겠다. 맥주잔을 들었다. 잔에 든 맥주를 다 비우지 않고서는 가만있을 수 없었다.

❖　❖　❖

은은한 다홍빛 조명과 리드미컬한 재즈가 어우러진 라운지 바에 사람들의 말소리가 은밀하게 오고 간다. 넓은 창으로 보이는 도심의 야경은 캔버스에 그려진 유화처럼 묽게 번져 있다. 야경을 뒤로 한 채 바에 앉은 시준은 세림의 다이어리를 눈높이까지 들어 올렸다. 입에 물린 담배 끝에서 연기가 느릿하게 피어오른다. 여자의 가느다란 손이 불쑥 끼어들더니 입에 물린 담배를 빼갔다. 매캐한 연기가 눈앞에서 너울을 그렸다.

잇새가 허전하다.

여자는 담배를 깊게 들이마시고 공중에 뱉어냈다. 허공에 밀리듯 퍼진 담배 연기가 두 가닥으로 갈라지다 다홍빛 조명 아래에서 그대로 사그라졌다. 그녀가 흘깃 시준을 보았다.

"뭘 그렇게 열심히 보고 있어?"

"다이어리."

"자기 거?"

그녀는 바 테이블에 팔꿈치를 세워놓고 손으로 턱을 괴었다. 시준을 바라보는 눈가에 유혹의 빛이 서려 있다. 단추 두 개를 풀어낸 살구색 블라우스 사이로 가슴골이 유독 도드라져 보인다.

"아니. 어떤 멍청하고 바보 같은 여자애 거."

"계산된 멍청함과 바보스러움 아니야?"

여자는 조소하며 시준의 귓가에 속삭이고는 차가운 얼음물이 섞인 위스키를 넘겼다.

"글쎄."

시준은 피식 웃으며 다이어리를 넘겼다.

은세림과 있던 커피숍에서 나와 집으로 차를 모는데 가방의 휴대전화에서 벨소리가 울렸다. 수화기를 통해 여자의 가느다란 목소리가 흘러들었다.

〈어디야?〉

"집에 가는 길."

〈집?〉

"아파트."

〈아아, 나 지금 백화점에서 쇼핑 중이야. 있다가 호텔에서 보자.〉

"귀찮아. 과제 해야 돼."

〈팅기지 마. 나 오늘 아빠한테 엄청 까였단 말이야. 어차피 우리 같은 애들은 신부교육 잘 받다가 어른들이 주선하는 선보고 시집가면 장땡이잖아. 간간이 그림 전시도 열고. 근데 만날 놀러만 다닌다고 괜히 들볶는데 진짜 짜증 났단 말이야. 응? 이시준, 듣고 있어?〉

"어."

〈그러니까 넌 오늘 나를 위로해 줘.〉

시준은 잠자코 직진 신호가 파랑으로 바뀌길 기다렸다. 좌회전 신호가 먼저 떨어졌다.

은세림은 뭐랄까, 매끄러우면서도 귓가에 스며들 듯한 음색이었는데. 봄날 떠다니는 꽃가루 같은 기분이 들기도 했고.

좌회전 신호가 끊기기 직전에 핸들을 틀었다. 라운지 레스토랑 셰프 요리가 일품이라며 여자가 즐겨 찾는 호텔 방향이었다.

"남의 다이어리 탐색에 취미 있는 줄은 몰랐네? 나도 다이어리 쓰면 관심 갖고 봐줄 거야?"

여자의 여우 같은 말투에 시준은 눈을 가늘게 뜨고 곤란한 미소를 지어 보였다. 그가 테이블에 놓인 담배 케이스에서 새 담배 한 개비를 집었다. 여자가 자신이 피우고 있던 담배를 다시 시준의 입에 물렸다. 그가 칭찬의 뜻으로 손만 뻗어 여자의 머리칼을 흩트리듯 쓰다듬었다.

―2005년 7월 14일

저녁에 일기를 쓰려고 뒤적이는데…… 영우 얘기가 절반이다. 아직도 영우를 좋아하냐고 묻는다면…… 잊어야지 하면서 잊는 게 힘들다. 자꾸 영우를 생각할 때나 동네에서 우연하게 만날 때면 너무나 좋다. 그냥 행복해진다. 가끔 멀리서 영우를 발견할 때면…… 아무렇지도 않게 인사를 건네볼까 싶은 생각도 든다. 그래도 막상은 그렇게 못하겠지만.

―2005년 8월 8일

그런 날이 꼭 있어. 희미하게 떠오르는 지난날이 달콤한 꿈속으로 숨어들어 반갑게 웃는 얼굴로 서 있는. 눈을 뜨면 터무니없는 허무함이 밀려와 너무나 괴로운데. 오랜만에 본 너는 반갑기도, 날 구제하지 못하는 늪으로 밀어 넣기도 해. 하루 종일 그 생각으로 하루를 보내니까, 멍하니. 시간이 지나도 잊을 수 없는 게 있다는 걸 널 좋아하면서 깨달았어. 소중하거나 아팠던 기억은 날 더 단단하게 만들어준다는 것도.

때론 그렇게 생각해. 세상 모든 것 다 필요 없고 세상에 너 한 사람만 있어도 나는 행복할 것 같다고. 마냥…… 행복할 것 같다고. 이기적인 나라서 미안해. 자꾸만 내 마음, 매듭짓지 못해 미안해.

그런데 오늘은…… 자꾸만 생각이 나.

다이어리에는 눈물 자국과 함께 잉크가 번져 있었다. 시준은 다이어리를 덮었다.

여자는 시준의 어깨에 팔을 올린 채 유혹하듯 가느다란 손가락으로 그의 입술을 쓸어냈다. 시준의 입술에 하얀 소금 가루가 묻는다. 여자가 시준의 입술에 묻은 소금 가루를 조심스레 핥으며 그 맛을 음미한다. 입술을 핥던 혀가 크게 벌린 그의 입속으로 감겨들어 간다. 서로의 혀와 타액이 엉킨다. 여자는 능숙한 손길로 시준의 가슴에서부터 어깨를 쓸어 올렸다. 그가 입술을 떼었다.

"나 어때?"

짧은 키스가 아쉬운 듯 다시 달려들려던 여자는 뜬금없는 시준의 물음에 의아하단 표정을 지었다. 그녀가 곧 생긋 웃었다.

"새삼스럽기는. 너 멋있지. 마스크며 신체 스펙 훌륭한 건 말할 것도 없고 세련된 매너, 똑똑하기까지 한데다 나보다 일곱 살이나 어리고. 그런 주제에 능력도 있고 머릿속마저 섹시해."

여자는 시준의 귓가에 속삭이듯 말을 끌었다. 빨리 장소를 옮기자는 신호. 시준의 입매가 비스듬히 올라갔다. 칭찬에 대한 보답이라는 듯 여자의 입에 가볍게 입 맞추었다.

"또."

"또? 취향이 빤한 것 같으면서도 빤하지가 않아. 입맛이 제법 까다롭단 말이야, 어린 게. 그게 은근히 치명적이거든."

"그런 거밖에 없어?"

원하는 대답이 아니라는 듯 시준은 두 눈썹 사이를 불만스럽게 밀어 올렸다.

"그럼 뭐? 듣고 싶은 대답이라도 있어?"

"가령 너무 좋아서 5년 동안 나만 사랑하고 싶다거나."

"그게 무슨 소리야?"

"말 그대로야. 5년 동안 나만 사랑할 수 있어?"

여자의 눈꼬리가 매끄럽게 휘어졌다.

"둘이 서로 사랑한다는 전제하에?"

"아니. 나는 너를 전혀 사랑하지 않는다는 전제하에."

"짝사랑 말하는 거야?"

시준은 더없이 매혹적인 눈길로 여자를 바라보았다. 그의 눈동자에 오직 자신만이 담긴다. 온몸이 녹아들 것 같다. 이 남자, 어린 주제에 눈빛이 너무 짙어.

"너 정도 되면 짝사랑 해볼 만하지. 그런데 5년은 너무 길다."

"길어?"

"당연하지. 네가 근사한 남자긴 하지만 5년 동안 너 한 사람한테 목매기엔 젊음이 아깝지, 바보야. 갑자기 웬 순진한 남자 흉내야? 그냥 다른 남자 만나면서 네 옆에 있을래. 연인 될 기회를 호시탐탐 노리면서."

"현명한 방법인데?"

"그렇지?"

여자는 특유의 버릇인 듯 눈꼬리를 한껏 휘었다. 남자라면 모두가 사랑해 주고 싶을 만큼. 그녀가 시준의 입에 입술을 댔다. 조금 벌어진 입술 사이로 혀를 밀어 넣으려는 찰나 시준이 입술을 떼었다.

"궁금하지 않아?"

흥이 깨진 여자는 심통이 난 얼굴로 '뭐가?' 하는 눈빛을 보낸다.

"5년 동안 변함없는 짝사랑을 한 여자가 새로운 사랑에 눈뜨는 모습이."

"여자 생겼어?"

"그럴지도."

여자의 눈매가 불만스러워졌다.

그들이 사는 세상에서 시준은 늘 화두로 떠올랐다. 그는 언제나 당연하게 주위의 이목을 집중시켰다. 지나치게 단정한 이미지와 달리 재치 있는 화술과 세련된 행동, 센스, 사람을 들여다보는 것만 같은 노골적인 눈빛, 맛있는 키스에 상응하는 듯한 달콤한 밤. 눈에 보이는 그와 부풀 대로 부풀려져 가늠할 수 없는 그는 무성한 소문 사이에 우뚝 서 있었다.

그녀 역시 처음 이 남자를 봤을 때 어떤 자석 같은 끌림을 느꼈다. 모든 감각이 그를 원했다. 그에게서 풍기는 아우라가 어딘지 위험한 구석이 있다는 걸 알면서도, 그래도 자꾸만 말려드는 건 이 애의 매혹적인 마력 때문일까, 자신의 어리석음 때문일까.

사람을 어찌할 수 없게 끌어들이는 매력에도 불구하고 이 애가 정해놓은 타인과의 선은 냉정할 정도로 분명했다. 이 애와 함께 있고 싶어 이 애가 정해놓은 선을 맞췄다.

그런데 이 앤, 그 여자를 어디까지 끌어들이려는 걸까.

"누군지 모르겠지만 그 여자랑 사랑 놀음이라도 하고 싶어? 그런 거 싫어하잖아."

"맞아. 싫어."

"그럼 자고 싶어?"

"그것만은 아니야."

"그럼? 자는 게 목적도 아니고, 사랑하고 싶지도 않은데 왜? 놀려먹고 싶구나? 그럼 못써. 순진한 애 울리면."

그녀가 낮게 키득거렸다.

"그것도 아닌데."

"그럼?"

여자는 이제 정말 궁금해하는 얼굴이다.

"그냥, 열받으니까."

입가에 번지는 근사한 웃음과 달리 시리도록 푸르게 변한 눈동자에 강렬함이 빛처럼 스친다. 어떻게든 먹이를 사냥해 낼 사나운 맹수의 눈이다. 여자는 그 눈빛에 알 수 없는 전율을 느꼈다.

맹수를 조련할 능력이 있다면 모를까, 토끼가 호랑이 먹잇감이 되는 건 동화책의 당연한 결말.

여자의 입매가 가느다랗게 밀렸다. 이 앤 욕심나지만 길들이기엔 위험한 남자야.

시준의 잡아먹을 듯한 거센 입맞춤에 여자는 정신이 혼미해졌다. 키스는 점점 더 격해졌다. 시준은 고집스럽게 꼭 다물고 있던 은세림의 분홍빛 입술을 떠올렸다.

베어 물면 복숭아처럼 달콤한 맛일까.

❖   ❖   ❖

강의실에 나른한 봄 햇살이 쏟아졌다. 햇살은 금가루처럼 부시도록 반짝인다. 시준은 강의실 뒤편 책상에 엎드려 곤히 잠들어 있었다. 살짝 열어놓은 창 사이로 실오라기 같은 바람이 물결처럼 흘러든다. 얼굴을 스치는 바람 때문에 그는 감았던 눈을 떴다. 눈동자만으로 소란스러운 강의실을 돌아보다 몇몇의 여학생과 공중에서 시선이 마주쳤다. 여학생들이 작은 탄성을 내지르며 저들끼리 수줍게 술렁인다. 시준은 피곤한 듯 다시 눈을 감았다가 느릿하게 상체를 들어 굳은 어깨를 주물렀다.

창밖 싱그러운 초록색 나뭇잎 사이로 햇살이 반짝반짝 눈부시다. 세림과도 같이.

은세림은 자주, 환영처럼 눈앞에 모습을 드러냈다. 세수를 하다가도, 도서관에서 공부할 때에도, 운전을 하다 신호등에 차가 멈췄을 때도 인도를 걷는 인파 사이에 섞여 있었다. 그녀가 자주 간다는 커피숍에는 진짜 은세림이 창가에 앉아 다이어리를 쓰고 있을 듯한 기대감도 들었다. 혹시나 하는 마음에 일부러 학교 근처 골목의 가게까지 찾아가 봤지만 그 애는 없었다. 웃음만 나올 뿐이다.

첫날, 그리 가까운 거리는 아니었지만 고개를 돌리자마자 알 수 있었다. 은세림이라는 걸. 사진보다 실물이 훨씬 나았다. 일기를 보면서 궁상맞고 우울한 분위기를 가진 애인 줄 알았는데 오히려 그 반대였다. 색상으로 비유하자면 파스텔, 화사하면서도 채도와 명도가 낮아 부드러운 것이 특징인.

자리까지 오는 걸음 하나하나를 왠지 모르게 놓치고 싶지 않았다. 다이어리를 돌려받기 위해 급하게 달려온 듯 발갛게 상기된 두 볼, 가쁜 숨을 진정시키며 자신을 내려다보던 눈동자, 사진에서보다 더 촉촉해 보이던 분홍빛 입술, 작고 하얀 말티즈처럼 약간은 겁먹은 듯 조심스러움이 묻어나던 몸짓. 어깨까지 내려오는 까만 머리는 생머리도 파마머리도 아니었다. 밑 부분만 말려 들어간 웨이브가 전체적으로 귀엽기만 한 분위기를 전환시켰다.

시준은 홀린 듯 묘한 기분에 휩싸였다. 자리에서 일어나 세림을 끌어안고 키스해 버리고픈 강한 충동에 손끝이 저릿했다. 그것을 꾹 참느라 그는 주먹을 쥘 수밖에 없었다.

수줍게 인사를 하던 그녀는 지나치게 성숙해 보이지도, 지나치게 어려 보이지도 않는 아이러니한 인상이었다. 여성과 소녀 사이의 이중성이라.

허벅지까지 내려오는 베이지색 카디건은 아담한 체구에 몹시 잘 어울렸다. 옆으로 비스듬히 멘 가방과 스키니, 카디건 길이만큼 내려오는 시폰 원피스 셔츠는 깨끗한 피부에 화사함을 더했다. 딱 보기에도 화창한 봄날을 만끽하는 봄 처녀. 빛깔 없는 풍경 속에서 유독 세림에게만 봄의 선명한 생기가 모여드는 듯하였다.

쭈뼛쭈뼛 자신의 눈치를 보면서 앉아 있다가 어느새 입에 발톱을 세운 고양이처럼 날카롭게 대꾸하던 모습까지, 알수록 눈을 뗄 수 없게 만드는 재밌는 여자애였다. 귀여워서 자꾸 건드리고 싶을 만큼.

되짚으려 하지 않아도 자동적으로 재생되는 영화의 한 장면처럼 그날의 세림이 눈앞에 생생히 펼쳐졌다. 시준은 자신도 모르게 피식 웃었다. 그러다 아랫입술을 살짝 깨문다. 얼굴에 드리워지는 나뭇잎의 그림자를 따라 기분 좋은 미소가 만면에 어른거린다.

"얌마."

태현이 묵직한 전공 책을 시준의 머리 위에 얹었다. 뒤이어 미영이 강의실로 들어왔다.

"뭔 생각을 그렇게 넋 놓고 하고 있어?"

시준은 태현이 건네는 전공 책을 받으며 머리를 매만졌다. 얼굴에 미소만이 남아 있다. 태현이 시준을 빠하게 쳐다보며 미영과 나란히 앞자리에 앉았다.

"너 요새 왜 그래? 집에 우환 생겼냐?"

"내가 없는 우환도 끌어당길 만큼 매력적이긴 하지."

"그지. 승범이 다음으로 우환 끌고 다니는 놈이 너지."

시준은 잠시 껄껄 웃었다.

"우환도 없는 놈이 수업 시간이 얼마 남은지도 모르고 몸만 오는 건 무슨 경우야? 정신 좀 챙기고 다녀라."

"왜, 정신줄이라도 놓은 것처럼 보여?"

"잘 알고 있네."

태현의 말에 시준은 이번에 폭소를 터뜨렸다. 이 봄에 꽃 피는 거 보고 정신줄 놨냐 하던 세림의 말이 떠올랐기 때문이다. 그가 소리 내서 크게 웃는 걸 처음 본 과 여자 동기들이 여기저기에서 술렁거렸다. 영문을 모르는 태현과 미영 역시 황당해 벙찐 표정이다.

"이 새끼 이거 완전 미쳤네."

비웃듯 말하며 앞으로 몸을 돌리던 태현의 눈길이 한곳에 머물렀다. 시준도 그의 시선을 따라 고개를 돌렸다. 김자영이 서 있다.

"이시준, 나랑 얘기 좀 할 수 있어?"

시준은 슬며시 눈썹을 구기며 미간을 모았다. 귀찮다는 기색이 역력한 표정으로 그녀를 올려다본다. 자영은 심각하다 못해 비장해 보이기까지 했다.

"내가 왜?"

잠시 의아함을 접어두고 대답한 그의 말투는 건조하고 가시가 돋아 있다.

"너 얼마 전에 세림이 만났지? 세림이한테 한 말 진심이라면 너한테 말해두고 싶은 게 있어."

세림의 이름에 시준은 잠시 생각하는 듯싶다가 작게 탄성했다.

"네가 김자영이지? 우리 과. 은세림 절친."

"……."

알 수 없는 상황에 태현과 미영은 어리둥절해했다.

하여간 재미있어.

시준은 입가에 묘한 미소를 걸쳤다가 이내 거두었다. 자영의 뒤로 영우와 현아가 강의실로 들어오는 모습이 보였기 때문이다.

"나가서 이야기하는 게 좋겠다."

그가 자리에서 천천히 일어났다.

의과실 가장 서쪽 외부 계단에는 간이 벤치 두 개와 음료 자판기가 구비되어 있었다. 자판기 앞의 시준이 커피를 뽑아 자영에게 건넸다.

"고마워."

"별로."

그가 맞은편 벤치에 앉으며 심상히 답했다. 연녹색 나뭇잎 냄새를 가득 담은 동풍이 불어왔다. 몸에 감기는 바람이 상쾌하다.

자영이 잠시 숨을 고르다 말문을 열었다.

"세림이한테…… 네 이야기 들었어."

시준의 입가가 부드럽게 밀렸다.

"고자질쟁이."

자영이 눈을 동그랗게 떴다.

"그새를 못 참고 쪼르르 가서 일러바치기는."

"너 세림이랑 사귀고 싶다는 말 진짜야?"

"어, 진짜야."

새삼스럽게 뭘 물어보냐는 말투다. 자영의 표정이 대번에 굳어진다.

원래 이렇게 생각 없이 말을 툭툭 내뱉는 타입인가?

"네가 세림이에 대해 얼마나 안다고? 겨우 다이어리 하나로 세림이에 대해서 모두 안다고 하면 그거 착각 아니야? 경솔하다고 생각하지 않아?"

"은세림. 나이 스물하나, 키 162㎝, 몸무게 45, 별자리는 게자리, 취미 영화 보기, 음악 감상, 다이어리 쓰기. 가장 좋아하는 건 에스프레소 밀라노의 데일리 수제 쇼트케이크, 초코쉐이크. 대인관계로는 중앙고등학교 출신의 단짝 김자영, 과에서 사귄 동기 언니 김단아, 김단아 친구 패션디자인과 이해나가 있음."

시준은 종이컵을 손에 들고 정확하게 읊어댔다. 그동안 알지 못했는데 묘하게 얄미운 구석이 있는 놈이란 생각이 든다. 세림이가 미친놈이라며 길길이 날뛰던 게 조금은 이해가 갈 만큼.

"이 정도면 충분하지 않나. 사귀기 전부터 호구조사 너무 치밀하게 해도 재미없어."

말은 청산유수다. 자영은 적당히 시선을 허공에 놓고 입을 열었다.

"너도 잘 알겠지만 걔 고등학교 때부터 지금까지 영우 5년이나 짝사랑했어. 세림이한텐 짝사랑이자 첫사랑이고."

'그리고' 하며 덧붙이려던 자영은 입을 다물었다.

"그것도 잘 알아. 다이어리에 구구절절 써놨던데."

"가벼운 마음으로 그러는 거면 그만둬. 걔 진짜 마음 여린 애야. 정도 많아서 정말 너한테 빠지면 아마 못 헤어날 거야."

"그게 내가 바라는 건데?"

자영의 한쪽 눈썹이 매섭게 치켜 올라갔다.

지금 무슨 소릴 하는 거야? 자신과 달리 시준은 얄미울 정도로 여유롭게 웃어 보이고 있었다. 사람은 역시 겉모습으로 판단해선 안 된다. 생긴 것 답지 않게 여자관계도 깨끗하고 우등생인데다가 성실해 보여서 호의적으로 생각했는데 이건 뭐 말하는 게 새털보다도 가벼운 수준이다. 잠시라도 세림을 구제해 줄 수 있는 애일지도 모른다는 얄팍한 기대는 자신만의 멍청한 생각이었던 것 같다.

"미쳤어? 너 사람 갖고 노는 게 취미야? 장난하고 싶은 거라면 이쯤에서 그만해."

시준은 미간을 모은 채로 웃을 듯 말 듯 애매한 표정을 지었다.

"참 희한해. 너도 그렇고 은세림도 그렇고, 왜 내가 걔를 가지고 노는다는 생각을 하는지."

"네가 이런 식으로 말하니까 세림이 입장에서는 장난치는 거라고밖에 생각이 안 들잖아."

"겨우 연애야. 연애 한번 하려는데 뭐가 그렇게 심각해? 결혼하는 거 아니잖아."

"세림이는 그래. 그렇게 심각한 애야. 너 같은 애가 사귀자고 하면 지금 당장은 아닐지 몰라도 언젠가는 마음의 문을 열 거야. 그런데 걔가 정들었을 때 네가 돌아서게 되면? 세림이 늪으로 빠지는 건 불 보듯 뻔하고 그걸 보는 친구 마음은 어떻겠어?"

"사람 마음은 어떻게 될지 아무도 장담 못해. 은세림, 생각하는 게 너무 어려. 아무리 푸시해도 상대방 쪽에서 마음이 없으면 지쳐 떨어지는 건 당연해. 특히 남자들이라면 더더욱. 인내심이 없거든."

"그렇게 지치게 만드는 애니까 괜히 정들게 하지 말고 너도 마음 없으면 그만두라고."

자영의 말에 시준이 눈썹을 들어 올리며 입가에 묘한 웃음을 지어 보인다.

"정들게라……. 절친이 하는 말이니까 어느 정도 가능성은 있단 얘기네. 그래, 사실대로 말하면 호기심이었어. 도대체 어떤 애길래 그렇게 박영우한테 목을 매나 싶었거든. 실제로 봤을 때 생각보다 괜찮았어. 스타일도 귀엽고 툭툭 두드리면 반응해 오고. 한 사람을 엄청나게 좋아할 수 있는 순정과 순수함도, 마음에 들었어."

어느새 시준의 얼굴은 진지해져 있었다. 시종일관 뭐가 그리 자신만만한지 여유롭던 아까와는 다르다. 눈빛 역시 한껏 깊어졌다.

그래, 언젠가 조별 발표를 하면서 본 그 눈동자였다. 다른 조가 어떤 문제에 대한 오류를 끊임없이 물고 늘어지자 그때까지 가볍게 대꾸하던 태도를 바꾸었다. 자료를 보여가며 대답했고, 오히려 역으로 질문해 질문자를 궁지로 몰아가기까지 했다. 드러내지 않는 치열함. 그것은 청중의 입장이 된 제삼자에게 어떤 기대감과 희열을 주었다. 지루한 얼굴로 아이들의 발표를 지켜보던 교수님도 어느새 흥미를 보이셨다. 발표가 끝난 후 시준은 1학년 중 유일하게 개별 점수에서 만점을 받았다. 점수 받기 까다롭기로 유명한 교수님이었다.

"아직까진 어떻게 될지 장담 못해. 정말 은세림이 좋아져서 사귀게 될지, 흥미가 떨어져서 말게 될지. 네 말대로 은세림 전부를 알고 있는 게 아니니까. 어쨌든 지금은 어떤 앤지 궁금해. 더 알고 싶기도 하고, 기회를 만들어서 더 알아가고 싶고. 이 정도면…… 만족할 만한 대답이 돼?"

자영이 시름을 덜어내듯 깊은 숨을 내쉬었다.

"솔직히 그래. 넌 영우 친구고 세림인 영우를 좋아하고 있고. 그걸 알면서도 어떻게 세림이하고 사귀고 싶단 생각을 할 수 있어? 사귀게 되면 불편해질 텐데. 그게 가장 마음에 걸려."

시준 역시 숨을 털어내듯 웃었다.

"누가 친구 아니랄까 봐 왜 이렇게 앞서 나가는 거야. 심각해하지 말라니까. 그렇다고 은세림이 영우랑 연애를 했던 것도 아니고, 영우는 아직까지 은세림이 자길 좋아하는 걸 모르잖아. 그건 중요한 게 아니야. 중요한 건 앞으로 은세림이 나한테 호감을 가지게 될 것인가, 아닌가 하는 것이지."

"……다른 건 몰라도 세림이한테는 진심으로 대하는 게 현명한 방법일 것 같다."

"참고할게."

그가 눈을 감았다 뜨며 가볍게 고개를 끄덕여 보인다. 얼굴에 웃음기를 지우지 않고.

큰일을 치르고 난 것처럼 자영은 맥이 빠졌다. 부디 이번만은 세림이 마음을 열 수 있다면 좋을 텐데. 나머지는 그 애에게 달려 있겠지.

자영이 자리에서 일어났다.

"수업 시작했겠다. 들어가자."

시준도 따라 일어섰다. 그는 돌아서 문가로 걸어가는 자영의 뒷모습을 바라보다 입을 뗐다.

"김자영."

그녀가 돌아서자 시준은 바지주머니에 손을 찔러 넣고 생각하는 듯하며 얼굴을 찡그렸다.

"네 이야긴 잘 알아들었어. 은세림, 울리지 않도록 노력할 테니까……."

그 뒷말은 덧붙이지 않았다.

"……애정이 생기는 건 상대에 대한 호기심부터래. 열심히 해봐."

나름대로인 자영의 응원에 시준이 빙긋 웃는다.

건너편 건물 사이로 해질녘 빛이 따사롭게 내려앉았다. 바람 사이로 꽃가루가 너울거리며 한가롭게 날아올랐다.

❖ ❖ ❖

세림은 침대에 힘없이 풀썩 쓰러져 누웠다.

한숨이 나온다. 보름이 어떻게 지나갔는지 모르겠다. 다이어리가 없어지고, 가지고 있다고 전화한 놈은 정신 나간 놈이고, 자영이랑 싸우고, 내일까진 줄 알았던 리포트 제출이 오늘까지여서 식겁했던 것까지 생각하면…….

김자영, 나쁜 계집애. 샐쭉 입술을 내밀다 힘없이 눈을 감는다. 자영이한테는 언제 연락하지? 다이어리도 찾아와야 하는데.

"의예과 05학번 이시준."

이시준의 목소리가 귓가에 울린다. 저음의 느릿하고 차분한 목소리, 장난스럽게 툭툭 던지던 말투, 얄미울 정도로 여유로워 보이던 표정과 웃음.

"어떤 의미론 존경스러워. 보상받을 수 없음에도 한결같을 수 있다는 거, 대단하다고 생각해."
"그거에 반했어."

그거에 반했어.
눈이 번쩍 떠졌다.
내가 미쳤지, 미쳤어! 그딴 놈이나 생각하고 있다니!

세림은 두 손을 꼭 쥐며 입을 앙다물었다. 한참 침대에 엎어져 퍼덕거리던 그녀는 천장을 향해 몸을 돌려 누웠다. 천장의 아이보리색 잔잔한 꽃무늬 벽지에 시선을 둔다.

이시준.

입술로 그의 이름을 따라 부르듯 움직였다. 어감이 좋다고 생각했다. 잠시였지만 깊었던 눈동자에 가슴 언저리에서 숨이 부풀어 올랐다. 만약 그 말이 진심이었다면…….

진심이었다면?

세림은 소스라치듯 자리에서 벌떡 일어났다.

은세림, 정신 차려라. 지금 무슨 생각을 하는 거야? 진심이었다면 뭐?

그녀는 생기 잃은 눈동자로 지친 호흡을 여몄다. 메고 있던 가방을 벗어 방바닥에 아무렇게나 던지고는 책상으로 걸어가 앉았다. 책상 위에 놓인 아기자기한 탁상 캘린더를 집어 들며 다른 한 손으로 연필꽂이의 펜들을 더듬더듬 잡는다. 다이어리를 잃어버린 이후부터 세림은 틈틈이 탁상 캘린더에라도 그날 있었던 일을 간단하게 체크했다. 캘린더에 펜촉이 닿자 잉크가 스며든다. 눈의 초점이 캘린더 어디에도 고정되지 않았다.

그날 일이 누구 한 사람의 잘못이라고 생각하지 않는다.

자영과 세림 두 사람은 6년을 봐왔다. 자영은 세림이 자신을 아는 만큼, 아니, 어쩌면 그보다 더 많은 걸 알지도 모르는 그녀 나름대로의 특약 처방이었을 것이다. 그것을 잘 알고 있음에도 세림은 싫었다.

지나간 시간을 버겁도록 붙잡고 있다는 걸 알고 있다. 동의를 바라진 않는다. 그렇다고 비난받는 것 역시 유쾌한 일은 아니었다. 알면서도 정리할 수 없는 마음. 이제는 단순한 집착인지, 아직도 좋아하는 건지 헷갈리는 빛바랜 감정. 그러나 놓아버릴 수 없는, 해묵은 소중한 선물 같은 것. 오래되었다고 해서 버리기엔 그곳에 담겨 있던 지난날들이, 시간과 추억이 너무나도 많았다. 이제는 상자에 담아 덮어도 될 때가 왔다는 사실을 인정하는 게 슬펐다.

심장을 차지한 영우의 존재는 행복과 좌절 두 가지를 동시에 안겨주었다. 애절하고도 강하게 밀려오는 자괴감을 어떻게 표현하면 좋을까. 계속해서 반복되는 감정의 쳇바퀴. 지난날 함께했던 영우의 환영에 사로잡혀 있다고 해도 어쩔 수가 없다. 그 아이를 향해 가졌던 감정들은 어느 순간 바랠 거다. 분명 그렇게 될 거라 생각한다. 하지만 문득문득 떠오르는 파편의 기억은 결코 지워지지 않겠지. 영우에게 위로받았던, 행복했던, 빛났던 그날들은 일생의 한 부분으로 남을 테니.

그래서 다이어리를 잃어버렸을 때 새파랗고 시린 망망대해 한가운데에 풍덩 떠밀려 빠진 기분이었다. 송두리째 사라져 버린 지난날의 시간과 감정을 다신 찾을 수 없을 것만 같아서.

그대로 책상에 엎어졌다. 머리 아픈 생각은 그만하고 싶다.

04.

Bloom In 봄바람

　며칠 동안 신경 쓴 일이 많아서인지 세림은 아침부터 머리가 지끈지끈 아팠다. 강의실 문을 열자 학생들의 웅성거림이 머릿속을 웅웅 울리듯 흘러들었다. 세림은 공간을 둥둥 떠다니는 말소리를 헤치며 대충 중간쯤에 자리를 잡았다. 푹신한 천 시트 의자에 몸을 깊숙이 묻으며 눈을 감았다.

　일주일에 딱 한 번 두 시간 들어 있는 이번 교양은 단아와 유일하게 달리 듣는 수업이다. 생명과학관 1층 강의실에서의 뇌신경과학의 이해. 이번 학기 교양 수강 신청을 두 과목이나 실패한 세림이 무얼 들을까 고민하다 충동적으로 등록한 수업이었다. 혹시나 영우가 듣지는 않을까 싶은 얄팍한 기대와 함께.

　수업 첫날, 세림은 본인이 생각해도 말이 안 되는 작은 기대를 안고 수업에 들어갔다. 그리고 그곳에서 영우의 이름이 호명되는 순간, 심장이 발밑으로 내려앉고 몸이 떨렸었다.

정말? 설마······!

조심스럽게 고개를 들어 주위를 둘러보았다. 하지만 영우는 물론이고 현아의 모습도 찾아볼 수 없었다. 교수님께서 부르는 출석에도 묵묵부답이었다. 첫날이라 수업을 빼먹었나? 한 시간 내내 이어지던 교수님의 강의 계획 설명은 귓등으로도 듣지 않았다. 카페인을 다량 흡수한 것처럼 심장이 빠르게 두근거렸다. 이건 말도 안 되는 우연이라는 생각만이 온통 머릿속을 메운 반면, 거부할 수 없는 내밀한 기쁨이 가슴에 싹을 틔웠다. 현아를 조금도 생각하지 않는 자신이 가살스러웠지만 어쩔 수가 없었다.

그러나 기쁨도 잠시, 갈등에 빠질 수밖에 없었다. 수강 신청 정정 기간 동안 수업을 바꿔야 하나 말아야 하나. 영우와 한 공간에서 수업을 들을 수 있다면 좋겠지만, 역시 현아를 생각하면 너무 뻔뻔스러운 행동이었다. 몸과 마음이 따로 논다는 말은 이럴 때 쓰는 건가.

그녀는 결국 마지막까지 수강을 포기하지 못했다.

수강 신청 정정 기간이 끝나고 출석부에서 영우와 현아의 이름은 호명되지 않았다. 실망감과 동시에 얼굴이 달아올랐다. 발칙한 생각을 하다 벌받은 것만 같아. 발가벗겨진 창피한 기분을 어떻게 표현할 수 있을까. 생각만으로도 바보 같은 순간이었다.

세림은 눈썹을 찡그렸다. 누군가가 미간을 손가락으로 꾹 눌러 왔다. 그녀가 눈을 번쩍 뜨고 손가락의 주인을 돌아보았다. 눈동자가 당황스러움과 황당함으로 금세 동그랗게 커졌다.

"자는데 인상 쓰면 주름 생겨."

이시준?

이시준이 옆자리에 앉아 있다. 놀란 세림은 눈만 껌벅거렸다. 일주일 만에 다시 만난 이시준은 여전히 얄미울 정도로 여유로운 얼굴이었다.

"너…… 너 뭐야?"

"뭐가?"

"네가 왜…… 여기에 있어?"

"청강. 나 오늘부터 이 수업 청강해."

"청강? 이 수업을 왜?"

"글쎄, 왜 할까? 누가 이 수업이 재미있다고 그래서? 아니면 누가 듣고 있어서?"

너무 놀라고 황당해 더듬더듬 묻는 세림에게 시준은 표정 하나 바꾸지 않고 능청스러운 얼굴로 대답했다. 세림은 기가 막혔다.

어이없어 한숨을 내뱉는 순간, 커피숍에서 있었던 일들이 영화 필름처럼 한꺼번에 눈앞을 스쳤다. 지금 생각해도 그때 일은 도무지 분을 삭일 수가 없다. 이 또라이는 도대체 무슨 생각으로 여길 온 건데? 아니, 그것보다 내가 여기에서 수업 듣는 건 어떻게 안 거야?

세림의 말간 눈동자에 담긴 의문들을 읽어내기라도 하듯 시준은 빙긋 웃었다. 그가 자홍색 가죽 백팩 옆 지퍼를 열며 손바닥만 한 코팅지를 꺼내 보였다. 그건 세림이 만든 그녀의 시간표였다.

"누구 다이어리 보니까 스토커질의 기본은 스케줄 확인이더라고. 배운 건 써먹어야지. 난 학습 능력이 뛰어난 남자거든."

대번에 인상을 쓰며 시준을 노려보던 세림은 고개를 돌려 버렸다. 그녀는 가방을 뒤적거리며 강의 프린트를 찾기 시작했다.

재가 여기서 무슨 수업을 듣던 나랑 뭔 상관이야.

"이 수업 재미없지 않아? 교수가 강의 빡세게 하기로 유명한데."

세림은 대꾸 없이 프린트를 꺼내 무릎 위에 올려놓고 휙휙 소리를 내어 넘겼다.

"예과생들도 이 교수 수업은 점수 제대로 발리거든. 무슨 생각으로 신청했어?"

가방에서 펜을 꺼내 든다. 그녀는 뚜껑을 뒤에 꽂고 프린트에 밑줄을 그어가며 읽기 시작하였다.

개가 짖는다, 개가 짖는다, 속으로 중얼거리며.

"혹시 박영우가 들을까 봐?"

펜을 쥔 손에 저도 모르게 힘이 들어갔다. 0.38짜리 얇은 펜 심이 맥없이 구부러졌다. 그제야 세림이 시준을 돌아본다. 시준은 반대편 팔걸이에 몸을 비스듬히 기대 다리를 꼬고 있었다. 그의 눈꼬리에 비웃음이 서려 있었다.

매서운 눈초리로 시준을 쏘아보던 세림은 가방을 주섬주섬 챙겼다. 그가 재빠르게 손목을 잡는다. 세림의 얼굴이 순식간에 달아오른다.

이시준에게 붙잡힌 손목이 불쾌할 만큼 뜨겁다.

"이, 이거 안 놔?"

"알았어. 잘못했어. 자극 안 할게."

잘못했다고 하면서도 미안함은 조금도 찾아볼 수 없는 얼굴이다. 오히려 웃고 있다. 재수 없는 자식.

시준은 세림의 손목을 잡은 손에 힘을 주며 그녀를 자리에 앉혔다. 세림은 아픈 듯 미간을 찡그리며 그의 손을 뿌리쳤다.

"귀여워서 놀려주고 싶었어."

"……."

"너 참 여러 가지로 예쁘다?"

"……."

"웃는 것도 예뻐, 화내는 것도 예뻐, 우는 얼굴도 예쁘려나? 한 번 울려보고 싶네."

"미친놈."

"맞아. 나 요새 너한테 미쳐 가는 중이야."

황당하다 못해 어처구니가 없다. 시준이 눈을 빤히 쳐다보며 웃는다. 그 눈길이 부담스럽다고 느낄 때쯤 그가 다시 입을 열었다.

"이거 끝나고 공강 시간에 애들이랑 점심 먹지? 나도 갈래."

"네가 왜?"

"친해지고 싶으니까."

여전히 세림을 뚫어지게 쳐다보며 시준은 연신 빙글빙글 웃었다. 곧은 시선은 조금도 흔들림 없이 눈동자에 부딪쳐 왔다. 세림은 눈을 재빠르게 깜박거렸다.

피하고 싶을 만큼 받아내기 힘든 시선이다. 아까 잡혀 있던 손목의 뜨거운 기운이 아직도 남아 있는 것 같다.

"내, 내가…… 미쳤어, 너를 데리고 가게? 그리고 난 너랑 별로 친해지고 싶지 않거든?"

눈동자를 어디에 둬야 할지 난감했다. 앞머리를 매만지며 끝내 고개를 돌렸다. 자신의 행동이 어색해 보이지 않도록 하기 위해 강의 프린트를 들었다. 글자가 한 개도 읽히지 않았다. 그만 좀 쳐다봐라, 이놈아! 그 말이 목구멍에서 발버둥 쳤다.

"난 너랑 친해지고 싶단 말 안 했는데?"

세림은 사나운 고양이 눈처럼 눈매를 들어 올렸다.

"너 말고 단아 누나. 그 누나 매력 있던데."

처음 만났을 때부터 느낀 거지만 이시준과의 대화는 자신을 유치하고 어이없게 만들었다. 고개를 설레설레 저으며 괜히 프린트를 넘겼다. 지난 시간까지 수업 받은 내용은 이미 한참이나 지났다.

"과연 단아 언니가 너랑 친해지고 싶어 할까?"

"당연하지. 내가 얼마나 매력 있는 남잔데. 말이 나와서 하는 말인데, 나하고 친해지고 싶어 하는 애들 수두룩하다. 아마 열 맞춰 세우면 서울에서 부산까지 고속도로로 하나 개통될걸."

세상에 기가 막히고 코가 막혀서. 무슨 헛소릴 저리 정성 들여 하는 건지.

프린트를 읽어가던 세림은 웃기지도 않은 헛소리에 탄식을 터뜨렸다.

"그럼 그 여자애들하고 친하게 지내던가."

"그건 싫어."

한참 동안 세림의 일거수일투족을 관찰하듯 지켜보던 시준이 의자 등받이에 몸을 늘어지게 기댔다. 세림이 그를 돌아보았다. 지루한 표정이 역력하다.

"왜? 설마 나랑 친한 사람들 공략해서 네 편으로 만들려고?"

세림이 놀리듯 장난스럽게 물었다. 시준의 눈동자가 다시 세림을 향했다. 그의 깨끗하리만치 투명한 홍채에 그녀가 그대로 비춰졌다. 지나치다 싶으리만큼 정직하게. 그녀는 두어 번 눈을 깜빡거리다 눈길을 피했다. 이시준이 재미있다는 듯 눈썹을 들어 올렸다.

"아니. 너한테 소중한 사람들이니까 잘 보여야지."

순간 심장이 멎을 듯 튀어 올랐다. 눈길이 반사적으로 시준에게 향했다. 그의 눈동자는 여전히 자신을 향하고 있다. 이시준의 얼굴에 여유로운 미소가 번졌다.

그거 무슨 의미로 하는 말이야?

말없이 눈빛으로만 그의 얼굴을 살폈다. 하지만 시준이 무슨 생각을 하는지 도무지 짐작할 수 없었다. 표정이 굳어진다. 무슨 의미가 있든 없든 중요하지 않다. 중요한 건 자꾸 중심을 잃고 어질러지는 마음이다.

은세림, 신경 쓰지 마. 네가 반응하니까 재밌어서 저러는 거야.

세림은 다리 위에 올려둔 왼손을 살짝 쥐었다. 미세하게 열려 있던 입술을 다물다가 떼었다.

"자꾸 헛소리하면…… 맞는 수가 있어."

"그것도 영광인데."

초점이 흔들린다. 강의실 여기저기에서 들려오는 학생들의 웅성거림이 흐릿해진다. 눈길을 떨어뜨리며 프린트를 힘주어 잡았다. 호흡을 고른다. 그러나 옆에서 자꾸만 쳐다보는 시준이 신경 쓰여 도무지 집중되지 않는다. 숨은 미세하게 흐트러지고, 눌린 심장은 평소보다 빠르게 움직이기 시작했다. 양 볼이 발개진다.

두근거림이 아니다. 이건 그냥 긴장한 거야.

시준은 비딱하게 앉아 수업 시간 내내 관찰하듯 세림에게서 눈길을 떼지 않았다. 덕분에 세림은 교수님이 무슨 말을 하는지 강의 내용을 절반도 이해하지 못했지만, 연신 고개를 끄덕거리며 집중하는 척했다. 그렇지 않으면 강의실을 박차고 나갈 것만 같았다.

❖ ❖ ❖

시준은 화요일 오전과 목요일 오후, 세림의 교양 수업에 함께했다. 예과 특성상 자영과 영우의 시간표는 분명 조금도 여유가 없었다. 그럼에도 불구하고 시준은 꼬박꼬박 인문대학에 와 발도장을 찍었다. 그 외에도 공강 시간이면 기가 막히게도 시간 맞춰 찾아와 점심을 같이했다.

시준이 세림을 따라와 같이 식사하던 첫날을 자영은 잊을 수가 없다. 차갑기가 시베리아 냉풍에 버금가는 이시준이 단아와 해나에게 살가운 미소를 보이며 분위기를 맞췄다. '얘, 이렇게 성격이 좋은 애였어?' 하고 속으로 혀를 내두를 만큼.

같은 과 동기들 사이에도 소문은 공공연히 돌았다. 어느 날부터 세림의 옆에 붙어 다니게 된 근사하게 생긴 남자 하나. 여자가 절반인 국문과에서 그의 존재는 단연 주목의 대상이었다. 얼굴이면 얼굴, 키면 키, 스타일이면 스타일, 부드러운 성격에 의예과라는 타이틀까지 조금도 빠지지 않는 그의 이력으로 세림은 단연 동기들의 부러움을 샀다.

그러나 세림은 이런 주목이 부담스럽고 그리 달갑지 않았다. 물론 영우와의 일이 소문나는 것보단 낫지만, 그렇다고 이시준과 사귈 것도 아니다. 어느 날 갑자기 이시준과 틀어지기라도 하면 과 동기들의 의문은 어떻게 받아낼 것인가. 그저 난감하기만 하다.

세림은 힘없는 날숨을 뱉어내며 여느 날과 다름없이 커피숍 문을 밀었다. 그러다 아차 싶다. 요 얼마간 수업이 끝나면 커피숍을 찾는 게 그만 일상이 되어버렸다. 그것도 이시준과 함께. 미간을 좁혔다. 무언가에 습관을 들인다는 건 때론 무서운 것이기도 하다. 누구보다 시준과 엮이기 싫어하면서 이게 뭐야. 커피숍 유리문 손잡이를 잡고 들어갈까 말까 잠시 망설였다. 그냥 들어갈까 싶던 찰나, 가방에서 휴대전화 벨이 요란스럽게 울렸다. 액정을 보니 아니나 다를까, '왕재수' 이시준. 어서 받으라는 듯 힘차게 울려대는 휴대전화가 괜히 얄미워 가방 깊숙이 넣어버렸다. 커피숍이 여기만 있는 것도 아니고. 이미 반쯤 밀어놓은 커피숍 문을 뒤로하고 발길을 돌렸다.

학교 주변에는 체인 커피숍 말고도 개인이 운영하는 맛 좋은 곳도 많았다. 정문 왼편의 골목으로 들어서서 조금 더 밑으로 내려오면 나무 테라스가 노천카페 같은 운치를 주는 커피숍이 있다. 햇살에 물든 듯한 노란색 차양 아래 작은 테이블과 원목 라탄 의자, 벽에 달린 앤티크한 육각 조명등. 빈센트 반 고흐의 [밤의 테라스]에서 영감을 받은 인테리어란 얘길 들은 것 같다. 커피숍 이름은 에스프레소 밀라노(Espresso Milano), 사장 역시 밀라노 출신의 로버트 다우니 주니어를 닮은 근사한 이탈리아 남자였다.

세림은 이곳의 데일리 수제 쇼트케이크와 산딸기를 얹은 초코쉐이크, 그리고 한쪽 벽면을 전부 창으로 터버려 언제나 햇살이 그득 쏟아지는 창가 자리를 가장 좋아했다.

세림만의 아지트. 볕이 좋은 계절에는 차양이 접혀져 커피숍에

샛노란 햇살이 화사하게 잘 들었다. 시원한 초코쉐이크와 데일리 수제 쇼트케이크를 시켜놓고 음악을 들으며 다이어리를 꾸미고, 쓰고, 책을 읽고, 과제를 하고. 매일 창가 자리에 앉아 부서지는 햇살을 만끽하며 시간을 보내는 것이 그녀의 유일한 낙이었다. 아사삭 차게 녹아드는 얼음 알갱이들을 입에 물고 달콤한 초콜릿의 맛을 느낄 때면 세상에서 제일 행복한 사람이 되어 있었다.

이시준과 얽히고 나서는 가지지 못한 여유지만. 그러니까 오늘은 이시준한테 방해받지 않고 쾌적한 혼자만의 시간을 가질 필요가 있다…… 고 생각하는데, 가방에서 두 번째로 벨이 울렸다. 음료를 주문하면서 세 번째로 울렸고, 자리에 앉으면서 네 번째로 울렸다. 가방에서 휴대전화를 꺼낼 때에는 무려 다섯 번째였다. 도대체 언제까지 전화할 셈이야!

"왜!"

신경질적으로 전화를 받았다.

〈어디? 화장실에 있었어?〉

"아니거든?"

수화기 속 그가 웃는다.

〈그럼 커피숍?〉

"아닌데?"

〈거짓말.〉

"거짓말인지 아닌지 확인해 보든가."

세림은 끝인사도 없이 전화를 뚝 끊었다. 끊자마자 전화벨이 다시 울린다.

"아, 왜?"

〈어딘데?〉

"……어디에 있어."

〈뭐?〉

이번엔 세림이 웃는다.

"어디에 있다구."

〈그 어디가 어딘데? 내 마음속?〉

"웃기고 있어, 아주."

또다시 말도 없이 전화를 뚝 끊은 세림은 배터리를 분리해 가방 속에 던지듯 넣었다.

속으로 깨소금 맛이다 하고 코웃음 쳤다. 찾아올 테면 한번 찾아와 보라지. 가방에서 책을 꺼냈다. [올랜도(Orlando)]. 엘리자베스 여왕시대 남자로 태어나 감성이 남다른 미소년으로 살아가던 그가, 생의 어느 순간 여자가 되어 이전과는 다른 성으로 삶을 살아가게 되는 이야기. 저자는 의식의 흐름대로 때론 이해하기 버거울 정도로 난해하고, 때론 고요하고 아름다운 문장으로 올랜도의 삶을 담담히 기록했다.

책을 펴고 몇 줄 읽어내던 세림은 고개를 창밖으로 돌렸다. 이제 5월인데 날씨가 간간이 후덥지근하다. 창밖을 보는 그녀의 표정은 무척이나 무료했다. 건너편 옷가게 주인이 쇼윈도 마네킹의 옷을 바꾸고 있었다. 마네킹은 하늘하늘한 시폰 원피스에서 민소매 꽃분홍 원피스로 갈아입었다. 여름이 코앞이라는 걸 새삼 깨닫는다. 거리를 활보하는 세림의 눈동자가 간간이 학교 쪽으로 머문다.

어금니로 혀를 살짝 깨문다. 있다가 없으니 허전하기는 하다. 이래서 습관이 무서운 거다.

이시준.

그래, 이시준 정도면, 아니, 이시준이라면 그 어떤 여자가 반한 다 해도 전혀 이상할 것이 없다. 그 앤 이 나이 또래에 한 번쯤 사 귀어보고 싶은 일반적인 조건을 두루 갖춘 남자애니까. 그렇다고 해서 자신도 그가 내민 손을 호기심으로라도 잡고 싶지 않다. 분명 그 앤 모든 여자와 쉽게 사귀고 쉽게 헤어질 수 있을 애니까. 그런 걸 알면서도 이시준 손바닥에서 놀아날 만큼 눈뜬장님은 아니었 다.

누구나 한 번쯤 입어보고 싶은 근사한 옷이 있다고 해도 그 옷을 꼭 사지는 않으니까.

심각하게 생각하지 말라고? 웃겨, 바람둥이가.

비죽 입술을 내밀며 테이블에 엎어놓았던 책을 들었다. 풀숲에 엎드려 자연의 신부가 되겠다던 올랜도가 그녀의 사랑과 운명적으 로 만나게 되는 장면이다. 웃음이 났다. 그들의 첫 대화가 로맨틱 하다. 그때 통통 하고 두꺼운 유리창이 울렸다. 아무 생각 없이 고 개를 돌리다 놀라고 만다. 이시준이 고개를 비스듬히 하고는 유리 창 앞에 서 있다. 특유의 여유로운 웃음을 짓고는. 그의 등 뒤로 오 후의 주홍빛 햇살이 사선으로 떨어졌다. 빛으로 번진 그 거리가 마 치 다른 세계와 이어지는 통로 같다. 시준은 그 공간에서 이제 막 튀어나온 듯 보였다. 이 세계가 아닌 사람처럼.

꿈처럼 아늑하고 신기루처럼 묘연한 순간이었다.

책장은 좀처럼 넘어가지 않았다. 올랜도가 남자에 대해 설명하 는 장면에서부터 한 글자도 눈에 들어오지 않았다. 집중하지 못한다는 증거다. 아까 시준이 커피숍 창 앞에 서 있는 걸 보고 너무 놀라 하마터면 심장이 멎을 뻔했다.

설마 진짜로 찾아올 줄이야.

책에 고정된 시선을 흘깃 들어 앞에 앉은 시준을 신기하게 쳐다보았다. 시준은 테이블에 놓은 노트북 키보드 위로 바삐 손을 움직이다가 고개를 옆으로 돌려 책장을 이리저리 넘겼다. 언제 봐도 적응 안 되는 얼굴. 그의 옆얼굴은 눈빛만큼이나 날카로웠다. 이마를 덮고 있는 앞머리, 외꺼풀의 깊은 눈매, 높고 날렵하게 뻗은 콧날, 집중하듯 굳게 다문 입술. 어느 곳 하나 틈 없이 섬세한 이목구비. 한눈에 들어오는 미남형은 아니나, 그만이 풍기는 분위기는 어딘가 사람의 시선을 끄는 명확한 부분이 있었다. 자신에게는 늘 장난스럽지만 말없는 그는 180도 다른 사람이었다. 서늘함이 배인 진중함. 그에게서 흩어지는 공기를 정의하자면 그런 것이었다.

"친구 없어?"

열심히 타이핑하던 시준의 손가락이 뜬금없이 날아든 세림의 질문에 움직임을 멈췄다. 그가 세림을 바라보았다. 무슨 소릴 하냐는 얼굴로.

"너 말이야. 수업 끝나면 부리나케 달려오고, 끝나면 나 데리러 오고. 친구 없어?"

시준은 빙긋 웃었다. 그가 키보드 위에 올려둔 손을 다시 쉼 없이 움직였다. 노트북 주위로 전공서며 프린트가 어지럽게 자리하고 있었다. 하물며 세림이 읽고 있는 책 아래에도 프린트가 깔려 있다.

"그게 걱정됐어? 설마 너 때문에 내가 친구들 사이에서 왕따라도 당할까 봐?"

"걱정 같은 거 아니거든?"

"걱정 마. 잘 지내고 있으니까. 뭐가 좋다고 만날 붙어 다니는 것도 아니고."

"혼자 다녀?"

"그런 건 아냐. 뭉쳐 다니는 녀석들이 있긴 한데 대학이 그렇잖아. 서로 일 바쁘면 못 볼 수도 있는 거지."

세림은 수긍하며 고개를 끄덕거리고는 곧 생각에 빠진 듯 멍하니 한곳을 응시하였다.

자영이한테 들어서 같이 다니는 걸로 알고 있는데, 그러면 영우랑 친한 거 아닌가? 현아는? 묻고 싶은 것들이 입안에서 간지럽게 돌아다녔지만 선뜻 물어볼 수가 없다. 스스럼없이 물어볼 만큼 친한 사이는 아니니까. 이렇게 둘이 커피숍에 앉아 책을 보고 시준은 공부를 하지만 거기까지다. 그 이상은 아니었다. 잠시 가슴이 뛴다 해도 그건 멋진 사람을 보면 으레 생기는 그런 두근거림이었다. 그 이상은 아니게 될 것이다.

잔 숨이 길게 밀려 나왔다. 창밖으로 눈길을 돌렸다. 골목을 오가는 학생들 발밑 그림자가 길어져 있다. 하얀 꽃가루가 목화솜처럼 떠다니고 선명한 공기 사이로 언뜻언뜻 연록빛 나뭇잎의 움직임이 보였다. 봄은 아득함을 더해간다.

멍한 세림을 시준이 슬쩍 훔쳐보았다. 생각이 많은 눈빛이다.

"무슨 생각을 그렇게 골똘히 해?"

시준이 노트북에서 시선을 떼지 않고 물었다. 세림은 눈길을 떨어뜨리며 책장을 뒤로 넘겼다.

잠깐, 앞의 내용이 뭐였더라?

복잡한 생각들이 한데 얽히는 바람에 지금까지 읽은 내용을 모두 잊어버렸다. 다시 책장을 앞으로 넘겼다. 머릿속을 차지해 버린 잡다한 생각들 때문에 책의 글귀들이 허공에 둥실 떠올랐다. 대답이 없자 시준이 다시 물어온다.

"영우랑 같은 수업 들을까, 혹시 친할까, 이런 생각 하고 있었지?"

세림의 눈동자가 주춤하였다.

"참 예상 가능한 생각들만 해."

그녀가 기분 나쁘다는 듯 시준을 흘겼다. 그가 웃는다.

그래, 저 웃음. 마치 사람을 자기 손바닥 보듯 훤히 알고 있다는 표정. 알 수 없을 정도로 여유 부리는 거만함. 진짜 마음에 안 들어.

"궁금해?"

시준이 노트북을 덮었다. 세림은 그를 향해 흘깃 던지던 시선을 거두었다.

대꾸해 뭐 해. 나만 열받지.

"박영우, 사람 괜찮지. 뭐 인상은 좀 살벌하긴 한데, 성격은 좋대."

"……친해?"

나지막한 목소리에 조심스러움이 묻어 있다.

"글쎄. 내 친구랑 같이 조별 과제 하면서 친해졌다는데, 덕분에 나도 알게 됐어."

"같이…… 다니는 거야?"

"아무래도. 과 특성상 같은 수업 듣고 친구랑 친하니까."

세림은 작게 끄덕거렸다. 얼굴에 미세한 웃음이 번진다.

별것 아닌 이야기지만 오랜만에 듣는 영우의 소식에 괜히 기분이 좋다. 그러기도 잠시, 언제나 옆에 있을 현아 생각에 웃음은 금세 씁쓸해진다. 자신은 도대체 뭘 하고 있는 걸까.

창밖을 바라본다. 방금까지 환하게 쏟아지던 햇살을 옅은 회색빛 구름이 막처럼 가려 버렸다. 거리는 희미한 잿빛이었다.

❖ ❖ ❖

어제까지만 해도 캠퍼스 곳곳에 쏟아지는 햇살에 눈이 부셨다. 분수대 위로 부서지는 물이 햇살에 반사되어 유리 조각처럼 반짝거리고, 동쪽에서 불어오는 봄바람은 기대고 싶을 정도로 포근했는데, 오늘은 영 우중충하다.

수업에 늦을까 봐 미처 날씨를 확인하지 못하고 나온 세림은 버스 안에서 무력하게 창밖을 보며 마음이 불안해졌다.

아침부터 어둡고 무거운 구름이 끼던 하늘에서 기어이 빗줄기가 쏟아지기 시작한 것이다. 우산도 못 챙겼는데. 성급하게도 하필이면 학교 안까지 들어가는 버스가 아니라 정문 사거리에 서는 버스를 타버렸다. 인문학관까지 뛰어갈 생각에 막막해진다. 근처 편의점에서 우산을 하나 살까, 그냥 뛰어갈까 머릿속으로 가늠하며 갈팡질팡 어찌해야 할지 모르겠다.

"은세림?"

정류장에서 발을 동동거리던 세림은 등 뒤에서 들려오는 낯익은 목소리에 몸을 돌렸다. 같은 과 동기 지훈이 우산을 쓰고 정류장 뒤편에 서 있었다. 다행이다. 그녀는 안도의 한숨과 함께 웃음이 났다. 지훈은 자신의 우산으로 들어오라는 듯 손짓하였다. 세림이 어깨를 움츠리며 지훈이 있는 우산 안으로 들어갔다.

"우산 안 가지고 온 거야?"

"응, 오늘 늦잠 자서 급하게 나오는 바람에 못 가지고 왔어."

"오늘 하루 종일 비 온다는데."

"우산 하나 사야 되나?"

세림과 지훈은 학교 정문으로 이어지는 야트막한 언덕을 걸었다.

"……원하면 오늘 하루 종일 보디가드 해줄 수도 있는데. 모셔 드릴까요?"

지훈은 에스코트하듯 오른손을 세림에게 내밀었다. 그의 말장난에 세림이 쿡쿡 웃으며 손바닥을 살짝 쳐냈다.

"어이구, 됐거든요?"

"예과생, 걔가…… 안 데려다 줘?"

조심스러운 지훈의 물음에 세림은 눈을 동그랗게 만들다 이내 가늘게 떴다. 후드득, 후드득, 땅을 적시는 빗소리가 경쾌하다.

"걔가 왜 날 데려다 줘?"

"아니, 걔가 그…… 너한테 관심 있어 하잖아. 비 오는 날 데려다 줘야 점수 좀 얻고 그런 거 아닌가?"

"허지훈, 장난 그만해. 진짜 재미없어."

세림은 새침하게 입을 비죽거리며 가방이 비에 젖지 않도록 가슴팍에 꼭 끌어안았다.

하여간 온 동네방네 소문이 나서 얼굴을 들고 다닐 수가 없어.

그녀의 눈매가 가늘어진다. 지훈은 귀엽다는 듯 옅은 미소를 지었다. 한참 보도를 따라 언덕길을 오르는데 날카로운 클랙슨 소리가 두 사람 사이를 파고들었다. 세림이 작게 인상을 쓰며 슬쩍 뒤를 돌아보았다.

멋들어진 순백색의 차 한 대가 그와 같은 흰색 헤드라이트를 켠채 인도 근처에 섰다. 비가 오는 날임에도 불구하고 차는 매끈할 정도로 윤기를 머금고 있다. 하늘에서 떨어지는 빗방울이 차체에 닿자마자 주룩 미끄러져 내린다. 차의 앞 범퍼에는 브랜드를 상징하는 엠블럼이 세련되게 박혀 있다. 네 개의 동그라미가 고리처럼 서로 결속된 모양이 흡사 올림픽 마크를 연상시킨다.

어디서 본 건데.

세림은 고개를 갸웃했다. 차창의 유리가 심하다 싶을 정도로 선팅 된 덕분에 안은 하나도 보이지 않았다. 이윽고 운전석 문이 열리며 검은색 우산 하나가 불쑥 튀어나왔다.

"은세림."

혹시나 싶었는데 역시나 이시준.

시준이 천천히 세림과 지훈에게 다가왔다. 불만스럽게 굳은 그의 눈길이 세림을 훑었다.

"우산 안 가져왔어?"

"어."

떨떠름한 그의 물음에 세림의 대답 역시 건조하였다. 세림을 내려다보던 시준이 지훈을 힐끗 쳐다보았다. 지훈이 어색한 듯 고개인사를 하자, 시준은 금방 입꼬리를 밀어 올렸다. 그러나 눈빛에 호의적인 감정이라곤 찾아볼 수 없다. 다시 세림에게로 고개를 돌린 시준의 입가에는 여전히 웃음이 머물고 있다. 주변 공기가 미묘하게 어긋나는 느낌이다.

"타. 데려다 줄게."

평소의 배는 다정한 표정과 목소리.

"됐어. 걸어가도 돼."

그가 세림의 손목을 잡아챘다.

"……데려다 줄게."

"됐다……!"

눈을 부릅뜨고 뿌리치려 하자 시준은 손목을 잡은 손에 더욱 힘을 주었다. 얼굴은 웃고 있는데 눈동자에 진심이 없다. 소름이 돋는다. 이시준은 막무가내로 손목을 잡아끌었다. 잡힌 손목 때문에 손끝에 피가 터질 듯 몰린다. 아프다. 아니, 그것보다 당황스러움에 두 뺨이 금세 발개졌다. 빼내려고 손목을 아무리 비틀어봐도 그는 완강했다.

그때, 지훈의 손이 불쑥 튀어나와 세림의 팔을 잡았다.

"세림이가 됐다고 하잖아."

"지훈아……."

시준의 눈썹이 일그러지는가 싶더니 이내 표정을 바꾸어 입가에 비소를 보인다.

"눈치는 원래 관상용으로 키우고 다녀?"

"뭐?"

"은세림 어깨에 비 맞잖아. 왼쪽 홀딱 젖은 거 안 보이냐고. 비는 오고, 캠퍼스에 꽃잎 떨어지고. 낭만에 젖어서 은세림 비 맞는 건 안중에도 없지? 재채기라도 하면 로맨틱하겠네."

지훈의 얼굴이 굳어졌다.

나긋나긋하지만 속을 꼬집어내듯 비틀림이 담긴 말투. 그러고 보니 세림의 왼쪽 어깨가 축축이 젖어 있다. 어깨뿐만이 아니다. 작은 우산을 둘이 쓰다 보니 자신도 그랬지만 세림의 왼쪽이 비로 흥건했다. 게다가 오들오들 떨리는 몸을 억지로 참아내고 있다. 세림과 강의를 들으러 가는 길이 오랜만이라 즐거워 전혀 모르고 있었다.

"기사도 정신은 오기로 발휘하라고 있는 게 아니야."

"야, 그만해! 우산 같이 쓰다 보면 모를 수도 있지 웬 오버야? 지훈아, 신경 쓰지 말고 그냥 가."

세림은 시준의 손을 뿌리치며 지훈의 팔을 잡아끌었다.

"은세림!"

실랑이하는 동안 자꾸 젖는 세림을 보며 지훈은 편치가 않았다. 어휘 선택은 썩 유쾌하지 못했지만 남자가 한 말은 틀리지 않았다.

"세림아, 쟤 말이 맞아. 이러다 너 감기 들겠다. 차 타고 와. 난 걸어갈게."

시준이 성큼 다가와 다시 세림의 팔을 잡았다.

"들었지? 타고 오래."

그녀가 대번에 눈을 흘긴다.

팔에 빗물이 튄다. 차갑다. 이시준의 눈빛만큼이나. 빗줄기가 점점 거세지기 시작했다. 이시준은 팔을 놔주지 않을 기세다. 한숨을 내쉬었다. 지훈이 애써 웃음을 보였다.

"너도 같이 타고 가. 너도 같이 젖었잖아. 지훈이도 같이 태워 줘."

그녀의 말에 시준이 흘깃 지훈을 쳐다보았다. 그 눈길에 담긴 속뜻을 지훈은 굳이 듣지 않아도 잘 알고 있다.

"괜찮아. 난 걸어가는 게 편해. 도서관도 들러야 하고. 어서 타. 있다가 강의실에서 보자."

지훈은 세림이 뭐라 말할 새도 없이 손을 흔들며 재빨리 걸음을 옮겼다. 세림이 원망 섞인 눈으로 시준을 노려보았다.

"이제 얘기 다 끝났지?"

애초에 대답을 얻고자 하는 질문이 아니었다는 듯 시준은 말이 끝나자마자 세림을 억세게 잡아끌었다. 그가 조수석을 열고 세림을 빤히 내려다보았다.

빗줄기가 아까 전보다 좀 더 굵고 세차게 떨어진다. 바닥에 떨어졌다 튀어 오르는 빗방울이 종아리까지 닿는다.

세림은 하고 싶은 말을 꾹 누른 채 눈빛을 맞대며 버티다 결국 차에 올랐다. 시준이 탕 소리 나게 조수석 문을 닫고는 자신도 차체 앞을 돌아 운전석에 앉았다. 낮은 엔진음과 함께 차가 출발한다. 차 뒤로 지훈이 스쳤다.

"넌 애가 왜 그렇게 무례해?"

"뭐가?"

"나 우산 안 가지고 와서 씌워준 애한테 그런 식으로 말하면 당사자는 뭐가 되냐고!"

"뭐가 되긴 뭐가 돼. 내가 틀린 말 한 것도 아니고. 신경 쓰지 마."

"너 지금 그걸 말이라고……!"

기막힌 대답에 세림은 차마 말을 맺지 못하고 이시준을 멍하니 쳐다보아야 했다. 이렇게 뻔뻔할 수가. 그녀가 화를 내거나 말거나 시준은 왼손으로 핸들을 잡은 채 오른손으로 뒷좌석을 더듬거렸다. 무언가 집은 그가 세림의 다리 위로 던지듯 놓았다. 담요다.

"덮어. 남자 앞에서 그렇게 다리 다 드러내 놓고 앉아 있을래?"

두 손으로 담요를 쥔 세림은 조용히, 그러나 조금 크게 호흡을 삼켰다.

그렇지 않아도 차에 타면서 괜히 민망해 가방으로 다리를 덮은 차였다. 하지만 작은 토트백으로 가리기엔 무리가 있었다. 우중충해도 손부채질할 만큼 눅눅한 아침 날씨였기에 옷장 문을 열었을 때 망설임 없이 집어 들었는데.

세림은 그저 묵묵히 구겨진 담요를 주섬주섬 정리하였다. 그녀가 힐끗 시준을 살핀다. 화가 난 듯 미간에 잔뜩 힘이 들어가 있다. 있는 대로 짜증이 난 얼굴이다. 세림은 샐쭉 입술을 내밀었다.

뭐야, 왜 지가 괜히 짜증인데?

"원래 그렇게 자기 다리에 관대해?"

뜬금없는 시준의 말에 세림은 눈초리를 세웠다.

"그게 무슨 소리야?"

"허벅지까지 드러나는 그 바지, 각선미가 끝내주는 것도 아니면서 무슨 자신감으로 입은 건지 모르겠네. 자기 다리가 예쁘다고 생각하나 봐. 남들한테 당당히 보여줄 만큼."

밑도 끝도 없는 이시준의 시비에 세림은 두 눈을 빠르게 깜박였다. 그러다 기막혀 차오른 숨을 참지 못하고 거칠게 뱉어냈다.

그래, 얘 원래 이렇게 막말 잘하는 또라이였지.

"진짜, 듣자 듣자 하니까. 무슨 자신감? 너야말로 무슨 오지랖인데? 남의 옷차림 가지고 왜 아침부터 지적질이야?"

"뭐?"

"그리고 처음부터 느꼈는데, 너 그렇게 아무한테나 밑도 끝도 없이 무례한 것도 모르고 막말하는 거 굉장히 실례거든?"

"막말? 사실대로 말하는 게 굉장히 실례되는 막말인가. 맞네. 자기 다리에 관대한 거."

초지일관 음성에 높낮이 없이 잘도 주절거리는 이시준을 보며 세림은 더 이상 말을 잇지 못했다. 머리 한쪽을 조이고 있던 나사가 순식간에 핑 소리를 내며 튕겨져 나간 탓이다.

이렇게 말이 안 통할 수가.

"그리고 너, 뭔가 오해한 것 같은데, 난 아무한테나 밑도 끝도 없이 막말 안 해. 그렇게 상식 없는 사람 아니야."

아무한테나 막말을 안 한다고? 그렇게 상식 없는 사람이 아니라고? 웃겨. 지나가던 멍멍이가 웃겠네. 그럼 지훈이한테 한 막말은 막말이 아니면 뭔데?

그렇게 묻고 싶었지만 세림은 그저 입을 꾹 다문 채 시준을 노려보기만 했다.

"내가 막말을 했다고 느낀다면 그건 정말 싫어하는 사람이거나, 아니면……."

시준이 눈길만을 흘깃 던졌다. 두 사람의 눈동자가 당연하게 서로를 마주했다. 그가 던진 여유롭고도 단정한 눈길에 세림의 시선이 붙들리고 말았다. 시준의 오른쪽 입매가 보기 좋게 밀려 올라간다.

"시비를 못 붙여서 안달 날 만큼 좋아하는 사람이라거나."

이내 이시준의 눈길이 다시 정면을 향했다. 세림도 시선을 떨어뜨렸다.

눈동자를 어디에 둬야 할지 몰라 한참을 허공에서 헤맸다. 한순간이었지만 정말 다정한 눈빛이었다. 그러니까 좋아할수록 괴롭히는 타입이라는 거야? 어린애 같기는. 에어컨이 꺼지고 온풍기가 돌아가는 덕분인지 차 안에 금세 더운 기운이 몰려오는 듯하다.

"그러니까 세상 무서운 줄 모르는 순진무구한 아가씨 흉내 그만 내고 말 좀 들어라."

목소리도 말투도 다정해. 재수 없어.

"기숙사에 아는 애 있으면 옷 빌려달라고 하고 갈아입고 가."

"……."

"아니면 하루 종일 그 담요로 칭칭 감고 있던가. 예쁘지도 않은 다리 드러내 놓고 다니는 거 굉장한 안구공해다."

"야!"

끝까지 심술 맞은 소리를 하는 시준에게 세림은 결국 소리치고 말았다. 시준은 눈 하나 깜짝하지 않고 웃음을 흘린다.

기가 막혔다. 한순간 가슴이 떨린 자신한테. 아까부터 정말 들어 줄 수가 없다. 말마따나 모든 여자들이 좋아한다니까 자신도 그렇게 될 줄 아나 보다. 도대체 세상 모든 여자가 자길 좋아할 거란 자신감은 어디서 나오는 거야? 왕자병에 재수 없는 도끼병 환자 같으니. 누가 놀아날 줄 알아? 다이어리만 찾으면 너하고는 끝이네요, 이 사람아. 작게 코웃음 치며 담요를 몸에 둘렀다. 담요의 보들보들한 느낌이 기분 좋게 감긴다.

시준은 핸들을 능숙하게 돌려 차를 유턴시키며 덧붙였다.

"앞으로 말 잘 들어. 안 그러면 진짜 화낸다."

"그 입 좀 다물고 여기서 세워줘."

시준은 인문대학 앞에 차를 세웠다.

세림은 고맙다는 말을 던지며 차에서 내렸다. 보닛 위로 떨어지는 빗방울 소리가 혼탁하다. 그는 차를 출발시킬 생각도 없이 그 자리에서 세림이 건물 안으로 들어가는 모습을 주시했다.

비에 젖은 머리카락, 옆구리가 축축한 반소매 셔츠, 새하얀 다리가 훤히 보이는 핫팬츠를 보며 눈살을 찌푸린다. 계단을 오르려던 세림이 누군가 부르는 소리에 고개를 돌렸다. 네댓 명의 학생들이 우르르 몰려온다. 그중에는 남자도 있고 여자도 있다. 그녀가 웃으며 그들과 반갑게 인사한다. 남학생 중 하나가 세림에게 장난친다. 클랙슨을 눌렀다. 세림을 포함한 무리의 시선이 한꺼번에 몰렸다.

차에서 내린 시준은 손에 담요를 들고 그녀에게로 성큼성큼 걸었다.

"두르고 다녀."

아이들이 야유 비슷한 소리를 내며 이 상황을 재미있어한다. 세림이 곤란한 듯 얼굴을 굳힌다. 금방까지 웃고 있었으면서. 아침부터 계속 인상 쓰면 얼굴 아파. 그보다 주름 생긴다니까.

"하루 종일 안 두르고 다니면 수업 못 듣게 한다."

지켜보는 아이들의 눈빛이 흥미로움으로 반짝이는 것이 느껴진다. 은세림 성격에 사람들 앞에서 쓸데없이 실랑이하는 모습은 보여주기 싫을 것이다. 수업 시작도 얼마 안 남았다. 세림이 담요를 받아 들고는 아이들과 몸을 돌렸다. 그녀와 함께 무리가 계단에서 모습을 감출 때까지 미동 없이 그 자리에 서 있었다. 짜증스런 기분이 가시지 않는다.

방금까지 굵었던 빗줄기가 잦아진다. 봄의 끝자락을 알리는 비는 초록색 나뭇잎 위에도, 가로수의 흙 밭에도, 길가 위에도 조용히 떨어져 내렸다.

세림을 인문대학 앞에 데려다 주고 시준이 향한 곳은 강의실이 아닌 백화점이었다.

신호가 걸려 차를 세웠는데 정류장에 세림이 서 있는 게 보였다. 정류장에서 우물쭈물 이러지도 저러지도 못하는 걸 보니 우산을 안 가지고 온 모양이었다. 하여간 만날 덤벙거린다. 그러니 그 중요한 다이어리도 흘리고 다니지. 저도 모르게 웃음이 났다. 정말 한시도 눈을 뗄 수 없게 만드는 애다. 그러다 눈살을 찌푸렸다. 허벅지가 다 드러나도록 짧은 바지를 입고 있었다.

신호가 바뀌길 기다리며 줄곧 세림에게 향한 눈길을 거두지 않았다. 신호등을 확인하는 찰나, 그녀가 금방 쏙 사라졌다. 누군가의 우산을 함께 쓰고 걸어가고 있었다. 우산의 주인을 확인했다. 남자였다. 은세림이 박영우 아닌 다른 남자와 친하게 지내는 사람은 동기, 선후배 중 하나. 신호를 받고 천천히 주행하다 그냥 지나쳤다. 세림이 웃고 있었다.

사이드미러로 멀어지는 세림을 주시했다. 왼쪽이 비에 흠빡 젖어갔다. 작은 우산을 덩치 큰 사내놈이랑 둘이서 쓰고 가니 별수 있나. 나중에 감기 걸려도 할 말 없다. 그나저나 저 자식은 우산을 씌워주려면 제대로 씌워주든가. 여자하고 우산 처음 써보나. 하나부터 열까지 마음에 드는 게 하나도 없다. 우산도 씌워줄 줄 모르는 병신이나, 것도 모르고 웃고 있는 은세림이나, 세상 무서운 줄 모르고 하얀 다리가 다 보이도록 입은 짧은 반바지나. 생각 같아서는 은세림을 차에 태우고 백화점으로 직행해 뭐든 좋으니 저 다리만은 보이지 않게 꽁꽁 싸매고 싶었다.

두 번의 유턴을 하고 세림 옆에 차를 세웠다. 자신을 보자마자 그녀의 표정이 굳어졌다.

간혹 질투심을 유발하려고 자극하던 여자들이 있었다. 자신의 앞에서 다른 남자에게 지나치게 매끄러운 웃음을 지으며 간지러운 목소리를 내는. 감히 그런 발칙한 발상을 한다는 것 자체가 우스웠다. 어떤 여자든 미련도, 아쉬움도 없다. 여자를 소유하기 위해 분노한다는 건 참을 수 없는 유치함이었다. 사랑이란 단어를 운운하며 옭아매려는 것도 질색할 만큼 싫었다. 사랑은 결국 욕구 충족의 결과물이다. 자신이 가진 이상적 욕구를 베스트로 실현시켜 줄 때 애정이 성립되는 거니까. 때문에 적당한 거리에서 상대가 원하는 욕구를 만족스럽게 충족시켜 주며 만나는 것이 가장 현명하고 즐거운 연애다.

시준은 명품관을 돌며 여자 옷을 잡히는 대로 집어 매니저에게 건넸다. 카디건, 원피스, 치마, 셔츠, 블라우스……. 뭐든 상관없었다.

"계산해 주세요."

매니저는 공손히 두 손으로 카드를 받아 기계에 긁었다. 카드는 경쾌한 소리를 내며 몇 번이고 거침없이 긁혔다.

그가 누군지는 눈에 익어 알 수 있었다. 오가다 만나던 은세림네 동기들 사이에서 세림을 데리러 갔을 때마다 배경처럼 서 있던 남

자. 그의 눈길은 자주 세림을 향해 있었다. 보이지 않는 감정이
라…….

카드기에 서명하던 손을 멈췄다. 눈앞에 수북한 쇼핑백이 진열
되듯 놓여 있다. 마지막으로 들른 티파니 매장 여직원의 얼굴이 질
려 있다. 은세림도 똑같은 표정을 짓겠지. 준다고 해서 받지도 않
을 애다.

마지막에 점 하나를 찍으며 시준은 카드기 스틱을 놓았다.

물론 은세림이 자신의 질투심을 유발했다는 건 아니다.

그런데 은세림, 넌 뭐 하고 있는 거야.

난, 뭘 하고 있는 거지?

❈　❈　❈

무리지어 다니는 동기 동생들은 수업이 끝나자마자 단아에게 다
다다 달려와 아까 일을 소상히 말하는 중이었다. 단아가 옆자리에
앉은 세림을 슬쩍 본다. 이미 민망해질 대로 민망해진 세림은 앞머
리를 자꾸 만지며 부끄러워한다.

그러니까 결국은 세림이가 시준의 성화에 못 이겨 담요를 챙겨
가지고 올라왔다 이거지. 역시 이시준이다. 도무지 틈을 주지 않는
철벽 세림이를 이기다니. 여러모로 괜히 '이센스'가 아니라니까.

"시준이 매너 좋네."

단아가 부러 감탄하며 부러워하듯 말하자 세림은 금방 입술을
비죽거렸다.

"매너가 아니라 훈남 이미지를 빙자한 막말쟁이야. 아까 지훈이

한테 미안해서 얼마나 민망했는데."

"질투 났나 보지, 뭐. 귀엽다."

단아는 별것 아니라는 듯이 대꾸했다. 저러다 이시준도 튕겨져 나갈까 그게 걱정이다. 세림이는 다 좋은데 오는 남자를 철저하게 막는 이상한 버릇이 있었다. 연애를 못해봐서 그런 것도 있지만, 애정 이상으로 큰 영우에 대한 마음을 순수할 정도로 지켜내고 있기 때문에 그런 걸지도 모르겠다. 숨 쉬듯 당연한 것처럼. 오히려 안 되는 것에 대해선 포기가 쉬운 앤데. 어쩌면 그 당시 세림에게 영우는 가족을 대신해 마음 놓고 의지할 수 있는 첫 존재였기에 그 영향이 지금까지 미치는 것 같다.

조금은 안쓰러운 듯 세림을 보던 단아는 눈을 동그랗게 떴다. 그러다 보이지 않게 웃는다.

호랑이도 제 말 하면 온다더니 이시준이다. 매일 그 먼 의대에서 인문대까지 어찌나 열심히 출근 도장을 찍으시는지.

두 사람의 옆으로 다가온 시준은 한 손에 들린 크기가 다른 쇼핑백 세 개를 책상 위에 턱하니 올려놓았다. 난데없는 쇼핑백의 등장에 세림은 의문을 가득 담은 눈으로 시준을 올려다보았다. 그가 열어보라는 듯 고갯짓한다. 그녀는 체념한 듯 쇼핑백 하나를 집어 내용물을 꺼내 들었다.

"어?"

단아가 놀란 듯 눈을 깜빡였다. 비닐 팩에 포장된 옷이다.

"이거…… 뭐야?"

"갈아입어."

"내가 왜?"

"젖은 채로 있으면 감기 걸리잖아."

세림은 아랫입술을 깨물었다. 초조하거나 부담스러운 상황이 생기면 그녀에게서 으레 나오는 버릇이다. 그리고 그 상황에서 벗어나기 위해 거절의 말을 찾는다는 의미이기도.

시준은 한쪽 눈썹을 들어 올렸다.

"……겨우 이 정도로는 감기 안 걸려. 걱정해 준 건 고마운데, 됐으니까 가져가."

"갈아입어. 감기 걸려."

세림은 감정을 억누르는 듯한 한숨을 뱉어냈다. 보이지 않는 신경전이 세림과 시준 사이에 전류처럼 튀었다. 단아는 재미있다는 듯 잠자코 두 사람을 지켜보았다. 이번에도 물러날 생각이 없는 듯 시준은 기어이 세림의 팔을 붙잡아 일으켜 세웠다.

그 우악스러운 힘에 놀라고 당황한 세림은 숨을 급하게 삼켰다. 심장이 밑으로 떨어졌다 만유인력의 지배를 거부하듯 떠올라 갈비뼈에 세게 부딪쳤다. 아파서 붓기라도 했는지 계속 요동친다. 그러나 시준은 아랑곳없이 그대로 쇼핑백을 집어 들고 세림을 끌어내 강의실 밖으로 나갔다. 강의실을 벗어나는 두 사람 뒤로 야유 소리가 따랐다.

"아파! 아프다고!"

"……."

"팔 좀……! 정말 왜 이러는데?"

잡힌 팔을 빼내려 그를 힘껏 밀쳐 보기도 하고 때려보기도 했지만 헛수고였다. 그럴수록 시준은 팔을 잡은 손에 더욱 힘을 주었다. 자비 따윈 없는 힘에 너무 아파 눈물이 날 것 같았다.

　강의실에서 나와 성큼성큼 걷던 그는 어느 한곳에서 세림의 팔을 팽개치듯 놓았다. 여자화장실 앞이다. 세림이 자신의 팔을 감싸며 시준을 원망스레 올려다보았다.

　순식간에 일어난 일에 몸이 바들바들 떨렸다. 그의 손에 억세게 잡힌 자리의 세포들이 비명을 지르며 뜨겁게 달아올랐다. 아프다. 너무 아프고 괜히 견딜 수 없이 싫은 느낌이다. 그가 손에 든 쇼핑백들을 눈앞에 내밀었다.

　"갈아입고 나와."

　"너 정말 아까부터 왜 이래? 내가 감기에 걸리든 말든, 어떤 옷을 입든 말든 네가 무슨 상관인데?"

　"정말 몰라서 물어? 말했잖아. 나 요새 너한테 미쳐 가고 있다고. 그러니까 부탁인데, 신경 거스르는 행동은 하지 마. 난 너 이런 꼴로 돌아다니는 거 상당히 마음에 안 들어."

　"뭐?"

　"너, 그 짧은 바지 입고 돌아다니는 꼴 보기 싫다고. 다른 새끼들이 눈요기로 네 다리 힐끔거리는 거 굉장히 불쾌해. 즐기는 거 아니면…… 빨리 갈아입고 나와."

　그 기막힌 언사에 세림은 입을 다물 수가 없었다. 민망함으로 얼굴이 달아오르는 것 같다. 시준이 쇼핑백들을 세림의 품에 안겼다.

　얼결에 떠미는 대로 밀려 화장실에 들어선 세림은 황당해 세면대를 바라보았다. 두 개의 세면대 중 하나가 막혀 물이 가득 고여 있다. 딱 저 기분이다. 저 애가 정말 진심인지, 아니면 장난 삼아 건드리는지 모르겠다. 아니, 그보다 자꾸만 밀고 들어오려는 시준이 부담스럽고 감당이 되지 않는다. 꼭 저렇게 담겨 고인 물처럼 흘려보내지 못한다면 언젠가 출렁출렁 넘칠 것만 같다.

쓸데없이 엮이기 싫단 말이야.

눈을 꾹 감았다 떴다. 하자. 하라는 대로 해주자. 저러다 제 풀에 지쳐 나가떨어질 거다. 지쳐서 저가 놀고 싶은 사람 찾아가겠지. 일일이 부딪치는 것도 이젠 지친다.

포기한 듯 세림은 쇼핑백을 들고 아무 칸으로 들어가 비닐 팩에 밀봉된 옷을 꺼내 들었다. 시폰 소재 트렌치코트 스타일의 분홍색 민소매 원피스. 거기에 스타일링 된 베이지색 벨트. 원피스는 가슴이 두근거릴 만큼 하늘거렸다. 햇볕 따사로운 봄날 벚꽃 놀이 갈 때 입고 가면 딱 좋을 것 같다. 아직 묵직한 쇼핑백 안을 들여다본다. 또 다른 옷이 밀봉돼 있다. 조심스레 뜯어보니 굵은 실로 듬성듬성 짠 새하얀 니트 카디건이다. 저도 모르게 낮은 신음을 내뱉었다. 이걸 정말로 직접 골라온 거야? 하긴, 어디 여자 선물 한두 번 해봤겠어? 눈을 가늘게 뜬다. 다른 두 개의 쇼핑백 중 하나에는 옷과 맞춘 듯한 파스텔 핑크의 단화가 들어 있고, 다른 하나에는 다갈색 가죽 숄더백이 들어 있다. 입이 다물어지지 않는다.

미쳤어. 얘, 정말 미쳤어.

"너, 그 짧은 바지 입고 돌아다니는 꼴 보기 싫다고. 다른 새끼들이 눈요기로 네 다리 힐끔거리는 거 굉장히 불쾌해."

짙은 한숨이 입술 사이를 비집고 새어 나왔다. 이 애를 어떻게 하면 좋을지 모르겠다.

세면대 앞에 선 세림은 거울에 비친 자신을 보고 눈을 감았다 떴다. 심장이 묘하게 울렁거린다. 멀미가 날 것처럼. 어떻게 잡아낼 수가 없다.

"잘 어울리네."

화장실에서 나오는 세림을 보며 시준은 그제야 만족스러운 듯 빙긋 웃었다.

아까는 험악한 얼굴로 엄청나게 다그치고선.

"옷값…… 나중에라도 줄게. 얼마야?"

"옷, 가방, 구두, 전부 갚으려면 꽤 오래 걸릴 텐데. 나 되게 집요해. 정 붙이자고 하는 거면 그것도 나쁘지 않지. 대신에 이자는 칼같이 받아낸다?"

시준은 옅은 미소를 보이며 장난스럽게 대답하였다. 세림이 눈을 반쯤 내리감으며 괜히 앞머리를 빗어 넘긴다.

하긴, 돈을 받을 리가 없잖아? 자신이 생각해도 웃겼다. 아마 돈을 준다고 찔러 넣어도 싫다고 하겠지. 그걸 알면서도 옷값을 준다고 한 자신이 어쩐지 교활하게 느껴진다.

"선물이야. 가져."

예의 낮고도 부드러운 목소리가 귓가를 간질인다.

시준은 천천히 손을 들어 세림의 어깨 언저리에 가지런히 정돈된 머리칼을 부드러운 손길로 쓸어 내렸다. 시선은 여전히 세림에게 떼지 않은 채.

세림이 어깨를 작게 움츠렸다.

한순간 스친 그의 온기가 목덜미를 따라 얼굴 전체에 퍼졌다. 얼굴이 달아오르는 것 같아 시준의 눈도 마주치지 못하고 고개를 슬쩍 창가로 돌렸다. 금방까지 내리던 빗줄기가 어느새 가늘어졌다. 비가 오는 날임에도 불구하고 실내 공기는 몹시 더웠다.

05.

거미줄에 걸린 나비

야광 불이 들어온 숫자판을 기다란 손가락으로 천천히 누르고는 도어록 슬라이드를 내렸다. 단순한 멜로디와 함께 잠겼던 문이 열린다. 안으로 들어선 시준은 닫힌 현관문에 기대어 깊은 숨을 내쉬었다. 마치 한꺼번에 몰려오는 하루의 피곤을 체감하듯. 현관 센서가 꺼지자 그제야 정신이 든 듯 신발을 벗기 위해 움직인다. 그의 눈매가 가늘어진다.

"자기, 늦었네?"

소파에 앉아 있는 태현이 애교 있는 목소리를 내며 시준을 맞이하였다. 그의 무릎을 베고 누워 DVD를 시청 중인 미영은 손만 흔들흔들. 시준은 근사한 미간을 구기며 재킷과 가방을 소파에 벗어 놓고는 주방으로 향했다.

"김태현, 우리 마누라, 우리 집 올 때는 부록 달고 오는 거 아니래도."

"저게 기껏 걱정돼서 와줬더니. 너 오늘 내가 실컷 비웃어준다?"

미영이 샐쭉하게 대꾸하며 리모컨으로 음량을 줄였다.

"뭘 비웃고 뭘 걱정했다는 거야."

"봄바람에 정신 팔려 목마른 짐승."

주방 양문 냉장고를 열던 시준이 낮게 웃었다. 그가 기네스 캔 두 개와 선반에 넣어둔 나쵸 한 봉지를 꺼냈다. 캔 하나는 소파에 앉아 있는 태현에게 던졌다. 태현이 공중에 붕 떠오른 캔을 한 손으로 받아내자 시준이 입을 모아 휘파람 소리를 낸다.

"너 도대체 요새 뭐 하고 다니는 거야? 매일같이 수업 끝나고 나면 잽싸게 사라지질 않나, 강의를 빼먹지 않나. 도서관에서도 얼굴 보기 힘들고. 연예인이야? 뭐가 그렇게 바빠?"

미영이 눈을 가늘게 뜨고 물었다. 시준은 대답 없이 기다란 손가락으로 캔을 딴다. 알루미늄 캔을 따는 시원하고도 경쾌한 소리가 거실에 울려 퍼진다. 잠자코 있던 태현이 맥주를 한 모금 마시고 말문을 열었다.

"여자…… 같은 학교 애들은 싫다고 그랬잖아. 쓸데없는 애깃거리 생긴다고."

"무슨 정보가 이렇게 빨라? 내가 좋다고 해도 사람은 붙이지 마, 마누라."

"과에 소문 제대로 났어. 너 인문대 가서 죽치고 있는 거 애들이 봤대. 거기도 소문났다며? 여자애들 난리도 아니던데."

지나가듯 심드렁하게 말하는 미영이었지만 호기심 머금은 눈동자를 감추진 않았다. 시준은 웃으며 맥주를 넘겼다. 거친 듯 톡 쏘는 시원함이 식도를 자극시킨다.

"너 여자 때문에 네가 먼저 정신 파는 애 아니었잖아. 아주 잘못된 말 아니면…… 어떻게 된 거야?"

이렇다 저렇다 제스처가 없는 시준에게 태현은 진지하게 나왔다.

시준과는 기억이 시작되기 이전부터 친구였다. 한 번도 그의 옆에서 떨어져 본 적 없고, 서로의 사정이라면 집안일까지도 알고 있다. 한마디로 손바닥 보듯 훤한 사이라는 것이다. 그런데 이번 일만은 예외. 여자를 만나되 단 한 번도 깊이 만난 적이 없는 놈이다. 그런 놈이 수업 시간 외에 얼굴도 보기 힘들 정도로 사라지고, 심지어 강의를 빼먹기까지 했다. 이 정도면 이시준 사전에 보통 일이 아니다. 염려스러운 한편 다행이기도 한 일이다. 그러나 절친한 친구의 의중이 무엇보다도 궁금한 건 사실이다.

잠시 생각하는 듯 틈을 두던 시준이 피식 웃으며 나쵸를 집기 위해 손을 뻗었다.

"글쎄, 나도 어떻게 돌아가는 건지 상당히 헷갈리는 중이라……."

"어떻게 돌아가는 건지 헷갈리다니?"

"……."

"보아하니 애 좀 먹고 있나 본데?"

"마누라가 생긴 거랑 다르게 잔인한 데가 있다. 애를 어떻게 먹냐? 어우, 야만인."

"지금 개그하냐?"

태현이 어이없다는 듯 정색하자 시준은 웃어버리고 만다.

"무슨 걱정이야. 이제 시작인데. 불붙는 건 순간이지."

"꽤 마음에 들었나 보다?"

시준은 대답 없이 맥주만 넘겼다. 태현이 한참이나 말끄러미 쳐다봤다.

"뭐가 그렇게 마음에 들었어? 끝내주게 예뻐, 아니면 라인이 예술이야?"

잠자코 DVD를 보며 두 남자의 대화를 듣고 있던 미영이 물었다.

"글쎄, 그런 것보다…… 마음?"

"그런 것보다 마음? 어떻게 네 입에서 그런 것보다라는 말이 나올 수가 있어? 네가 언제 여자 마음 보는 애였어? 얼굴 아니면 몸매가 최고지. 그런 게 안 보일 정도로 마음이 예쁘다는 건 어떤 거야? 아니면 마음만 보일 정도로 베이스가 안 돼? 남자고 여자고 못생긴 사람한테 빠지면 답 안 나온다더니 네가 이렇게 될 줄 생각도 못했다."

"이미영, 오늘 날 잡고 왔네?"

"당연하지. 말했잖아, 실컷 비웃어준다고."

"실제로 보면 못 비웃어, 너."

시준의 차고 의미심장한 미소에 미영은 입을 다물었다. 미영이 '아, 분해. 또 졌어!' 하며 툴툴거린다. 태현의 얼굴에 웃음기가 돈다.

"이러다 불붙는 거 여자애가 아니라 네놈이 될 가능성도 농후한 것 같은데."

"농후한 게 아니라 벌써 혼자 불타고 있어. 누가 저 만나는 여자애에 대해서 뭐라 그런다고 한 소리 하는 위인이었어?"

"마누라, 쟤 오늘 상당히 멀리 간다."

"그럼 너 강의 끝나고 나면 부리나케 인문대로 뛰어가고, 공강 시간에도 쉬지 않고 가서 붙어 있는 건 어떻게 설명할 건데? 지금 자기 상태를 보고도 그런 말이 나와? 이게 흔한 일이야?"

"그건 또 의미가 달라."

"어이구, 그럼 지금 이러고 있는 건 뭔데?"

"지금은 고삐 풀린 똥강아지 길 잃지 않게 묶어두는 거…… 정도. 표현 좋네."

시준은 농담하듯 말하며 맥주를 목구멍으로 넘겼다. 목 넘기는 소리와 함께 목울대가 울렁인다. 태현과 미영은 황당함에 얼굴을 마주했다.

어쨌든 감정이 아주 없지는 않은 것 같은데. 시준의 연애에 있어 그가 먼저 여자를 찾는 건 있을 수 없는 일이었으니.

미영은 입술을 샐쭉 내밀었다.

"여자애는 어떤데? 너 예전부터 사랑이니 뭐니 하면서 여자애들이 달라붙는 거 미치도록 싫어했잖아. 만약 그 여자애가 너 좋아서 못 헤어지겠다고 하면 걔하고도 끝낼 거야?"

"보니까 집착이 남다르긴 해. 근데 걘 그게 매력인 것 같아. 고로 그 집착을 나한테 보여줬으면 좋겠어. 다른 남자 말고."

"진심으로 하는 말이야?"

"……."

전혀 예상치 못한 대답이었다. 그리고 여전히 하기 싫은 대답은 침묵으로 일관하는 시준이다. 말도 안 된다는 듯 시준을 쳐다보던 미영이 태현을 보았다. 태현이 입가에 미소 지으며 다시 시준에게 조심스레 묻는다.

"사귀는 사람이라도 있어?"

"짝사랑 중."

"짝사랑 중?"

"널 두고 다른 애를? 너보다 훨씬 괜찮은 애구나?"

"훨씬 멋진 건 내 쪽인데 보는 눈이 좀 낮아."

항상 그렇듯 감정에 흔들림이 없다. 미영은 웃기지도 않다는 듯 코웃음 치며 태현의 손에 들린 맥주를 뺏었다.

"집착을 하든 연애를 하든 얼굴은 볼 수 있는 거야?"

"조만간."

"소문으로는 작업 들어간 지 꽤 됐다는데. 그 조만간이 언제 오 냐고. 굴욕이네, 완전."

"앞으로 보름이다. 딱 보름이면 돼."

"말처럼 쉬운 일일까?"

"나 이시준이야."

시준은 자신만만한 얼굴로 시원스레 맥주를 쭉 들이켰다.

자영에겐 장난스럽게 다가가지 않겠다고 했지만 역시 모르겠다. 일단은 옆에 묶어두고 천천히 생각해도 늦지 않다. 은세림이 넘어 오는 건 시간문제. 그 애가 박영우를 두고 한눈팔지 않는다에 백 원을 걸 수 있을 만큼 확신하며 자신을 믿어 의심치 않았다.

❖ ❖ ❖

지루한 수업이 끝나고 인문학관에서 나온 세림은 도서관으로 발길을 옮겼다.

건물 밖으로 빠져나오니 사방이 봄 햇살로 가득하다. 사정없이 쏟아지는 빛줄기에 눈을 가느다랗게 떴다. 늦봄의 푸르른 하늘에는 솜을 떼어다 붙인 것처럼 푹신해 보이는 구름이 바람을 따라 천천히 움직였다. 구름 사이를 비집고 퍼지는 햇살이 따사롭기 그지없다. 상쾌한 날이다.

바람을 크게 들이마셨다. 폐부 깊이 퍼지는 맑은 공기와 귓바퀴를 맴도는 밴드 음악 소리. 곧 있으면 축제라 그런지 캠퍼스는 연일 밴드의 연습 연주가 흘러넘쳤다. 분위기도 슬쩍 들뜬 것 같다.

세림의 단정한 얼굴 위로 봄만큼 나긋한 미소가 번졌다. 그녀는 경쾌하고 가벼운 발걸음을 내디디며 도서관으로 이어진 돌계단을 올랐다. 그러나 순간 멈칫 뾰족코를 가진 갈색 힐이 바닥에 붙은 듯 미동이 없다. 일순간 모래바람이 불어와 인상 쓰듯 눈을 질끈 감았다 떴다. 그녀가 반쯤 내리감았던 눈꺼풀을 밀어 올리자 투명할 만큼 깨끗한 눈동자에 보기만 해도 잘 어울리는 두 남녀의 모습이 단단히 와 박혔다. 영우와 현아. 도서관에서 다정히 손잡고 웃으며 걸어 나온 두 사람이 슬로모션처럼 공간에 새겨지듯 지나갔다.

언제 보아도 참 잘 어울리는 두 사람. 영우도 키가 상당히 크지만 여자인 현아도 그에 못지않았다. 고등학교 3학년 말, 두 사람이 사귀게 됐을 때에는 선남선녀 커플 탄생이라며 같은 학년 학생들 사이에서 소문이 자자했었다. 그런 영우와 언젠가는 함께할 수 있을 거라는 바보 같은 희망을 품은 때가 있었다. 그러나 헛된 마음은 미숙한 감정에 파도를 일으켰다. 미숙한 감정은 곧 결핍에 휩싸였으며, 결핍은 여물어가는 영혼을 허기지게 만들었다. 메마르고 바스러져 자라지 못할 만큼.

두 사람이 보이지 않게 되었을 때에도 세림은 한참 동안 그 자리에서 움직일 수가 없었다. 선명하도록 깨끗한, 부드럽도록 나른한 날씨에 행복해하던 것도 잠시, 텅 빈 눈동자는 뿌연 허공만을 헤맸다.

도서관 4층 인문과학실에는 섹션별로 분류된 책이 책장마다 빼곡하게 꽂혀 있다. 세림은 이곳에서 스무 살의 자투리 시간을 보냈다.

지루한 삶 속에서 살아갈 이유를 찾지 못해 자살을 기도했던 베로니카, 자기 존재 확실성에 대해 고뇌하던 은둔의 철학자 데카르트, 블레즈 파스칼, 잘 익은 상처에서 꽃향기가 난다던 다정한 시인 복효근, 그리고 독특한 표현 기법과 발상으로 감성이 남다른 올랜도를 탄생시킨 버지니아 울프까지 정신적 공허에 헤매고 있을 때 저를 달래주던 책들이다.

그녀는 조그맣게 웃으며 책에서 시선을 거두었다.

세림은 도서관 바닥을 울리는 굽 소리를 최대한 내지 않기 위해 조심하면서 걸었다. 책이 가득한 책장을 죽 지나치다 또다시 뚝 발걸음을 멈춘다. 나른한 햇살이 쏟아지는 창가 자리에 시준이 앉아 있다.

많은 도서관 자리 중 자신이 가장 좋아하는 자리다.

"이 자리가 그렇게 좋아?"

창밖을 내려다보다가 시준을 향해 고개를 돌렸다. 시준은 아까부터 두꺼운 프린트 물에 형광펜으로 밑줄을 쳐가며 넘기고 있었다. 벌써 몇 개째. 슬쩍 보면 수식이 많아 보이는 그래프며 표가 줄지어 있다. 예과가 공대는 아니잖아?

"알 것 같아."

"……."

"왜 이 자리 좋아하는지."

시준이 빙긋 웃으며 세림과 눈을 마주하였다. 조금 열어둔 창 사이로 도서관 밖의 작은 소음이 들려왔지만 신경이 거슬릴 정도는 아니었다. 그저 낮잠을 즐기는 오후의 두런두런한 말소리처럼 조심스레 다가왔다. 시선은 여전히 세림에게 고정시킨 채 시준이 손가락으로 창밖을 가리켰다.

세림의 눈동자가 시준의 손끝을 향했다.

"봐. 하늘 파랗고 햇빛 나른하게 쏟아지겠다, 도서관 밖의 분수대에서 들리는 시원한 물소리에 화단에 나무들이며 꽃들, 지나가는 학생들 보이겠다, 공부하다가 멍 때리기 쉽지."

저도 모르게 작은 웃음이 터질 뻔했다. 세림은 고개를 돌린 채 터지는 웃음을 참으려는 듯 입을 작게 오므렸다. 두 볼이 미묘한 모습을 띠었다.

"감수성 풍부한 은세림이 정신 놓기 딱 좋은 환경이야. 너 도서관에 와서 서너 시간씩 앉아 있어도 정작 공부한 시간은 얼마 안 되지?"

고개를 돌리자 시준의 눈동자가 기다리고 있었다는 듯 자신을 맞았다. 평소처럼 눈길을 피할 새도 없이 그를 받아내야 했다. 눈빛에 담긴 강한 인력, 빨려 들어갈 듯 거부할 수 없는 자기장. 거미줄에 걸린 나비처럼 아무리 날개를 퍼덕거려도 달아날 수 없을 것만 같아.

마법에 걸리는 건 순식간이다.

바람이 몰려들 듯 파도처럼 한꺼번에 불었다. 책장이 빠르게 넘어가고, 세림의 잔머리가 공중에서 물결을 그렸다. 시준의 손이 느릿하게 세림의 얼굴로 다가왔다. 그녀가 반사적으로 어깨를 움츠렸다. 시준은 조용히 웃으며 세림의 잔머리를 귀 뒤로 넘겨주었다. 부드럽고 차분한 손길. 세림은 볼을 발갛게 물들였다.

"정곡 찔렀지?"

나른한 음색과 평화롭게까지 보이는 온화한 미소.

심장이 제멋대로 차올랐다.

책을 들고 있던 손끝에 힘이 들어간다. 멈춘 발걸음을 옮기려던 찰나, 공부 중인 시준의 주위로 두 남학생과 한 여학생이 다가왔다. 공부하던 시준이 고개를 들자 세 사람이 짓궂은 표정으로 그에게 뭐라고 말을 걸었다. 시준이 한 손으로 머리를 쓸며 곤란한 듯 웃는다.

친한 친구들인가?

평소와 다름없지만 평소보다 다른 공기가 그의 주변을 에워싸고 있다. 자신이 모르는 이시준. 무거운 숨에 심장이 짓눌리다 재빠르게 뛰었다. 점점 커지는 심장박동에 사방의 소리가 잠식된다.

상처에 덮인 딱지를 벗겨내고 새로 올라온 여린 속살을 들여다본 기분.

미간이 찌푸려진다. 이내 발길을 돌린다. 아까 전보다 조심성 없어진 발걸음. 귓가에 들리는 심장의 고동을 지우고 싶다.

❖   ❖   ❖

인문학관 앞 벤치에 앉아 한참 동안 노을을 바라보던 시준은 공기 중에 담배 연기를 길게 뱉어냈다. 무거운 담배 연기가 붉은 노을이 지는 공중에 피어오르다 금세 흡수돼 버린다. 오후의 선명한 푸름은 붉게 타는 낙조에 묻혔다. 강렬한 노을빛은 하늘뿐만 아니라 지상도 물들였다. 망막을 찌를 듯한 날카로운 태양빛이 쓸쓸하다.

세림을 손에 쥐고 싶은 감정이 한껏 응축되어 터질 듯 차올랐다. 기분 나쁜 초조함이 전신을 휩쓸었다. 웃기는 상황이다. 입안 가득 메우고 있던 담배 연기가 물씬 솟아올랐다. 동풍이 불어온다.

이제껏 단 한 번도 느껴보지 못한 조급함을 자극한 건 은세림이었다. 반응도 미동도 없다. 짓궂게 치는 장난들에 얼굴을 붉히고 새침하게 쏘아대던 그녀는 어디에도 없었다. 그런 점들이 제법 귀여웠는데. 이젠 조용히 웃기만 할 뿐이다. 묘한 어긋남이 거슬렸다.

"다이어리 언제 줄 거야?"

중국은 작년 연평균 성장 10%를 달성했다. 올해 출발도 순조로웠으니 당분간은 계속 상승세를 타고 성장할 것이다. 고개를 들었다. 뭉텅이로 수집된 주식 투자 정보들을 체크하느라 신경이 곤두서 있었다. 말간 세림의 얼굴을 보며 금세 웃음을 흘렸다. 그녀는 붉은색 커다란 빨대로 초코쉐이크를 휘저었다. 사삭사삭 얼음 알갱이들이 갈라지는 소리가 들린다. 중국 기업 리스트 확인을 위해 페이지를 넘겼다.

"말했잖아, 사귀면."

"무슨 날개옷 감춘 나무꾼도 아니고, 사귀면 준다는 거야?"

"날개옷 대신이야."

"그럼 넌 야비한 나무꾼?"

"글쎄, 야비한 나무꾼이 될지 근사한 왕자가 될지는 아직 못 정해서."

세림은 '엉터리' 하며 창밖으로 고개를 돌린다. 조금은 긴 침묵이 흘렀을까.

"나 요전에 도서관 앞에서 영우랑 현아 봤어."

펜 끝으로 프린트를 톡톡 두드리다가 눈길만 들어 세림을 보았다. 깨끗한 피부가 오후의 느긋한 햇살에 번져 있다. 시선은 캔버스의 그림처럼 보이는 이국적 골목 풍경을 거닌다. 커피숍 화분의 나뭇잎이 바람에 흔들린다. 신기하리만큼 일상 속에 잘 스며드는 여자다. 어느 순간이더라도 흐름을 거스르지 않고 조화를 이루는. 덩달아 활동적인 자신조차도 세림과 같이 있다 보면 두드러지지 않는 현재를 편안히 즐기게 된다. 그런 세림의 일상이 생소하면서도 싫지 않았다.

"두 사람, 잘 어울렸어. 예전부터 알고 있었지만."

"새삼스럽긴."

짐짓 아무렇지 않은 척하며 투자 유망 종목들을 형광펜으로 표시했다. 영우라면 몰라도 김현아까지 거론하는 건 세림에게 있어 거북스러운 일이라는 걸 누구보다 잘 알고 있다. 때문에 이제까지 그것만은 건드리지 않았는데 무슨 바람이 불어서. 눈으로는 문장을 읽고 있었지만 내용은 도통 머릿속에 들어오지 않았다.

"있잖아, 그 다이어리, 그냥 버려줄래?"

시준은 저도 모르게 미간을 일그러뜨렸다. 그녀는 아무렇지도 않게 쉐이크 속에 파묻힌 빨대 끝부분을 입에 물었다.

"무슨 말이야?"

굳은 눈동자로 세림을 보니 그녀가 생긋 웃어 보인다.

"그냥…… 이참에 영우 잊는 것도 나쁘지 않겠다 싶어서."

세림은 더 이상 여린 말티즈 같은 까만 눈동자를 하고 있지 않았다. 무언가 결심하기라도 한 것처럼. 간혹 여자의 이런 눈을 본 적이 있다. 이제껏 한 번도 불쾌하다고 생각해 본 적 없는, 이별을 준비하거나 단념하려는 단계의 것. 그와 같은 세림의 터무니없는 변화는 예정에 없던 일이었다.

그리고 자신이 느끼는 지금의 불쾌함도.

❖　❖　❖

내일이면 축제 시작이라 캠퍼스 곳곳은 각 과별로 열릴 주점과 가게의 천막들이 자리해 있었다. 손님을 끌기 위해 세워진 입간판에는 인상적인 손글씨로 적힌 가게 이름과 교대로 빛나는 색색의 전구들로 꾸며졌다. 몸통이 굵은 나무와 나무 사이에는 유행어가

인용된 문구의 현수막들이 걸려 있다. 일상 속의 들뜬 분주함에 세림은 생소한 설렘을 느꼈다.

어떤 기분 좋은 일이 생길 것만 같아.

새파랗던 하늘이 지는 태양에 붉게 물들고 있다. 학관 계단을 내려오던 세림은 그 광경이 너무나 예뻐 저도 모르게 넋을 잃고 발길을 세웠다. 바람이 불었다. 눈을 감고 숨을 크게 들이켜자 봄 냄새가 한가득 온몸에 스며든다.

"은세림!"

감았던 눈을 동그랗게 뜨고는 뒤를 돌아보았다. 누군지 확인하는 순간, 미간이 반사적으로 좁혀졌다. 정말이지 이 순간만큼은 만나고 싶지 않은 이시준. 해가 지는 시간임에도 날씨는 무척 상쾌하고, 살결을 어루만지는 미풍과 변함없는 일상에 설레고 있었는데. 눈치 없는 이시준. 고개를 피하며 재빨리 발걸음을 옮겼다. 그러나 얼마 지나지 않아 그의 커다란 손에 어깨가 잡혔다.

"어디 가?"

"집."

세림은 상대하고 싶지 않다는 듯 어깨를 크게 움직여 그의 손을 밀쳐 냈다.

"잘됐네. 나도 집에 가는 길이야. 데려다 줄게."

이번엔 손목을 잡혔다.

"됐어. 지하철 타고 갈 거야."

붙잡힌 손목을 비틀어 빼내려 했지만 그의 완고한 힘을 이겨내기란 역부족이었다. 이시준에게 벗어나고픈 마음처럼 잡힌 손목의 맥이 무척 빠르게 뛰었다.

"지금 러시아워라 지하철에 사람 엄청 많지 않나?"

"그래도 네 차를 타는 것보단 낫겠지."

상황이 좀처럼 생각대로 되지 않자 세림은 금세 인상을 썼다. 웃음을 참지 못하겠다는 듯 시준의 입꼬리가 매끄럽게 밀려 올라갔다.

"그거 알아? 너 지금 엄청 귀여워."

시준은 세림의 여린 뺨을 어린아이 것인 양 살짝 집듯 툭 건드렸다. 세림이 어이없다는 눈으로 그를 쳐다보았다.

"보고도 못 본 척하는 거며, 이기지도 못하면서 싫다고 하는 거며. 아니면 강한 부정은 곧 강한 긍정이라는데, 지금 그 감정 들킬까 봐 쑥스러워서 이러는 건가?"

"너 오늘 점심에 뭐 잘못 먹었니?"

"커피에 하우스샌드위치 먹었는데."

"샌드위치가 상했나 봐. 상태가 엄청 안 좋아. 병원이라도 가봐야 될 것 같아."

귀여운 세림의 공격에 시준은 다시 웃음을 보였다.

"병원보다는 은세림이 내 옆에 있는 쪽이 훨씬 상태를 호전시키는 데 좋을 것 같아."

그녀는 말없이 시준을 노려보았다.

"날 떼어내고 싶어? 그러면 여우가 돼. 좀 더 머리를 쓰라고. 차에 타라고 하면 순순히 차에 타고, 밥 먹자고 하면 밥 먹고, 선물이라도 사달라고 떼쓰면 효과는 더 좋을걸."

기가 막혔다.

"고분고분 말 잘 들어서 지겨워지게 만들란 말이야. 이렇게 자

124 초코쉐이크

꾸 튕기니까 쓸데없이 더 갖고 싶어지잖아. 난 이제껏 네가 싫다고 해서, 부담스럽다고 해서 떨어진 남자들과 달라. 싫다고 하면 괜한 승부욕만 더 생긴다니까."

"혹시 성격 이상하단 소리 안 들어봤어?"

"좋은 것 같지 않단 소리는 들어봤어도 이상하단 소리는 들어본 적 없는데?"

"내가 보기엔 충분히 이상해. 싫다고 하면 승부욕 생기는 거 상당히 비정상적이야. 아니, 그보다 변태 같아."

"어떻게 알았냐, 나 변태인 거?"

세림은 해악한 표정으로 시준을 쳐다보았다. 그가 씨익 입가에 짓궂은 미소를 짓는다.

"따질 거 충분히 따졌으면 이제 그만 가자. 여기서 계속 실랑이하다간 나랑 차 안에 오래 있어야 될걸?"

그가 놔주지 않을 모양으로 움켜잡은 손목에 힘을 푸는가 싶더니 이내 근육을 이완시키듯 매만졌다. 묘하게 자극적인 느낌이 팔 전체를 타고 번져 견딜 수 없이 간지러웠다. 괜히 얼굴이 달아오르고 부끄러운 기분이 들어 인상 쓴다. 아까보다 한층 짙어진 노을 아래, 그와 같은 빛깔로 물든 이시준은 유난히도 여유로운 얼굴이다.

정말이지, 약 오른다.

세림은 창밖의 먼 하늘을 응시하였다.

여전히 붉은 노을은 점차 서쪽 끄트머리로 밀려가고 짙푸른 어둠이 동쪽에서부터 그 자릴 메우듯 몰려오고 있었다. 진홍과 청빛

푸름이 섞여드는 저녁 6시에서 7시 사이. 좀처럼 원활하지 못한 교통 상황으로 4차선 도로에 차들이 줄지어 서버렸다. 퇴근 시간과 겹친 탓이다. 이런 식이라면 그냥 지하철을 타고 가는 편이 더 나았겠지만, 분명 지하철을 탔어도 사람들 사이에 파묻히다시피 끼어 갔을 테니까 좋고 나쁨은 어디에도 없다. 다만 자의로 차에 오르긴 했지만 썩 내키지 않았던 건 분명한 사실이다.

그녀는 불편한 기색을 숨겼다.

아까부터 오디오 스테레오에서 피아노 교향곡이 흘러나왔다. 익숙지는 않지만 듣기 편안한 곡들이다. 슬쩍 운전에 집중하고 있는 시준을 훔쳐본다. 평소 보여주던 여유로운 얼굴보다 더 자연스럽다고 생각되는 무표정. 섬세한 이목구비가 훨씬 더 부각돼 낯설면서도 잘 어울린다. 그렇지만 그만큼 멀리 있는 사람 같다.

"생각보다 꽤 오래 갇혀 있을 것 같지?"

시준이 입가에 미소를 보이며 눈길만을 주었다. 방금까지 딱딱할 정도로 무표정한 얼굴이었으면서.

"밥이라도 먹으러 갈까? 슬슬 배고파진다."

다시 정면으로 시선을 둔 그는 조금은 곤란한 얼굴이다. 정말 배가 고픈 듯. '내가 너랑 왜?' 하고 대꾸하려다가 입술을 굳게 다물었다. 자신을 떼어내고 싶으면 고분고분 말 잘 들어 지겨워지게 만들라고 잘난 척하던 아까의 이시준. 웃겨. '내가 왜 네 말을 들어야 하는데?' 하다가도 정말 그렇게 하면 더 이상 만날 일이 없을까? 생각에 잠긴다. 정말이지 사람을 제멋대로 휘두르는 이상한 애다.

"친구들이 근처에서 밥 먹고 있을 거야. 지금 시각이면…… 술집으로 자릴 옮겼을지도 모르겠다."

시준은 왼쪽 손목에 채워진 시계를 보며 태연하게 말했다. 세림은 제 귀를 의심하며 눈을 동그랗게 떴다.

"합석할래?"

"내가…… 거길 왜?"

"여자친구로."

그는 여전히 태연했다. 세림은 가방을 챙기며 안전벨트를 풀었다. 도어록을 누르는 사이, 이시준에게 팔을 잡혔다. 그녀가 날카롭게 세운 눈으로 시준을 노려보았다.

"놔."

"화내는 거 이해해. 그런데 말은 끝까지 들어."

"무슨 말? 일부러 차에 태운 거지? 사람을 바보로 만드는 것도 정도껏 해!"

"그런 거 아니야."

"그럼?"

참지 못하겠다는 듯 세림은 기어이 목소리에 날을 세웠다.

또다시 바보가 된 기분이다. 너무나 어이없고 황당해서 머릿속이 새하얘지고 만다. 역시 더 이상 이 애를 상대하는 건 버거운 일이란 걸 다시금 알게 됐다. 아랫입술을 깨물었다.

어처구니없는 상황에 침묵을 지키던 세림은 결심한 듯 입을 열었다.

"충분히 말했잖아. 그만해. 나 너한테 정말 관심 없어. 이러지 마."

또박또박 말마디에 힘주어 자신의 의사를 표현했다. 소리칠 기운도 없거니와 언성을 높인다고 해서 해결될 문제가 아니었다. 그

동안 시준과 함께 수업 듣고, 커피숍에 가고, 공강 때마다 식사하는 시간이 싫지만은 않았다. 인정한다. 하지만 그 이상을 이시준과 함께하고 싶지는 않았다. 그 이상의 감정은 순간이라도 사양이다. 진심인지 장난인지 모를 남자애의 행동에 휘말리고 싶지 않다.

울 것 같은 얼굴이 되어 반대편 창가로 고개를 돌렸다. 화가 나니까 감정이 흐트러진다.

"한 번만 도와줘."

"……"

더딘 정적이 이어졌다. 시준을 돌아봄과 동시에 세림의 눈빛이 미세하게 떨렸다. 언제나 섬광처럼 빛나던 그의 눈동자가 어둠에 잠식되어 있다. 핸들을 움켜쥔 손이 어쩐지 안타깝다. 이시준의 감정 변화는 알 수 없이 의아스러운 것이었다. 생각을 고르는 듯 시준이 깊은 한숨을 뱉어냈다.

"아주…… 어려서부터 떼려야 뗄 수 없는 세 사람이 있었어. 집 안끼리 친분으로 이어져 함께 크는 게 자연스러웠고, 떨어져 본다는 생각 역시 단 한 번도 한 적 없고."

천천히 이야기를 꺼내는 그의 음성은 늪에 잠겨 있었다.

"두 명은 남자, 한 명은 여자. 남자 둘에 여자 하나. 뻔히 보이는 그림이지? 사춘기 무렵 세 사람 A, B, C에게는 사랑이 찾아와. A는 B에게 C가 좋아졌다면서 어떻게 해야 될지 모르겠다고 했어. C를 이성으로 볼 줄은 생각도 못했다며……. 어떻게 하긴 뭘 어떻게 해. 좋아하면 연애해야지."

"……그래서?"

전해져 오는 서글픈 감정 때문에 명치 저 끝에서부터 알 수 없는 아련함이 밀려온다. 센 물살이 가슴에 퍼진다.

시준의 입가에 씁쓸한 웃음이 걸렸다.

"그래서 A와 C는 사랑을 하게 되고, B는 그 두 사람을 지켜보게 되었습니다. 쭈욱. 이렇게 끝나는 이야기."

"너는……?"

"B가 나라고 얘기했나? 은세림 눈치 빠르네."

시준이 나른한 바람처럼 웃었다. 세림은 금방이라도 눈물을 떨어뜨릴 것처럼 애달픈 표정이다.

"짐작했겠지만 내가 뭘 어쩔 수 있는…… 그런 선택의 여지는 없었어. 나도 내 마음보다 두 사람이 더 중요했으니까."

세림은 눈동자에 빛을 잃었다. 열일곱 가을의 중턱 걸었던 약속. 하지만 그 약속은 지켜지지 않았다. 아니, 세림이 지킬 수가 없었다.

"다른 여자애를 만나면서도 매번 친구들한테 소개시켜 준 적은 없어. 별로 그러고 싶지 않았고, 마지막 남은 오기라고 해야 하나. 그런데 갑자기 자존심이 상하는 거야. 꼭 미련이 남아서 소개 못 시켜주는 것 같잖아. 네가 싫어하고 화내는 것도 당연해."

"……."

"그런데, 그래도 부탁해. 내 연극에 동참해 줘. 도움이 필요해. 네가 만약 박영우랑 아직도 친구로 남아 있다면…… 넌 어떻게 했을까?"

그의 질문에 마음이 흔들렸다. 자신은 이시준처럼 하지 못하겠지만 이해가 안 되는 상황은 아니었다.

"다이어리 돌려줄 테니까……."

반대편 차선의 가지런히 줄지어선 차들이 저마다 오렌지빛 헤드라이트와 붉은 후미 등을 켜고 멈추다 간간이 달렸다. 눈을 반쯤 내리감았다. 동질감 아닌 동질감이 느껴져서일까, 이시준을 그냥 두고 볼 수 없다. 옅은 숨을 내쉬며 고개를 끄덕거린다. 가방을 쥐고 있던 손에 힘이 빠진다.

이번만이다. 이번만 도와주고 다이어리를 받은 다음에는 전부 다 그만둘 거야. 이시준을 만나는 것도, 이 애랑 연락하는 것도. 이제 더 이상 이 애로 인해 일상이 헤집어지는 게 싫다. 뜬금없는 순간, 이 애 때문에 쓸데없이 두근거리고 싶지 않았다. 이 애의 옆에 있을 때, 붕 뜬 기분에도 휩싸이고 싶지 않았다.

그만두고 싶었다.

Hurts

학교 근처 시내의 해산물 안주로 유명한 술집에는 음주를 즐기러 온 사람들로 북적였다. 시준과 세림은 시끌시끌한 사람들 사이를 헤집고 좌식에 입식 테이블이 접목된 공간으로 발길을 옮겼다. 신발을 벗고 마루 위에 올라서니 대나무 발을 경계로 테이블이 죽늘어서 있다. 각 테이블은 이미 알코올 기운으로 왁자지껄하게 흥이 올라 있다.

"이시준!"

걸걸한 목소리의 남자가 손을 올리며 외치듯 이시준의 이름을 부른다. 쩌렁쩌렁한 성량 덕분에 주위 테이블에 앉아 있던 사람들이 순간 시준을 주목했다. 시준이 고개를 가로저으며 불만스럽게 눈썹을 구겼다. 그는 곧장 세림의 손을 잡고 테이블로 성큼성큼 걸어갔다. 뒤따르던 세림이 민망해 손을 빼내려 했지만 이시준은 놓

아주기를 거부했다. 테이블에 가까이 다가갈수록 친구들의 야유
섞인 목소리가 한층 커졌다.

"앉아."

테이블에 도착하자마자 시준은 바로 앞자리에 세림을 끌어 앉혔
다. 그녀가 쭈뼛 어색한 얼굴로 테이블을 슬쩍 둘러보았다. 그 순
간, 필름이 정지되듯 시선이 한곳에 고정되었다. 대각선 자리에 앉
아 있는 낯익은 얼굴들.

영우랑 현아?

심장이 덜컥 내려앉았다. 누군가가 끼얹은 물바가지를 한가득
뒤집어쓴 것만 같다. 자신만큼이나 당황스러워 보이는 두 사람. 이
게 어떻게 된 거야? 곧바로 옆에 앉은 시준에게 눈길을 돌렸다. 시
준의 눈동자와 마주쳤다.

쟤네가 왜 저기 와 있어? 그렇게 말하듯 이해하지 못한 날 선 눈
빛을 보냈다.

"안녕?"

매끄러운 여자애의 목소리가 귓가로 흘러들었다. 화가 머리끝까
지 난 것도 잠시, 싸늘하게 시준을 쳐다보던 눈을 풀어내며 여자애
를 보았다. 갸름한 턱 선과 뽀얀 얼굴, 그 위로 드리워진 쌍꺼풀 진
동그랗고 새까만 눈, 매끄러운 콧날, 미소가 잘 어울리는 붉은빛의
도톰한 입술. 어릴 적 가지고 놀았던 마론 인형처럼 여자애는 흠잡
을 데 없는 미인의 얼굴이었다. 그 첫인상에 사로잡히고 만다.

"만나서 반가워. 난 이미영이라고 해."

"아, 마, 만나서 반가워. 난 은세림이야."

"난 김태현이야."

미영의 옆에 앉아 있는 남자애 역시 사람 좋은 미소를 보이며 인사를 건넨다. 굳은 입매를 애써 밀어 올렸다. 단정하게 생긴 얼굴에 전체적으로 자상한 인상. 처음부터 날카롭다고 생각했던 시준과는 대조적이다.

"그쪽만 사람이고 이쪽은 없는 사람이냐? 왜 이쪽은 인사 안 시켜줘?"

가장 끝에 앉은 남자가 불만스럽다는 듯 목소리를 높이자 시준이 습관적으로 인상을 썼다. 수치스러운 놈이라며 그가 낮게 중얼거린다. 그것과 상관없이 영우와 현아의 어색한 분위기가 세림의 시야에 스쳤다. 그때였다. 시준이 왼팔로 어깨를 감싸 안으며 세림을 가슴팍에 밀착시켰다.

"저기 끝에 제일 시끄러운 놈 보이지?"

생각지도 못한 돌발 행동이었다. 세림은 목덜미 신경이 쇠막대처럼 뻣뻣하게 굳어지는 것 같았다. 그녀의 눈동자가 불안정하게 흔들렸다. 등 뒤에 닿는 단단한 가슴께와 한꺼번에 몰리는 친구들의 시선. 특히 영우와 현아의 당황스러운 눈길은 세림으로서 감인하기 어려운 일이었다. 그러나 이시준은 그런 세림과 상관없이 말을 이어갔다.

술집의 왁자한 소리들이 고막에서 울린다.

"박승범, 우리 학교 경영대학 2학년. 옆에 앉은 애는 서유정. 시끄러운 박승범 여자친구. 얘도 우리 학교 음대생이고 동갑."

"안녕?"

바로 옆에 앉은 유정이 생긋 웃으며 손을 흔들었다. 세림은 흐트러진 표정을 수습하며 고개를 살짝 끄덕여 보였다.

얼굴에 경련이 이는 것 같다. 그다음은…….

"앞에 두 사람은 박영우하고 김현아. 쟤들도 우리랑 같은 학교, 나랑 같은 과 동기. 다 동갑이니까 말 편하게 해, 세림아."

다정함이 포장된 과장이다. '세림아'라고 불리는 자신의 이름이 이토록 낯설다니. 관자놀이 끝에서 이시준의 시선이 느껴졌지만 부러 모른 척하였다. 도대체 자신이 어떤 표정을 짓고 있을까. 차라리 눈을 감아버리고 싶다. 우스운 바보가 되어버린 기분이다.

죽을 만큼 이 자리에서 도망치고 싶다.

"그리고 이쪽은 은세림. 우리 학교 국어국문과. 우리랑 동갑. 예쁘지?"

어깨를 감싼 시준의 손이 쓰다듬듯 팔로 내려왔다. 그가 주무르는 것처럼 팔을 힘 있게 쥐었다 놓았다. 사방으로 날뛰는 정신을 간신히 추스르며 시준을 돌아보았다. 감정은 하나도 섞이지 않은 매끄럽도록 새카만 눈동자에 자신이 비친다.

"놔. 적당히 해."

세림의 가느다란 음성이 억지로 끌어올린 입매와 함께 바르르 떨렸다. 시준은 그 어느 때보다도 다정히 웃어 보였다. 마치 사랑스러운 연인을 바라보듯. 그가 그대로 고개를 숙여 목덜미 가까이 입술을 대었다. 세림의 몸이 반사적으로 움찔하였다.

이시준의 입술 끝에서 느껴지는 숨이 목덜미를 뜨겁게 만든다. 달음박질치는 심장을 비웃기라도 하듯 그가 귓가에 나직이 속삭였다.

"뭐, 어때. 사귀는 사인데."

"또 시작이냐? 좀 삼가라, 새끼야. 저 버릇 개 못 줘요."

눈꼴사납다는 듯 승범이 거칠게 퍼붓자 테이블 위로 애들의 웃음소리가 쏟아졌다.

"너, 너, 진짜 나쁜 새끼야. 재밌니? 사람 가지고 노니까?"

"지금 네 기분 어떤지 다 알고 있어. 그러니까 참아. 티 내지 말고."

"아까 네가 했던 얘기도 거짓말이지?"

"지금 그런 건 중요하지 않잖아."

소름 끼치도록 침착한 목소리에 세림은 속이 뒤틀리고 손끝이 차갑게 식었다.

매번 이랬다. 이 남자애는 매번 어디까지가 진심인지, 어디까지가 거짓인지 알 수 없는 말과 행동으로 자신을 혼란스럽게 했다. 내던지듯 장난스럽게 건네던 농담들, 부담스러울 정도로 집요한 눈길은 무심하게, 때론 숨도 쉴 수 없을 만큼 달려들었다. 심장이 하루에도 몇 번이나 이 애의 손에서 놀아나는 것 같다. 그것을 즐기기라도 하듯 묘연히 빛내는 까만 눈동자. 진저리가 난다.

개자식, 거짓말쟁이, 교활한 사기꾼!

욕이란 욕은 있는 대로 퍼부어주고 싶다. 가슴속 저 깊은 곳에서 비참함이 끓어오르고 피가 거꾸로 솟구친다. 머리끝까지 차오른 분노가 눈동자에 맺힌다. 하지만 참아야 했다. 영우와 현아 앞에서 망신당하는 일은 죽어도 싫으니까.

세림의 귓가에서 얼굴을 뗀 시준은 영우와 공중에서 눈길이 마주쳤다. 시준이 가볍게 웃어 보인다.

"부끄러워하니까 키스하고 싶어지잖아."

어깨에 두른 손을 풀며 시준이 세림의 볼을 툭 건드렸다.

"저 새끼는 다 좋은데 저렇게 여자 한 번 생기고 나면 예의가 없어져. 주변은 안중에도 없어."

"주변이 안 보일 정도로 예쁘니까 미치는 거지."

"넌 원래 그랬어."

시준이 웃어 보이며 지나가듯 말하자 미영이 못을 박으며 홀짝 술을 넘겼다. 어떤 이야기가 오가는지도 모른 채 세림은 덜덜 떨리는 두 손을 포개며 마음을 가다듬었다.

순진한 것도 정도가 있지. 자신의 어리석음을 탓하며 금방이라도 눈물을 쏟아낼 것 같은 눈을 질끈 감았다. 이시준도 이시준이지만 알량한 동정에 이끌려 온 자신이 너무나 한심했다.

"오랜만에 보네."

반쯤 고개를 숙이고 있는데 귓가에 낯익은 목소리가 조심스레 들렸다. 재빠르게 눈길을 돌렸다. 영우가 부드러운 표정으로 자신을 보고 있다. 그래, 정말 오랜만이다. 영우의 목소리를 듣는 것도, 이렇게 가까이서 두 사람의 얼굴을 마주하는 것도 오랜만이었다.

수줍은 미소를 짓는 세림의 두 뺨이 붉게 물들었다. 초조하게 뛰던 심장도 제 빠르기를 찾았다.

"그러게, 오랜만이다. 잘 지냈지? 현아 너도?"

"그럼, 너도 좋아 보이네."

현아의 대답에 세림은 어깨를 짓누르던 긴장이 풀렸다.

술잔을 비우던 시준은 곁눈질로 어색한 대화가 오가는 세 사람을 지켜보았다. 그의 한쪽 눈이 미세하게 일그러졌다.

방금 전까지 자신을 잡아먹을 듯 노려보던 세림은 어느새 풀어져 있었다. 현아와 이야기하며 간간이 영우를 쳐다보는 시선에는 수줍음이 담겨 있다. 자신이 자극시키려 데리고 왔는데 외려 자극당하고 있다. 들이켜듯 술잔을 비워낸다. 서늘한 웃음이 순간적으로 입가에 스친다. 원인 모를 순수한 분노가 어이없어 빈 잔을 내려다보다 이윽고 세림의 머리칼에 입을 맞추며 세 사람 사이에 끼어들었다.

"벌써 친해졌어? 은세림, 원래 사교성이 좋았나?"

세림이 작게 놀라며 시준을 돌아보았다. 그 눈길에 아랑곳없이 시준은 다시 세림의 어깨를 손으로 감싸며 장난스럽게 말문을 열었다.

"아니면 우리 세림이 괴롭히는 거야?"

현아는 어이가 없다는 듯 장난스러운 코웃음을 쳤다.

"웃기는 소리 하고 있어, 이시준. 세림이랑 우리 전부터 알고 있는 사이거든?"

"어, 진짜?"

시준은 짐짓 모르는 척 눈을 동그랗게 뜨고 세림을 쳐다봤다. 세림은 헛웃음이 나올 뻔했다.

이제 보니 연기도 수준급이잖아? 가식쟁이. 눈길을 피하며 입에 댄 술을 홀짝 넘겼다.

술맛이 미묘하다.

"응, 세림이도 중앙고등학교 나왔잖아. 우리랑."

영우의 빈 잔에 술을 따르던 승범이 테이블에 술병을 탁 내려놓으며 세림을 향해 손가락질하였다. 무언가라도 생각난 듯 동그마니 커진 눈으로.

어디서 들어본 이름이라 했더니 이제야 기억난다.

"그래, 저번에 그 다이⋯⋯."

'어리 주인!' 이라고 하려는 찰나, 세림 뒤에 앉은 시준의 눈빛이 위협적이다. 잠자코 있으라는 무언의 표시. 그 살벌한 눈동자에 슬그머니 입을 다물었다. 눈치 없이 주절댔다간 주먹이라도 날릴 태세다. 세림을 향해 있던 손가락은 어느새 유정에게 가 있다.

행동만 오버해 취하고 입을 다물어 버린 승범의 모양새에 여자친구 유정이 고개를 갸웃하였다.

"저번에 그 다, 그다음 뭐?"

"어? 아니. 그, 저, 다…… 다른 데서 본 것 같다고. 으, 은세림……."

"다른 데서? 너도 이시준처럼 인문대학에서 죽치고 있었냐?"

태현이 술잔을 들며 지나가는 투로 웃자고 말을 던진다. 테이블에 또다시 웃음이 쏟아졌다.

"내가 미쳤냐. 저 자식처럼 그러고 있게."

안주인 꽁치구이를 젓가락으로 쿡 찌르며 슬금슬금 시준의 눈치를 보았다. 시준은 태연한 얼굴로 술잔을 비웠다. 결국은 그렇게 됐구만……

아까 전부터 흥미롭다는 듯 세림을 지켜보던 미영이 상반신을 앞으로 기울였다.

"너도 중앙고등학교 나왔어?"

"어? 어……."

"너희 셋 친했냐?"

여전히 시준의 눈치를 보며 승범이 다시 슬쩍 운을 띄웠다. 일종의 재확인 같은 걸 하고 싶었던 모양이다.

"어? 그, 그랬던 것 같기도…… 하고. 시간이 좀 지나서……."

사고 회로가 꼬인 세림은 얼버무리며 말끝을 흐렸다.

"누가 들으면 10년은 된 일인 줄 알겠네."

시준이 피식 웃으며 말했다.

"친했지. 고등학교 3학년 전까진 세림이랑 나랑 베프였어. 3학년 때 반이 달라져서 소원해졌지. 그지, 세림아?"

현아가 부드럽게 말하며 어색함을 무마시켰다.

"아…… 응, 맞아."

어색하지만 어쩐지 옛날로 돌아간 것 같은 느낌에 세림의 입가에 희미한 미소가 걸렸다. 비참함과 포기의 기분이 한데 뒤섞인 가운데 공중에서 영우의 눈길과 맞았다. 세림이 부끄러운 듯 어색하게 웃었다. 그 모습을 시준이 놓칠 리 없다.

"세림이랑 김현아랑? 야, 세림아, 너 현아랑 다니면서 많이 불리했겠다."

"뭐야?"

발끈한 세림이 금세 사나운 눈을 하고 시준을 노려보았다.

꼭 좋은 분위기 망치고 있어!

예상한 반응이라는 듯 시준은 손으로 세림의 허리를 감싸 안으며 자신 쪽으로 바싹 끌어당겼다. 화들짝 놀란 세림이 인상 쓰며 팔꿈치로 그를 밀어냈다. 영우의 눈동자가 굳는다. 또 한 번 공중에서 시준과 영우의 시선이 충돌하였다. 미묘한 기류가 둘 사이에 흘렀다. 영우를 보던 시준의 한쪽 입매가 밀린다.

"우리 세림이, 고등학교 때 어땠어? 지금처럼 예쁘고 귀여웠나?"

"이시준, 완전 빠졌어."

미영의 핀잔에도 시준은 아랑곳 않았다. 현아가 미소를 지으며 세림을 보았다.

"세림이 고등학교 때도 귀여웠지. 사람도 잘 따르고 감정 표현도 솔직하고."

얼굴이 달아올랐다. 감정 표현도 솔직하고……. 그래, 어릴 땐 그랬지. 정말 뭣도 모르고 너무나 솔직했다.

술잔을 들었다. 술잔에 담긴 술이 찰랑 흔들리며 파문을 일으킨다.

"은세림, 인기 많았겠네. 귀엽고 솔직하겠다, 남자들한테 인기 있었지? 아니면…… 세림이를 좋아하는 남자애 같은 건 없었나?"

세림은 미간을 좁히며 시준을 올려다보았다.

왜 쓸데없는 말을 하고 그래?

공기의 변화가 이는 것은 영우와 현아 쪽도 마찬가지였다.

세림이를 좋아했던 남자애는 몰라도 세림이가 엄청 좋아했던 남자애는 있었지.

누가 먼저 말하기도 전에 세림이 앙칼지게 대꾸했다.

"너 벌써 취했어? 자꾸 이상한 말 좀 하지 마."

시준은 다시 웃을 뿐이다. 석연치 않은 저 웃음에 세림은 위화감을 느꼈다.

도대체 무슨 생각을 하고 있는 거야? 기분 나빴다. 자꾸만 이야기가 이상한 쪽으로 흘러간다. 절대로 열리지 않는, 또 본인들도 열 생각이 없는 판도라 상자를 이시준이 자꾸만 툭툭 건드린다.

"뭐가 이상한 말이야? 관리 차원에서 묻는 거야. 내 마음에는 지난 과거 따위 없거든."

"웃기네. 이 여자 저 여자 만나고 다닌 거 모를 줄 알아? 안 봐도 척이거든?"

"억울하네. 난 기준이 까다롭고 명확해. 먼저 누구를 찾아본 적도 없지만 만난다고 해도 스타트 라인이 높아. 질투할 필요 없어, 세림아."

시준은 외려 세림의 손을 다감하게 감싸 쥐고는 가슴이 저릴 만큼 근사하게 웃으며 말했다. 나른한 듯한 낮은 음성, 오롯이 세림만을 바라보는 진하도록 부드러운 눈길. 그가 손을 맞잡은 채 손등으로 세림의 여린 볼을 지그시 눌렀다. 시준의 손에서 그가 즐겨 피우는 담배 냄새가 났다. 아니, 냄새라고 하기보다는 은은한 향쪽에 가깝다. 세림은 목구멍이 아프도록 먹먹해졌다. 울기 직전처럼 미간을 모았는지도 모르겠다.

"맞아, 세림아. 확실히 이시준 저렇게 정신줄 놓고 누구 쫓아다닌 적 이번이 처음이야. 네가 선심 쓴다 생각하고 저 포악한 놈 관리 좀 해줘. 버리지 말구."

미영이 접시 위의 수박을 젓가락으로 콕 찍어 세림에게 건네며 말했다. 그녀는 어떤 비밀스러운 메시지를 전하듯 웃어 보인다. 세림도 자유로운 손으로 젓가락을 받아 들며 어색하게 웃었다.

"이미영, 말은 바로 해야. 포악한 놈이 아니라 포악한 짐승."

승범이 정정하며 거들자 테이블에 또 한 차례 폭소가 터져 나왔다. 시준이 과일에 데코된 브로콜리를 그에게 집어 던진다. 서로 흉을 보면서도 사이가 좋은 친구들이다. 세림은 쓰게 웃으며 수박을 조그맣게 베어 물었다.

날카롭게 곤두섰던 신경들이 가라앉는다.

화가 났다. 누그러진다. 재미있다. 거슬린다. ……설렌다.

한 시간도 채 되지 않은 동안 수많은 감정이 풍랑 치는 바다처럼 거세게 세림의 마음을 어지럽혔다.

난 도대체 여기서 뭘 하고 있는 거지?

❖ ❖ ❖

테이블 분위기는 한창 물이 올랐다. 사케 병이 벌써 몇 개가 왔다 갔는지 손으로 셀 수도 없다. 아이들은 테이블마다 다른 화제로 이야기를 나누었고, 승범만이 한층 흥분한 목소리로 시끄럽게 떠들어대었다. 승범이가 앉은 맞은편의 영우와 현아는 다른 공간에 있는 사람들 같았다. 취기가 올랐는지 현아는 영우에게 기대어 있다가 간간이 키득거리며 무어라 은밀하게 속삭인다.

사케는 소주보다 목 넘김이 깔끔하고 부드러웠음에도 세림은 얼마 마시지 못했다. 그런데 그녀는 이상하게도 정신이 몽롱하였다. 테이블 머리 위로 담배 연기가 뭉실뭉실 피어오른다.

담배 연기 때문이다. 불쾌한 담배 냄새 때문에 머리가 아파왔다. 아니, 머리가 아픈 건 담배 냄새 때문이 아닌가? 영우와 현아의 모습이 자꾸만 시선 끝에 닿는다. 손등을 코끝에 대었다.

고개를 비스듬히 틀어 담배 연기를 내뿜던 시준은 힐끗 세림을 보다가 재떨이에 담배를 꾹 눌러 껐다. 그가 느긋하게 웃으며 세림의 손을 잡더니 과일 안주를 포크로 찍어 자신의 입으로 가져갔다. 세림은 이제 포기한 얼굴이다. 시준은 입가에 웃음을 거두지 않으며 과일 안주를 맛있게도 먹었다. 그리고는 고개를 돌려 태현의 물

음에 무어라고 대꾸한다. 여전히 테이블은 시끌벅적했지만 세림
혼자만 덩그마니 떨어져 있다.

"나 화장실 좀 갔다 올게."

한참이나 가라앉은 낯빛이다. 세림을 바라보는 시준의 얼굴에
웃음기가 걷혔다. 그의 눈동자가 곧게 세림을 향했다. 그녀가 슬쩍
시선을 피하였다.

사람 속을 들여다보는 것만 같은 눈동자다.

"갔다 와."

세림은 화장실 문을 닫고 지쳐 기대섰다.

초점을 잃은 시선이 허공에 붙들린다. 세면대 거울 양쪽에 박힌
조명 때문에 화장실은 오렌지 빛이다. 평소보다 오히려 술을 덜 먹
었음에도 몽롱한 기분은 강하게 머릿속을 휘감았다. 고개를 돌리
니 세면대 거울 속에 자기가 아닌 자신이 서 있다. 한숨이 나온다.
오래된 사진처럼 생기라곤 조금도 찾아볼 수가 없다. 코웃음이 작
게 새어 나왔다.

여자친구도 아닌 주제에 커플만 오는 술자리에 끼고, 그러다 아
직도 좋아하는 첫사랑 남자를 만나는 것도 모자라 그의 연인과 넉
살 좋게 웃으면서 이야기를 나누고, 연인과 다정한 모습에 우울해
하는 자신의 처지가 어쩌면 이렇게 웃길까. 영우와 현아가 자신을
얼마나 웃긴 애라고 생각할까. 배알도 없다고 비웃겠지. 이젠 화도
나지 않는다. 그냥 우스웠다.

그런데 자꾸만 눈물이 나.

눈 화장이 혹시라도 번질까 봐 손가락으로 조심스레 눈물을 닦

아냈다. 하지만 자꾸자꾸 차오르는 눈물을 어떻게 할 수가 없다. 자그맣게 바늘구멍 난 물풍선에서 솟아나는 물방울처럼 눈물이 방울방울 이어진다.

현란한 네온사인이 춤추는 아래, 시내는 인파로 물살치고 있었다. 저마다 친구며 연인과 함께 거리를 지나는 사람들. 그 속에서 자신은 무얼 하고 있는 걸까. 왜 이 거리를 헤매고 있는 거지?

눈물은 멈추지 않고 계속 흘렀다.

술집에서 있었던 일들이 눈앞에 무성영화 필름처럼 이어졌다. 연인이니까 영우와 현아가 다정한 건 당연하다. 애초에 알고 있던 사실이잖아. 그런 모습에 속상해서 어쩌겠다는 거야. 혼자만 간직하면 되는 거라고, 가끔의 소박한 망상쯤 조금은 해도 되는 거라고 자기 위로를 해왔다. 스케치부터 잘못된 그림을 보는 것은 절망인 동시에 형벌이었다. 그려선 안 될 사소한 바람은 여린 감성에 사포질을 해댔다.

가야 할 때를 아는 사람의 뒷모습이 아름답다고 했던가. 자신은 조금도 아름답지 못했다. 바라는 게 없다고 해도, 드러내지 않고 마음속으로만 좋아한다고 해도 상대방에게 부담이 될 수 있다는 게. 그의 연인에게 죄를 짓는 걸 수 있다는 사실이, 시준이 했던 그 말이 부메랑처럼 날아와 가슴에 예리하게 박혔다. 숨도 쉴 수 없을 만큼 괴롭게 만들었다.

하지만, 하지만 그럼에도 영우가 너무 좋아서, 접을 수 없는 이 마음을 자신도 어떻게 할 수가 없어서 그냥 내버려 두었다. 이대로 흐르다 보면 어느 순간 말라 포기하고 말겠지, 넘쳐흘러 어딘가로 스며들게 되겠지 했다. 그러나 포기할 수 없는 열망은 마르지 않고 차오르고, 넘치고 또 넘쳤다.

멈추지 않고 흐르는 눈물처럼.

자꾸만 눈물이 눈앞을 가려서 한 발자국도 움직일 수가 없다. 사람들 속에 파묻혀 있다 보면 담아두었던 기억들이 발걸음을 따라 떠내려갈까.

그 순간이었다. 낚아채듯 누군가 팔을 잡아 세림을 돌려 세웠다. 이시준이다. 급하게 뛰어온 듯 그는 가쁜 숨을 몰아쉬었다. 온통 눈물범벅인 얼굴의 세림을 보며 그의 눈동자가 미세하게 떨렸다.

"두 사람, 사귀는 사이야. 생각 못하고 있었던 거 아니잖아!"

상처받은 세림의 눈동자가 시준에게 달려들었다.

"그래서 나 여기 데려왔어? 그거 확인시켜 주려고? 속 시원하니?"

"그럼 날 열받게 만드는 일은 하지 말았어야지!"

시준은 이제껏 눌러온 감정을 터뜨리며 고함쳤다.

세림은 입을 다물었다. 굵은 눈물이 툭툭 서럽게 떨어진다. 그가 세림을 안았다. 그녀의 얼굴 위로 따뜻한 체온이 와 닿았다. 깊으면서도 은은한 담배 향이 섞인 그의 체취에 찰나였지만 정신을 잃을 뻔했다. 커다란 손이 어루만지듯 등을 감쌌다. 그 온기가 따뜻하다.

"나랑 사귀자."

세림은 눈을 똑바로 떴다.

터질 것처럼 쿵쿵 뛰는 시준의 심장 소리가 머릿속을 헤집는다. 그 아득함에 물들어 버릴 것만 같다. 그를 밀어내려 팔에 힘을 주었다. 하지만 그럴수록 시준은 집요하게 자신을 품에 가두었다.

"이거 놔!"

"네가 영우 좋아해도 상관없어. 마음속에 담겨 있는 박영우, 지우고 오라고 강요 안 해. 내가 스스로 네 마음에 자리 잡을 테니까 밀어내지만 마."

"……."

눈물이 쏟아졌다.

모르겠다. 자신이 무얼 하고 있는지도, 왜 자꾸만 이 애는 자신을 흔드는지도 모르겠다.

힘주어 시준을 밀어냈다.

"난…… 너 싫어."

더 이상 날 헤집지 마.

"너 부담스러워."

감당하고 싶지 않아.

"그리고……."

굳은 얼굴의 시준을 눈동자에 담았다.

"너 정말 최악이야. 네 예상대로 난 지금 엄청 비참해. 좋니? 내 현실 깨닫게 해줘서?"

시준의 눈빛이 중심을 잃었다.

"잘했어. 네 덕분에 영우…… 오늘로 완전히 잊을지도 모르겠어. 고마워. 아주, 정말. 잊지 않을게……. 그동안 괜한 기대하게 만들어서 미안해."

세림은 천천히 뒷걸음질치다 그대로 내달렸다. 시준은 한순간에 허무해진 손을 움켜쥐었다. 주먹 쥔 손에 새파란 핏줄이 팽팽히 솟아오른다.

❖ ❖ ❖

저녁 무렵부터 시작되었던 술자리는 술집, 술집 코스가 이어지고 나서야 파했다. 태현 일행은 머리끝까지 술이 차오른 승범을 부축해 택시에 태웠다. 승범을 가장 안쪽에 아무렇게나 구겨 넣고 유정과 미영이 그를 따라 뒷좌석에, 마지막으로 태현이 보조석에 올라서자 택시가 낮은 엔진음을 내며 출발했다. 못내 아쉬움을 떨치지 못하고 창밖으로 고개를 내민 채 인사하는 미영이와 유정을 향해 손을 흔들던 영우와 현아도 택시가 멀어질 때쯤 몸을 돌렸다.

영우는 긴 숨을 내쉬었다. 취기가 도는 숨이 허공에 흩어진다.

작년 7월 중순쯤이었나. 길거리에서 세림이를 우연히 만난 뒤로 제대로 다시 보게 된 건 오늘이 처음이었다. 같은 학교라도 워낙 큰 캠퍼스에 거의 정반대에 위치한 전공 건물 탓에 오가다 마주치는 일은 전혀 없었다. 같은 동네에 산다고 해도 고등학교를 다닐 때보다 더 학교생활에 매이면서 우연히 만날 가능성은 희박해진 것 같았다. 이대로 쭉 못 보게 되는 건가 싶었는데.

왼쪽 도로에서 택시 한 대가 파도를 일으키는 것 같은 소음을 내며 빠르게 달렸다. 밀려온 바람이 가로수 나뭇잎을 쓸어내고 얼굴을 스치며 지나갔다. 봄밤의 바람은 맞잡은 현아의 손끝만큼이나 차다. 현아의 손을 감싸 쥐듯 고쳐 잡았다. 그제야 정신을 차린 현아가 올려다보며 싱긋 웃음 지었다.

"오늘 많이 피곤했지?"

잔잔히 묻는 영우의 말에 현아는 잠시 커다란 두 눈동자를 굴렸다.

"아니. 음…… 세림이 말이야, 오랜만인데도 여전히 귀엽더라. 그런데 의외로 능력 있어? 다른 사람을 사귄 것도 놀라운데 그게 이시준이라니. 너도 시준이 잘 알잖아. 남자들은 그런 귀여움에 넘어가는가 봐?"

"……."

시준의 손을 잡고 등장하는 세림을 보며 미간을 찌푸렸다. 제 눈이 잘못된 건가 싶었다. 그러나 이시준과 나란히 자리에 앉은 여자애는 은세림이 분명했다. 전혀 생각지 못한 조화였다. 아니, 생각할 수 없는 건 당연했다.

더욱 놀라운 건 세림이 시준의 여자친구로 그 자리에 왔다는 사실이다. 영우뿐만이 아니라 아마 그 자리에 있던 대부분이 놀랐을 것이다. 적어도 이제껏 친구들이 알고 있는 시준의 여자 취향은 절대 세림이 아니었다. 그가 만나온 여자들 대부분은 미모와 키, 볼륨 3박자를 완벽히 겸비한 신체 스펙의 소유자들이었으니. 만약 관계의 맺고 끊음이 명쾌하기까지 하다면 그가 궁극적으로 추구하는 여성상으로서 손색이 없을 정도였다. 그야말로 세림과는 정반대다.

세림이를 표현하자면 아직 덜 자란 여자애. 아담한 사이즈인데다 Sexy라거나 미색(美色) 같은 단어보다 귀여운 여동생이라는 수식어가 더 잘 어울렸다. 무엇보다 한결같은 마음이 순수한. 그런데 둘이 사귄다니, 상상하기 어려운 그림이었다.

"시준이랑 세림이가 사귄다니까 기분 나빠?"

현아의 새침한 목소리가 들렸다. 영우는 자신만의 생각에서 빠져나왔다. 그녀가 지을 듯 말 듯 애매한 미소를 머금었다.

"그게 무슨 소리야?"

"그렇잖아. 아까 계속 표정 관리가 안 되던데. 신경 쓰였어? 좋아했던 여자애라?"

"그냥 귀여운 동생 정도의 감정이었다니까."

"과연 그랬을까? 작년에 길거리에서 은세림 만났을 때 하루 종일 기분 안 좋았잖아. 걔가 너한테 처음 고백했을 때 이후로 좋아했던 거, 모를 줄 알아? 나랑 은세림 사이에서 갈등했으면서."

영우가 작게 폭소하였다.

"이제 와서 질투하는 거야?"

"질투 안 해. 걔 좀 거슬려. 아직도 너 좋아하는 것 같던데. 그것도 모자라서 그 친구랑 연애를 해? 진짜 대책 없어. 나 같으면 그렇게 못할 텐데."

"……."

"근데 내가 궁금한 건 시준이랑 어떻게 사귀게 됐을까 하는 거야. 절대 이시준 타입 아닌데. 너도 알잖아. 아니면 은세림이 먼저 접근해 오니까 이제껏 사귀지 않은 타입에 대한 호기심으로 시작하게 된 건가?"

글쎄, 잘은 모르겠지만 영우의 생각은 달랐다. 오히려 시준이가 세림이를 더 좋아하는 것처럼 느껴졌으니까. 감추지 못하는 세림을 향한 파장. 연애하는 남자가 당연히 가지는 낯선 경계심. 영우는 오늘 시준에게서 그것을 보았다. 이제야 진짜 연애를 하는 남자의 모습 같은.

"세림이가 계산하고 행동하는 애는 아니잖아. 어쩌다 인연이 된 거겠지. 너무 나쁘게만 생각하지 마. 세림이랑 친했잖아?"

"친하긴 했지. 좋아하지는 않았어. 애가 귀찮을 정도로 너무 순진해. 또래에 비해 어린애같이 느껴져. 그냥 누구한테나 강아지처럼 살랑살랑 잘 따르는 게 신기했어. 성격 덕분에 이시준 만난 건가? 은세림, 봉 잡았네?"

영우가 입술을 비죽 내밀며 묻듯이 눈을 반쯤 크게 떴다.

"세림이만?"

현아는 아차 싶었는지 눈을 가늘게 뜨고 웃어 보였다.

"봉은 내가 먼저 잡았지."

"흐음."

"사실 바른말로 봉은 나지. 예쁘지, 몸매 죽이지, 똑똑하지, 순정적이지. 나 같은 봉이 어디 있어? 응? 박영우 자긴 어떻게 생각해?"

눈꼬리를 새침하게 늘어뜨린 여우가 팔에 매달렸다. 목소리에 애교가 듬뿍 묻어 있다. 못 말린다는 표정으로 현아의 머리를 헝클었다.

"여우라니까."

"이렇게 사랑스러운 여우 봤어?"

"아니. 내 생애 처음이야."

두 사람은 서로를 마주 보며 웃음을 터뜨렸다. 장난기 넘치는 목소리가 바람을 따라 물결처럼 흘렀다. 발길이 뜸해지고, 주점과 포장마차 외에는 간판 불빛도 꺼진 대학가 시내로.

❖　❖　❖

시준은 김 실장이 내민 전일 매출 보고서와 물품 출납 보고서,

고객 테이블 예약 명단을 차례로 확인한 후 서명했다. 그가 결재판을 덮으며 김 실장에게 다시 건네고는 눈으로 바를 둘러보았다. 평일임에도 바에는 손님이 많았다.

본가에서 독립할 때 거의 빈손으로 가진 것 하나 없이 나왔다. 마르지 않는 샘처럼 채워지던 계좌들이 막히고, 차들도 전부 노친네한테 빼앗겼다. 그나마 윤 이사가 차를 내어주며 시준의 잠재적 능력을 고려해 생활비까지 포함, 아파트 전세금을 대출해 주었다. 스무 살의 그에게 주어진 기한은 15개월. 그 안에 전세금 전부를 상환해야 했다.

윤 이사가 보내준 통장을 두 시간쯤 응시하던 시준은 아파트를 구하고 은행으로 가 담보대출부터 받았다. 초기 자본을, 그것도 거금을 최대한 빨리 손에 쥘 수 있는 방법은 이것밖에 없었다. 그날부터 본격적인 투자를 배웠다. ETF*, 주식, 선물, 무엇이든 상관없이 닥치는 대로 흡수하듯 익혔다. 학교 공부와 병행하며 모니터 앞에 앉아 동향을 살피고 수집된 자료들을 눈이 충혈되도록 몇백 장씩 읽었다. 콜금리니 아비트라지니 원화 절상이니……. 모아진 자료를 토대로 분석하고 시장의 흐름을 파악해 냈다. 시야가 트이기 시작하면서 투자 금액 이상의 수익을 거둬들였다. 윤 이사에게 대출받은 전세금과 생활비는 이자를 쳐서 13개월 만에 상환했다. 그리고 용돈 벌이로 시작한 바 경영은 제법 자리를 잡아가며 연일 호황을 이어갔다.

"그리고 풀드림 그룹의 이승희 씨가 오늘 10시 테이블 예약하시

---

* ETF(Exchange Traded Funds):인덱스 펀드와 뮤추얼 펀드의 특성을 결합한 상품이다. 2002년 처음으로 도입된 ETF는 인덱스 펀드와는 달리 거래소에 상장돼 일반 주식처럼 자유롭게 사고팔 수 있다.

며 사장님 참석도 부탁드렸습니다."

"사장 독대 요청은 개인적으로 하라고 하세요. 그리고⋯⋯."

"이시준!"

무어라 말을 덧붙이려던 시준은 자신을 부르는 목소리에 고개를 돌렸다. 입구에서 무리지어 들어오던 남자 중 한 명이 주변에게 양해를 구하고 바 앞에 섰다.

"얼굴 보기 겁나 힘드네. 의사 된다고 의대 가더니 가서 과 탑을 하질 않나, 바에 손대서 유명인이 되질 않나, 요샌 클럽도 안 나오고. 병신 다 됐네. 뭐 이렇게 건실하게 살아?"

시준이 흘리듯 웃었다.

"그러게, 요새 아주 병신 다 됐다. 난 들어가니까 놀다 가."

"사장이라는 놈이 벌써? 초저녁에 잠드는 노인네도 아니고. 간만에 얼굴 좀 보러 왔더니, 하여간 저 혼자만 만날 바쁜 척이야. 너 그러다 초식동물 된다, 인마."

"본업이 학생인 사장이라 별수 없어."

"언제 한번 시간 내. 애들이 얼굴 보고 싶다고 난리다."

남자는 웃으며 시준에게 인사하고는 다시 일행 쪽으로 몸을 돌렸다. 시준은 김 실장에게 몇 가지 더 당부하고 가게를 빠져나와 지하주차장으로 이어지는 엘리베이터에 올랐다.

아직 이르지만 청색 어둠이 펼쳐진 강변북로 위로 난폭한 엔진 소음이 사납게 흩어졌다. 차는 표지판의 평균 속도 제한 숫자를 가볍게 무시해 버리고 폭풍처럼 질주하였다. 도로를 주행하는 차들 중 몇몇 운전자는 목숨에 위협이라도 느꼈는지 거칠게 클랙슨을 눌러댔다.

시준은 개의치 않고 액셀러레이터를 밟은 발에 더욱 힘을 주었다. 자동차 속도계가 곡선을 그리며 120킬로미터를 넘어서 130을 가리켰다. 도심 외곽도로라지만 가히 사고를 자청한 속도나 다름없었다.

속도가 오를수록 심장박동이 미친 것처럼 빠르게 뛰었다. 심장에서 흘려보내는 뜨거운 피가 주체를 못하고 수축된 혈관 구석구석을 점령해 나간다.

메마른 눈빛은 스피드를 갈구했다.

그 이후 사흘 동안의 일상은 세림을 알기 이전과 다름이 없었다. 더는 은세림을 생각하고 싶지 않았고 엮이는 것도 귀찮았다. 짜증스러움과 분노, 의도와 달리 떠안은 죄책감. 액셀러레이터를 밟은 발에 힘이 들어갔다.

오늘 시준은 강의가 시작되기 전 자영에게 세림의 다이어리를 돌려주었다. 자영은 다이어리를 내려다보다가 얕은 숨을 뱉어내며 받아 들었다.

"세림이 학교 안 나오고 있는 거 알고 있어?"

시준은 왼쪽 눈썹을 구기는 것으로 의문을 대신했다. 그의 눈동자가 말을 고르는 듯 움직였다. 이윽고 굳게 다문 입술이 열렸다.

"……왜?"

"……왜 그런지는 네가 더 잘 알 텐데?"

자영의 뼈 있는 말에 시준은 입을 다물었다. 한참 동안 침묵이 흘렀다. 불어오는 바람은 이제 후덥지근하다. 다이어리도 돌려줬고 더 이상 할 말도 없으면서 시준은 머뭇머뭇 강의실로 들어갈 생각을 않았다. 세림의 행동을 이해하지 못하겠다는 얼굴이다.

"그거 현실 도피야. 은세림 주특기. 걔 전과가 있거든."

늘 있는 일이라는 듯 담담한 말투다. 현실 도피고 주특기고 시준은 이해할 수 없다는 표정이다.

"세림이한테 좋지 않은 일이 생겼다는 일종의 적신호. 힘들거나 자기가 감당하기 버거운 일이 벌어지면 직시하지 못하고 부딪치지도 않고 현실에서 도망치는 거라고."

"어디로?"

"글쎄, 방황할 때도 있고. 보통은 아파. 많이 아파해. 어제도 세림이 집에 가봤는데 어머니가 많이 아프다고 하셨어."

단호한 대답에 시준은 생각에 잠긴 얼굴로 작게 인상 쓰며 한 손으로 이마를 매만졌다.

"어디가 아픈 건데?"

"열난대."

"병원은 가봤고?"

"모르지."

시준의 심란한 눈동자가 허공을 헤맸다. 그가 곧 짙은 숨을 뱉어냈다.

"……전과가 있다는 건 무슨 뜻이야?"

"말 그대로야. 고등학교 때부터 든 이상한 습관. 그게 아마……"

말을 꺼내던 자영은 눈동자를 굴리다 입을 다물었다. 그런 자영의 낌새를 놓치지 않는 시준이다. 무언가를 알고 있으면서도 말하지 않으려는 눈동자. 김자영은 태연함을 가장하며 말을 이었다.

"아마 많으면 일 년에 두세 번 정도? 어떻게 보면 연례행사라고 볼 수 있어. 감당하기 힘들 정도로 스트레스가 심해지면 일 년에 한두 번씩 꼭 그래. 하루 이틀…… 대개는 하루에서 끝나. 하루 정도 있다가 털고 일어나는 거지. 작년 신입생 때 한 번 그리고 여태까지 빠진 날 없이 잘 다녔는데…… 무슨 일 있었던 거지?"

말끝에 잔뜩 날이 서 있다. 생각에 잠긴 얼굴로 시준은 작게 인상을 썼다.

있는 그대로의 사실을 어떻게 받아들이느냐는 은세림 몫이었다. 돌이켜 보면 세림의 상처는 조금도 배려하지 않은 잔인하도록 이기적인 생각이고 결론이었지만.

세림의 눈동자는 유난히 새카맣고 순하다. 무심해 보이기도, 겁먹은 것 같기도 한. 늦은 오후의 햇살을 받을 때면 그 깊이가 드러날 만큼 깨끗하기도. ……그날의, 여린 눈동자에는 원망과 비참함이 섞여 묽게 번졌었다. 내가 가진 일말의 희망을 네가 짓뭉개 버렸어. 눈빛이 그렇게 말하고 있었다. 귓가에 세림의 떨리는 목소리가 메아리치는 것 같았다. 그녀만이 느끼는 작고 소소한 기쁨을 생각 없이 밟아놓았다.

자, 봐. 네가 혼자 간직하고 있던 추억들은 볼품없게 되었어. 그 사람은 널 원하지 않아. 더 이상. 그러므로 그 허상들도 더는 의미가 없어.

직접적으로 말하지 않았지만 시준이 세림에게 보여준 것은 그러한 현실이었다.

빌어먹을.

강변북로를 타던 시준은 핸들을 꺾어 원효대교 쪽으로 방향을 바꾸었다. 속력을 올리는 데 주저함이란 조금도 없다. 자동차는 사정없이 지옥의 문으로 질주했다. 다리 가장 끝에 보이는 여의도와 앞서 가는 차들이 시야에 가까워진다. 목숨을 내놓고 끝없이 달릴 것 같던 어느 순간, 그가 브레이크를 밟았다. 차체가 몰아치며 지면과 타이어 사이의 날카로운 파열음이 다리 위에 울려 퍼진다. 타이어가 그려낸 새카만 곡선이 뜨거운 연기를 지피며 도로에 아로 새겨졌다. 시준이 세림에게 남긴 생채기처럼.

목받침에 머리를 기댄다. 지독할 만큼 답답한 숨이 횡격막 가득 차오른다. 눈을 감았다. 머릿속에 떠오르는 영상이라곤 눈동자에 가득 맺힌 눈물. 여린 가슴에 한 번도 남 앞에서 그들 때문에 흘리지 못했을 눈물 조각이 심장을 아프게 찔러왔다.

뱉어버린 날숨이 차 안에 허무하게 바스러졌다.

❖　❖　❖

현관문이 닫히기 전, 틈 사이로 묵직한 바람이 불어들었다. 소음 방지를 위한 쿠션처럼. 시준은 손잡이를 끌어당겨 느릿하게 움직이는 문을 단단히 닫았다. 꼬리 잘린 바람이 현관을 자유로이 흐르는 사이, 짧은 기계음과 함께 오토록이 잠겼다. 명백하도록 선명한 소음. 희뿌연 안개처럼 손에 잡힐 것 같던 형체가 자취를 감춘다.

시계가 채워진 손목을 들었다. 10시가 조금 넘었다. 신발을 벗으려는데 현관 너머 복도에 거실의 하얀 불빛이 희미하게 비춰들고 있는 것이 보였다.

"요새 심기가 아주 불편하셔."

거실 소파에 앉아 TV를 보고 있던 태현이 심드렁히 말했다. 그는 자리에서 일어나 진열장으로 휘적휘적 걸었다. 테이블 위에는 이미 오픈된 맥켈란과 방금 전까지 마시고 있던 잔이 놓여 있었다. 시준은 다른 손에 들린 백팩을 아무렇게나 던져 놓고 소파에 털썩 앉아 피로한 몸을 기댔다. 태현이 진열장에서 가지고 온 잔을 순순히 건네받으며 그가 채워준 술을 입안에 들이붓듯 털어 넣었다. 식도를 휘젓는 도수 높은 강렬함에 그의 미간이 일그러진다.

잔을 남김없이 비워 버린 시준은 다시 술병을 들었다. 두 번째 잔 역시 스트레이트로 마셔 버렸다. 이거야 원. 눈빛을 보니 서늘한 게 터지기 일보 직전이다. 시준의 화가 정확히 어딜 향하고 있는지는 몰라도 꾹꾹 눌러 담고 있는 건 분명했다.

시준은 두 번째, 세 번째 잔까지 연거푸 목구멍으로 넘겼다. 웃고 있던 태현의 미간이 좁아진다.

"얌마, 물 마셔?"

"……."

"나 안 왔으면 어쩔 뻔했어?"

엄지손가락으로 입술을 닦아내던 시준이 눈살을 찌푸렸다. 술을 갑자기 털어 넣었더니 금세 어질어질해진 모양이다. 그는 네 번째 잔을 반 정도 비웠을 즈음 폭주를 멈췄다. 알코올에 젖은 숨을 뱉어내고 나서야 선심 쓰듯 눈길을 던져 왔다.

"너 요즘 부쩍 참견 많아졌다. 난 잔소리 많은 마누라는 싫어."

"잔소리가 많을수록 애정이 넘친다는 뜻이야."

자신도 남의 연애사까지 시시콜콜 참견하는 시어머니 노릇은 사양이다. 둘 다 지극히 개인적인 성향이라 각자 일은 각자 알아서 하는 주의였고, 시준의 성격도 누군가에게 터치받는 걸 싫어하였다. 그러나 친구로서 간섭해도 될 일까지는 사양하지 않았다.

시준은 충동적인 녀석이 아니다. 아니, 통제할 수 없는 순간의 충동쯤은 외려 즐기는 편이다. 충동적이지 않고, 그 순간 충동적이지 않아 보이는 것은 어려서부터 절제와 신중, 어떤 감정도 겉으로 드러내지 않는 태도가 각별히 훈육되어진 결과였다.

여자를 대하는 행동에서 역시, 본능에 충실하되 상대가 불쾌하게 느낄 만한 일은 하지 않는 절제, 그런 매너를 갖춘 게 이시준이다. 그런 놈이 그날 술자리에서 자신도 즐기지 못한 충동적 행동을 했다. 영우에게 던지는 묘한 경계심, 세림을 곤란하게 하려는 말, 행동. 평소의 시준은 온데간데없었다.

다른 애들은 그러려니 하고 넘어갔을지 몰라도 태현은 그 누구보다 시준을 잘 알고 있었다.

그 원인을 아주 짐작하지 못한 건 아니지만.

"승범이한테 얘기는 대충 들었어."

"술만 먹으면 나불대는 그 주둥이, 어떻게 못해?"

"네놈이 하도 수상하게 구니까 먹인 거 아니야. 그날 도대체 왜 그랬어?"

못 들은 척 시준은 입에 문 담배에 지포라이터로 불을 지폈다. 푸른 불꽃이 기세등등하게 솟아올랐다. 소파에 삐딱하게 앉아 뻐끔뻐끔 담배를 피우면서 딴청이다. 마치 불량 학생이 같은 반 모범생인 반장에게 설교를 듣는 것과 흡사한 광경이다.

"능청 부리지 마. 은세림 그 애 하나 때문에 영우를 자극시키려고 했던 거, 아니, 정확하게 말하자면 영우의 반응이 궁금했던 건가? 그것도 아니면…… 은세림을 곤혹스럽게 만들려고 했던 게 목적이었나?"

"……"

시준의 손가락 사이에 낀 담배가 조용히 타들어갔다. 침묵이 거실을 배회한다. 창밖의 바람을 가르는 차 소리 외에 모든 소리가 잠식된 듯하다.

은세림을 처음 보고 조금은 놀랐다. 그날 얘기로 시준이 쫓아다니는 애가 이제껏 만난 애들과는 다를 거란 생각은 했다. 막연히 좀 덜 화려하고 좀 더 귀여운 이미지일 거라고. 그런데 생각보다 훨씬 더 수수했다. 아무리 봐도 녀석 취향은 아닌데. 그럼에도 시준의 눈길은 끊임없이 은세림을 향하고 있었다.

"이제껏 갖고 싶다고 마음먹고 덤벼들면 못 갖는 게 없었지. 하고 싶은 일이든 물건이든 여자든. 그런데 은세림만은 예외. 밀어내기도 하고 당겨도 봤는데 꼼짝도 안 한다. 손에 잡힐 듯 잡히지 않고. 어떻게 해서든지 손에는 쥐고 싶은데 이 애한테 일반적인 방법은 통하지 않고, 알 수 없는 초조함에 짜증은 치밀고, 드높은 자존심에 스크래치 난 건 열받고."

시준은 손에 들린 담배를 재떨이에 눌러 끄고 테이블 위의 술잔을 들어 입가로 가져갔다. 태현이 줄줄 읊어대는 말들에 딱히 부정은 하지 않는다. 귀여운 자식. 태현은 빙긋 웃으며 담배 케이스에서 담배를 꺼내 물었다. 단숨에 술을 들이켠 시준은 빈 잔을 힘 있게 쥐었다. 잔을 쥔 손이 하얗게 질렸다. 까딱하다간 손에서 박살

날 지경이다.

여자와의 문제에 있어 감정 소모전이라면 질색해하는 시준이다. 가벼운 밀고 당기기나 투정 정도는 여자의 애교, 혹은 연애의 묘미로 생각하고 즐길 줄도 알았다. 그러나 어떤 형태로든 감정 싸움으로 번지면 상당히 번거로워하고 귀찮아했다. 아마 평소였다면 산뜻하게 잘라냈을 텐데 여자애가 어지간히도 마음에 든 모양이지.

"단순히……."

시준의 손에 들린 잔을 빼내던 태현이 그를 돌아보았다. 시준이 멍한 눈으로 허공을 바라보며 천천히 말문을 열었다.

"다이어리를 돌려주기 위해 만나자고 했던 건 단순한 호기심이었어. 어떤 멍청한 여자애가 시대하고 동떨어진 신파극을 찍나 궁금했거든."

"……."

"처음 봤을 때……."

말을 하던 시준이 한숨 같은 웃음을 터뜨렸다. 웃음을 참으려는 듯 아랫입술을 문다. 자신이 생각해도 어이가 없는지 고개를 돌린다.

"생각보다 귀여웠어. 순수했고. 한 사람만 아는 순정도 자극이 됐어. 아니, 사실은 영우를 향한 그 마음이, 정말 바보스러울 정도로 일편단심인 그 점에 열받았어. 걔 진짜 멍청해. 못 올라갈 나무를 5년 동안 지키고 서 있는 이유가 뭐야? 넌 이해가 되냐?"

"무슨 오지랖인데? 그렇게 오지랖 넓은 인간이셨어?"

"생각해 봐. 내가 더 잘났잖아. 훨씬 더 멋지잖아. 이런 내가 구제해 준다는데 왜……! 감지덕지해야 되는 거 아니야? 와, 진짜 똥강아지 같은 게."

"오기 부리지 마. 내 보기엔 은세림이 아니라 네놈이 감지덕지해야 할 판이야. 원래 연애는 빠진 쪽이 불리해지는 거 몰라?"

시준은 나직이 거친 욕설을 내뱉었다.

"진짜 미친 것 같아. 똥강아지 같은 새까만 눈동자도, 미니어처처럼 가방에 달고 다니고 싶을 정도로 작은 체구도, 어디가 가슴인지 등인지 분간 안 가는 체형도…… 눈에 밟혀서 가만있을 수가 없다. 목줄이라도 채워두고 싶을 정도야."

"이 새끼, 이거 완전 변태네."

"하루 이틀이냐. 하마터면 보자마자 너무 사랑스러워서 키스해 버리고 싶었어."

"사랑스러워서 키스하고 싶을 정도로 첫눈에 반했다?"

태현의 말에 시준은 기막히다는 듯 크게 웃었다. 그리곤 정색하였다.

"첫눈에…… 말이 돼?"

"말 안 될 건 없지. 은세림 정도면 첫눈에 뿅 가지 않더라도 괜찮다 싶은 정도지."

"넘보지 마."

"너 다 가져."

시준이 태현을 흘깃 보며 한쪽 입꼬리를 말아 올렸다. 공중에서 시선이 마주치자마자 두 사람은 낮은 웃음을 터뜨렸다. 웃음이 잦아들고 적막한 거실에 허무함이 몰려든다.

시준은 손으로 입가를 가렸다. 짙은 한숨이 새어 나온다. 태현이 테이블에 놓여 있는 담배 케이스를 들어 툭툭 위아래로 흔들었다.

반동으로 인해 케이스의 담배 몇 개비가 위로 우뚝 솟아올랐다. 두 사람은 사이좋게 한 개비씩 꺼내 물고 라이터로 담배 끝에 불을 붙였다.

"네가 이렇게까지 힘들어하면서 손에 넣어야 할 애야? 별거 아니라고 생각된다면 지금 손 떼. 은세림 같은 애, 나중에 귀찮아져. 너 그런 거 싫어하잖아."

손에 들린 담배를 입에 가져가 깊게 연기를 들이마시고는 내뱉었다. 내뱉은 담배 연기가 시야를 가렸다. 눈동자가 맥을 못 추고 심연으로 가라앉는다.

모르겠다. 세림을 갖고 싶다는 막연한 소유욕을 어떻게 표현해야 하는 건지.

"……생각 같아서는 아파트로 잡아와서 묶어두고 싶어."

"묶어둬서?"

"나만 바라보게 하고 싶어."

"얌마, 너 그거 범죄다. 유치장에 들어갈라."

"여자는 스토커에, 남자는 납치범. 잘 어울릴 것 같지 않아?"

"호러 영화 한 편 나오겠네."

"그 애를 볼 때마다 심장이 터질 것 같아. 겨우 조그만 앤데, 내 가슴팍밖에 안 오는 작은 애를 어떻게 해야 할지 모르겠어."

흉부를 메운 매캐한 한숨이 거칠게 토해졌다. 결코 심각해지고 싶지 않은 문제였는데 머리가 아프다.

그 순간 타이어 바람 빠지듯 비웃는 소리가 태현의 입에서 새어 나왔다.

피식?

시준의 양 눈꼬리가 치켜 올라간다.

"좋냐? 재밌지? 개새끼……."

태현이 웃으며 기다랗게 타들어간 담뱃재를 재떨이에 툭툭 털어냈다. 시준이 몸을 뒤로 빼며 소파에 등을 댔다.

"너 한 달 사이에 되게 많이 변했어. 알고 있긴 해?"

"변해?"

"그래. 변했어, 너. 긍정적인 변화는 결여된 또 다른 것에 대한 성장이라고 생각해. 그런데…… 그날 일은 반성해라. 안달이 나다 못해 초조해져서 거기에 은세림을 데리고 와? 예고도 없이 데리고 왔지? 그런 자리에서 5년 동안 짝사랑했던 남자와 그 남자의 여자친구. 서로 다정하기까지. 짐작은 하고 있었지만 눈앞에 벌어지는 현실에…… 얼마나 비참했을까? 얼굴은 웃고 있어도 나락으로 떨어졌겠지. 눈물이 쏟아졌을 거다. 한마디로 너에 대한 감정은 최악."

최악.

희뿌연 연기가 폐부 깊숙이 파고든다. 입이 열 개라도 대꾸할 수 없다. 최악의 짓을 저질렀음을 시인한다. 그 순한 눈동자에 눈물이 흐르게 만들었다. 그것도 다름 아닌 자신이. 세림의 그 눈동자만 생각하면 왼쪽 가슴이 자책으로 욱신거렸다.

"그래도 여자한테 차이고 본인 잘못을 인정하고 있으니 벌은 받고 있는 셈인가?"

"얄미운 새끼. 꺼져, 재수 털려."

"오늘 너보다 얄미운 새끼는 없었어. 어떻게든 잘되겠지. 그때까지 머리나 식히고 있어."

"잘된다는 보장만 있으면 이렇게 괴로워하지도 않을 거다."

"아니. 넌 좀 더 괴로워해야 돼. 그래도 너무 걱정하지는 마. 씨앗을 뿌렸으니 조만간 싹 틔우겠지. 조급해하지 말고 기다려 봐."

시준은 두 손으로 얼굴을 감싸며 앓는 소리를 냈다.

"그 싹, 나기도 전에 잘라 버리는 건 아닌지 모르겠다."

"그 애라면 충분히 가능성 있는 얘기긴 해."

담배를 입가로 가져가던 시준이 탄식 같은 웃음을 터뜨렸다.

아, 빌어먹을.

창밖의 어둠이 무겁게 내려앉았다. 너무나 기나긴 밤이다.

Special Edition 01.

손가락 하나 까딱할 힘도 없다. 몸 안을 메우고 있던 기력이 모두 빠져나가 자꾸만 자꾸만 허공으로 떠오르는 기분이다. 아니, 가라앉는 느낌에 더 가깝다. 이대로 짙은 심해 속으로 천천히 빨려드는 걸까.

나…… 왜 이러고 있지. 맞다, 오늘 따라간 그 자리에서 영우랑 현아 봤어.

사실 만나서 반갑다고, 이렇게 얼굴 맞대고 이야기 나누게 된 게 얼마만이냐며 웃으면서 수다 떨고 싶었어. 오랜만이었으니까. 언제 또다시 이야기 나눌 수 있게 될지 모르고. 그냥 한 번쯤…… 마지막이라면 한 번쯤 그동안 전하지 못한 말 모두 해보고 싶었어. 그렇게 해서 내 마음 비워내고 매듭짓는 것도 나쁘지 않겠다고 생각했으니까. 전부터 그렇게 할 수 있다면 하고 늘 바라왔고.

그런데…… 그런데 정작 그게 잘 안 되더라.

우리가 처음 알게 된 게 언제였지? 아, 기억나. 여름방학 끝나고 2학기 시작되던 개학날. 엄청나게 뜨겁던 태양의 열기도 한풀 꺾이나 싶었는데 역시나 기대를 저버리지 않고 마지막으로 안간힘을 써가며 다시 기세등등하게 푹푹 찌던 그 늦여름 날.

늦여름 기승에 너무 더워 짜증이 난 얼굴. 무서웠던 첫인상. 선풍기 몇 대만 털털 돌아가던 그 교실에 딱 어울리는 표정으로 서 있던 너.

그날 우리 처음 만났어.

Special Edition 01.
1. 초코우유처럼 달콤했던 기억

고등학교 1학년, 여름방학이 지나 짙은 한여름 무더위가 한풀 꺾인 2학기 개학날. 먼지 앉은 교실을 대청소하고 짝꿍을 바꾸는 건 모든 학급의 연례행사였다.

"자여엉, 넌 어디야?"

옆에 선 세림이 어리광 잔뜩 묻은 목소리로 물었다. 손에 들린 번호표를 여러 번 구긴 듯 종이는 여러 갈래로 주름이 가 있다. 자영도 칠판을 보며 번호표를 확인했다. 새로 앉을 자리를 찾았는지 옆에서 울상 짓고 있는 세림을 내려다본다. 둘 다 안타까운 표정이다.

"3분단 뒤에서 두 번째 줄."

"헉! 왜 그렇게 멀어?"

결국 세림은 징징거리며 투정부렸다. 하여간 애라니까.

자영은 세림의 등을 토닥이며 작은 위로를 건넸다.

"넌 어딘데?"

"1분단 세 번째 줄!"

세림은 금방이라도 눈물을 쏟아낼 것 같았다. 그래 봤자 겨우 몇 걸음밖에 안 되는 교실 안이다. 쉬는 시간, 점심시간, 음악 시간, 체육 시간이면 언제고 붙어 있을 수도 있고. 그런데 뭐가 이렇게 슬픈 일인지 싶지만 사실 자신도 가슴 한쪽이 뻥 뚫린 듯 서운한 건 부정할 수 없는 사실이었다.

"반이 갈라지는 것도 아니잖아."

"그래도! 내 마음으로는 태평양보다 더 멀리 느껴져!"

애써 태연한 얼굴로 대답한 자영은 세림의 울먹임에 잠시 눈을 동그랗게 뜨다 피식 웃었다.

세림은 옆에 누가 없으면 불안해하는 의지박약에 가끔은 어리광도 부리는 아직은 철부지다. 그렇지만 반대로 사람에 대한 잔정이 많아 옆에 있으면 마음에 온기가 퍼지기도 했다. 그건 위로나 안락함과 비슷한 것이었다. 가끔 세림을 보고 있자면 따스한 햇볕이 내리쬐는 봄날, 창가에 엎드려 일광욕을 즐기는 작고 하얀 강아지가 떠오른다. 덕분에 냉정하고 늘 현실적인 자신도 세림 앞에서만큼은 조금 무뎌지기도 했다.

"그동안 의지가 됐는데 이렇게 떼어놓는 법이 어디 있어."

세림은 시무룩한 얼굴로 칠판을 뚫어지게 쳐다보았다. 이렇게 칠판에 손을 대보면 한 뼘만큼의 거리인데 지구 반대편이라도 있는 것처럼 말하고 있다. 그런 기분을 느끼는 건 자신도 마찬가지이지만. 중학교 2학년 때부터 줄곧 친한 친구로 지내왔다. 고등학교에 올라와서도 새로운 생활에 적응하며 늘 한 몸처럼 붙어 다녔다.

그런데 6개월 만에 새 짝꿍을 찾아가라니. 이것만큼 슬픈 일이 또 있으랴. 생살에 생채기가 나듯 조금은 아픈 일이다.

결국 1학기 동안 정들었던 분단과 짝꿍, 주위 친구들과 작별 아닌 작별 인사를 고하였다. 어쩐지 아쉬워지는 순간이다. 세림은 우울한 발걸음으로 터덜터덜 새로 앉아야 할 자리에 섰다.

한 학기 동안 지내야 할 자리. 누가 또 다른 짝꿍이 되는 건가. 걱정도 되고 설레기도 하고. 아이들이 차례차례 자신의 손에 들려 있는 번호표와 칠판에 적인 번호표를 확인하며 하나둘 자리에 앉았다. 누구지? 누가 내 짝꿍이 되는 거야?

세림의 가슴이 기대감과 모를 설렘으로 뛰기 시작했다.

그때였다.

책상 위에 무거운 물체 부딪치는 소리가 났다. 조심성이라곤 조금도 없는 무성의한 소리. 일부 고등학생들 사이에서 유행하는 필라의 그 유명한 해머백, 일명 망치 가방으로도 불리는. 고개를 들었다. 동급생에 비해 호리호리하게 큰 키, 하얀 피부가 유독 눈에 띄는, 그러나 기다란 눈매와 꾹 다문 입술 때문에 어쩐지 사나워 보이는 인상을 가진 박영우.

박영우가 짝꿍이야?

설마 하던 생각과 달리 주위를 둘러보던 영우는 그대로 의자를 빼 자리에 앉았다.

"아, 안녕⋯⋯?"

조금은 경직된 얼굴로, 그렇지만 최대한 미소를 띠기 위해 노력하며 세림은 반가운 인사를 건넸다. 사실 반가운 느낌은 하나도 들지 않았지만. 영우는 잠시 눈길만 줄 뿐 인사도 없이 고개를 돌려 버렸다.

무섭다기보다 오히려 살벌하게 느껴지는 반 삭발과 불량함을 숨기지 않고 드러낸 바짝 줄인 교복. 슬쩍 시선을 떨어뜨려 본다. 세림은 발가락을 꼼지락거렸다. 동네 신발가게에서 삼천 원 주고 산 자신의 분홍색 삼선 슬리퍼와 달리 박영우는 로고가 큼지막하게 찍혀진 나이키를 신고 있었다.

가늘게 찢어진 눈만큼이나 첫인상도 별로이던 박영우. 말수도 적었던 아이. 그럼에도 영우는 이미 반 여자애들 사이에서 공공연하게 인기가 있었다.

도대체 왜?

영우에 대해선 익히 들은 소문이 있기에 세림은 살짝 기죽기도 하여 선뜻 말을 걸지 못했다. 하지만 그와 달리 짝꿍으로 지내는 동안 영우는 생각보다 좀 엉뚱한 구석이 있었다.

한 번은 이런 일이 있었다. 수업을 듣고 있는데 뜬금없이 컴퓨터 사인펜을 꺼내 들더니 세림의 책상 끄트머리와 자신의 책상 끄트머리에 쭉 선을 그었다.

"뭐 해?"

수업을 듣던 세림이 아리송한 얼굴로 그에게 물었다.

"금."

"뭐?"

"금이라고. 여기 넘어오면 다 내 거. 오케이? 그러니까 이 볼펜도 내 거."

영우는 반쯤 넘어온 세림의 아기자기한 볼펜을 들어 보이며 빙긋 웃었다. 수백 가지의 표정을 연출하고 있는 토끼 캐릭터가 새겨진 볼펜이었다. 참고로 세림이 가장 아끼는 펜이기도 했다.

어리벙벙한 얼굴로 영우를 뚫어지게 쳐다보는 세림이었다.

하루는 또 이런 일이 있었다.

영어 숙제로 깜지 써오기. 그냥 아무 단어 스무 개 정도 찾아서 깜지 쓰면 되는데 그걸 보여 달라고 떼를 쓰는 것이었다. 그저 황당할 뿐이었다.

"단어 아무거나 쓰면 된다니까!"

"그러니까 네가 쓰는 거 나도 따라 쓴다고. 팔 좀 치워봐. 안 보여."

점심시간에 미친 듯이 깜지를 쓰는 세림의 옆에서 영우가 자기도 같이하겠다고 덤벼들었다. 안 보인다고 오른팔을 좀 들어보라고 앙탈인데, 기가 차서 말도 안 나올 정도였다.

또 이런 적도 있었다.

미술 시간 준비물로 매직과 하드보드지를 챙겨야 했다. 그런데 이 자식이 또 자기 하드보드지는 챙길 테니까 매직은 자기 거까지 세림에게 챙겨 오라는 거였다.

이 무슨 말도 안 되는 시추에이션인데?

"내가 왜?"

"짝꿍이 그것도 못해줘? 완전 야박하다. 우리 겨우 그런 사이였어?"

우리가 어떤 사이였는데?

세림은 두 눈을 동그랗게 뜨고는 기괴한 표정을 지었다. 영우는 책상 위에 턱을 괴고 그런 세림을 장난스런 눈으로 쳐다보았다. 꽤나 재미있는 모양이다.

"챙겨 올 거지, 짝꿍?"

"싫거든?"

"챙겨 올 거면서."

영우는 지나치도록 평범한 또래 남자애처럼 짓궂게 웃었다.

애가 정말 소문으로 듣던 그 박영우 맞아?

그러니까 같은 중학교 출신이라도 그를 잘 알지 못했지만, 무성한 소문 속에서 영우는 조금 많이 무서운 아이였다. 왜, 학교에 하나씩 불량 학생 무리가 있지 않은가. 승냥이처럼 몰려다니는. 영우도 그중 하나였다. 친구들과 다른 게 있다면 괜히 힘없는 학생들을 때리거나 돈을 빼앗지 않는다는 것. 오히려 그런 걸 싫어해서 몇몇 친구들과 싸운 적이 있을 정도였다. 덕분에 같이 다니는 친구들과 달리 다른 학생들하고도 잘 지내긴 했다. 한 번 화나면 굉장히 무섭다는 소문에 아무도 먼저 쉽게 다가가지 못하긴 했지만.

일례로 중학교 3학년 여름 무렵, 동급생인 한 남자애가 영우에게 맞고 고막이 터진 적이 있었다. 그 후로 영우는 보름간 정학을 당하고, 어머님이 학교까지 찾아오셨다. 중학교 3년 중 단 한 번 있는 일이었단다.

영우에게 늦둥이 여동생이 하나 있었는데, 그 애가 백혈병이었다고 했다. 병 특성상 피가 나도 쉽게 멈추지 않고, 자주 몸에 멍이 들었던 모양이다. 그걸 보고 초등학교 내에서 가족폭력이라는 누가 들어도 악질적인 괴담이 돌았다고 했다. 그 소문이 돌고 돌아 영우의 귀까지 날아들었다. 열이 받을 대로 받은 영우는 소문의 출처부터 찾아냈다. 처음에는 단순히 경고와 같은 협박 멘트를 날리며 겁이나 줄 요량이었으나 그 애를 보자마자 주먹부터 날려 버렸단다. 머리끝까지 꼭지가 돈 영우가 정말 그야말로 비 오는 날 먼지 나도록 팼다는 후문이다. 그것도 빗물에 젖은 학교 운동장에서.

어떤 이유로든 폭력이 정당화될 수는 없지만 어느 정도 이해할 수는 있었다. 그건 충분히 악의적이었다. 당사자인 영우에게 있어 얼마나 큰 상처였을까. 같은 아픔을 느껴본 사람만이 안다. 동질감이 들었는지도 모르겠다. 동생은 그해 말 겨울에 유명을 달리했다고 한다.

어쨌든 그 살벌했던 애가 이렇게 웃긴 캐릭터로 변했다는 사실이 참으로 모를 일이었다.

하지만 언제부터인 걸까. 그런 영우가 재미있어 자꾸만 장난쳐 줬으면 하는 기대감이 들었던 건. 사실 이렇게 스스럼없이 유쾌하기까지 하게 기분 좋은 장난을 친 남자애는 영우가 처음이었다. 그랬기에 영우에게 흥미 아닌 흥미를 가지게 된 것도 자연스러운 흐름이었을 거다. 덕분에 지루하던 학교생활도 덩달아 즐거워졌고, 등교 시간도 빨라졌다. 학교에 있는 시간이 점점 행복해졌다.

그리고 아마 세림이 영우를 좋아하게 된 계기는 그 일 때문이었을 것이다.

2학기 중간고사가 끝나고 성적이 적힌 꼬리표를 손에 받아 든 세림은 눈앞이 새카매졌다. 그녀는 두 눈을 껌벅이며 꼬리표를 확인하고 또 확인했다.

오 마이 갓! 나무아미타불 관세음보살! 지저스 크라이스트!

평균이 76.2점? 이게 말이 돼? 게다가 예체능 중 컴퓨터와 윤리는 점수가 개판이다. 수학은 말할 것도 없이 그들과 어깨를 나란히 하고 있다. 눈물이 눈앞을 가린다. 아무리 점수가 떨어져도 이렇게 떨어질 수가 있다니. 엄마가 등짝을 있는 대로 찰싹찰싹 때릴 건 보지 않아도 훤하다. 생각만으로 등이 후끈후끈 아픈 것 같다. 그 정도로 끝나면 다행이지. 살벌하게 마대자루를 들이밀며 내일부터 당장 학원 다니라고 소리를 고래고래 지를지도 몰라.

엄습해 오는 공포를 미리부터 체감하는 순간, 쥐고 있던 꼬리표가 휙 소리와 함께 손에서 빠져나갔다. 좌절하고 있던 세림이 눈을 동그랗게 뜨고 고개를 들었다. 같은 반 남학생이 세림의 꼬리표를 읽으며 킬킬거리고 있다. 세림이네 반에서 여자애들 괴롭히기로 유명한 남학생이었다. 초 · 중학생도 아닌 놈이 툭하면 여자애들한테 시비나 걸고, 예의 없는 말들로 사람을 무시하기 일쑤였다. 특히나 세림이에게 심했다. 아니나 다를까, 그 녀석이 세림의 꼬리표를 휙휙 흔들며 외쳤다.

"은세림 꼬리표 봐라! 야, 윤리 68점, 컴퓨터 60점! 점수 대박! 공부 안 하냐?"

"야! 내놔! 미친놈아, 내놔!"

세림은 발을 동동 구르며 필사적으로 손을 뻗었다. 하지만 고등학생 주제에 180이 넘는 거구에게 세림의 손이 닿을 리 없었다.

"내놓으라고!"

"헐! 수학 점수 왜 이래? 65점! 와, 쪽팔려!"

"야!"

울부짖는 세림을 뒤로하고 남학생은 계속해서 큰 소리로 점수를 읽어댔다. 결국 두 눈에서 닭똥 같은 눈물방울이 똑똑 떨어지고, 세림은 책상에 엎드려 엉엉 울기 시작했다.

너무 창피하고 쪽팔려서 고개를 들 수가 없었다.

세림이 안쓰러운 반 여학생들이 비난하고 욕을 해보아도 남학생은 막무가내였다. 늘 붙어 다니던 자영도 학생회 회의 때문에 부재중이었다. 그때였다. 교실 뒷문이 드르륵 열리며 여학생들의 시선이 뒷문으로 쏠렸다. 한바탕 파도 타듯 정신없이 일렁이던 교실이 적도를 만난 것처럼 조용해졌다.

"뭐야?"

갑자기, 그것도 한꺼번에 쏟아진 시선 때문에 영우는 상당히 머쓱해했다. 그가 조용해진 교실을 둘러보다 책상에 엎드려 훌쩍거리는 세림을 발견했다. 영우의 눈썹이 묘하게 찡그려졌다.

"짝꿍, 울어?"

영우의 한마디에 여학생들은 일제히 세림의 꼬리표를 가지고 있는 남학생을 쳐다보았다. 2학기에 들어서 영우가 세림이랑 친한 건 반 아이들 모두가 아는 사실이다. 심지어 그 남학생도. 남학생의 얼굴에 순간 불안이 스쳤다. 그럼, 불안하겠지. 아이들의 표정이 그렇게 말하고 있었다.

아이들의 얼굴과 울고 있는 세림, 남학생의 어정쩡한 자세로 보아 영우는 무슨 일인지 대충 감이 왔다. 남학생이 두 손에 꼭 쥐고 있는 꼬리표. 자기 것을 저렇게 자랑스럽게 들고 있을 리도 없다. 영우가 천천히 그에게 다가갔다.

"뭐 하고 있냐?"

"뭐, 뭐가?"

"그 꼬리표, 네 거야?"

남학생이 머뭇거리며 대답을 못한다.

"너지? 네가 울린 거지, 짝꿍?"

살벌하도록 차분한 목소리였다. 자칫했다간 체육관 뒤쪽으로 끌고 가기라도 할 것처럼.

"이 새끼가 미쳤나? 너 왜 남의 짝꿍 울려? 죽을래? 내가 네 짝꿍 울리면 넌 기분 좋겠냐?"

남학생은 영우의 말에 눈을 깜빡이며 천천히 도리질하였다.

"어? 아, 아니."

"거 봐. 근데 너는 왜 남의 짝꿍 건드려?"

영우가 툭툭 남학생의 머리를 검지로 밀듯이 눌러댔다. 자기보다 한 뼘이나 큰데. 그 우스꽝스러운 광경에 여학생들이 킥킥거리며 작게 웃었다. 기분이 나쁜지 남학생의 표정이 좋지 못했다.

"기분 나빠?"

남학생은 한참이나 굳은 표정으로 대답하지 않았다.

그렇지. 나빠도 대답은 못하시겠지.

영우가 혀 차는 소리를 내며 그의 손에서 꼬리표를 잡아챘다.

"이 새끼야, 남의 꼬리표로 장난칠 생각 하지 말고 네 꼬리표 간수나 잘해. 너 이번에 수학 몇 점 받았냐? 유치하게 여자애들 울릴 시간 있으면 공식 하나를 더 외워, 새끼야. 쪽팔리지도 않아?"

영우가 곤란하게 웃으며 남학생의 볼을 가볍게 찰싹찰싹 때렸다.

"또 내 짝꿍 괴롭히면 그땐 강냉이 싹 다 털어버린다."

남학생은 아랫입술을 슬쩍 물더니 눈동자를 돌렸다. 짜증이 가득 담겼지만 차마 내비치진 못한다. 영우는 남학생의 어깨를 툭툭 두드리고는 세림에게 비적비적 걸어갔다. 조용했던 교실도 언제 그랬냐는 듯 금세 아이들의 수다로 시끄러워졌다.

"짝꿍, 울지 마라. 오빠가 꼬리표 빼앗아 왔다."

기세등등해진 영우가 세림에게 꼬리표를 건네주었다. 감동받은 세림이 새빨개진 눈으로 코를 훌쩍거리며 그의 손에 쥐어진 꼬리표를 받아 들었다. 하지만 세림은 아까보다 훨씬 더 쪽팔리고 창피해서 도저히 고개를 들 수가 없었다.

한 손으론 꼬리표를 꼭 쥐고 다른 한 손으로는 연신 흘러내리는 눈물을 닦아냈다. 그런 세림의 기분을 아는 건지 모르는 건지 내려다보던 영우가 자리에 앉으며 책상에 엎드렸다. 고개는 세림 쪽으로 하고서는. 빤히 올려다보는 시선에 세림의 얼굴이 발그레해졌다.

"울지 마, 짝꿍아."

세림은 손등으로 뺨에 흐르는 눈물을 힘주어 쓸어냈다. 고개를 틀어 영우를 본다. 눈동자가 자신을 향해 있다.

"근데 너 공부 좀 해야겠더라. 수학은 그렇다 쳐도 예체능 점수가 그게 뭐야. 암기 과목 점수를 그렇게 받아서 어쩌냐."

세림은 눈을 커다랗게 떴다. 눈에 눈물이 그렁그렁 맺혀서는 또다시 금방 터질 것 같은 얼굴이다.

"봤어? 봤어? 씨, 그러는 너는? 수업 시간에 만날 잠이나 자면서!"

"야, 나는 차라리 영어를 포기하지 예체능은 포기 안 한다. 얼마나 점수 얻기 쉬운 과목인데."

"그럼 네 점수는 얼마나 나왔는지 봐봐!"

의기양양하게 한마디 하는 영우에게 세림이 달려들어 꼬리표를 빼앗았다. 그러나 그의 꼬리표를 확인한 세림은 말문이 턱 막혀 버렸다. 그녀는 놀란 강아지처럼 눈을 동그랗게 떴다.

어라?

암기 과목이 죄다 90점이 넘는다. 하다못해 이과 과목도 점수가 높잖아! 뭐가 그리 좋은지 영우는 브이 자를 그리며 싱긋 웃어 보였다. 말도 안 돼!

"거짓말! 사기꾼!"

"와, 너무한다."

경악을 감추지 못하며 울부짖었다. 이건 차별이야! 만날 수업 시간에 잠만 자고 같이 떠들었는데 왜 이렇게 차이가 나는 거야? 믿을 수 없다는 듯 몇 번이고 꼬리표와 그의 얼굴을 번갈아 쳐다보았다.

"어떻게 이럴 수가 있어? 집에 가서 밤새워 공부하는 거야?"

많이도 놀랐는지 세림은 눈동자도 입술도 전부 다 동그랗다. 그런 세림을 연신 귀엽다는 듯 쳐다보며 영우가 킥킥 웃었다.

웃는 영우를 보며 세림은 금세 얼굴을 붉혔다. 괜히 부끄러워져 슬쩍 아랫입술을 깨물고 만다.

"예체능은 진짜 공부하기 쉽잖아. 그냥 외우기만 했는데, 뭐. 우리 반에 공부 잘하는 애들 노트랑 책 빌려서 복사해 그걸로 공부했지."

세림은 눈을 가늘게 뜨며 영우에게 꼬리표를 넘겨주었다.

약았다, 약았어. 예체능은 그렇다 치더라도 이과 과목 공부는? 여전히 의문 가득한 눈동자로 영우를 이리저리 뜯어본다. 그 눈치를 짐작하기라도 했는지 영우는 팔짱 끼며 의자 등받이에 등을 기대었다.

"이과 과목은 원래부터 잘했어. 재밌잖아. 그리고 너 모르나 본데, 나 중학교 때까지는 전교 40등 안에 들었다? 입 밖에 꺼낼 만큼 잘하는 건 아니지만……."

또다시 날아드는 충격에 눈을 휘둥그렇게 떴다. 전교 40등 안? 평범한 학교생활을 보낸 자신보다도 공부를 더 잘했다니 말도 안 돼.

"형이 있는데, 형이 공부를 잘해서 영향을 받았거든. 많이 도와주기도 했고."

다정히 웃으며 대답하는 영우의 얼굴에 부드러움이 피어올랐다. 들린 얘기들도 그랬지만 가족을 참 많이 좋아하는구나 하는 생각이 들었다.

"기말고사 때 공부 도와줄까?"

멍하게 영우를 쳐다보던 세림은 귓가에 부드럽게 내려앉는 그 말에 퍼뜩 정신을 차렸다.

"……어?"

그리고 이내 느릿하게 반응하였다.

"기말고사 때는 공부 도와줄게. 같이하자."

창가에서 떨어지는 서늘한 가을 햇살이 영우의 웃음과 얽혀서 포근해졌다.

사랑이다. 이건 사랑이야. 왼쪽에서 느껴지는 심장의 고동이 아주 조용히 나직하게 속삭였다. 달콤하면서도 따뜻한 기운이 가슴 전체까지 퍼지는 느낌. 심장을 감싸는 기분. 이상해. 되게 간지럽다.

❖ ❖ ❖

그 사건 이후로 둘 사이가 더 친해진 것도, 세림이가 영우를 좋아하게 돼버린 것도 말할 필요 없는 사실이다. 게다가 무뚝뚝한 영우도 세림에게만은 다정하니 눈치 빠른 아이들은 두 사람 사이에 흐르는 묘한 기류를 재빠르게 읽어냈다. 덕분에 그 시기쯤 반에는 연예인 스캔들보다 두 사람의 화제가 훨씬 더 흥미로운 이야깃거리로 떠올랐다. 영우도 아닌 척하지만 사실은 세림을 좋아하고 있다. 아니다. 둘이 사귀면서 아닌 척하는 거다. 에이, 사귀면 세림이가 벌써 엄청 티를 냈을 것이라는 등의.

어쨌든 영우가 세림에게 이성적인 감정을 가지고 있지 않더라도 특별하게 생각한다는 건 여자의 감으로 확신할 수 있었다. 더불어 두 사람이 조만간 공식적인 커플이 되리란 것도 믿어 의심치 않았다.

"너, 은세림 좋아하냐?"

창섭은 앞뒤도 없이 본론부터 꺼내어 물었다. 서늘한 가을 하늘이 손에 닿지도 않을 만큼 높고, 깨끗하도록 파란 점심시간이었다. 영우네 무리는 중앙 현관 뒤편에 옹기종기 모여 앉아 시시껄렁한 잡담을 나누고 있었다.

"그게 무슨 소리야?"

한 계단 아래 앉아 있는 영우가 뜬금없다는 듯 돌아보았다. 동그랗게 뜬 눈에 한쪽 입꼬리가 비스듬히 올라가 있다.

"너희 반 애들이 그러던데? 박영우가 은세림 좋아하는 것 같다고."

창섭이 반삭의 머리를 매만지며 대답했다. 손바닥에 짧은 머리칼이 스칠 때마다 사각거리는 마찰음이 샌다. 피식 웃어버리는 영우를 보니 말도 안 된다는 뜻 같았다.

"뭐…… 좋아하긴 하지."

그러나 놀랄 만큼 의외의 대답을 한다.

"……진심?"

"귀엽잖아. 중학생도 아닌데 무슨 말만 하면 까르르 웃어대는 게."

의미가 모호한 대답이다. 같이 몰려다니는 친구들 중에서 인상은 제일 까칠한데 성격은 그나마 가장 유한 놈이다. 누구나에게 친근한 녀석인 줄은 알았지만 그렇다고 해서 여자애들한테까지 쓸데없이 다정하진 않았는데.

"너 그런 취향이었냐?"

"그런…… 취향?"

영우가 말꼬리를 늘이며 의아한 듯 되물었다. 그것은 마치 그 말에 담긴 의미에 대해 자신이 정말 그런 취향을 가지고 있는가를 생각해 보는 뉘앙스였다.

"그냥…… 여동생 같은 기분이야. 여.동.생."

여동생이란 단어를 읊조리는 모양새가 자신이 한 말에 주문을 거는 듯해 보인다. 그의 사정을 이미 알고 있는 창섭은 잠시 동안 그를 말없이 쳐다보았다.

"덜렁이고, 뭐 하나 제대로 못하고, 그러면서도 미워할 수 없고, 귀엽고, 챙겨주고 싶은…… 여동생."

그는 허공을 보며 한마디 한마디 천천히 힘주어 말했다. 창섭의 한쪽 눈썹이 묘하게 찡그려졌다.

"그야말로 쓸데없는 감정에 행동이네."

지나가는 투로 말하며 창섭 역시 하늘을 올려보았다. 영우와 중학교 때부터 친구였기에 그의 여동생에 관한 일을 잘 알고 있다. 때문에 지금 하는 말에 위로를 해줘야 하는 건지 맞장구를 쳐줘야 하는 건지 도통 판단을 내릴 수가 없다. 이럴 땐 그저 화제에 무관심한 듯 행동하는 게 가장 나은 방법이다.

그런 창섭의 말에 영우는 새침한 표정으로 그를 쳐다보았다.

"쓸데없는 감정?"

"그래, 좋아하는 것도 아니고 진짜 네 여동생도 아니잖아."

영우가 입술을 비죽 내밀며 피식 웃었다.

"일리 있는 말이네."

❖　❖　❖

야간자율학습을 끝내고 집으로 돌아온 세림은 한참이나 현관문 밖에 서 있었다.

오늘이면 분명 성적표가 도착해 있을 터였다. 엄마가 엄청 화내겠지. 한숨을 푹 내쉬며 열쇠로 조심스레 현관문을 연다. 공기부터가 달랐다. 조용하고 정갈하지만 분명 경직된. 거실로 들어서니 엄마와 세아가 소파에 앉아 있다. TV도 켜지 않은 채로. 확실히 침묵은 긴장감을 더했다. 세아의 따가운 시선이 세림의 얼굴에 닿았다. 세림은 엄청난 죄를 지은 사람처럼 어정쩡히 서서 고개를 숙였다.

느닷없이 얼굴로 무언가 날아들었다. 놀란 세림이 눈을 질끈 감았다 떴다. 바닥을 보니 신문 뭉치다. 이어서 쿠션이 어깨에 부딪쳐 왔다.

"세아야!"

엄마가 불안하게 그녀의 이름을 외쳤다. 그대로 세림의 방으로 들어간 세아는 문제집을 가지고 나와 현관을 향해 집어 던졌다.

불벼락은 엄마가 아닌 언니 세아에게서 떨어졌다.

"나가."

"……."

"나가란 말 안 들려?"

"세아야, 얘가 왜 이래!"

눈물이 핑 돌았다.

"나가라고!"

세아가 세림을 두 손으로 밀쳤다. 미는 힘이 힘겹게만 느껴졌다.

"잘못…… 했어."

울먹임을 삼켜내며 세림은 입을 열었다. 침묵이 돌아온 거실에 세림의 훌쩍거림과 세아의 씩씩거리는 숨소리가 낮게 울린다. 한참 원망스레 세림을 노려보던 세아는 그대로 주저앉아 소리 내어 울음을 터뜨렸다.

한바탕 울음을 쏟아낸 거실에는 정적만이 흘렀다. 그것은 이상하게도 거센 소나기가 퍼붓고 지나간 운동장을 닮아 있었다. 어딘지 청량하면서도 평온하게까지 느껴지는.

문이 열리며 엄마가 세아의 방에서 나왔다. 흥분을 진정시킨 세아가 간신히 잠든 모양이다. 세아는 대학 수능을 한 달 남겨두고 스트레스로 최근 부쩍 더 예민해졌다. 그녀는 공부에 재능이 있었고, 지식을 습득하는 것에 즐거움을 느꼈다. 그러한 사람에게 건강이 강탈당하는 일은 극복할 수 없는 절망이었다. 병으로 약해진 몸은 공부할 수 있는 시간과 체력이 그만큼 한계적이었다. 그래서 세아는 마치 꿈을 이루지 못한 부모가 자식에게 무언가를 기대하듯, 건강한 세림에게 기대를 걸었다. 그 사실을 누구보다 잘 아는 세림이기에, 그녀는 엄마보다 언니에게 더 미안했다. 건강한 자신만이라도 제대로 공부하는 게 맞았고, 부모님의 걱정을 덜어드려야 하는 게 맞았다.

엄마와 세림은 거실 바닥에 앉아 기나긴 이야기를 나누었다. 사실은 나누었다기보다 엄마 쪽에서 하는 일방적인 설교에 가까웠다. 원론적이면서도 백번 틀림없고, 세상 어떤 엄마들이라면 늘 하는 걱정의 말이었지만 세림에겐 고되고 괴로웠다. 특히 장시간 무릎을 꿇고 듣고 있으려니 양심적으로 피어난 반성도 절반쯤은 시들어져 버렸다. 그래도 엄마는 한 시간을 채우지 않고 끝내주었다. 마지막 협상은 학원에 등록하는 것. 매서운 눈으로 째려보는 엄마 때문에 말 한마디 못하고 그대로 굴복해야 했다. 입이 열 개라도 할 말이 없었다.

그러나 땅을 팔 정도로 기죽어 있는 것도 잠시, 아직 철이 덜 든 세림은 영우가 다니는 학원을 생각해 내 엄마를 꼬드기기 시작했다.

"이 학원에 공부 잘하는 애들 많대. 학원 선생님들도 몇 명은 대치동이랑 목동에서 내려오신 분들인데 엄청 유명하다고 소문났어. 이 선생님들 무료 특강 들으려고 몰리는 애들 장난 아니래."

학원 광고물까지 친히 펼쳐 보이며 세림은 온갖 감언이설을 늘어놓았다. 고개를 끄덕거리던 엄마는 다음날 바로 세림을 이끌고 학원으로 향했다.

여기에 들어오기만 하면 학교에 이어서 영우랑 핑크빛 생활을 하는 거야?

세림은 곧 있을 영우와의 갖가지 핑크빛 로맨스에 대한 공상의 나래를 펼치며 입원(入圓) 시험지를 풀어갔다. 하지만 웬걸. 아니, 역시나! 현실은 가혹했다. 학원 시험이라고 우습게 봤다가 큰코다치고 말았다. 영우가 있는 A반은 꿈 너머에 있었고, 세림은 반 턱걸이로 C반에 배정받게 되었다.

차라리 같은 학원에 지원하지 말걸 하는 생각이 머릿속을 가득 메웠다. 진심으로 창피해 쥐구멍에라도 숨고 싶었다. 당장에라도 엄마한테 학원이 생각했던 것보다 별로인 것 같다고 다른 곳으로 가보자 하고 싶었다. 그 속마음을 알아채기라도 한 건지 엄마는 금세 눈을 삼각형으로 만들고서 여기 다니면서도 성적 떨어지면 집에 들어올 생각도 말란다. 지금 집에 못 들어가는 게 문제야? 엄마 딸이 좋아하는 남자애한테 창피당하게 생겼는데.

세림은 한껏 풀죽어 축 늘어진 어깨를 하고 교실에 들어섰다. 교실에서 와자지껄 수다를 떨던 학생들이 새로 온 아이의 모습을 힐끔거리다 곧 관심 없다는 듯 다시 이야기꽃을 피운다. 세림은 어색한 모습으로 비적비적 문 앞에 위치한 두 번째 줄 자리에 앉았다.

"지금은 쉬는 시간이고, 가만 보자, 다음 시간은 언어야. 언어 수업은 프린트로 대체되니까 필기구만 있으면 되겠다."

상담 보조교사는 상당히 친절하게 미소까지 보이며 말했다. 시무룩해진 세림은 대충 고개를 끄덕거릴 뿐이지만.

지금이라도 늦지 않았으니 냅다 줄행랑 쳐? 얼굴을 가려 버리고 싶을 만큼 창피했다. 혹시라도 영우랑 마주치게 되면 어떡하지 하는 생각이 머릿속을 가득 메운다. 괴로운 신음 소리가 절로 나온다.

"어? 짝꿍?"

환청을 들은 줄 알았다. 짝꿍이란 단어가 달팽이관으로 흡수되지 못하고 귓가에서 뱅뱅 돌았다. 지나칠 정도로 익숙한 호칭과 목소리임에도 장소가 바뀌니 설게 느껴지는 걸까. 세림은 그대로 굳어 움직일 수 없었다. 기척이 점점 가까워지며 나이키 운동화가 시야에 들어왔다. 그녀는 얼굴을 들어 목소리의 주인을 확인했다.

"맞지, 짝꿍?"

고개를 비스듬히 하고 등허리까지 몸을 낮춘 영우가 살피듯 세림을 보고는 뿌듯한 웃음을 지었다. 즐거워하는 영우와 달리 세림은 날벼락이라도 맞은 기분이다.

설마 했는데 말도 안 돼. 첫날부터 영우를 만나다니. 그것도 왜 하필 C반에서야? 이제는 빼도 박도 못하잖아!

머릿속이 새하얘진 세림은 속으로 절규했다. 영우가 빙글거리며 그녀 옆에 앉았다.

"그런데…… C반이야? 난 A반인데."

뼈마디를 묘하게 드러낸 말 때문에 세림은 눈을 가늘게 떴다. 영우가 재미있다는 듯 연신 웃음을 떨치지 못한다.

"알았어, 알았어. 이렇게 학원에서 만나니까 반갑네."

"난 하나도 안 반가워! 근데…… 네 반도 아닌데 여긴 왜 왔어?"

마음속에서 살며시 부추기는 궁금함을 참지 못하고 샐쭉 물었다. 설마 자신이 온 걸 알고? 은근한 기대감으로 눈동자를 잠시 빛내본다.

"내 친구도 C반이야. 쟤 한창섭."

영우는 뒤쪽을 손가락으로 가리켰다. 세림은 그의 손가락 끝을 따라 시선을 옮겼다.

제일 뒤 구석에 반 삭발을 한 남학생 한 명이 엎어져 있었다. 누군지 모를 리 없다. 자신과 자영이 늘 붙어 다니듯 영우와 한창섭도 버릇처럼 같이 다녀 그녀도 알고 있었다. 영우보다 더 조용하지만 그보다 더 반항적인 분위기를 가득 몰고 다니는 애다. 학생으로 짧은 머리는 당연함에도 매서운 인상 때문인지, 달라붙는 바지 때문인지 딱히 교칙을 지킨 것 같지 않아 보이기도 하고.

"아, 그렇구나."

그럼 그렇지 하고 힘없이 고개를 끄덕거리는 세림의 눈동자에 서운함이 가득하였다.

"혼자 심심하지?"

"처음엔 그렇지, 뭐."

"그럼 내가 여기로 반 바꿀까?"

세림은 눈을 동그랗게 뜨고 영우를 쳐다보았다. 놀라움도 반가움도 섞이지 않았지만 무슨 말인가 싶다.

"왜…… A반에서 여기로 와? 네가 손해 보잖아."

"재미없고 따분하니까. 여기에는 짝꿍이 있으니까 지루하진 않을 거 아냐."

입가에 기분 좋은 미소가 걸리려는데 꾹 참았다. 여기서 웃으면 안 돼, 바보야! 자꾸만 가슴이 두근두근 설렌다.

"안 돼. 오지 마. 나 학원 다니면서 성적 떨어지면 엄마한테 죽어."

"내가 도와준다니까. 나 진짜 잘 도와줄 자신 있는데……."

영우가 책상에 얼굴을 대고 올려다본다. 무슨 비 맞은 똥강아지처럼 불쌍한 표정이다. 생각지도 못했던 그의 애교에 금세 웃음보가 터졌다. 괜히 민망해져 고개를 돌리다 멀지 않은 거리에 서 있는 여자애를 발견했다. 그러나 여자애는 이내 발길을 돌렸다. 찰나였지만 어쩐지 이쪽을 쳐다보는 것 같았는데. 왠지 김현아인 것 같기도 하고.

"웃었어, 웃었어. 이 반에서 같이 수업 듣는 거다?"

여자애가 있던 쪽으로 시선을 두던 세림은 다시 고개 돌려 영우를 보았다.

"그게 네 마음대로 되는 일이야? 선생님이 결정하실 일이지."

"상관없어. 내가 여기서 듣는다는데."

"나야 좋지……."

세림은 기어들어 가는 목소리로 대답했다.

뻔뻔하기도 하지. 영우는 빙긋 웃더니 자야겠다며 책상에 또 엎어졌다. '여기 와서도 자는 거야?' 하며 타박했지만 어쩐지 마음이 든든해져 자기도 모르게 발을 콩콩 굴렀다.

심장 쪽에서 간질거리는 기분을 견딜 수가 없다.

C반을 지나치던 현아는 발길을 뚝 멈췄다. C반 문 앞 근처 자리에 영우가 보였고, 바로 옆에 웬 여학생이 앉아 있었다. 보기에도

두 사람의 모습은 화기애애했다. 현아의 발길이 멈춘 것을 안 친구는 그녀의 눈길을 따라 고개를 돌렸다.

"영우네? 옆에…… 은세림?"

"은세림?"

현아는 친구의 말에 반응을 보였지만 시선은 여전히 세림과 영우에게 두고 있었다. 정확히 말하자면 환하게 웃고 있는 세림을 향해 있었다.

"응. 둘이 같은 반이잖아. 소문으로는 둘이 좋아한다나 사귄다나? 걔네 반 애들 사이에서 그렇게 떠든다던데 진짜 사귀나 봐?"

"넌 저게 사귀는 걸로 보여?"

"응?"

의아함이 담긴 얼굴로 되묻는 친구를 보며 현아는 비웃었다. 그녀는 대답 대신 서늘한 눈길로 친구를 쳐다보고는 다시 발걸음을 옮겼다.

❖　❖　❖

학원에 등록한 지 열흘 정도 지났을 때에는 세림이 꿈꾸던 핑크빛 생활이 펼쳐지고 있었다. 학원생활뿐만이 아니다. 학교생활도 핑크빛. 활동 공간이 겹치다 보니 이른 아침부터 밤늦게까지 일주일 내내 영우랑 붙어 있다고 해도 과언이 아니었다. 자영보다 영우와 함께하는 시간이 더 많은 날도 있었다.

학원에서는 수업을 듣다가 지루하면 중간에 땡땡이치기도 했다. 떡볶이를 먹으러 가거나, 노래방으로 직행하거나, 무작정 학원가를 걷거나. 수업이 늦게 끝날 때면 영우는 항상 세림을 집 앞까지 바래다주는 것도 잊지 않았다. 세림은 그야말로 행복해서 돌아가실 지경이었다. 그런고로 그녀의 최근은 벚꽃 흐드러지게 휘날리는 화창한 봄날이었다.

주구장창 붙어 다니다 보니 자연스레 영우에 대해 알게 된 것이 많았다. 영우는 떡볶이를 잘 먹고, 떡볶이 양념에 순대랑 튀김 찍어먹는 걸 좋아했다. 오락실에서 한때 유행이던 스트리트 파이터도 잘했고, 바이크 시뮬레이션 게임도 잘했다. 노는 걸 좋아하지만, 그렇다고 학원을 빠지진 않았다. 또 학교에서는 거의 잠만 자던 애가 학원 수업은 엄청 열심히 듣는다는 거다. 그것도 생물이랑 화학을. 세림은 졸려서 죽을 것 같은데 영우는 평소에 보지도 못했던 반짝인 눈으로 그 수업을 재밌게 들었다. 간혹 선생님이 우스갯소리를 하면 어찌나 즐겁게 웃는지 그럴 때마다 세림은 한숨이 절로 나왔다.

멋있다.

"녹차 먹을래? 가지고 왔는데."

세림이 가방 안에서 주섬주섬 녹차 티백 두 개를 꺼내 손에 들고 흔들어 보였다.

"그래. 짝꿍이 맛있게 타가지고 오는 거지?"

"하여간, 알았어. 내가 특별히 너만 맛있게 타다 준다."

영우의 대답에 세림은 얄밉다는 표정으로 그를 보았지만, 곧 웃는 얼굴을 하며 자리에서 일어나 휴게실로 향했다.

휴게실에 있는 정수기 앞에 선 세림은 녹차 티백이 담긴 종이컵에 온수를 졸졸 따랐다. 종이컵에서 모락모락 오르는 김이 춤을 추는 듯하다. 휴게실에는 소곤소곤 조용한 목소리로 담소를 즐기는 학생들이나, 간혹 친구들에게 모르는 문제를 물어보는 학생들이 보였다. 그중에는 김현아도 포함되어 있었다.

세상에, 예쁜 사람은 멀리서도 튀는구나. 그녀는 한 남학생과 휴게실 한쪽 구석 테이블에 앉아 있었다. 아마도 모르는 문제를 물어보거나 가르쳐 주는 모양이다. 한쪽으로 비스듬히 기울인 고개 사이로 머리칼에 가려진 가느다란 목선이 드러났다. 잡티 하나 없고 모공도 보이지 않는 뽀얀 살구색 피부에 동그랗고 커다란 까만 눈동자, 거기에 짙게 진 쌍꺼풀, 부드럽게 떨어지는 콧날과 콧잔등, 큰 키와 고등학생이라고는 믿기지 않을 정도로 예쁜 몸매. 교복도 그녀가 입으니 스쿨 룩이었다.

모델도 모델이지만 드라마에 나오는 청순한 여배우처럼 가녀린 느낌도 있다. 정말 같은 여자가 봐도 감탄이 나올 만큼 예쁘장하다. 남학생에게 설명하면서 무심코 던지는 시선조차도 눈길을 뗄 수 없게 한다.

저런 애가 영우를 좋아한다는 말이지.

지난 석식 시간에 자영이한테서 옆 반 김현아가 영우를 좋아한단 얘기를 들었다. 자신이 혹시 잘못 들은 건 아닌지 한참 동안 자영의 말을 되뇌었다.

영우는 동급생들에게 알게 모르게 인기가 있었다. 사나운 외모도 어떻게 보면 괜찮았고, 적당히 큰 키에 말수는 적지만 동급생 남자애들에 비해 어른스러운 면들이 여학생들에게 호감의 대상이 된 것이다. 게다가 최근 꼬리표 사건 때문에 남몰래 좋아하던 여학생들까지 수면 위로 떠오르게 됐다. 그런데 거기에 더해 김현아까지.

자영이가 하는 말이, 현아가 전에 학원에서 쓰러졌는데 그걸 영우가 들쳐 업고 의무실까지 갔단다. 평소에도 영우를 눈여겨보고 있었는데 그 일로 호감 제대로 가서 좋아하게 됐다고 하니…… 날벼락이 떨어졌다. 영우 등에 업혔다는 건 반칙이야!

도대체 이렇게 라이벌이 많아서는 도저히 용기를 낼 수가 없다. 반 여학생들이 영우가 너한테 특별한 감정을 느끼고 있는 것 같다고 말해도 전혀 실감 나지 않았다. 그런데 이렇게 감당 안 되는 라이벌이 떡하니 나타나다니. 왠지 영우와의 거리가 배는 더 멀어진 느낌이다. 영우의 눈이 비정상이 아닌 이상 당연히 자신에게 희망이 없을 게 뻔했다.

휴게실의 현아를 보며 세림은 인생 최대의 위기를 다시금 실감했다.

"짝꿍, 멍하니 뭐 하고 있어?"

심각한 얼굴로 멍하게 녹차를 마시던 세림은 영우의 목소리에 눈만 깜박였다. 그녀가 느릿하게 영우를 돌아보았다.

"박영우 너 생각하고 있었어."

"그럴 줄 알았어."

옆에서 삐딱한 자세로 열심히 만화책을 읽고 있던 영우가 책상 위에 올려놓은 녹차를 들어 마셨다.

"역시 짝꿍이 우려준 거라 맛있다."

영우가 햇살같이 웃는다. 아주 밝게. 그런 영우의 모습에 따라 웃다 문득 궁금증이 생겼다. 영우도 현아가 자길 좋아하는 걸 알까?

"박영우."

만화책에 집중하고 있는 영우는 대답이 없다.

"박영우우우……."

세림이 말끝을 늘리며 다시 그를 불렀다. 영우가 '왜?' 하는 눈빛으로 그녀에게 힐끔 눈길을 주었다.

"너, A반에서 친했던 애들 없어?"

사실 물어보고 싶었던 건 이게 아니면서. 세림은 일부러 돌려서 말을 꺼내었다. 영우는 시선을 다시 책으로 돌렸다.

"별로 없었는데?"

"왜?"

의아함 가득한 세림의 물음에 영우는 별걸 다 물어본다는 표정이다.

"왜긴, 재미없으니까."

"뭐야, 그게? 넌 사람을 재미로 사겨?"

"응. 너처럼 재미있는 애들만 사겨."

영우의 한쪽 입꼬리가 장난스럽게 말려 올라갔다. 그의 대답에 화가 나기는커녕 도리어 심장이 두근거린다. 그렇게 말하면 부끄럽잖아.

"왜, A반에 재미있는 애들 많잖아. 혀, 현안가? 걔 되게 예쁘게 생겼다던데."

"현아?"

"어. 걔 알아?"

"걔가 누군데?"

영우는 누군지 모르겠다는 눈빛으로 허공을 보다 어깨를 으쓱했다. 세림은 눈만 깜박였다.

"걔, 걔가 누구냐니…… 김현아를 몰라? A반에서 되게 예쁘고 공부도 잘하는 애래."

"걔가 누군데…… 아아, 혹시 키 큰 여자애?"

현아가, 그렇게 예쁜 애가 고작 키 큰 여자애로밖에 인식이 안 되는 거야? 세림은 눈동자를 굴렸다. 그래, 크긴 크지. 169㎝가 결코 작은 키라고는 할 수 없으니. 하지만 현아라고 하면 보통 예쁘고 똑똑한 여자애라고 떠올리는 경우가 다반사인데 고작 키 큰 여자애라니. 다른 반응에 웃기기도 했지만 세림은 어쩐지 기분이 좋았다. 영우가 현아한테 관심이 없는 것 같아서.

"키야 크지. 근데 얼굴이 더 예쁘지 않아? 공부도 잘하고……."

아직도 미련을 버리지 못한 세림이 조심스럽게 영우를 살피며 물었다. 영우의 관심은 여전히 만화책에 쏠려 있었다.

"예쁘긴 하더라."

그러나 영우의 입에서 무신경하게 나온 말 탓에 세림은 조금 충격을 받았다.

그래, 여자인 나도 넋 나갈 정도로 보는데 하물며 남자인 네가 관심이 없겠니. 속으로 쓴 눈물을 삼킨다. 현아를 좋아한다고 말한 것도 아닌데 괜히 기분이 울적해진다.

"짝꿍아, 우리 닭갈비 먹으러 갈래? 당긴다."

세림의 기분이 금방 우울해지건 말건 무심하던 영우는 만화책을 덮으며 말했다.

"지금?"

"응. 내가 짝꿍을 위해 특별히 쏜다. 가자."

영우가 세림의 손을 잡으며 자리에서 일어섰다. 금방까지 현아의 이야기로 풀죽어 있던 세림은 금세 환해진다. 그러다 또 토라진 표정이다.

"치, 특별히는 무슨."

"진짜야. 다른 건 몰라도 닭갈비 사준 여자애는 네가 처음이다? 내가 서비스로 치즈 사리까지 추가시킨다."

"정말?"

"그래. 짝꿍만 위해서 특별히."

짝꿍만 위해서 특별히. 아무런 의미 없이 한 말일지도 모르겠지만 영우는 알까? 가슴이 괜히 벅차올라서 숨도 못 쉴 것 같은 기분을. 영우가 자신을 보고 웃는다. 자신의 손을 잡는다. 자신에게만 특별히란 단어를 쓴다. 자신을 위해 반을 바꾸었다. 영우의 마음을 알진 못하지만, 자신은 현아보다 예쁘고 똑똑하지도 않지만 현재 그와 함께 있는 사람은 자신이다. 가슴에 첫사랑이란 이름의 꽃잎이 연일 겹겹이 쌓인다. 화려하게 틔우길 준비라도 하듯 잔뜩 짙어진 색으로 움츠린 채.

욕심 부리고 싶고, 용기 내보고 싶은 마음이 간절해져 가는 날들이다.

❖　❖　❖

핑크빛 생활은 가을 소풍 즈음 절정에 달했다. 은행나무며 단풍

나무가 흐드러지게 물든 어린이대공원에서 세림은 친구들의 성원 아닌 성원에 힘입어 영우와 함께 사진을 찍을 수 있었다. 인화된 사진은 지갑 안쪽에 자리해 매일 세림을 두근거리게 만들었다.

가을 소풍이 끝나고 바로 다음 주는 체육대회 겸 축제로 온 학교가 떠들썩했다. 흔히 모든 학교가 그러하듯 각 학년, 학급이 지난 한 달, 또는 몇 개월 동안 준비한 장기자랑은 축제에서 빼놓을 수 없는 포인트였다.

그런데 간혹 축제를 하다 보면 그런 친구들이 있다. 남들 열심히 준비하면 그냥 열심히 같이 즐기기만 하면 되는데 꼭 옆으로 새는 애들.

대강당 학급 뒷줄에 앉아 축제 공연을 즐기던 세림은 자리에서 일어섰다. 강당 뒤편 화장실에 가던 중 문밖으로 영우가 지나가는 것이 보였다. 참새가 방앗간을 그냥 지나치랴. 세림은 후다닥 유리문을 밀고 나가 영우를 불렀다. 그의 한 손에 묵직한 까만 봉지가 들려 있다.

"어디 가?"

영우가 외치듯 물었다. 외려 물어볼 사람은 세림인데.

"난 화장실 가지! 너야말로 어디 가는 건데? 그건 뭐고?"

세림도 외치듯 답한다. 강당에서 쿵쿵 울리는 에어로빅 음악 때문에 소리를 높이지 않으면 잘 들리지 않았다.

"아아……."

대답이 되지 않는 반응이다. 잠시 머뭇거리던 영우는 빙긋 웃으며 다짜고짜 세림의 손을 잡고는 강당을 빠져나왔다. 손을 잡힌 세림은 당황스러움에 금세 얼굴이 빨개졌다. 혹시라도 빨개진 얼굴을 보이기라도 할까 봐 고개를 푹 수그렸지만, 다행히도 온 사방에 내려앉는 붉은 노을 덕분에 들키지 않은 것 같았다.

"지, 지금 어디로 가는 거야?"

세림은 울렁거리는 심장을 진정시키며 조심스레 물었다. 그녀의 물음에 영우가 검은 봉지를 자기 얼굴만큼 들어 올린다.

"여기에 뭐가 들었을 것 같아?"

"……뭔데? 뭐가 들었는데?"

영우가 씨익 웃으며 봉지 든 손을 달랑달랑 흔들었다. 봉지 안에서 딸그랑거리며 유리병 부딪치는 소리가 들렸다.

"술."

"술?"

세림의 눈동자가 휘둥그레졌다.

술이라고? 어른들이 마시는 그 알코올 냄새 팍팍 풍기는 거?

동그랗게 뜬 세림의 눈동자가 묻자 영우는 고개를 끄덕거리는 걸로 대답을 대신했다.

"그게…… 왜 거기에 있어?"

"별관 옥상 문 열렸거든. 애들이랑 마실 거야. 너도 같이 마시자."

천진난만하게 웃는 영우를 보며 세림의 얼굴이 경악으로 번졌다.

"미, 미쳤어? 그러다 선생님들한테 걸리면 어떻게 하려고! 놔!"

"선생님들 지금 축제 때문에 정신없어서 별관 쪽은 아예 신경도 안 쓸걸. 신경 써봤자 교실 정도? 옥상은 아예 쳐다보지도 않을 거다."

"그, 그래도 학생이 무슨 술이야? 나 한 번도 마셔본 적 없거든?"

간이 배 밖으로 나와도 유분수지, 어떻게 신성한 학교에서 술 마실 생각을 하느냐 말이야. 영우에게 잡힌 손을 빼내려고 발버둥 쳤지만 그럴수록 그는 더욱 손을 꼭 잡았다. 마치 학생으로서의 신분과 영우에게 손을 잡히는 일 중 어느 것을 택할 것이냐고 신이 묻는 것만 같았다. 그런 갈등 속에서도 이렇게 따듯한 온기가 감도는 영우의 손을 잡고 있으니…… 행복하다.

아무래도 영우에게 손 잡히는 일을 선택한 세림인 것 같다.

"에이, 그래서 지금 빠져나가겠다고? 너도 이제 나랑 한배 탔거든? 한배 탄 사람들끼리 그러지 맙시다."

한배? 능청스러운 영우의 말에 또 혹하고야 만다. 그러다 다시 보이지 않게 인상 썼다. 혹시나 선생님들한테 들키면 정학당하는 거 아냐? 소심한 상상의 나래를 펼치며 이미 콩알만 해진 간을 달래본다.

"그래도 나 안 마셔!"

세림이 단호하게 못 박듯 말했다.

"과연 그렇게 될까?"

장난기 머금은 영우의 눈이 가느다랗게 휘어졌다. 입가에는 즐거운 웃음이 걸렸다.

안 마시겠다고 그렇게 버티던 세림은 술을 한 잔 두 잔 홀짝홀짝 받아 마시더니 세 잔째에 정신을 놓아버렸다.

"이야, 완전히 갔네. 짝꿍, 괜찮아?"

그녀는 그저 고개를 크게 주억거렸다. 괜찮긴 뭐가 괜찮아. 멍해서 정신이 없는데.

"야, 쟤 완전히 눈 풀렸는데?"

별관 옥상에는 세림과 영우를 비롯한 창섭, 그의 여자친구, 그리고 같이 다니는 무리 남녀 여덟 명 정도가 함께 있었다. 그들은 동네 슈퍼에서 사온 오징어집과 치토스, 포테토스틱과 두꺼비가 만든다는 이슬 다섯 병 정도를 까놓고 어른들 세계를 흉내 내며 한창 취해 있었다. 석 잔 정도 마신 세림은 눈이 뱅글뱅글 돌아가고 있다.

"그러게."

"야, 박영우! 나 괜찮다니까! 불량 학생! 자기가 먹여놓고 놀리는 거야?"

또박또박 말하는 것 같지만 세림의 혀는 이미 있는 대로 꼬부라진 소리를 내고 있다. 풀린 두 눈에는 힘을 팍 주고 횡설수설이라니. 영우가 어이없다는 듯 웃는다.

"그래그래, 알았어."

영우도 취하지는 않았지만 살짝 몽롱한 느낌이 드는 것은 사실이다. 그건 친구들도 마찬가지였다. 다들 조금씩 벌건 얼굴을 해가지고는 옥상에 앉아 10월의 추운 바람을 맞았다.

그때였다, 영우의 휴대전화 벨소리가 요란스럽게 울려댄 건. 발신자를 확인해 보니 저장되지 않은 번호다. 그는 고개를 갸웃하며 폴더를 열었다.

"여보세요."

〈박영우…… 맞지?〉

조금은 머뭇거리는 듯싶더니 수화기 건너편에서 낯선 여자의 목소리가 들려왔다. 곱고 매끄러운 목소리다.

"누구세요?"

〈나 김현아인데…….〉

김현아? 영우는 의아하게 눈을 뜬다.

〈저기…… 지금 만날 수 있어? 너희 반에 가니까 안 보여서……. 하고 싶은 말이 있거든.〉

"아, 지금 좀 그런데…… 전화로 하면 안 돼?"

〈전화보단 만나서 하고 싶은 얘기라서…….〉

이유야 알 수 없지만 만나서 하고 싶은 얘기라니 영우는 그러겠다고 짧게 대답하며 전화를 끊었다. 그가 자리를 털고 일어선다.

"어디 가?"

치토스를 먹으려던 창섭이 영우를 올려보았다.

"잠깐 요 앞에. 금방 갔다 올 거니까 짝꿍 괴롭히면 죽는다?"

영우는 주먹을 들어 불끈 쥐어 보였다.

"야, 괴롭히라고 들이밀어도 안 괴롭혀. 완전 맹해가지고, 너한테나 재밌지!"

정색하는 창섭을 보며 영우는 입을 다물었다. 세림은 이미 눈을 반쯤 감고 앉아서 졸고 있었다. 옥상 밖에 보이는 강당에서의 시끄러운 음악 소리가 별관 옥상까지 울려 퍼졌다.

"아무튼 갔다 온다!"

오랜 세월로 인해 뒤틀어진 철문이 사나운 소음을 내며 닫혔다. 영우가 완전히 옥상을 나간 것을 확인하며 창섭은 곧바로 세림에게 다가갔다. 그가 빙글거리며 졸고 있는 세림의 어깨를 쿡쿡 찌른다.

"야, 은세림. 일어나 봐."

한껏 귀찮은 표정으로 세림이 창섭을 노려보았다. 술에 취한 눈은 졸음이 가득하다.

"확인하고 싶은 게 있는데 말이야. 너 박영우 좋아하지?"

그녀가 눈을 느릿하게 깜박거렸다. 주변에 있는 다른 친구들이 재미있다는 듯 숨죽인 채 세림의 반응을 기다렸다. 술에 취해서인지 영 굼뜨다. 창섭을 한참 동안 멍하게 쳐다보던 세림은 곧 활짝 웃었다.

"응, 좋아해."

❖ ❖ ❖

눈동자가 미세하게 커졌다. 방금 자신이 잘못 들은 게 아닌가 싶다.

"좋아한다고. 박영우 너."

김현아는 얼굴을 붉히며 간신히 짜내듯 말했다. 영우는 그제야 무슨 말인지 이해한 듯 헛기침을 한다. 그가 애꿎은 머리를 매만진다.

왜 나지? 쟤가 날 알고 있나? 머릿속에 의아함이 달라붙었다. 학원에서 같은 반이었다고는 하지만 대화를 나눠본 적은 한 번도 없었다. 같은 반이었다는 것도 얼마 전 세림이 말해줘서 알게 됐다.

생각에 빠져 한참 동안 무어라 대꾸도 못하는 사이, 현아가 조심스럽게 올려다보다 다시 말문을 열었다.

"용기 내서 고백했는데…… 대답이 없네?"

현아의 말에 멍한 정신을 차렸다. 술을 마시고 와서 그런지 몽롱하다.

"아, 그러니까…… 어떤 말을…… 해야 할지 잘 모르겠어서."

"그래도 좋다, 싫다 표현은 해줬으면 좋겠는데."

"아니, 뭐, 싫지는 않지……."

그녀의 미간이 슬쩍 올라갔다. 이런, 말을 잘못 골랐다. 당황스럽다.

"그래, 좋지도 않겠지."

"아니야. 그게…… 그러니까……."

"용기 내서 고백했는데 사귀자는 말까지 내가 해야 돼?"

"뭐?"

당황스러운 얼굴로 현아를 내려다보았다. 입술을 비죽 내밀고 조금은 부루퉁한 표정이던 김현아는 웃음을 터뜨렸다. 귀엽다는 생각이 잠시 들었다.

예쁜 여자가 좋아한다고 고백했을 때 싫어할 남자가 어디 있을까. 오히려 자의식으로 인해 조금 우쭐해지기도 하겠지. 하지만 납득되지 않았다. 도대체 자신에 대해 뭘 알고 좋아하게 되었는지도 모르겠다. 또래 여자애들의 단순한 호감이라고 하기엔 여자로서 먼저 고백하는 건 힘든 일이다. 그리고 그런 여자애를 거절하는 것도 상당히 익숙지 않은 거북스러운 일이다.

"저기…… 고마운데, 미안해. 나 아직 누구를 사귀거나 하는 그런 생각 해본 적 없어. 생각도 없고."

"해보면 안 돼?"

"……미안."

둘 사이에 잠시 정적이 흘렀다. 혹시 기분이 상했나 하고 영우는 조심스레 현아를 살폈다. 둘의 눈이 공중에서 얽혔다. 웃는 듯 현아의 눈꼬리가 미세하게 부드러워졌다.

"혹시 은세림 좋아해? 사귄다는 소문 돌던데…… 그건 아니지?"

영우는 피식 웃었다. 비웃는 게 아니라 그 순간 세림의 천진난만한 웃음이 떠올랐기 때문이다.

"그런 거 아니야."

"다행이네. 그럼 나 아직 희망 있는 거지?"

김현아는 마지막 말을 길게 리듬감 있게 끌어올렸다. 묘한 귀여움이 묻어 있는 말투다.

"짐작했겠지만, 나 누구한테 거절당해 본 적 없어. 특히 남자애들한테. 이렇게 먼저 고백한 것도 드물고. 아무나 좋아하지도 않고."

은근히 매력 있다. 흥미도 갔지만 그뿐이다.

"일단 친구로 지내자. 널 좀 더 알고 싶고, 너도 내가 어떤 앤지 알아야겠지? 그땐 네가 먼저 고백할지도 모르겠다."

그녀가 짙은 쌍꺼풀을 예쁘게 휘었다. 영우도 조금 곤란한 듯 웃었다.

이 상황에서 갑자기 은세림이 생각난 건 뭘까? 말갛게 웃으며 쉴 새 없이 재잘거리던 여자애. 조금 들뜬 듯 수줍게 얼굴을 붉히며 뭐가 신나 그렇게 즐겁게 떠들어댔던 걸까.

Special Edition 01.

2. 그해 겨울

가을 아침 햇살이 창문에 드리우고 있는 나뭇가지 사이로 쏟아져 내렸다. 가는 빛에 눈이 부시다. 영우는 아침부터 창가에 턱을 괴고 멍하니 앉아 있었다. 뒤편은 산이라 온통 붉고, 아직은 푸르고, 메마른 갈색이었다.

어제 현아를 만나고 돌아왔을 때 세림은 옥상 구석에 웅크려 자고 있었다. 창섭의 여자친구가 체육복 재킷을 벗어 세림에게 덮어주었다. 배려심도 깊지. 자리는 슬슬 파하는 분위기였다. 깨우기도 뭐해서 영우는 세림을 업었다. 그때 창섭이 옆으로 와 빙글 웃으며 말했다.

"은세림이 너 좋아한대."

모르고 있던 사실이 아니다. 다만 말의 위력이 놀라울 따름이다. 한숨이 나왔다.

머리를 절레절레 흔들었다. 아무리 생각해 봐도 지난 금요일 밤에 도대체 자신이 왜 그렇게 대책 없는 짓을 저질렀는지 이해가 가지 않았다. 영우도 아닌 영우 친구들한테 고백해서 어쩌겠다는 거야! 이래서 어른들이 술 마시고 다음날 그렇게 후회를 하나 보다. 차라리 토요일에 C.A 활동 없이 영우를 봤다면 지금 이렇게 초조하지는 않을 텐데. 주말 내내 영우의 친구들이 그에게 말했을까 하는 생각에 절로 한숨이 나왔다.

길게 심호흡을 하던 세림은 교실 앞에 한참 동안 꼼짝없이 서 있다가는 에라, 모르겠다 하고 문을 드르륵 열었다. 교실에 발을 내디디려는 순간이었다.

"어, 박영우 좋아하는 은세림이다! 왔냐?"

큰 숨이 턱 늑골에 걸렸다.

창섭의 옆에 앉아 창밖을 내다보던 영우도 놀란 얼굴로 그를 쳐다보다가 세림에게로 시선을 옮겼다. 세림의 표정이 당황과 기막힘으로 변하는가 싶더니 금방 울상이 되어버렸다. 반 아이들 역시 경악과 놀라움으로 입을 다물지 못했다. 그야 세림이 영우를 좋아하는 건 모르는 애가 없을 정도로 공공연한 비밀이었다. 그런데 대놓고, 그것도 본인이 아닌 타인에게서 들으니 당황스러운 건 당연한 일이었다. 공중에서 영우와 시선이 맞은 세림은 어찌해야 할 바를 모르고 도망쳐 버렸다.

"미친 새끼가 진짜!"

영우가 자리를 박차고 일어나 창섭을 노려보며 거칠게 한마디 욕을 날렸다. 그가 세림을 뒤쫓아갔다. 교실에 앉아 자습을 하고 있던 자영 역시 급하게 달려 나갔다.

세림은 그대로 여자화장실로 달려가 좌변기 뚜껑 위에서 쪽팔림의 눈물을 쏟았다. 곧바로 쫓아온 자영이 화장실 문을 두드리며 무어라 했지만 하나도 들리지 않는 듯 그녀의 훌쩍거림은 쉽게 잦아들지 않았다.

자영은 도무지 뭐라고 위로의 말을 해줘야 할지 모르겠다. 이 순간 떠오른 말이 겨우 '힘내' 밖에 없다니, 자신도 참. 오늘 상황은 자신도 당황스러웠다. 도대체 세림이 어떤 얼굴을 하고 교실로 들어가라는 건지. 새삼 영우의 친구가 아닌 영우가 원망스러워졌다. 화장실 문 앞에 기대서서 깊게 한숨을 내쉬던 자영은 밖으로 발걸음을 옮겼다.

"세림이는?"

화장실 앞에 초조하게 서 있던 영우가 조심스레 물었다. 자영이 곱지 않은 눈으로 흘깃 째려본다.

"울고 있어."

그가 불편한 숨을 짧게 내쉬다가 화장실 안으로 들어섰다. 자영이 화들짝 놀랐다.

"야, 어딜 들어가?"

자영은 어쩔 수 없다는 얼굴로 영우를 따라 들어갔다.

"짝꿍아. 짝꿍!"

영우가 다급하게 문을 두드리자 칸막이 건너편 세림이 눈을 동그마니 떴다.

뭐야? 따라 들어온 거야? 차마 대꾸할 생각도 못하고 건너편에서 들려오는 영우의 목소리에 멍하니 문만 쳐다보았다.

"짝꿍, 미안해. 내가 대신 사과할게."

시선을 떨어뜨리며 눈을 반쯤 내리감았다. 바보, 자기가 미안할 건 없는데.

"그러니까 나와."

"싫어!"

자기도 모르게 나온 앙칼진 대답에 스스로 놀라 살짝 쥔 손을 입가에 올렸다. 문을 빤히 쳐다본다. 건너편에서 잠시 동안 아무런 말이 없었다.

"왜?"

"왜, 왜긴…… 쪽팔리니까 그렇지. 네 얼굴을 어떻게 봐."

울먹임에 목소리가 파르르 떨려오고, 또다시 눈가에 눈물이 핑 돈다. 그런 기분을 모를 리 없다는 걸까. 영우가 작은 한숨을 내쉬는 소리가 들려왔다.

"그래서…… 계속 여기에 있을 거야?"

"……"

"그래, 다 내 죄지, 뭐. 친구 잘못 둔 내 죄. 가서 창섭이 자식이나 죽도록 패야겠다. 김자영, 나 간다? 아참, 짝꿍아, 나 혹시 정학당해도 너무 속상해하지 마. 내 짝꿍 이렇게 속상하게 한 놈인데 나라도 복수해 줘야지. 전치 한 5주 정도면 복수가 되려나? 아니다. 한 8주는 나와야 내 속이 시원하겠다. 이왕 하는 거 화끈하게."

자박자박. 영우의 슬리퍼 소리가 점점 멀어졌다. 세림은 좌변기에서 벌떡 일어나 문을 열었다.

"박영우!"

"왜?"

화장실 입구 쪽을 향해 소리쳤는데 바로 옆에서 영우의 목소리가 들렸다. 미간을 찌푸리며 고개를 뒤쪽으로 돌렸다. 그가 옆 칸 화장실 문 앞에 비스듬히 서서 장난기 가득한 웃음을 짓고 있다. 화장실 뒤쪽 창에서 쏟아지는 햇살 때문에 영우가 빛나고 있다. 가슴이 두근거려 또다시 반할 것 같지만, 지금은 그럴 타이밍이 아니잖아!

"너어……!"

"짝꿍, 가자."

영우가 세림의 손을 잡았다. 옆에 있는 자영이 팔짱을 끼고 두 사람을 지켜본다.

못 말려.

"뭐? 어딜?"

"재미있는 데."

"뭐라고?"

"김자영, 짝꿍 오늘 빌려간다? 대충 아프다고 잘 둘러대 줘."

그가 세림의 손을 들어 보이며 빙긋 웃고는 그대로 화장실을 나가버린다. 고개를 설레설레 젓는 자영의 눈동자에 근심이 어려 있었다.

어제 학생회 일을 같이하는 남자애에게서 현아가 영우에게 고백했다는 이야길 들었다. 바로 그 자리에서 영우가 거절했다고는 했는데. 이게 좋은 일인 건지, 안 좋은 일인 건지. 아니, 어쩌면 세림에게 기회가 있는 걸까? 그렇게나 좋아하는 영우이니 세림에게 좋은 일이 되었으면 하는 마음이다.

자영은 자신의 단짝에 대한 걱정으로 머리가 아파왔다.

❖   ❖   ❖

영우와 세림은 학교를 빠져나와 교육로 삼거리 쪽으로 발걸음을 옮겼다. 등교 시간이 지난 오전이라 도로를 꽉 메우고 있던 차들도 어느 정도 모습을 감춘 채 흐름이 여유로웠다. 두 사람은 말도 없이 플라타너스 나무가 심어진 인도를 따라 걸었다. 10월의 가을 햇살과 붉게 물든 잎사귀들이 바람을 따라 바스락거리는 소리를 내며 공중으로 떨어진다.

무작정 걷기만 하던 영우는 삼거리 버스정류장에서 노선도를 확인했다. 세림의 손을 꼭 잡고서. 마침 버스 한 대가 특유의 엔진 소음을 뿜어내며 정류장 앞에 섰다. 힐끗 번호를 확인하던 영우는 세림의 손을 놓지 않고 재빨리 버스에 올랐다. 뒤따르는 세림은 도통 그 속을 알 수 없었지만 일단 그가 하는 대로 따랐다.

버스에 가을 햇살이 훤히 들어와 눈이 부시다. 자리에 앉은 세림은 눈을 감았다 뜨며 고개를 돌렸다. 영우의 표정이 멍하다. 한참을 쳐다보고 있는데 그제야 정신을 차린다. 그가 웃는다.

버스는 양재꽃시장을 지나, aT센터를 지나, 고급 아파트가 줄지어 있는 도곡동을 지나 삼성동에 위치한 코엑스몰을 향해 도로 위를 신나게 달렸다. 종점에 도착할 때까지 영우는 쉴 새 없이 말을 해댔다. 대부분은 우스갯소리였지만 세림이 가장 흥미롭게 들은 건 창섭이와 영우가 언제부터 친해졌는지에 대한 것이었다.

버스는 어느새 사거리에 높은 빌딩과 호텔이 우뚝 선 삼성역 앞에 다다랐다. 두 사람은 코엑스몰과 이어지는 지하도로 내려가 건물 안의 메가박스로 발길을 움직였다. 티켓을 끊고 입장을 기다리는 동안에도 영우는 세림의 손을 놓지 않았다. 그녀가 '좀……' 하고 손목을 비틀었다. 잠시 머뭇거렸지만 그는 결국 세림이 손을 빼지 못하게 힘을 주었다.

인간과 귀신의 거주 분쟁을 다룬 코미디 영화를 보며 진이 빠지도록 웃고, 영화가 끝난 뒤에는 세림과 영우 둘 다 누가 먼저랄 것도 없이 허기를 느꼈다. 시간도 점심때다. 두 사람은 근처 패스트푸드점으로 방향을 정했다. 주문을 하는 도중에도 장난, 먹는 중에도 영화를 본 후의 여운을 공유하느라 한참 동안 웃음과 수다가 끊이지 않았다.

꼭 데이트를 즐기는 연인처럼 말할 수 없이 행복한 시간이었다.

지하철에서 내려 지상으로 올라왔을 때에는 한참 어두워져 있었다. 여러 색이 뒤섞인 간판들과 올망졸망 진주알 같은 가로등 불빛, 새까만 하늘, 서늘한 공기.

영우와 세림은 그대로 공원으로 걸어가 벤치에 앉았다. 가로등불이 원을 만들며 하얗게 내려앉는다. 오늘 학원을 빠졌으니 엄마한테 분명 전화가 갔을 거라며 세림은 혼이 빠진 표정으로 말했다. 그러다 같이 집에 가서 무릎 꿇고 싹싹 빌어볼까 하는 영우의 말에 웃어버렸다. 서늘한 가을 밤바람이 두 사람 사이를 헤집었다. 순간 잠시의 정적이 흐른다.

"박영우, 그만 애써. 나 이제 괜찮아."

세림은 부러 벤치 아래 내려둔 발을 앞뒤로 흔들며 말했다. 더이상 울먹이지도 떨지도 않는 목소리였다. 밤하늘에 별이 간간이 있다. 영우는 여전히 입을 다물었다. 세림은 낮게 웃으며 밤하늘에 시선을 고정시키며 말을 이었다.

"나…… 너 좋아해. 되게 좋아해. 어느 날부터인지는 기억 안 나는데 그냥 좋아하게 됐어. 좋아해, 박영우."

가녀리지도 그렇다고 잠겨 있지도 않은 세림의 목소리는 듣기 좋을 만큼 부드러웠다. 하지만 그 속에 담긴 고백은 저 깊은 곳에서 없는 용기를 끌어온 절박함마저 느끼게 하였다. 영우의 얼굴이 굳어진다. 아무런 대답도 할 수 없을 거란 걸 세림은 어렴풋이 짐작한 눈치다.

거절의 말도, 좋아한다는 말도.

"근데 너는…… 나한테 친구 이상의 감정은 아니지?"

영우가 할 말을 세림이 대신 해주었다. 그가 고개를 들어 세림을 본다. 이상하게도 입은 웃고 있는데 그녀의 눈동자가 슬픔에 차 있었다. 차마 마주할 수 없었던 걸까. 영우는 시선을 적당히 떨어뜨렸다.

"미안해. 정말, 정말 좋아하는 친구고…… 잘 맞는 친한 여자애라고 생각해. 하지만 그 이상은……."

"그렇…… 구나."

다시 두 사람 사이에 침묵이 돌았다.

아까까지만 해도 그렇게 춥다고 느끼지 않았는데 살짝 싸늘하다.

세림은 오른손으로 왼팔을 감쌌다.

"여동생이…… 한 명 있었어."

영우는 진중하면서도 낮은 목소리로 입을 뗐다. 그것도 여동생에 관한 이야기를. 가장 친한 친구들 외에는 한 번도 꺼내지 않았을 이야기. 세림이 조금 놀란 눈으로 그를 보았다. 멀지 않은 거리에서 떨어지는 하얀 가로등 불빛에 영우가 조금 뿌옇다.

"늦둥이 여동생이었는데, 되게 밝은 애였어. 어떤 말을 해도 즐겁다는 듯이 웃어대고…… 항상 천진난만한 웃음이 지워지질 않았어. 너처럼."

순간 공중에서 영우와 눈이 마주쳤다. 영우가 다정하게 웃고 있다. 마치 오빠처럼 어른스러운 느낌으로. 오빠가 있다면 이렇게 웃어줬을까?

"동생이 아팠어. 백혈병이었거든. 정식 명칭은 급성 골수성 백혈병. 어떻게 손을 써볼 새도 없이 급격히 전이되더라."

그는 허탈해했다.

"그렇게 예쁘고 환하게 웃는 동생이었는데, 왜 그런 병에 걸렸던 걸까? 우리 가족은 한 번도 남한테 상처 주는 일 따위 하지 않았는데 왜 내 동생은 그렇게 어린 나이에 무서운 병에 걸려 버린 걸까. 수도 없이 물었어."

"……."

"하지만…… 물어도 물어도 돌아오는 대답은 없었어. 그러는 동안에도 내 동생은 매일같이 웃었고. 병실 간호사 누나들이 아픈 앤줄 모르겠다고 할 정도로, 같은 병실 사람들이 웃는 모습이 예뻐서 금방 나을 것 같다고 할 정도로. 그렇게 무섭고 힘든 병에 걸려서 사경을 헤매기 전까지도 웃더라."

세림의 눈에서 눈물이 핑 돌았다.

"동생이 다시는 눈을 뜰 수 없게 되기 전의 며칠을 난 아직도 잊을 수가 없어……. 아픔에 너무 고통스러워서, 중환자실이 너무 무섭다고 오전 내내 계속 울었어. 떼를 쓰면서 집에 데려가 달라고. 공포와 아픔에 질려 우는 게 너무 보기 힘들고 괴로웠어. 장난을 쳤더니 울면서 웃더라. 그렇게 아픈 와중에도."

경험하지 못한 사람은 그 고통을 알 수 없을 것이다. 삶과 죽음이 한 공간에 놓인 중환자실. 들어서는 순간, 머리와 심장이 거부 반응을 일으키는 냄새와 공기. 당사자에게도 가족에게도 피가 마르는. 눈물이 툭툭 감출 새도 없이 제멋대로 떨어져 내린다. 영우가 어쩔 줄 몰라 하며 당황해하였다.

"아, 미안. 일부러 울리려고 한 얘긴 아니었는데……. 생각이 짧았어. 미안해."

세림은 고개를 저으며 교복 소맷자락으로 눈물을 닦아냈다. 영우가 무릎에 둔 손을 주먹 쥔다. 차마 눈물을 닦아주지 못해 안타까워하는 마음이 전해진다. 괜스레 그녀가 더 미안해졌다.

"아니야. 괜찮아. 나야말로 미안해. 바보 같아. 위로는 못해줄망정 눈물이나 흘리고."

아직 채 마르지 않은 눈으로 영우를 보았다. 그의 눈가도 촉촉해져 있다.

"아니야. 하나도 안 바보 같아. 고맙고 미안해."

"……."

"너를 보면서 동생이 생각났어. 무슨 말을 해도 즐겁게 웃고 좋아하는 게…… 동생이랑 비슷해서.”

젖은 한숨이 흘러나왔다. 이건 어떻게 표현해야 좋을까. 가슴이 답답해져 왔다.

“그래서 아마 애초에 널 연애 대상으로 생각지도 못한 것 같아.”

밤바람이 불자 쏴 하고 나뭇잎들이 저들끼리 부딪치는 소리를 낸다. 그 소리가 너무나 차가워 춘추복 아래에 있는 팔에 작은 소름이 돋았다. 그것을 떨쳐 내기 위해 또 금방 헤헤 웃어버린다. 어쩌면 동생을 닮았다고 한 말에 더 웃어 보이고 싶은 걸지도 모르겠다.

“오늘 진짜 많은 일이 있었던 하루네. 아침부터…… 지금까지.”

숨을 깊게 들이마셨다. 밤공기가 차다.

“고마워. 솔직하게 얘기해 줘서. 근데…… 나 근데 당장은 좋아하는 마음 못 접을 것 같아.”

“알아……. 네 마음까지 강요할 생각은 없어.”

세림이 피식 웃었다.

그 말은 자기가 해야 할 대사인데……. 아까부터 유난히 바람이 분다. 언뜻 오늘 아침에 내일부터 비가 온다는 일기예보를 본 것 같다. 비 냄새가 조금 섞인 것 같기도 하고.

다음날 아침, 가을이 중턱에 왔음을 알리는 비가 쏟아져 내렸다. 세상은 온통 우중충했고, 바람은 전날보다 더 스산해져 가슴속까지 파고들었다. 차고 시리다. 힘없이 받쳐 든 우산 위로 무거운 빗방울이 톡톡 떨어졌다. 차박차박 땅에 고인 빗물이 운동화 끝에 닿는다.

세림은 교문 앞에서 자영을 만났다.

자영이 걱정스러운 얼굴로 어제 일에 대해 물었다. 그저 웃었다. 자영이라 하더라도 어제 일을 수다스럽게 말하고 싶지는 않았다. 교실에 다다를 때쯤 자영이 현아와 영우 일에 대해 이야기해 주었다. 왠지 모르게 온몸의 힘이 모두 빠져나가면서 복도가 핑글 돌았다. 들고 있던 우산이 쇳덩이만큼 무겁게 느껴져 놓치고 말았다. 영우에게, 자신에게 지난 며칠간 너무 많은 일이 생겼다.

종일 컨디션이 좋지 않은 세림은 결국 조퇴를 했고, 다음날부터 이틀 동안이나 학교에 나오지 못했다.

❖　❖　❖

세림이가 학교를 다시 나왔을 땐 아무 일도 없었던 듯 평소와 다르지 않았다. 이틀을 내리 앓았고, 결석하기 전날에는 조퇴까지 했다. 그런데도 방전된 배터리가 백 퍼센트 충전이라도 된 양 오히려 기운이 넘쳤고, 얼굴에는 종일 웃음이 떠나지 않았다. 덕분에 영우와도 평소처럼 수다 떨고, 장난치고, 일상인 듯 지냈다. 그것만으로도 세림은 만족했다.

"네가 은세림이지?"

학원 휴게실에서 녹차를 타던 세림은 낯선 이의 부름에 고개를 돌렸다. 시선이 향한 곳에 서 있는 사람은 다름 아닌 김현아. 세림의 눈동자가 보일 듯 말 듯 커진다.

"안녕. 나 김현아야."

현아는 손을 내밀며 눈이 휘어지도록 예쁘게 웃었다. 생각지도 않은 상황에 멀뚱멀뚱 정신없이 현아를 뚫어지게 쳐다보았다. 현아가, 김현아가 왜 나한테……. 주춤주춤 현아의 손을 맞잡는다.

"너도…… 박영우 좋아한다며? 너희 반에 퍼진 소문 들었어."

살짝 민망해하며 앞머리를 매만졌다. 도대체 이게 무슨 상황이야. 알 수 없지만 어쩐지 기분이 묘하다. 영우 덕분에 예쁘고 공부 잘한다고 소문난 유명인과 대화를 나누게 되다니. 마치 연예인을 만난 팬이라도 된 양 황송했다.

"나도 박영우 좋아해……. 얼마 전에 보기 좋게 차여 버렸지만 말이야."

현아가 배시시 웃는다. 어쩜, 그냥 있는 것도 예쁜데 웃는 건 더 예쁘다. 행동 하나, 모습 하나하나에 넋을 잃고 쳐다보게 된다.

"헤헤, 나름 인기 좋다고 자만해서 당연히 차일 거란 생각 못했는데 충격이 꽤 컸어."

두 사람은 학원 야외 옥상으로 자리를 옮겼다. 의자에 앉아 있으니 짙은 남색의 하늘과 불빛으로 반짝이는 동네가 한눈에 보인다.

"영우 말이야. 난 또래 남자애들에 비해서 어른스러운 게 참 좋더라. 저번에 수학 문제 하나가 잘 이해 안 돼서 선생님한테 물어보려고 갔는데 선생님이 영우한테 떠넘기잖아. 그땐 영우를 잘 모르던 때라 이런 애가 뭘 알겠나 싶었는데, 설명을 너무 잘하는 거야. 선생님보다 더 이해되기 쉽게. 완전 반한 거 있지?"

그때 일이 눈앞에서 펼쳐지는 듯 현아의 얼굴에 설렘이 가득하다. 안다. 알고 있다. 현아가 지금 어떤 심정이고 어떤 기분일지 너무나 잘 알고 있다. 영우는 겉보기엔 무뚝뚝하지만 따뜻하고, 다정하고, 배려심 있는 착하고 좋은 남자애였다. 그리고 무엇보다 공부도 잘했다. 이과 과목은 말할 것도 없고, 답이 안 보인다는 윤리도 영우에겐 문제가 되지 않았다.

"영우, 진짜 멋있지 않아?"

현아는 말꼬리를 길게 끌며 말했다. 꼭 리듬을 타는 것만 같다고 생각했다. 그녀의 말에 화사하게 웃음꽃을 피우며 동의했다. 당연히 영우는 진짜 멋있다.

"세림아, 우리 친하게 지내자. 나도 영우가 너무 좋아. 솔직히 말하면…… 나도 영우랑 너랑 친해지고 싶어."

"아……."

"그런데 꼭 영우 때문에 너한테 접근한 거 아니야. 너 되게 귀엽더라? 친구가 돼보고 싶었어. 우리 서로 도와주자. 그래서 나중에 한 사람이 잘돼도 끝까지 친구 하자. 응? 나보다는 네가 더 가망 있어 보이지만……."

세림이 금세 눈을 동그랗게 뜨며 도리질 쳤다.

"아니야. 네가 더 예쁘고 매력 있어. 네가 영우 좋아한다는 거 알았을 때 나 진짜 놀랐어. 너랑 경쟁하게 되면 게임이 안 될 것 같아서."

"어, 진짜? 나랑 똑같아! 나도 그랬어! 너 부럽다고. 귀엽고, 체구도 작고, 꼭 강아지같이 앙증맞아서 나랑 게임이 안 될 것 같단 생각 했어. 난 키도 크고 귀여운 맛이 없잖아."

입술을 비죽 내밀며 불만스럽게 말하던 현아가 다시 '헤헤' 하고 웃었다. 귀엽다. 같은 여자가 봐도 매력 있고 사랑스럽다. 이렇게 예쁜 애가 자신과 같은 불안을 느낀다는 사실이 믿기지 않았다.

하지만 충분히 이해했고, 왠지 마음에 위로가 되었다. 동지를 만난 것 같아서. 같은 사람을 좋아하고 남들에게 말할 수 없는 속상함을 나눈다는 기분에 묘한 동질감이 느껴졌다.

"아냐. 너 충분히 예뻐. 사실 이제껏 말은 안 했지만 혼자 힘들 었거든. 친한 친구한테 말해도 공감 못하고. 그런데 너하고는 왠지 말이 통할 것 같아."

입매를 시원하게 밀어 올리며 활짝 웃는 모습이 참 예뻤다. 마른 눈빛이라고 생각했지만 그건 개의치 않았다.

❖　❖　❖

세림과 현아는 동전의 양면처럼 다른 것 같으면서도 비슷한 면 이 많아 금세 친해졌다. 학교에서 반은 달랐지만 방과 후 학원까지 가는 길이나 학원에서 쉬는 시간이면 종종 붙어 다녔기에 최근은 거의 베스트프렌드가 되어가는 중이었다.

주변의 아이들은 고개를 갸웃했다. 두 사람이 친하게 지내는 건 문제되지 않았지만 학교에서부터 친한 것도 아니고 학원에서 같은 반도 아니니 한 번쯤 의아하거나 신기하다는 시선을 보내는 건 당연했다. 어느 날부터인가는 영우까지 친해지게 돼 세 사람이 함께 다니는 모습은 지극히 자연스럽게 되었다.

자영은 걱정이 됐다. 세림이가 웬만하면 누구하고나 잘 어울렸 지만, 그렇다고 해서 마냥 여기저기 등을 기대는 애는 아니었다. 다만 본인이 마음으로 품을 수 있는 상대라고 생각하면 깊이 신뢰 하고 피투성이가 되더라도 감싸 안는 애였다. 그래서 자영은 현아가 내키지 않았다. 김현아는 세림이가 생각하는 것만큼 순수하지 않음은 당연했고, 상처만 줄 게 뻔했으니까.

결국 세림과 자영은 사이가 소원해졌다. 세림은 현아를 너무 부정적으로만 보는 자영이 불편했고, 자영은 현아를 너무 쉽게 믿는 순진한 세림이 불편했기에 당분간 사이좋게 지내는 것이 힘들었다. 서로 친구를 생각하는 기준이 달랐기에 그럴 수밖에 없는 일이었다. 12월이 다가올 무렵의 일이다. 그쯤부터 세림, 현아, 영우는 종종 만나 영화를 보거나 밥도 먹고 공부하며 시간을 보냈다. 그들은 어느 대학을 갈까 꿈꾸며 함께 가자는 다짐을 했다. 고등학생들이 흔히 가지는 부푼 꿈이었다. 열심히 공부하는 두 사람을 보며 세림은 마음이 따듯해졌다. 즐거웠다.

매일매일 이런 날이었으면…….

❖　❖　❖

상가에서 나와 아파트 단지 입구로 들어서던 세림은 걸음을 멈췄다. 더플코트에 머플러를 턱까지 꽁꽁 둘러매고 장갑을 낀 손에는 빵빵한 검은 비닐봉지가 들려 있었다. 따가운 오후 햇살과 살갗을 거칠게 파고드는 추위. 입김이 그녀의 눈앞에서 새하얗게 흩어진다. 예년과 다름없이 찾아온 겨울. 이즈음 그다지 모범생이지도 싹싹하지도 않던 세림은 말 잘 듣는 착한 아이가 되어 있었다. 일종의 자기 세뇌처럼.

방학이 시작되자마자 집에서만 생활했다. 보충 수업도 않고 친구들이 만나자고 해도 나가지 않았다. 집안일도 도맡아했다. 안 되는 것은 쉽게 포기하고, 내 것이 아니라 생각되면 군말 없이 양보하는 게 점점 몸에 배어갔다. 특히 세아에게 있어서는 더더욱.

언니에게 지기, 언니에게 양보하기. 그것은 몇 년 전부터 세림의 생활신조였다. 그럼에도 세림은 불평 한마디 하지 않았다.

세아가 아픈 것보다 나았다. 엄마, 아빠가 괴로워하는 걸 보는 것보다 훨씬 참을 만했다. 물속에서 막 건져 올린 물고기처럼 헐떡이던 세아와 그녀를 안고 괜찮다는 말을 주문처럼 되뇌던 엄마, 차마 그 광경을 지켜볼 수 없어 자리를 뜨던 아빠의 기억은 자신을 무기력하게 만들었다. 열여섯, 병실에 서서 눈물만 흘리던 그날을 아직도 잊지 못한다.

세림의 열다섯 겨울이 막 시작될 무렵 세아는 호흡 곤란을 일으키며 쓰러지기 시작했다. 원인은 알 수 없었다. 의사는 스트레스성 신경과민일 것이란 가벼운 진단을 내렸다. 그러나 몇 주씩 계속되는 40도 이상의 고열과 지나친 관절염 호소, 심해지는 구내염으로 세아는 고통스러워했다. 동네 병원이 아닌 대학병원에 가서도 별다른 방도는 없었다. 그녀는 몇 달 사이에 급격히 나빠져 중환자실을 들락거리며 사경을 헤맸다. CT, MRI, 조직검사, 혈액검사, 골수검사가 연일 이어졌다.

얼마 후 그녀가 받은 판정은 희귀성 자가면역 질환이었다. 담당 의사는 병이 발발하게 된 데에 여러 가지 원인을 들었는데, 그중 유전학적인 면과 스트레스적인 면을 유력하게 꼽았다. 엎친 데 덮친 격으로, 세아가 약물 알레르기까지 갖고 있어 치료는 더욱 어려웠다. 가령 투약하거나 복용하는 약이 세아의 체질과 맞지 않으면 호흡 곤란을 일으켜 치료에 난항을 겪게 되는 것이다.

세아의 상태는 하루가 다르게 나빠져 갔다. 면역력은 점점 떨어지고, 중환자실에서 나오지 못하게 되는 날도 잦아졌다. 어떤 약을 써야 될지 의사들은 곤란해했다. 약을 잘못 써 심장 쇼크가 오기라도 하면 의료사고니 뭐니 책임이 지워질 터이니.

학교에도 몇 개월씩 못 나가게 되었다. 원하는 대학을 골라 가게 될 거라며 학교에서 촉망받던 아이는 하루아침에 바닥으로 곤두박질쳤다. 남은 것이라곤 명성이 자자했던 우등생 타이틀, 그 위에 우뚝 선 자존심. 병명을 찾으면 다 해결될 줄 알았던 세아는 치료약을 찾는 데도 시일이 길어지자 점차 예민해지고 히스테릭해졌다. 가족들은 좌절했다. 한 인간이 무너지는 것을 손쓰지 못하고 지켜봐야 했기에.

맞는 약을 찾아 치료에 호전을 보이기 시작할 때쯤, 세아는 의사의 반대에도 불구하고 첫 수능을 봤다. 성적은 말할 것도 없었다. 하지만 올 초 병원에서 퇴원한 후 일상생활을 하게 되고, 안정기에 들어서며 회복해 가는 것으로 세아는 위안을 삼았다. 그러나 재수 후 성적은 서울에 있는 대학을 겨우 지원할 정도였다. 가족들은 아무도 입을 열지 않았다. 연일 이어지는 스트레스에 세아는 시험을 치르기 며칠 전에도 쓰러져 병원에 입원해야 했으니까.

무거운 어둠 탓에 아파트 단지의 가로등 불빛은 더욱 짙은 주홍빛이었다. 페이드아웃 된 TV 브라운관 위로 엔딩크레디트가 올라가며 음악이 흘러나온다. 세림은 리모컨으로 채널을 돌렸다. 시간은 밤 10시. 부모님은 연말 모임으로 집을 비운 상태였다. 그녀가 세아의 방문을 쳐다보았다.

아까 9시가 좀 넘어 피곤하다며 들어갔는데 자꾸만 신경 쓰인다. 요 며칠 혹시나 하는 마음을 먹는 건 아닌지 부모님은 남모르게 걱정했다. 쓸데없는 우려였다.

생각을 떨쳐 내며 물을 먹기 위해 주방으로 향했다. 양문 냉장고에서 물병을 꺼내고 선반에서 컵을 집어 드는데 그만 미끄러져 버렸다. 컵이 어깨를 타고 바닥으로 떨어진다. 쨍그랑! 컵이 날카로운 파열음을 내며 깨졌다. 소리가 사라진 주방에 묘한 여운이 돌았다. 웬만해선 잘 깨지지 않은 컵인데. 심장이 갑자기 두근거렸다.

세림은 세아의 방문을 열었다. 방은 숨소리도 들리지 않을 정도로 어둠에 잠겨 있었다.

"언니?"

슬며시 스위치를 올렸다. 엄청 짜증 낼지도 모르지만. 불이 켜짐과 동시에 숨을 멈췄다. 최근 신경이 예민해진 탓에 밤잠을 설친 언니는 수면제를 처방받았다. 약통에 얌전히 담겨 있어야 할 약이 방바닥에 널브러져 있고 침대 시트는 선혈로 물들어 있었다. 순간 온몸에 싸늘한 기운이 번져 갔다. 하얗게 지워지려는 정신을 간신히 붙잡았다. 전화기를 찾기 위해 거실로 나서다가 그만 휘청 엎어지고 말았다. 다시 일어서려는데 몸이 부들부들 떨렸다. 119에 먼저 전화해야 한다. 그다음 부모님한테 전화하고, 그다음은…….

너무나 무서워서 터지는 눈물을 참을 수가 없었다.

❖　❖　❖

세아는 근 5분 거리의 동네 병원에서 손목 지혈과 위세척을 한 후에 바로 담당의사가 있는 대학병원으로 옮겨졌다. 발견이 빨랐기에 다행히도 목숨에는 지장이 없었다. 부모님은 안도함과 동시에 충격에서 벗어나지 못했다. 그건 세림도 마찬가지였다. 그녀는 응급실 복도 의자에 다리를 올려놓고 쭈그려 앉아 간간이 몸을 떨었다. 무서워서.

굴러다니던 약병과 선홍색으로 물든 시트와 왠지 모르게 차갑게 느껴지던 방 안 공기의 기억이 선명하게 각인되어 자신을 괴롭혔다.

"마시면 좀 좋아질 거야."

영우가 김이 모락모락 나는 차를 건네며 옆에 앉았다. 종이컵을 손에 쥐니 따뜻함이 팔을 타고 심장에 전해졌다. 불안함이 조금 사라지는 듯했다.

엄마와 통화를 마치고 이제 어떻게 해야 하나 마음을 졸이는 사이 영우에게서 전화가 왔다. 말도 안 돼. 전화를 받으며 또 한 번울었다. 더 묻지 않던 영우는 구급차가 다다를 때쯤 함께 도착했다. 그가 없었으면 이 난리통을 어떻게 혼자 감당했을까.

"괜찮아. 누나 다시 좋아질 거니까 너무 걱정하지 마."

그가 커다란 손으로 세림의 손등을 감싸며 위로했다. 따뜻한 온기와 그 목소리가 세림을 안심시켰다. 그녀의 눈에서 눈물이 방울방울 흘렀다.

자상함이, 위로가, 웃음이 고마워서.

그날 결국 자초지종을 제대로 말하지 못했지만, 영우는 끝까지묻지 않았다. 세아가 어떤 상태인지 세림이 말해주게 된 것은 조금후의 일이었다. 자영 외에 그 누구와도 나눈 적 없는 아픔이다. 영우는 말없이 세림의 손을 잡아주며 조금 웃었다. 아마 어떤 말도 위로가 되지 않음을 영우가 훨씬 더 잘 알고 있을 터였다.

맞잡은 손에서 왠지 모르게 진한 유대가 이어지는 기분이었다.

❖　❖　❖

자영과는 이렇다 할 화해도 없었지만 그렇다고 싸운 것도 아닌, 그렇다고 화해를 시도하기도 어정쩡한, 서먹한 상태로 지냈다. 만나면 가볍게 인사하고 깊은 이야기만 주고받지 않을 뿐 대화는 나누었다. 서로가 서로에게, 친한 친구에게 아무것도 아닌 일로 서운함을 쉽게 느끼는 둘은 그런 나이였다.

봄이라고 하기엔 아직 추운 3월. 네 사람은 2학년으로 진급했다. 자영, 영우, 현아는 이과로, 세림은 문과로 나뉘었다. 그중에서도 자영을 뺀 영우와 현아는 선택 과목으로 같은 반이 되었다. 1학년 때의 상황과 반대로 되어버린 것이다. 세림은 셋이 다 흩어지게 된 것보다 둘이라도 붙어 있는 게 다행이고 좋았다.

2학년도 순식간에 지나가 또다시 추운 11월이 찾아왔다. 현아의 생일 전날이었다.

현아의 친구들과 영우의 친구들, 그리고 세림이 모였다. 패밀리 레스토랑에서 파티를 하고, 노래방을 가고, 자정에 공원에서 생일 케이크를 자르고, 술래잡기를 했다. 아이들 모두 즐거워했다. 세림도 즐거웠다.

그런데 자꾸만 자신보다 현아와 영우가 다정하게 장난치는 모습을 보며 한쪽 가슴이 아려온다. 이러지 마, 은세림. 이런 거 치졸하고 우스워 보여. 두 사람, 같은 반이잖아. 친할 수도 있는 거야. 아무렇지도 않은 거야.

세림은 술래에게 잡히지 않기 위해 달리고 또 달렸다.

"뛰어놀다가 벤치에서 잠들면 어떡해. 버리고 왔어야 했나?"

곯아떨어진 세림을 업고 걸으며 영우가 장난스럽게 말했다. 그의 말에 현아가 살포시 웃었다. 영우도 피식 웃는다.

"하여간 짝꿍은 어디 혼자 두고 다닐 수가 없어."

"세림이…… 귀엽지?"

영우는 말없이 웃었다. 현아는 안다. 반이 달라져도 영우는 늘 세림에게 한결같았다. 아니, 더욱 다정했다. 세림을 보는 그 눈빛에 사랑스러움과 염려가 항상 묻어 있었다. 말은 하지 않았지만 느낄 수 있었다. 이제는 세림보다 자신과 함께 있는 날이 더 많았지만, 자신과 더 다정히 있는 날이 많아서 반 여자애들이 부럽다고 하지만 정작 부러움의 대상은 자신이 아니었다. 바로 은세림. 영우의 모든 감각은 그 애를 향해 있었다. 수업 시간에 문자를 하거나 학원에서 안 보이면 바로 찾아다니거나 전화를 해대고. 전보다 더 심했다. 영우는 세림이 네다섯 살배기 애도 아닌데 그 애가 반드시 시야에 있어야만 안심했다.

여동생 이상으로는 생각지 않는다고 했잖아. 그 눈빛이, 그런 행동들이 견딜 수 없이 싫었다.

"나는…… 나는 너한테 뭐야?"

현아는 발걸음을 멈췄다. 뒤를 돌아본 영우의 눈빛에 당혹스러움이 묻어 있었다. 그녀의 눈에 눈물이 그렁그렁 맺혔다.

"김현아······."

"나, 나 그렇게 노력했잖아. 너한테 좋은 모습 보이려고, 네가 좋아서, 이 마음 감당할 수 없이 좋아서. 그렇게······ 노력했는데 난 안 돼?"

"현아야······."

"싫어. 그만해. 잘해주지 마."

들리지도 않을 만큼 작은 목소리로 중얼거렸다. 영우가 고개를 수그리는 것이 느껴진다.

"응?"

"세림이한테 잘해주지 마. 싫어. 다정히 쳐다보는 것도, 그 손길도 싫어. 전부 다 내 거였으면 좋겠어. 네가 다른 사람 쳐다보는 것도 싫어. 나 말고 다른 여자애 옆에 두지 말란 말이야."

영우의 코끝에 현아의 머리칼이 닿았다. 가슴팍이 그녀의 눈물로 젖어갔다. 마지막으로 입술에 현아의 입술이 닿는다.

눈물이 가득 고인 눈빛이 자신을 흔들었다. 닦아주고 싶다. 그러나 손이 모자랐다.

세림이 없었다면······. 처음으로 그렇게 생각했다.

❖ ❖ ❖

며칠 전부터 영우가 이상했다. 멍하니 정신 놓고 있는 날이 많았고, 무슨 말을 했는지 제대로 못 들어서 몇 번씩 다시 묻기도 하였다. 이상한 건 현아도 마찬가지였다. 웃고 있지만 왠지 모르게 슬퍼 보이는 얼굴이다.

두 사람 싸웠어? 걱정스럽게 묻자 현아는 웃다가 눈물을 쏟아냈다. 울지 말라고 현아의 가녀린 어깨를 감쌌다. 뼈대가 그대로 느껴지는 마른 몸. 마음이 아팠다. 현아의 먹먹함이 자신에게까지 전해져 와서. 눈물이 났다. 이상한 기분이 든다. 영우와 현아 사이에 자신이 끼어 있는 것 같은 이질적인 느낌. 그런 미안함이 머릿속을 헤집었다.

"미안해. 당황스러웠지?"

울음을 그친 현아가 '헤헤' 웃었다. 발개진 눈을 하고는.

"아니야. 영우랑 무슨 일 있었어? 너도 그렇고 영우도 좀⋯⋯."

"그런 건 아니구⋯⋯ 영우 좋아하는 게 힘들어서 투정 좀 부렸어. 난 왜 이렇게 힘들게 이러고 있나. 나 좋다고 하는 남자애들도 많은데 왜 이런 고생을 하고 있나 싶으니까 괜히 화가 나잖아."

속상함이 묻어나는 그 말에 세림은 괜히 미안했다.

"힘내. 우리⋯⋯ 서로 도와주기로 했는데, 너 도와주지 못해서 미안."

"괜찮아. 네 마음도 이해 못하는 거 아닌데, 뭐. 한 사람이 양보할 수 있으면 좋겠지만 그게 마음대로 되는 일이 아니잖아? 박영우가 문제야. 두 여자가 좋아하는 거 알고 있으면서 어쩜 이렇게 힘들게 해?"

현아는 심술이 나기라도 한 것처럼 투덜거렸다. 세림이 작게 웃는다.

지금 힘들지 않은 사람은 없겠지. 그래도 현아의 말처럼 한 명만 양보하면 힘들지 않게 되는 걸까.

❖   ❖   ❖

영우는 도서관 앞 벤치에 앉아 하늘을 올려다보았다.

한숨이 차가운 공기를 가른다. 시린 겨울에 담긴 하늘은 묽게 번져 있었다. 주말이면 세림, 현아와 함께 시립도서관에 와서 공부했다. 그런데 며칠 전부터 세림이 오지 않았다. 연락을 했더니 당분간은 혼자 공부하고 싶다고 했다. 현아의 기분이 좋지 않으니 잘 맞춰주라는데, 무슨 의미로 한 말인지 알 수가 없다. 그리고 덧붙인 말, '나도 아직 너 좋아해'.

세림의 그 말은 거추장스러운 장신구가 달린 옷을 입은 것 같기도, 결말을 굳이 알고 싶지 않은 책을 억지로 읽는 것 같은 기분이 들게 하기도 했다.

답답했다. 현아에게 마음이 향해 있으면서 세림을 떠나보내긴 싫다. 아니, 도저히 그냥 내버려 둘 수가 없다. 가지긴 곤란하면서 옆에 없는 것도 싫다. 꼴불견이다.

"뭐 해?"

현아가 영우에게 따뜻한 캔 음료 하나를 건네며 옆에 앉았다. 영우는 손을 뻗어 캔 음료를 받아 들었다. 두 사람의 손끝이 살짝 닿는다. 수줍은 듯 현아의 얼굴이 붉게 물들었다.

"표정이 안 좋은데 무슨 고민 있어? 내가 자꾸 생각나서 공부가 안 되나?"

영우의 얼굴을 살피던 그녀가 우스갯소리 하듯 물었다. 그가 실없이 웃는다.

"그럴 리가."

"그럼 세림이…… 때문에 그런 거야?"

적당히 먼 허공을 바라보던 영우의 시선이 땅으로 떨어졌다. 무어라 대답해야 할지 입이 떨어지지 않는다. 차가운 바람에 소나무가 부르르 떠는 소리를 낸다.

"세림이가 요새 고민이 있는 것 같지? 털어놓으면 좋을 텐데……. 아니면 내가 두 사람 사이를 방해하고 있는 건가……."

그녀답지 않게 자신감을 잃은 목소리다.

"아니야, 그런 거. 그냥 세림이는…… 세림이는 정말 여동생 같은 친구야."

마치 자신에게 거는 주문과도 같은 말이었다. 하지만 생각과 행동은 늘 말과 달랐다. 많이 신경 쓰였다. 세림이가 가지고 있는 아픔을 그 누구보다도 잘 알고 있었다. 누구에게 말해도 이해 못하고 공감 못할, 지켜보는 사람만이 아는 괴로움. 그리고 그것과는 달리 움트는 감정.

영우는 캔을 쥔 두 손을 조금은 힘 있게 맞잡았다. 무언가를 잠재우려는 듯.

"나는…… 그런 거 싫어."

현아가 영우의 눈을 똑바로 쳐다보았다.

"난 너한테 여동생으로도, 친구로도 남기 싫어. 네 옆에 있는 여자는 나 하나였으면 좋겠어. 진심이야. 더 이상은 힘들어, 영우야……."

그녀의 눈에 눈물이 그렁그렁 맺히는가 싶더니 눈물이 볼을 타고 떨어졌다. 영우의 얼굴이 죄책감에 휩싸이는 듯했다. 그가 손을 올려 눈물을 닦아준다. 그 순간이었다. 입술과 입술이 맞닿은 것은. 용기를 쥐어짜 낸 두 번째 입맞춤. 그녀의 입술이 파르르 떨린다. 다시 두 사람의 거리가 멀어졌다.

"이젠…… 좀 더 진지하게 생각해 줬으면 좋겠어. 나 이렇게 누구 오래 기다려 본 적도 처음이고, 세림이도…… 나한테 미안하대. 뭐가 미안한 건지는 잘 모르겠지만. 이제 선택해 줄래?"

그는 여전히 대답을 머뭇거리고 있다. 현아가 낮은 숨을 내쉬었다.

"이건 말 안 하려고 했는데, 그래도 네가 나중에 알면 기분 나빠 할까 봐……."

다음 말을 기다리듯 영우가 현아를 응시하였다.

"모델 에이전시 한 기수 위 선배가 소개팅을 주선한대. 난 별로 하고 싶지 않은데, 좋아하는 사람 있다고 말해도 막무가내잖아. 만약 네가 싫다고 하면 나 안 할게. 나도 별로 하고 싶지 않아."

화가 나기라도 한 것처럼 영우의 얼굴이 일그러졌다. 하지만 그건 딱히 현아를 향한 것이라고는 볼 수 없었다.

"응? 나, 어떻게 할까?"

"네가 하고 싶으면 말리진 않겠는데…… 싫으면 하지 마, 그 소개팅."

현아의 입매가 천천히 밀렸다. 눈물을 머금은 미소가 아련하다.

"결국은 내 마음 약해지게 만드네. 영우야, 그럼 이건 어때? 우리 둘 다 이제 고3이잖아. 우리가 지원하려는 대학이나 과도 아직 벅차고…… 부담스러우면 수능 끝나고 대답해 줘. 나도 우리가 사귀는 거 때문에 공부에 지장받는 거 싫어. 난 공부도 사랑도 둘 다 제대로 하고 싶어."

현아는 제법 야무지게 말했다. 웃음에는 좀 전보다 생기가 묻어 있다. 현아의 웃음엔 빨려들게 하는 어떤 마력이 있었다. 단지 천진난만하게만 웃는 세림의 웃음과는 다른 묘한 매력.

"응? 영우야⋯⋯."

그녀가 애교 있는 목소리로 말끝을 늘였다. 버릇인 것 같다. 피식 웃음이 나왔다. 자신의 속을 빤히 들여다보고 있는 여자애다.

"네가⋯⋯ 기다려 줄 수 있다면."

하늘에서 금방 눈이라도 내릴 것 같았다.

❖　❖　❖

영우가 편의점에서 주말 아르바이트를 하고 있다는 걸 세림은 한참 동안이나 몰랐다. 밤중에 엄마 심부름으로 편의점 근처를 지나고서야 알게 되었다. 일하는 도중에 나온 듯 영우는 편의점 유니폼을 입은 채 현아와 이야기를 나누고 있었다. 다정한 모습으로.

그러고 보니 언젠가부터 두 사람과 연락이 잘 되지 않았다. 그전에는 현아가 늘 먼저 연락했는데 겨울방학을 하고부터는 영 뜸하다. 알고 보면 굉장히 사소한 문제인데 괜히 서운했다. 이러면 안되는데 하면서도 어쩔 수가 없다.

봄방학까지 모두 끝나고 오랜만에 학원 휴게실에서 만난 세림에게 영우가 옥상으로 가자고 손짓하였다. 학원도 맞춤 학습을 한다는 차원에서 이과와 문과 반으로 학생들을 나눈 탓에 영우와 현아, 세림은 만나기 더욱 힘들어졌다. 그도 그럴 게 3학년이다. 더 이상 여유 부릴 수 없는 시기다.

"짝꿍, 요새 얼굴도 못 보고, 바쁘다?"

영우의 장난스러운 말에 세림은 대꾸가 없었다. 그동안 서운한 것을 내색하지 않았지만 오랜만에 영우를 보니 투정부리고 싶었던 모양이다.

"짝꿍, 표정이 왜 그래? 화났어?"

"……."

"삐졌구나? 미안해. 그동안 서운했어?"

세림은 그의 말 한마디 한마디가 거슬렸다. 울컥 가슴속에서 화가 치밀어 올랐다.

"그만해! 내 이름은 짝꿍이 아니라 은세림이야!"

자영 외의 친구에게는 서운함을 토로한 적도, 신경질을 부린 적도 없었다. 영우는 조금 놀란 얼굴이었다.

"왜 자꾸 그렇게 불러? 현아는 현아라고 이름 부르면서 왜 나는 항상 장난치듯 부르냐고!"

모르겠다. 왜 이렇게 자신이 화가 났는지. 영우가 아르바이트를 시작했는데 자기만 모르는 것도, 현아와 종종 둘이 있는 모습을 보는 것도, 영우네 반 아이들이 둘 사이에 자꾸 은세림이 끼어든다는 이야길 들었을 때에도 화나지 않았다. 자신의 이름은 부르지 않고 현아의 이름을 부를 때에도 화가 나지 않았다. 왜냐하면 자신만큼이나 두 사람도 속상할 테니까. 자신은 양보하는 게 특기니까 사실은 현아가 영우랑 사귄다고 해도 두 사람 옆에 있는 게 어떻게든 좋았다.

아니, 좋았던 걸까? 화가 나지 않았던 걸까? 사실은 좋지도 않고 화가 나지 않았던 것도 아닐 거다. 그러면서 그냥 아닌 척한 걸지도 모르겠다.

"영우야, 나 너 좋아해. 네가 부담스러워하는 것도 알고, 친구 이상의 감정은 없는 것도 알아. 그런데 나, 이 마음 도저히 못 접겠어. 어떻게 해? 너한테 뭘 바라는 건 아니지만⋯⋯ 그냥 미안하고 화가 나."

뒤죽박죽이다. 영우에게 화가 나면서 미안했다. 이렇게 견딜 수 없었으면 애초에 친구가 되질 말았어야지. 머릿속에서 이성이 그렇게 말했다.

"미안. 네가 이렇게까지 힘들어하는 줄은 생각도 못했어. 그런데 난 언제까지고 네가 내 짝꿍이었으면 좋겠어. 그렇게 너하고 계속 친구로 지내고 싶어. 그건 안 될까?"

네가 부담스럽다, 싫다는 말보다 더 잔인하게 가슴을 후벼 팠다. 영우는 끝까지 이름을 불러주지 않았다. 친구 따위, 때려치우고 싶다. 짝꿍으로 남지 않아도 좋으니까 한 번만이라도 자신을 여자로 봐주었으면 좋겠다.

세림을 보는 영우의 눈빛이 처음으로 지친 것처럼 보였다.

내 존재가 두 사람한테 방해가 된 걸까? 정말 자기가 두 사람 사이에 낀 것만 같다. 아니, 이제는 낀 게 확실하다는 생각이 들었다. 언제까지고 짝꿍이었으면 좋겠다고?

만약, 만약 자신이 영우를 포기한다면? 사실 영우도 현아를 좋아하고 있는 걸까? 아랫입술을 꽉 깨물었다. 피곤으로 갈라진 입술 사이로 피가 난다. 고개를 숙였다.

"미안해, 영우야. 본의 아니게 너한테 내 감정 요구하는 것 같

아. 나도 지금 내가 어쩌고 싶어서 이러고 있는지 모르겠어. 근데 이 이상은 나도 지치는 것 같아. 우리 공부하자. 3학년이잖아? 나 이러다가 너희랑 같은 대학교에 못 갈까 봐 무서워."

고개를 든 세림은 애써 웃으려 하다 포기하고 말았다. 그녀는 곧바로 몸을 돌려 옥상을 빠져나갔다.

영우의 가슴이 내려앉았다. 자신이 꼭 세림을 막다른 길목으로 몰아넣은 것 같았다. 세림의 마음이 변함없다는 걸 알고 있으면서 뭐 하고 있는 거지?

그런데 하지만 있잖아……

"은세림……."

아직 겨울이 가시지 않은 시린 봄바람이 영우의 허망한 마음을 훑고 지나갔다.

옥상으로 통하는 비상구로 향하던 현아는 걸음을 멈췄다. 영우와 은세림이 함께 옥상으로 올라가는 걸 봤다는 친구의 말을 들은 차였다. 빠른 걸음으로 비상계단에서 내려온 세림이 급히 여자화장실로 발길을 재촉했다.

모양새를 보아하니 영우랑 싸운 것 같은데.

은세림도 참 멍청했다. 남자 다룰 줄도 모르면서 어떻게 영우랑 사귀겠다고. 연애란 둘이 서로 좋아한다고 해서 꼭 이루어지는 게 아니다. 중요한 건 타이밍과 밀고 당기기. 그것만 잘 활용하면 게임 끝인데. 나름 우정이랍시고 1년 반이나 참아줬는데도 쟨 떨어지는 감도 못 주워 먹는다. 넌 연애하려면 아직 멀었다.

영우가 은세림을 좋아한대도 상관없었다. 그건 걸림돌이 되지 않는다. 영우가 자신을 좋아한다고 생각하게 만들면 된다. 남자는 단순하니까.

현아는 교복 주머니에서 휴대전화를 꺼내 통화하는 척하며 옥상으로 이어지는 비상계단을 올랐다.

❖ ❖ ❖

공부하면서 1년이란 시간이 이렇게 빨리 가는 건지 전에는 생각도 못했다.

포기와 양보가 특기이면서 영우만큼은 좋아서, 영우와 있던 지난 일들을 앞으로도 함께하고 싶어서 그만둘 수 없었다. 혹시나 대학교에 들어가 어른이 되면 자신을 좀 다르게 봐주진 않을까 하는 기대감으로.

그러나 수능이 끝나고 영우와 현아가 사귀게 됐다는 얘기를 들었다. 그 기대감은 산산이 무너졌다. 눈물이 났다. 그러고 보니 지난봄부터 두 사람에게 연락이 없었다. 영우에게 더 이상 연락하지 말란 건 자신이었는데. 열아홉 해를 순탄하게만 살아온 것도 아니지만 심장이 슬픔에 짓눌릴 만큼 아파본 적도 없었다. 가슴이 메어오고 자꾸만 흐르는 눈물은 감당이 되지 않을 만큼 쏟아졌다. 왜 자신은 그다지도 영우에게 아무것도 아닐 수 있는 거지? 같이한 시간이 그렇게나 많았는데, 둘만이 공유할 수 있는 끈으로 이어져 있다고 생각했는데…….

며칠 동안 자다가 울다가, 자다가 울다가를 반복했다. 일주일이 지난 줄도 모른 채 1년간 억눌러 온 마음을 눈물로 소진시켰다.

집으로 찾아온 자영을 만나고서야 세림은 말라 버린 마음을 추슬렀다. 자영은 그저 세림 옆에 있어주었다. 학교에 다시 나갔을 때 세림은 반 친구에게 영우가 며칠이나 찾아왔다는 이야기를 들었다.

2004년 12월, 세림의 사랑은 성장을 멈췄다.

07.

현실 도피

〈전원이 꺼져 있어 삐 소리 후 소리샘으로…….〉

벌써 닷새째 세림의 휴대전화는 발신인의 연결을 거부하고 있었다. 닷새 내내 수십 번쯤 들어봤을 기계적 멘트에 시준은 짜증이 치밀었다. 그는 주인과 연결시켜 주지 않는 단정하고 예의 바른 음성에 질린 듯 종료버튼을 누르며 휴대전화를 소파 앞 테이블 위에 던졌다.

거실 창으로 아파트 밖의 야경이 펼쳐졌다. 넓게 트인 시야로 빌딩 너머 하늘과 맞닿은 지평선, 작은 전구처럼 반짝이는 주택과 빌라들. 간간이 하얀 불이 켜져 있고, 간간이 불이 꺼진 마른 풍경.

시준은 주먹으로 이마를 두드리다가 길게 문질렀다. 유리창에 비친 피곤함이 역력한 자신의 얼굴과 마주한다.

자리에서 일어나 베란다 쪽의 거실 창으로 발걸음을 옮겼다. 맨 발에 대리석의 서늘한 기운이 감돈다. 어디에 파묻힌 줄 미리 알고 있던 지뢰를 건드린 결과가 이꼴이다. 잠재적으로 인식하고 있었기에 밀어 넣지만 않으면 되었다. 그러면 가루가 되어 날아가는 세림을 손 놓고 볼 필요도 없었을 것이다. 아랫입술을 잘근 깨물었다. 빌어먹을, 은세림 앞에만 서면 고삐 풀려 이리저리 날뛰려는 감정을 통제할 수가 없다. 집이 어딘지 알면 찾아가기라도 했을 심정이다.

한참 동안 거실 창 앞에 서 있던 시준은 테이블 위의 차 키를 집어 들고 집을 나섰다.

차는 낮은 엔진음을 내며 짙은 밤 도로 위를 내달렸다. 액셀러레이터를 밟으며 속도를 올린다. 발끝에서 미세한 스피드가 느껴진다. 지면에 닿는 차체의 밀착감은 안정적이다.

희뿌연 연기가 흉부를 가득 에워쌌다. 형체를 알 수 없이 뒤섞인 분노와 초조함, 불안함의 감정들. 그것은 한때 자신을 뒤덮었던 것들과 흡사한 종류였다.

그 시기, 점점 부풀어 올라 위험 수위로 극에 달했던 내면의 모든 감정을 주체할 수 없었다. 그래서 분노하고 방황하고, 한밤중 접근이 위험한 짐승처럼 도로 위를 달렸었다. 질풍노도 시절의 치기 어린 행동이었다.

그의 감정은 몇 번의 큰 사고를 끝으로 공중분해되듯 사그라졌다. 밤새도록 활활 타오르던 불꽃이 푸르스름한 새벽 즈음 하얗게 재가 되어버리듯 그 안의 모든 감정도 가루가 되어 시간에 흩날렸다.

어둠 속에 깊이 빗장을 걸어둔 그날의 분노. 왜 새삼 그 감정들이 깨어나 발길질을 해대는 걸까.

가속 페달을 힘껏 밟는다. 페달을 밟은 발끝에서, 핸들을 쥐고 있는 두 손 끝에서, 시트에 닿는 몸으로 도로 위를 빠르게 질주하는 차의 스피드가 아찔할 정도로 전해져 왔다. 묘한 쾌감이다. 그러나 이대로는 그날의 세림이 지워지지 않는다. 단숨에 손에 쥐려고 걸었던 도박의 결과 치고 최악이었다. 생각지도 못한 변수.

속도계가 120을 넘어선다. 그는 여전히 속도를 줄일 줄 몰랐다. 시준은 차창의 윗부분을 조금 열었다.

차디찬 강바람이 거친 파열음을 내며 잘게 부서져 차 안으로 들이친다. 찬바람을 한껏 들이마신다. 감정의 잔해가 매섭게 떨어져 나간다. 액셀러레이터를 밟고 있는 발끝에 힘이 풀린다. 속도계가 천천히 내려가기 시작하였다. 차 안에 들이치던 거친 바람 소리도 수그러들었다.

은세림. 나는 왜 너를 원하는 걸까. 자고 싶은 것만이 목적도 아닌, 사랑하고 싶지도 않은 너를 옆에 두려는 이유가 뭘까.

웃음이 났다. 자신에게 감정이란 단순히 순간순간을 표현해 내는 도구일 뿐이다. 감정적이 될 때면 반사적으로 차가워졌다. 사랑이란 화학적 반응을 일으키는 감정에 대해서는 더더욱. 뇌하수체에서 흘려보내는 호르몬이 뒤섞여 만들어낸 쾌락은 즐기되 중독되는 것은 원치 않았다. 도파민의 작용은 쾌감을 불러일으켰지만, 정도를 지나친 호르몬 농간은 극도로 혐오하였다. 그때의 상황과 순간의 심리, 호르몬이 만나 이루어낸 결과물은 치명적 위험이다. 그것들은 언제나 자신을 피곤하게 만들었다.

그런데 은세림 그 애 앞에서는 그 어떤 이성적인 생각도 할 수가 없었다. 그 여자애는 자꾸만 신경세포를 자극시키고 알 수 없는 소유욕을 불러일으켰다. 그로 인해 제멋대로 뒤엉킨 감정과 호르몬은 각성제를 퍼부어 마신 것처럼 심장에 과도한 압박을 주었다.

손목이 잡혔을 때 붉히던 두 볼, 간간이 미소가 떠오르던 순한 얼굴, 산딸기를 얹은 가나슈 케이크를 먹으며 순수하게 좋아하던 너, 주위 움직임에 상관없이 한곳에 조용히 앉아 있기를 즐거워하는 너. 작고 하얀 손으로 책장을 넘길 때면, 흐트러진 머리칼을 넘길 때면, 조심스럽게 옷매무새를 가다듬을 때면 버릇처럼 입술을 만지는 너를 억세게 끌어안고 싶은 충동을 나는 감당할 수가 없다. 그 하얗고 동그란 이마에 입 맞추고 싶어.

하지만 세림은 완강히 거부했다. 어느 순간부터 은세림 때문에 굳어가고, 젖어가는 자신을 밀어냈다. 그런 너를 왜 나는 이렇게도 포기하지 못하는 건가. 나는 왜 너에게 자꾸만 집착하고 있는 걸까. 이대로 손에서 놓으면 그만인데. 그러면 이렇게 감정에 휘둘릴 필요도, 답답해할 필요도 없을 텐데 그래도, 은세림만은 싫다. 그녀가 자신의 손에서 빠져나가는 것이 싫었다. 이대로 돌아서도 상관없지만, 그렇게 되면 그 애는 정말로 자신의 손을 벗어날 것만 같았다.

끊임없는 의문과 생각을 거듭 이어가던 시준은 충동적으로 핸들을 돌렸다. 한강 다리 한 귀퉁이에 차를 멈춰 세우고 비상등을 켜놓은 채로 내렸다. 그는 차 문을 힘껏 밀어 닫으며 달라붙는 생각의 꼬리를 동강냈다. 짙은 숨이 허공에 흩어졌다. 다리 난간에 손을 얹는다. 바람이 차다. 한밤중의 강가는 공기조차 없는 공간인 듯 새카맣기만 하였다. 새까맣게 일렁이는 고요한 강물 위에 어스름한 달빛이 어른어른 비친다. 멀리 보이는 노랗고 붉은 도심의 불빛은 동떨어진 세계 같다.

은세림, 나는 널 어떻게 하면 좋을까. 이러지도 저러지도 못하는 상황 속에서 난 너를 어떻게 포기하면 좋을지 모르겠다.

❈　❈　❈

꼬박 사흘을 앓았다. 이불에 감싸인 몸은 그대로 하나가 되어 하염없이 침대에 잠겨가는 것 같았다. 열은 이상하게도 높지 않았다. 37.5부. 미열 수준이었다. 그럼에도 몸은 고장 난 안드로이드처럼 말을 듣지 않았다. 심장은 숨을 쉴 때마다 터지기 직전의 풍선처럼 뜨겁게 부풀고 가라앉기를 반복했다. 느릿하면서도 크게. 속은 바이킹을 열맷 번은 탄 것처럼 미식거리고, 머리도 어지럼증을 호소했다. 눈물이 흘러 베개를 적셨다.

그거 가슴앓이야. 그녀의 언니인 세아가 덤덤하게 말했다.

가슴앓이? 이제 와서 어떤 가슴앓이? 영우를 떠올리는 순간마다 가슴 아파 눈물을 흘릴 때가 한두 번이 아니었다. 이제는 영우를 생각해도 눈물이 다 말라 버린 거라고, 영우에 대한 가슴앓이는 이미 예전에 끝났다고 그런 줄로만 알고 있었는데 아직도 이렇게 터질 듯 심장이 아프고 흐를 눈물이 남아 있었나 보다.

주말 내내 방 안에서 자다 깨다를 반복했다. 눈 뜨면 오전 11시, 오후 1시, 오후 4시, 오후 8시, 그리고 아침 7시.

푸른 새벽이 방 안에 모여들었다. 눈을 떴다. 몇 날 며칠 앓았더니 기분이 몽롱했다. 무엇이 꿈인지, 무엇이 현실인지 분간하지 못하고 수없는 환영 속에서 헤맸다. 자리에서 일어나 샤워하고 옷을 간단히 챙겨 입었다.

아침의 서늘한 바람을 맞으며 버스정류장 벤치에 앉았다. 목적지도 정하지 않고 하염없이 몇 대의 버스를 보내다 한 버스에 충동적으로 올랐다. 버스 뒷좌석 창가에 자리를 잡았다. 노선을 확인해 보니 예전에 영우와 학교를 빠지고 갔던 코엑스몰을 향해 달리는 버스.

창밖을 바라보았다. 거리를 지나칠 때마다 가로수 초록빛 나뭇잎 사이로 햇살이 찬란히 비집고 떨어져 내린다. 일요일 아침, 출근에 속박당하지 않는 한가로운 시간. 고요함마저 감도는 버스에 햇빛은 공중에서 떠도는 공기와 함께 살갗 위로 내려앉았다. 따듯했다. 눈을 감아본다. 아직 잠이 가시지 않아 정신이 아스라하다. 그렇지만 굳이 떨쳐 내진 않는다. 다시 눈을 떠 흘러가는 풍경을 바라보았다. 지난 며칠 동안의 일이 꿈인 듯 머릿속을 메우던 검은 영상들이 흐릿해져 간다. 가득 차올라 넘쳐흐르던 감정도 썰물에 씻겨 나간 듯 텅 비어 버렸다. 바로 얼마 전의 일인데도 불구하고 지난 기억들은 아주 오랜 시간이 흐른 후의 일인 양 안개 속처럼 뿌옇기만 하였다.

아니, 세림은 수면 위로 떠오르려는 기억들을 철저히 은폐하고 싶었다. 더 이상 상처받지 않도록. 세찬 비바람이 지나고 난 후의 바다처럼 이대로 고요해지고 싶은 게 그녀의 바람이다. 마치 감정 정리의 마지막 단계인 듯 그녀는 도로 위를 내달리는 버스에 몸을 싣고 하나둘 괴로운 감정들을 버리기 시작했다.

영우도, 현아도, 그 애도……. 모두 다시 만나지 않을 사람들이다. 더 이상 멈춰진 시간 안에 갇혀 바보가 되고 싶지 않았다.

❖ ❖ ❖

해돋이 시간은 점점 더 빨라졌다. 여름이 다가오는 듯 아침 6시의 풍경도 하루가 다르게 달라져 가고 있었다. 새벽부터 푹푹 찌는 날씨와 맹렬하게 내리쬐는 햇볕은 이른 아침이라고 사정을 봐주지 않았다. 피트니스 클럽 실내는 유리창을 통해 쏟아지는 후덥지근한 햇살과 아침부터 틀어놓은 차디찬 에어컨 바람이 뒤섞였다. 살갗에 닿는 감촉이 제법 서늘해 소름이 인다.

시준은 아침 햇살이 유난히 눈부시게 쏟아지는 러닝머신 위에서 40분째 달리고 있었다. 하얀 운동화에 회색 면 트레이닝 바지와 검정색 민소매 후드 셔츠를 걸치고. 가벼운 준비운동으로 충분히 달아오른 전신이 곧 땀으로 흥건히 젖었다. 그가 머신 벨트 위로 빠르게 도약할 때마다 이마를 덮은 앞 머리칼이 축축해진다. 앞 머리칼을 적신 땀은 눈썹에서 방울을 맺더니 그가 도약하는 머신 벨트 위로 뚝뚝 떨어졌다. 땀에 젖은 목선은 미끄러울 정도로 윤이 난다.

피트니스 클럽에서 틀어놓은 음악과 별개로 시준의 귀에는 정신없을 만큼 시끄럽고 빠른 비트의 음악이 고막을 울렸다. 터질 듯 급속히 팽창하는 심장의 움직임을 닮은 드럼과 근육을 경직시킬 듯한 화려한 베이스 피킹, 내지르는 보컬의 목소리. 러닝머신에 발이 마찰될 때마다 급격히 가속이 붙는다. 시준은 속도를 높였다.

세림에 대한 많은 의문은 여전히 머릿속을 떠나지 않았다. 호기심으로, 흥미로움으로 시작했던 감정은 감당할 수 없을 정도로 차올랐다. 자신도 모르게 꿈틀거리는 본능과 욕구, 정리되지 않는 혼란의 감정들. 혼자만이 벌이는 사투.

아무리 생각해도 답을 모르겠다. 수식이 난무하더라도 답이 나올 수밖에 없는 방정식은 우습기라도 하지. 그러나 수많은 혼란의 감정은 점점 더 선명하게 윤곽을 드러냈다. 그녀가 누구를 좋아하든, 자신을 마음으로부터 거세게 밀어내든 그딴 건 이제 중요하지 않았다. 집착이라고 해도 좋다. 단순히 새 장난감을 손에 넣고 싶어 하는 다섯 살배기 꼬마의 소유욕이라 해도 상관없다. 그래, 누구나가 원하는 사랑의 감정이라고 한다면 그렇다고 하겠다.

중요한 건 어떻게 하든, 어떤 형태로든,

오로지 세림을 제 옆에 두어야만 했다.

은세림을 손에 쥐어야만 하는 목적이 뇌리에 단단히 박혔다.

거친 숨을 토해내며 심장을 가학하듯 한계로 몰아붙이던 시준은 속도를 줄여갔다. 호흡이 안정을 찾으며 마른침을 삼킨다. 땀에 젖은 목울대가 파도를 타듯 크게 움직였다. 기계가 완전히 멈추고 시준은 기계 손잡이에 걸어둔 수건을 들어 온통 땀범벅인 얼굴을 닦아냈다. 수건이 순식간에 땀으로 흥건히 젖어들었다. 그는 젖은 수건을 목에 두르고 두 손을 골반에 걸쳤다.

이글이글 타오르는 태양빛이 운동 후 열기가 가시지 않은 시준의 몸처럼 뜨겁다. 흉골을 뚫고 나올 듯 요동치는 심장이 그 누군가를 위해 뛰는 것 같다. 흔들림 없는 강렬한 눈동자에 아침 도심의 풍경이 비친다. 분주히 발걸음을 재촉하며 역 쪽으로 사라지는 직장인들, 등교하기 위해 무거운 가방을 어깨에 메고 버스정류장으로 향하는 학생들, 근처 6차선 도로에 빠른 속도로 지나가는 차들. 시야에 들어오는 풍경과는 별개로 그의 머릿속을 차지하는 오직 한 사람.

은세림. 네게 생각할 시간을 주는 것도 나쁘지 않겠지. 물러난다고 생각하면 오산이야. 널 어떻게든 옆에 둬야 할 필요가 생겼어.

일주일 만에 세림은 다시 학교에 나왔다.

사흘을 앓고, 이틀 동안 무기력하게 감정을 벗어내고, 하루 동안 잔재처럼 남은 감정을 말끔하게 털어냈다. 그리고 아무 일도 없었던 듯 학교를 빠지기 전날과 다름없이 웃었다. 그냥 웃을 수밖에 없었다. 웃는 게 가장 쉬운 일이니까. 눈물을 흘리는 건 주변과 어색해지는 일이다. 하지만 웃는 건 우울한 기분을 숨길 수 있으니까, 누구도 자신이 우울하리라곤 생각지 못하니까 그냥 웃었다.

수척해져 마냥 웃는 세림이 단아는 오히려 더 걱정이었다. 당연히 주변 사람들을 걱정시키지 않으려고 하는 세림 나름대로의 필사적인 노력이겠지만. '혹시라도 그 애랑 말이야'로 시작하는 말을 생각 없이 꺼냈다가는 저 밝은 얼굴이 금세 날카로운 파편을 튀겨내며 깨져 버릴 것만 같았다.

세림이가 두문불출하게 된 원인에 대해서는 대강 시준에게 들어 알게 되었다. 학교도 안 나와, 연락도 안 돼, 심지어 자영까지도 세림의 행방을 모르니 답답하고 염려스러운 마음은 이시준을 향한 언짢음이 되었다. 도대체 어떻게 된 일이냐 따져 묻고 나서야 시준은 한참 만에 자초지종을 설명했다. 그는 말끝에 그냥 세림을 향한 자신의 감정에 오기를 부렸던 것 같다고 덧붙였다.

단아는 거침없는 시준의 행동에 기막혀 경악스러웠다. 그러니 학교를 못 나오지. 자신이라도 머리 싸매고 자리에 드러누웠을지도 모를 일이다. 그렇지만 시준도 이해 못하는 건 아니었다. 시준이 일부러라도 그렇게 할 수밖에 없었던 상황, 그리고 세림이 앓을 수밖에 없는 상황. 두 사람의 상황은 제삼자로서 충분히 이해되어 함부로 말을 꺼낼 수 없었다.

"왜?"

걱정스럽게 쳐다보는 단아의 눈빛이 조금은 부담스러웠는지 세림이 곤란하게 웃으며 애교 있게 물었다.

"아니야."

"에이, 싱겁기는. 참, 언니, 나 나중에 필기 못한 거 보여줘야 돼?"

"알았어."

단아는 조용히 미소 지었다. 세림이 '헤헤' 웃으며 다시 가방을 뒤적거린다. 그녀의 손에 익숙한 물건이 들려 나온다. 갈색 다이어리. 그동안 그녀가 애타게 찾고 또 찾던. 그 덕분에 시준과 한 달 내내 줄다리기해야 했던 다이어리다.

"세림아, 그 다이어리……?"

"어? 아, 다이어리 다시 컴백! 오늘부터 또 열심히 쓸 거야. 그동안 너무 못 써서 밀린 게 많아. 쓸 말도 진짜 많고. 기억이 날까 모르겠어."

뭐가 그렇게 신났는지 세림은 종알종알 말도 많다. 어쩔 수 없는 밝음에 단아는 더 이상 묻지 않고 전공 책을 펴 들었다.

세림은 콧노래까지 흥얼거리며 핑크색 펜을 든 채 다이어리를 한 장 한 장 넘겼다.

"언제부터 안 썼더라? 4월 19일? 무슨 날이었지?"

그녀는 무심코 중얼거리며 골똘히 기억을 더듬었다. 단아가 세림을 돌아보았다. 세림의 눈동자가 찰나적으로 굳는다.

"다이어리, 잃어버린 날이네."

말끝을 흐리며 어색하게 입매를 밀어 올린다. 종이 위에 펜을 들어 올려 무언가 쓰고는 날짜별로 죽죽 손을 옮겼다.

4월 26일, 이시준을 처음 만났고…….

속지를 5월로 넘긴다. 아이보리색 바탕에 연보랏빛과 분홍빛 꽃무늬가 어우러진 속지에 날짜별로 숫자들이 자리해 있고, 빈 공간이 일상을 적어주길 기다리고 있다.

5월 2일, 시준이 자신이 듣는 교양 과목 수업 청강 시작. 그 후에 단아 언니, 해나 언니와 점심. 5월 4일에는……. 손에 쥔 펜이 미세하게 떨리기 시작했다. 텅 빈 공간을 일상으로 채우려고 하는데 펜 끝이 계속 허공에서 맴돈다. 순간적으로 현기증이 일었다. 눈을 지그시 감았다가 뜬다. 넋을 잃은 채로 한참 동안 속지를 쳐다보았다. 세림은 멋쩍은 듯 웃어버렸다.

"에이, 너무 오래 안 썼더니 기억이 잘 안 난다. 집에 가서 달력에 적어놓은 거 확인하면서 써야겠어."

"5월 2일…… 뭐 했는지 기억 안 나?"

"……."

세림의 눈동자가 흔들렸다. 반쯤 억지로 웃고 있는 눈이 단아에게 제발 입 밖으로 꺼내지 말아달라고 애원하는 것만 같다. 그녀의 반응에 단아 역시 적잖게 당황하는 눈치다.

"하긴, 너무 오래돼서 나도 기억이 잘 안 난다. 우리 오늘 수업 어디 들을 차례지? 맞다. 현대문학 변천사인가?"

태연함을 가장하며 단아는 전공 서적 책장을 넘겼다. 어색한 웃음이 머물고 있는 세림의 두 눈동자에 이해할 수 없는 괴로움이 몰려들었다. 그녀는 다이어리 위에 얹어놓은 손을 쥐었다.

　가슴에서 알 수 없는 작은 고동이 인다. 심장이 둥실 느릿하게 허공에서 팽창하다 순식간에 움츠러든다. 이어지는 같은 행위의 반복.

　세림은 두 눈을 감았다.

❖　❖　❖

　도서관에서 공부하던 세림은 자리를 박차고 일어났다. 쿵쾅거리는 심장을 도저히 주체할 수 없었다. 숨을 크게 고르며 엘리베이터로 성큼성큼 걸었다. 버튼을 누르고 1층에서 4층까지 올라오는 엘리베이터를 기다렸다. 그 속도가 견디지 못할 만큼 더디다. 비상계단 쪽으로 몸을 돌렸다. 시야가 사정없이 흔들리고 어떻게 그 많은 계단을 내려왔는지도 모른 채 뛰다시피 층계를 밟아 건물 밖으로 나왔다.

　정신을 잃을 만큼 따갑게 내리쬐는 태양빛. 다리에 힘이 풀려 몸이 휘청거린다. 중심을 다잡으며 천천히 눈을 감았다가 떴다. 시야가 뿌옇다. 비틀거리는 발걸음으로 얼마 떨어지지 않은 벤치에 앉아 가슴팍의 옷자락을 부여잡으며 숨을 골랐다. 며칠째 심장이 기분 나쁠 정도로 느릿하면서도 쉴 새 없이, 또 재빠르게 가슴을 두드렸다. 마치 자신과 맞지 않은 카페인이 듬뿍 들어간 카페 아메리카노를 마셨을 때처럼 심장이 숨 막힐 정도로 뛰었다.

　알 수 없었다. 처음에는 그저 날씨 때문이라고, 6월의 강렬한 햇살에 너무 더워 갑자기 찾아온 현기증과 긴장한 탓이라고 여겼다. 하지만 망막에 맺히는 것들은 그게 아니라고, 그 때문이 아니라고 가는 곳곳마다 영상을 투영시켰다.

도서관 4층 인문과학실, 햇볕이 따뜻하게 내리쬐고 분수대가 훤히 보이는 창가 자리, 인문학관 계단, 학교 근처 커피숍, 정문에서 인문학관까지 걸어가는 언덕길에서의 자동차 클랙슨 소리까지도 모든 것이 어떤 하나에 관한 희뿌연 잔상을 이룬다. 고개를 돌릴 때마다, 발길을 옮길 때마다 눈앞에 아주 선명히.

심장이 뻐근해져 두 눈을 질끈 감았다. 눈물이 흐른다. 가슴이 아프다. 답답하다. 먹먹하다. 영우뿐인 줄 알았던 가슴에 어느새 이시준 그 애가 너무 크게 들어앉아 자리해 버렸다. 밀어낼 수가 없다.

세림은 터져 나오려는 울음을 이를 악물고 참았다. 가슴팍의 옷자락을 더욱 거세게 쥔 손끝이 하얗게 변해간다. 손등 위로 굵은 눈물방울이 떨어짐과 동시에 꾹 다문 입술 사이에서 흐느낌이 새어 나온다.

화가 났다. 심장이, 일상이, 이시준 그 애로 물들어 버린 것만 같아서. 그렇게나 밀어냈는데 돌아오는 건 그 애에 관한 무수한 잔상과 손끝에서, 손목에서 느껴지는 온기, 머리칼을 다정히 넘겨주던 손길, 귓가에 다정히 울리던 매혹적일 정도로 짙은 저음, 심연처럼 까만 그 눈동자에 비춰졌던 자신, 너무나 사랑스럽게 바라보던 눈빛…….

기억과 순간의 조각들이 단 한 달뿐인 시간에 감당할 수 없을 만큼 남겨졌다.

도저히 어찌할 수 없을 정도로.

세림은 힘겹게 손을 들어 올려 턱에 맺힌 눈물을 아무렇게나 쓸어냈다.

이래서 싫었어. 이렇게 너 때문에 힘들어질 것 같아서, 그래서 네가 싫었어.

지금도 이시준 너…… 너무, 너무, 너무 싫어…….

쏟아지는 눈물과는 별개로 하늘은 더없이 맑고 스치는 바람은 따스하다. 그런 맑은 날의 아픔이었다.

그녀가 떠난 벤치에 남은 것은 오로지 한숨 섞인 아련한 눈물과 바람에 날리는 기억뿐이다.

이시준을 처음 봤을 때 자신과는 다른 세계의 사람이란 기분이 들었다. 그건 일반인들 사이에 섞여 길거리를 걷는 연예인이나 모델을 본 것 같은 느낌과 흡사했다. 시준이 사귀자고 했을 때에도 그의 말에는 전혀 현실감이 없었다. 순정만화 속 남자 주인공이 하는 대사처럼 가슴을 설레게 만들었지만, 자신의 일이라고 생각하기에는 무리가 있었다.

그만큼 시준은 정말 멋있고 누가 보더라도 근사한 남자애였다. 둘이 커피숍에 앉아 책을 읽고 공부를 할 때면 주변 사람들의 부담스러운 시선이 약속이라도 한 듯 쏠렸다. 그 시선에는 부러움과 묘한 시샘 같은 것들이 섞여 있었지만 그다지 기분 나쁘지는 않았다. 자신도 같이 있으면 어쩔 수 없이 눈길이 가는데 다른 사람이라고 별수 있을까.

남자로서는 작은 얼굴과 깎아놓은 듯 윤곽이 분명한 턱 선, 오뚝하면서도 곧게 뻗은 콧날, 외꺼풀의 눈시울이 긴 눈매, 패션 잡지에서나 봤을 법한 모델처럼 때론 무료해 보이기도 하고 나른해 보이기도 했으며, 숨기지 못한 서늘함을 풍기기도 했다. 그렇지만 간혹 무심결에 시선이 마주하기라도 하면 짓는 웃음은 생각보다 따뜻하고 부드러웠다. 그럴 때마다 자신도 모르게 심장이 설렘으로 일렁였다. 영우를 좋아하는 것과는 상관없이.

확실히 욕심이 나는 사람이었다. 사실 자신에 대한 일방적인 마음이 의심이 들 정도로 지나친 것 빼고는 그 애가 아주 싫지는 않았다. 좋아하는 건 아니지만 만약 사귄다면 얼마나 좋아할 수 있을까, 이 남자애의 마음이 변하지 않을까 하는 소박한 궁금증을 가져 보기도 했다. 하지만 그런 생각은 어쩐지 영우를 배신하는 것 같은 죄책감 아닌 죄책감을 불러일으켰다. 자신과 상관없이 영우는 현아와 달콤한 나날을 보내고 있을 텐데도, 마음의 문을 꼭꼭 닫아두고 절대로 빗장을 풀지 못하게 막아섰다.

그럴수록 시준은 거침없이 세림의 안으로 파고들었다.

감당할 수 없었다. 중심을 잡았던 마음이 자꾸만 어지럽혀졌다. 시준을 볼 때마다, 자신을 대하는 시준과 함께 있을 때마다 이제껏 지켜온 마음이 허물어지는 느낌에 그를 밀어내고 도망가기만 했다. 그의 모습을 바로 보려고 하지 않았다.

아니, 아니다. 그런 것 때문만은 아니야.

사실은 무서웠다. 그 누구라도 빠질 수 없는 늪 같은 너를 좋아하는 건 어쩌면 당연한 일일지도 몰라. 그런데 빠지고 나서 내 마음을 가지고 나면 네가 아무렇지 않게 돌아설 것 같아. 영우보다 더 많이 내 마음을 송두리째 앗아버리고 돌아설 것 같았어. 그러면 그 뒤 혼자서 어떻게 감당하라고. 너보다 내가 더 많이 좋아하게 될까 봐 너무나 무서웠어. 네가 돌아선 뒤의 상처는 아마 영우보다 훨씬 클지도 모를 것 같다는 생각이, 여자로서의 감각이 그렇게 말했어. 시간이 아무리 흘러도 아물지 못할 상처가 될 것 같아서 지레 겁먹었던 거야. 그래서 더 밀어냈어. 그럴 바엔, 그렇게 힘들어할 바엔 영우를 좋아하는 감정이 차라리 오래도록 바래가는 게 더 나으니까. 이가 썩더라도 녹지 않는 사탕을 맛보는 게 훨씬 더 달콤하니까.

술자리에 따라간 그날 이시준은 자신이 입에 물고 있는 사탕이 유리구슬이라며 뱉어내게 했다. 그걸 깨닫게 한 이시준에게 화가 났다. 자신이 곱씹고 있는 추억을 산산조각 내버린 것 같아서. 그 아름다웠던 추억에 혼자만 얽매여 있다고 잔인하리만치 똑바로 알려주는 시준에게 화를 내지 않을 수 없었다. 발톱을 세우고 할퀴었다. 그 애에게라도 화풀이를 하지 않으면 지난 시간이 바보 같고 한심해서, 그게 감당이 되질 않아 화를 냈다. 차라리 잘됐다는 생각도 들었다. 자꾸 밀고 들어오는 그 애를 떼어내 버리고 싶었으니까.

다른 애들은 몰라도 너는 나한테 아무것도 아니야.

그런데 정말 그렇게 생각했던 건지는 모르겠다.

자신 안에 열꽃처럼 번져 버린 그 애의 자리가 너무나 많아졌으니까.

Hagridden

　시준은 천천히 눈을 떴다. 침대에 엎드린 채로 자고 있으니 얼굴이 베개에 반쯤 묻혀 있었다. 창가에 쳐놓은 하얀색 커튼의 비좁은 틈새로 아침 햇살이 넘치도록 들어온다. 환한 햇살이 대각선을 그리며 아무렇게나 흐트러진 그의 머리칼 위로 떨어졌다. 머리칼 사이로 비쳐드는 아침 햇살이 부신 그는 눈가를 찡그리며 고개를 반대편으로 돌렸다. 마치 낯선 사람의 방인 듯 한쪽 눈동자를 천천히 움직여 한동안 방 안을 훑어본다. 그가 잠시 눈을 감은 뒤 자리에서 일어나 침대 가장자리에 걸터앉았다.

　상당히 기분 나쁜 꿈을 꾸었다. 손으로 이마를 감쌌다. 눈 뜨기 바로 직전 꾸었던 꿈의 잔영이 불길에 눌어붙은 그을음처럼 뇌리에서 떠나지 않는다. 어쩌다 한 번 꾸는 그날의 꿈은 뙤약볕에 내놓은 찰흙처럼 자신을 더욱 메마르고 삭막하게 빚어냈다. 이런 날의 컨디션은 무척이나 좋지 않다. 그 누구와도 상대하고 싶지 않을 만큼. 그런데 은세림 그 애가 간절히 보고 싶어 미치겠다.

빌어먹을.

자리에서 일어나 창가 쪽으로 걸어갔다. 하얗게 쳐진 커튼을 펼쳤다. 반동과 함께 달라붙어 있던 먼지가 공중으로 날아오른다. 목이 칼칼해진다. 몸을 돌려 침대 밑에 가지런히 놓인 슬리퍼를 신고 옷방을 가로질렀다.

화장실에 들어서자마자 세면대 위 머그컵 안에 든 칫솔과 치약을 들었다. 슬쩍 고개를 들어 반대편 거울에 비친 자신을 쳐다본다. 맥이 빠진다. 칫솔에 치약을 바르다 말고 한숨을 내쉬며 세면대를 잡았다. 떠올리기 싫은 기억 속의 자신이다.

아침부터 불쾌한 기분이다. 무슨 일이라도 벌어질 것처럼.

그는 세면대에 칫솔과 치약을 아무렇게나 던져 두고 거실로 나가 담배부터 찾았다.

❖　❖　❖

그날로부터 꼭 보름째. 시준은 더 이상 세림 앞에 나타나지 않았다. 연락도 없었다. 세림은 가끔 멍하게 휴대전화만 들여다보기도 하고 커피숍에 앉아 거리를 오가는 사람들 틈새를 헤집어보기도 했다. 며칠 동안 정신 나간 사람처럼 보냈다. 리포트 제출 기한을 넘기기도 하고, 월요일에 있는 기말시험을 잊어버리기도 했다.

정말 왜 이러고 있는지, 그저 웃음만 나왔다.

시멘트 바닥에 엎드려 있던 복돌이가 앞발을 세우고 앉아 세림의 손을 핥았다. 허공 어디에도 시선을 두지 못하고 있던 그녀가 복돌이를 내려다보며 웃었다. 따스한 손길로 복돌이의 머리를 쓰다듬어 주었다. 기분이 좋은지 복돌이의 눈매가 갸름해지고 바닥에 붙은 꼬리가 위아래로 움직인다.

세림이네 학교 학생들은 1년에 네 번 태종대학병원이 후원하고 있는 유기견 보호소에서 필수적으로 봉사활동을 해야 했다. 대부분 친한 친구들끼리 그룹 지어 방문했지만 세림이네 과는 조를 정해 움직였다. 세림이가 속한 조의 봉사활동 일은 개교기념일인 오늘이었다.

생김이 여우 같으면서도 순한 복돌이의 얼굴을 세림이 양손으로 붙잡고 물기 어린 촉촉한 코에 입을 맞췄다. 복돌이는 이제 제법 보기 좋게 살이 올랐다. 그리고 그만큼 건강해졌다. 탁했던 눈동자에도 생기가 돌아왔다. 조금 긴 듯한 살구색과 하얀색이 섞인 털도 말끔하게 관리가 잘됐다. 복돌이가 처음 이곳에 왔을 때는 뼈가 드러날 정도로 앙상했었다. 오랫동안 관리받지 못해 똘똘 뭉친 털은 쓰러질 듯한 몸에 주렁주렁 매달려 피폐해진 아이를 더욱 무기력하게 만들었다. 짙은 새벽에 삼켜진 것처럼 새카만 눈동자에는 세상의 마지막을 경험한 듯 공포만이 드리워져 있었다.

원래 주인에게 심한 학대를 받은 것이 이유였다.

다행히 이웃의 신고로 구조돼 보호소에 오게 됐지만 복돌이는 아무에게도 마음을 열지 못했다. 특히 남자만 보면 경련하듯 오들오들 떨며 사람의 손도 닿지 않는 구석에 숨어서 나오질 못했다. 그러던 복돌이가 세림에게만 마음을 열었다. 세림이 한 일이라곤 자주 보호소에 들러 복돌이와 눈을 맞추고 말을 걸었던 게 전부였다. 유난히 안쓰럽고 신경이 쓰여 그냥 두고 볼 수 없어 더 챙겼다. 마음이 통했던 걸까.

불어오는 미지근한 바람에 잔머리가 아무렇게나 흩날린다. 눈을 가리는 머리칼을 귀 뒤로 넘기며 짙은 한숨을 뱉어냈다.

머리를 쓰다듬던 손길이 멈추자 복돌이는 더 보채지 않고 가만히 세림을 올려다보았다. 종종 꼬리를 좌우로 살랑이며. 순수에 가장 가까운 눈동자. 위로하고 있는 것 같기도 하다. 세림은 적당히 살이 오른 복돌이의 엉덩이를 토닥토닥 두드려 주었다.

❖　❖　❖

금방까지 후덥지근한 여름 햇살이 쏟아지던 보호소 앞마당에 어둑한 그림자가 드리워졌다. 구름 뭉치가 이글거리는 태양을 가려 그 빛이 일순간 잠기게 된 것이다. 그럼에도 강렬한 태양빛은 구름 사이를 비집고 하얗게 새어 나왔다. 보호소 앞마당은 다시 희미하게 밝아졌다.

십여 명의 예과생 봉사자들은 각자 친한 사람들끼리 옹기종기 모여 있었다. 산만한 말소리와 보호소 개들이 짖는 소리가 뒤엉킨 가운데 한쪽 벤치에 있는 시준의 주변 흐름만이 고요하다. 해가 뜨기 전 푸른 새벽 같은, 혹은 아침 해가 뜨고 난 후의 적막한 서늘함, 그런 종류의 것들이 보이지 않는 막으로 그를 둘러싸고 있었다. 평소에도 쉽게 다가가지 못하는 인물임은 이미 공공연히 알려진 바였지만 근래 들어 그의 분위기는 훨씬 더 건조하다.

잠시 자리를 비운 소장이 나타나자 학생들이 차례로 예의 바르게 인사한다. 의자 등받이에 등을 기대고 앉아 있던 시준도 자리에서 일어섰다. 소장은 사무실 앞 화이트보드 알림판에 보드마카로 전달 사항을 적었다. 주된 내용은 금일 현장 봉사활동 나온 이들의 이름과 활동 사항. 소장이 써 내려가는 내용을 눈으로 좇던 시준은 햇볕에 반사된 무언가를 확인하듯 인상 썼다.

　―동쪽 보금자리 청소 : 세림 , 지훈 (태종대학교 국문과)

　소장이 몸을 돌려 학생들이 각자 하고 싶은 활동 사항에 의견을 물었다.

❖　❖　❖

　철제 펜스로 둘러진 보금자리는 복돌이를 포함한 네댓 마리의 개가 쓰기 알맞은 공간이었다. 세림과 지훈은 청소를 위해 곳곳에 놓인 개집을 들었다. 지훈이 세림의 어깨 너머를 바라보다 고갯짓한다. 세림이 뒤를 돌아보니 펜스 입구에 시준이 서 있다.
　"이쪽 청소 도우라고 해서."
　세림은 눈을 동그랗게 뜨다 재빨리 시선을 거두었다.
　"내가 들게."
　그가 옆으로 와 대신 개집을 든다. 손이 허전해진 세림은 두 사람이 펜스 밖으로 개집을 내어가는 동안 한쪽에 놓인 빗자루를 집어 들었다. 괜히 빗자루를 집어 든 손에 힘이 들어간다. 아랫입술을 잡아 물다 세제를 풀어놓은 물을 시멘트 바닥에 뿌리며 비질부터 시작했다.

오전이어도 쏟아지는 볕이 제법 뜨겁고 건조했다. 등과 옷 사이로 후끈한 열기가 올랐다. 머리칼을 하나로 묶어 올려 드러난 목덜미엔 땀이 맺힌다. 청소를 위해 손목까지 내려오는 하얀 블라우스 소매를 적당히 밀어 올렸다. 살갗이 금세 달아오른다. 간혹 불어드는 훈풍에 청록의 향과 짙은 여름의 온도가 섞여 있다.

세 사람은 대화가 거의 없었다. 어딘가에서 매미들이 사정없이 울어대고, 보호소 개들이 짖고, 애들이 생기 넘치는 목소리로 와자하게 떠든다. 때때로 고양이가 울기도 했다. 그럼에도 세림은 전혀 시끄럽다고 느끼지 못했다. 그저 개들의 몸짓이 크고 작음과 같이 짖는 소리도 다양하다고만 생각했다.

시멘트 바닥에 비누칠을 하고, 깊고 커다란 고무 물통에 담긴 깨끗한 물을 뿌려 비눗물을 헹궈내고, 바싹 마른 대걸레로 물기를 닦아냈다. 그러는 동안 세림과 시준은 이따금 눈길이 마주쳤다. 대부분 스치듯 부딪쳤고, 한 번은 아주 짧은 순간 눈동자가 얽혀들었다. 세림은 의식적으로 피하려 했다. 그러나 반대로 감각이 어느 때보다 예민하게 반사적으로 곤두선다. 시준이 빗자루를 걷어갔을 때 닿았던 손길, 흉터처럼 남은 체온, 지나칠 때 바로 옆에서 부서지던 이시준의 열기, 옅은 땀내.

가열된 무더운 날씨,

살갗에 닿는 끈끈하고 후덥지근한 공기,

고막에서 팽창하는 듯한 매미 울음소리,

밀도 높은 긴장감.

청소를 마치고 개집과 밥그릇, 물그릇, 개들이 쓰는 담요를 원래 자리에 정리해 놓았다. 지훈이 빈 고무 물통과 쓰던 대걸레를 청소함에 갖다 놓고 오겠다고 가자 보금자리에 세림과 시준 두 사람만이 남게 됐다. 어색해지는 것이 싫어 세림은 대야에 손걸레를 담고 청소하고 남은 쓰레기를 모아놓은 봉투를 들었다. 시준이 바로 앞으로 다가와 세림이 들고 있는 대야를 잡았다.

"내가 갔다 올게."

"아니야. 괜찮아. 내가 갖다 놓고 올게."

"은세림."

이시준의 입에서 불리는 이름이 낯설다. 생경하도록 따스해서, 제 이름이 아닌 다른 특별한 의미의 무언가를 지칭하는 단어 같아서 심장에 균열이 생기는 것 같았다. 세림은 시선이 마주치지 않도록 애쓰며 입을 열었다.

"여기 오면 항상 하는 일이야. 마음 써주는 건 고마운데 내가 할 수 있어. 괜찮아."

"……이따 봉사활동 끝나고 얘기 좀 해."

무슨 대답을 해야 할까. 마음이 이리저리 움직인다.

"세림아."

"……알았어."

이내 고개를 끄덕인 세림은 몸을 돌려 펜스 입구로 향했다. 그녀가 문을 도는 순간 '앗!' 하고 짧게 신음하며 주저앉았다. 시준이 급하게 달려가 그녀가 움켜쥔 발목을 살폈다. 미처 마무리 지어지지 못한 펜스 요철에 긁힌 것이다.

"괜찮……."

찰나였고 무방비한 상태였다. 복돌이가 달려들어 시준의 팔을 문 것은. 놀란 세림이 외마디 비명을 질렀다. 시준은 갑작스런 통증에 거친 숨을 몰아쉬었다. 복돌이는 시준의 팔꿈치 아래를 물고 거칠게 흔들어대며 이빨을 사납게 드러냈다.

"복돌아! 복돌아, 왜 이래! 이러지 마! 왜 이러는데! 여기요, 소장님! 선생님!"

세림은 복돌이를 끌어안으며 다급하게 만류했다. 그러나 이성을 잃은 동물에게는 어떤 말도 소용이 없다. 세림은 놀라고 당혹스러웠다. 속상해서 눈물이 날 것 같다. 이제껏 난폭함과 사나움은 복돌이에게서 찾아볼 수 없는 종류의 것이었다.

"괜찮아……. 참을 만해."

흐트러지는 호흡을 애써 가다듬으며 시준이 오히려 위로했다. 그는 통증에 얼굴을 일그러뜨렸지만 신음도 내지 않았다. 식은땀이 그의 목덜미에서 목선을 따라 미끄러져 내렸다. 피가 뚝뚝 세림의 손목 위로 떨어진다. 괜찮을 리 없잖아!

"복돌아, 제발!"

지훈과 소장님, 남자들이 달려와 시준에게서 복돌이를 떼어내려 안간힘을 썼다. 하지만 그럴수록 복돌이는 물고 있는 시준의 팔을 절대 놓지 않았다. 오히려 시준에게서 떨어지지 않으려 손톱과 발톱을 세워 버렸다. 결국 복돌이는 소장이 투여한 마취제를 맞고서야 시준에게서 떨어졌다. 약기운에 저항하려는 것인지, 아니면 아직 성에 차지 않는지 복돌이는 세림의 품에서 사납게 으르렁거리며 몸부림쳤다. 시준의 피가 복돌이의 입가, 턱 아래, 앞가슴과 앞발을 적토색으로 물들였다. 시준의 팔에서는 피가 고장 난 수도꼭지처럼 줄줄 흘러내린다. 그는 고통으로 얼굴을 찡그리며 팔을 잡

았다. 피는 멈출 줄 모르고 뜨거운 용암처럼 손가락 사이로 밀려
나와 시멘트 바닥 위로 떨어졌다.

상처가 신경을 타고 팔 전체를 욱신욱신 파고드는 것만 같다. 맥
이 요동친다.

시준은 바로 의무실로 가 깨끗한 물과 알코올로 상처를 씻어내
고 삼종 혼합 백신인 DPT를 맞았다. 상처 부위가 생각보다 커 봉
합해야 하는 상황이었다. 응급처치를 끝내고 손목 부근에 붕대를
감은 그가 의무실을 나섰다. 세림은 의무실 앞에서 불안하게 시준
을 바라보았다. 그의 눈길이 세림을 훑는다. 아까 복돌이가 시준에
게서 떨어지지 않으려 발버둥 쳤을 때였나 보다. 세림의 손등이며
손목, 그리고 팔에 할퀴어진 상처가 남았다. 블라우스 팔소매, 옷
단은 찢겨져 단추가 떨어져 나갔다. 그가 세림의 손을 잡아 올리며
화가 나기라도 한 듯 미간을 구겼다. 세림이 얼른 자신의 손목을
감싼다.

"병원 같이 가."

"난 괜찮아. 여기서 치료받으면 돼."

"이런 상처 우습게보면 안 돼."

"알아. 근데 정말 괜찮아. 심각하지 않아. 그리고 복돌이 상태도
걱정돼. 미안."

세림이 시선을 떨어뜨렸다. 시준은 이길 수 없다는 듯 낮게 한숨
을 내쉬며 세림의 머리를 쓰다듬고는 미영, 태현과 함께 차로 향했
다. 보조석 문을 열며 옆에 선 미영에게 무어라 말하는 것 같았다.
차에 오르는 그가 세림을 바라보는 듯하다. 태현이 운전하는 차가

보호소 정문을 빠져나가고, 소동이 일었던 보호소도 다시 분위기가 정리됐다.

의무실 의자에 앉아 상처 치료를 받는 세림은 넋을 잃은 얼굴이었다. 생각하고 싶지 않을 만큼 끔찍했다. 차창을 통해 들어오는 햇살에 눈을 감는다. 따뜻하다. 놀라 경직되었던 온몸이 밝은 빛에 정화되어 갔다.

❖　❖　❖

"드라마틱하네. 근데 걘 왜 하필 굳이 오늘 봉사활동 온 거래? 우리야 과 특성상 시간 여유가 없으니까 이런 날 오는 건데, 걘 그럴 필요 없잖아?"

현아가 자신의 무릎에 앉은 갈색 푸들을 쓰다듬으며 이해가 안 된다는 듯 말했다. 영우와 현아는 태현, 미영과 같이 맡은 북동쪽 청소를 끝내고 간이 의자에 앉아 쉬고 있었다.

"세림이도 과에서 조별로 온 것 같던데."

"조별 행동을 가장한 사심 채우기겠지. 딱 봐도 김자영한테 물어보고 오늘 온 것 같은데. 걔 진짜 허술해. 영우 넌 은세림이 작정하고 시준이한테 작업하는 거란 생각은 안 해봤어?"

"현아야, 설사 네 말이 맞는다고 쳐. 시준이가 자기 활동 범위에서 이야깃거리 만들지 않는다는 것쯤은 누구보다 잘 알잖아."

일리 있는 말이긴 했다. 현아는 시준을 알기 전까지 그가 차갑고 묵묵한, 온갖 분위기는 다 잡는 남자애라고만 생각했다. 묘한 매력을 풍겨내는 외모로 얼굴값 톡톡히 하게 생겼는데 과 내에서 일절 스캔들을 만들지 않아 그런 이미지가 더했다. 그런데 친해지고 보니 오는 여자 안 막고 가는 여자 안 잡는 스타일이었던 거다. 단순히 공통적인 활동을 하는 공간에서 타인의 입에 오르내리는 게 싫었던 것뿐이었다.

"그건 우리 과 애들한테 해당되는 얘기고. 생각해 봐. 우리 겨우 스물하나야. 그런데 이시준 걔, 주제에 건방지게 외제차나 몰고 다니고, 고급 아파트에 혼자 살고……. 부잣집 아들이란 거 단번에 알고 접근하겠네."

그녀는 기막히다는 듯 자조적인 웃음과 함께 말을 끊었다.

조별 발표로 수업이 이루어졌던 1학년 전공 필수 과목 시간이었다. 영우와 현아, 태현과 미영은 그때 한 조가 되어 처음으로 안면을 트게 됐다. 그 당시 시준과 태현, 미영 세 사람은 인물도 수려한 데다가 어딘가 모르는 그들만의 분위기가 있어 과 동기들 사이에서 주목의 대상이었다. 물론 주목의 대상이 되었던 건 이시준의 이미지가 크게 한몫했지만 시준과는 달리 의외로 서글서글한 성격에 상냥한 태현과 미영도 호감의 대상이었다. 사람의 인연은 알 수 없다고, 영우와 현아는 그들과 친해지게 될 줄 꿈에도 몰랐다. 그런데 생각 외로 영우와 태현은 잘 맞았고, 현아와 미영도 꽤 죽이 맞았다. 네 사람의 인연은 조별 과제가 끝나고서도 이어졌다. 종종 점심을 같이했고, 수업이 끝난 후에는 술자리를 갖는 시간이 잦아졌다. 그 뒤로 승범과 시준이 차례로 친해지게 된 것은 자연스러운 일이었다.

친해지면서 그냥 단순하게 잘사는 집 애들이란 생각만 어렴풋이 했다. 그들도 자신들에 대한 깊은 얘기는 좀처럼 하지 않았으니까.

여느 때와 같이 수업 후에 밤새 술판을 벌이던 날이다. 자연스럽게 화제가 그쪽으로 흘렀고, 술에 취한 승범이 태현과 미영의 이야기부터 시준의 집안 이야기까지 전부 늘어놓은 것이었다. 물론 그 자리에 시준은 없었다. 만약 시준이 있었다면 승범의 얼굴에 주먹을 날렸을 테니까.

이시준 집안이 대한민국 10대 기업 중 하나인 한남그룹이란다.

한남이라면 자동차, 운수, 중공업, 유통업과 호텔 등 다양한 계열사를 거느리고 있는 대기업이다. 한국 경제의 한 축임은 분명하고, 한남자동차는 연간 3조가 넘는 부가가치를 창출하는 기업이다.

이시준이 그런 재벌가의 아들이라니. 좀 더 정확하게는 총수로 있는 시준이 할아버지께서 나이가 들어 더 이상 회사 일에 관여할 수 없게 되자 각각의 계열사를 분리, 한남이라는 이름으로 형제들과 자식들에게 나눠주게 되었다고 한다. 요약해 말하자면 시준이네 집은 한남그룹 전체가 아닌 몇 개로 독립된 계열사 그룹 중 하나였다. 하지만 그것만으로도 충분히 놀랄 만한 배경이었다. 거기다가 태현인 한남이 재단으로 있는 태종대학병원 원장 아들에, 미영인 그 병원 외과과장 딸, 박승범 본인은 한남건설 부사장 아들. 그뿐인가. 고작 스물한 살짜리 이시준은 신사동의 잘나가는 바(Bar) 사장까지 겸하고 있다.

평범한 삶을 살고 있던 영우와 자신과 비교하자 네 사람의 존재는 순간 100미터보다 훨씬 먼 거리로 느껴졌다. 그리고 그 이야기를 듣고 이시준이 다르게 보이기 시작한 건 어쩔 수 없는 일이었다. 본인 얘기를 잘 하지 않는 것이나 사람들과 거리를 둘 수밖에 없는 점이 이해되었고, 모든 것을 다 가진 남자라고 하니 눈길이 가는 건 여느 여자들과 똑같았다.

자기도 모르는 욕심이 싹을 틔우게 된 것이다.

영우가 옆에 있으면서도 그런 생각을 한 자신이 기막히기도 했지만 그건 중요한 게 아니었다. 어차피 결혼할 사이도 아닌데. 그런데 그런 거물을 은세림이 또 차지했단 말이지? 기가 찼다. 학교에서만큼은 지저분한 이야깃거리를 만들지 않는 이시준이 왜 하필이면 고른 게 은세림이야? 걔는 왜 자꾸 내 주변에서 얼쩡대는 거냐고! 생각할수록 기가 막힌다. 고등학교 때부터 눈에 거슬렸다.

현아의 숨소리가 저도 모르게 흥분으로 거칠어졌다.

"은세림, 대학교에 와서도 네 뒤 졸졸 쫓아다니는 거 너 몰랐지? 그러면서 알아냈겠지. 김자영 내세워서. 걔 김자영이랑 같이 학생식당 뻔질나게 들락거리고, 굳이 생명공학관 가까운 데 있는 학생회관 매점 쓰던 애야. 그런데 이제는 하다못해 그 친구까지 꼬셔 내? 내가 가만있게 생겼어? 난 걔 처음부터 거슬렸어! 아무것도 모르는 척 순진한 얼굴로 생글생글 웃으면서 사람 골 때리게 하는 거, 은세림 같은 애들 주특기야! 순진한 척 가증 떠는 거라구!"

점점 흥분하는가 싶더니 현아의 목소리가 기어이 높아졌다. 흥분할 화제도 아닌데 그만 현아의 감정이 격해져 버리자 영우는 어찌해야 할 바를 몰랐다.

"현아야, 그만하자. 세림이 얘기 이제 그만해."

영우는 달래듯 현아의 손을 잡으며 진정시켰다. 현아가 새빨개진 얼굴로 숨을 몰아쉰다.

"은세림이 싫어. 거슬려. 걔가 내 눈앞에서 없어졌으면 좋겠어."

그래, 난 네가 싫어. 영우 마음속에 남아 있는 너도 싫고, 하필이면 내가 욕심내려는 애랑 잘된 너도 싫어. 가만두지 않아. 단지 잠깐을 위한 도박이라고 해도 상관없어. 난 지금밖에 할 수 없는 기회를 놓치는 바보가 아니거든. 예전에도 지금도.

현아는 결심이라도 한 듯 또렷한 눈을 날카롭게 빛냈다. 그런 현아가 무슨 생각을 하는지 꿈에도 모른 채 영우는 고개를 가누며 한숨을 내쉬었다.

다른 누구 아닌 너

6월 오후의 햇살은 제법 살갗이 따가울 만큼 강렬했다. 이제 6월에 이 정도의 열기라니. 검은 창 너머 노랗게 이글거리는 태양빛의 강도는 가늠할 수 없을 정도였다.

세림은 선팅된 차창을 통해 들어오는 열기 머금은 햇살에 달아오른 팔을 매만졌다. 소란이 가시고 얼마 있지 않아 보호소에서 해야 할 일도 끝이 났다. 복돌이는 광견병 발생 여부를 지켜보기 위해 철제 케이지에서 생활하게 되었다. 원래대로라면 시청이나 보건소에 신고해 그쪽에서 보호받아야 하지만 시준이 원치 않는다고 전했다. 덧붙여 미영은 시준이가 꼭 챙기라고 했다며 세림과 같이 택시에 올랐다. 어디로 가느냐는 물음에 미영이 이시준의 집이라고 명쾌하게 대답한다.

"꼭…… 집으로 가야 돼?"

"시준이 피 흘리고 몰골이 좀 말이 아니잖아. 그러고 돌아다니기도 민망하고, 집에 가서 샤워하고 나오려면 네가 너무 기다리니까 아예 집으로 데리고 가래."

"그럼 나도 옷 갈아입고 나오는 편이 좋겠는데. 집에 부모님 계시지 않아?"

"걱정 마. 시준이 혼자 살아."

옆자리의 미영이 세림을 보며 상냥하게 말했다. 택시는 충정로 삼거리에 진입하더니 금세 시준이 살고 있는 아파트에 다다랐다. 차가 아파트 단지의 언덕길을 올라 지상주차장으로 방향을 틀었다.

미영을 따라 집 안으로 들어서려다 잠시 주춤하였다. 바닥이 우윳빛 대리석이다. 심지어 티끌 하나 보이지 않을 정도로 깨끗하고 하얗다. 말끔하지 못한 몰골로 들어가기가 괜히 겸연스럽다. 아무도 없다고 막 들어가도 되는 건가.

"뭐 해? 어서 들어와."

이미 안으로 들어선 미영이 재촉한다. 속으로 집주인에게 양해를 구하며 신발을 조심스레 벗어 단정히 놓인 슬리퍼로 갈아 신었다. 현관 미닫이문을 닫으려는데 코끝에 닿는 은은한 향에 고개를 들었다. 방향제 같은 인위적인 향이 아닌, 부드럽고도 안정적인 체취가 공기 중에 떠돌았다. 평소 이시준에게서 맡을 수 있던.

세림은 홀린 듯 거실로 이어지는 복도를 걸었다. 오른쪽 콘솔 위에 커다란 화병과 장식 액자가, 그 옆으로 명화 한 점이 조명을 받으며 벽에 걸려 있다. 거실에 들어선 그녀는 크게 놀랐다. 베란다 창으로부터 노란 태양빛이 넉넉하게 쏟아지는 거실은 그야말로 막힘없이 넓었다.

세상에, 겨우 스물한 살 대학생이 이런 넓은 아파트에 혼자 살고 있다고? 보통 대학생이 살기에 사치스러운 감이 있는 집이다.

여기가 그 애가 사는 집이구나.

실내 인테리어는 단조로우면서도 감각적이었다. 어쩐지 이시준이 살고 있는 집답다고 생각될 만큼 지나치게 심심하지도, 그렇다고 어딘가 꾸며지지도 않았다. 집 안은 밝은 체리 색 원목 가구들과 크림색 대리석이 조화를 이루고 있었다. 고급스러운 가죽 소파와 고풍스러운 원목 테이블은 넓은 거실의 균형을 맞추려는 듯 가장 중앙에 자리를 차지하였다. 바로 반대편으로는 주방이 위치해 있다. 요리는 하나도 하지 않을 것 같은 주인의 주방은 모던한 스타일로 모델하우스의 것처럼 깔끔하게 정돈되었다.

"세림아, 씻어야 되지?"

미영이 복도 안쪽의 오른쪽 방문을 열었다.

"어? 아니, 왜?"

세림의 대답에 방문 손잡이를 잡고 있던 미영이 몸을 다시 돌렸다.

"먼지 다 뒤집어쓰고, 블라우스에 피 묻고, 찢어지고 엉망이잖아. 시준이 오기 전에 씻고 옷 갈아입자."

세림이 눈을 동그랗게 떴다. 아무리 혼자 산다지만 남자 집에서 샤워를 하라니 당혹스러웠다.

"아니야. 난 괜찮아. 이대로 기다려도 돼."

"세림, 시준이 혹시 몰라서 감염 여부 확인하느라 피검사하고,

엑스레이 찍고, 결과까지 듣고 오려면 시간 오래 걸려. 그러니까 부담스러워하지 마. 시준이가 부탁했어. 너 잘 챙기라고."

"그렇지만…… 갈아입을 옷도 안 챙겨 와서……."

"시준이 옷 입으면 되지 뭐가 문제야?"

미영은 눈이 휘어지도록 웃으며 몸을 돌려 방으로 들어갔다. 난감한 상황에 세림은 어찌해야 할지 갈팡질팡했다.

사실 그날 술자리에서의 일 이후로 시준을 본 건 처음이었다. 그렇게나 화내고 못되게 굴었는데. 게다가 오늘 이시준이 복돌이에게 물린 것도 자신의 탓도 없지 않은데. 편하게 이시준 집에서 씻고 그의 옷을 빌려 입으려니 왠지 우습다. 옷이 찢기고 흘린 땀 때문에 끈적거리긴 했지만 그냥 갈걸 그랬나 싶은 생각이 불현듯 들었다.

"샤워하고 이걸로 갈아입고 나와."

방에서 나온 미영이 옷가지를 들고 와 세림에게 건넸다.

감청색 폴로 원피스.

"미영아, 나……."

원피스를 받아 들고 선뜻 움직이지도, 쉽게 말을 꺼내지도 못하였다. 미영을 본 건 겨우 한 번, 쉽게 말이 나올 리가 없다. 더군다나 건네받은 옷은 남자 것도 아닌 여자 것. 그 애가 다른 사람한테 주려고 산 거 아닌가. 주인 허락도 없이 남의 옷을 막 입을 수도 없는 노릇이다. 복잡한 생각이 머릿속에 얽힌다.

"세림아, 너무 어렵게 생각하지 마. 시준이도, 나도, 태현이도 친구잖아. 네가 시준이랑 사귀지 않는다 해도, 시준이를 좋아하지 않는다고 해도 지금은 상황이 그렇잖아. 어떤 관계인가는 중요하지 않아."

다정하다. 자신보다 10㎝나 커 보이는 미영은 큰 키만큼 생각도 어른스러웠다. 게다가 차가운 도시적인 이미지와는 다르게 상냥하고 따뜻했다. 태현과 더불어.

미영이 온기가 담긴 미소를 지으며 세림을 샤워실로 밀어 넣었다. 샤워실에 들어선 세림은 주위를 둘러보다가 세면대 벽면에 놓인 거울과 마주했다. 몰골이 말이 아니다. 먼지를 뒤집어쓴 머리도, 눈물자국이며 땀에 화장이 번진 얼굴 모두.

수도의 레버를 당긴다. 졸졸 쏟아지는 물을 보니 한숨이 터진다. 머릿속에서 시준의 모습이 떠나질 않는다. 그 와중에도 아픈 것을 애써 참아내려 했다. 하나도 괜찮지 않아 보이는데 괜찮다고 했다. 복돌이를 원망할 법도 한데 그러지도 않았다.

어째서……?

자문하다 애꿎은 아랫입술을 깨문다. 정말 모르는 거 아니잖아. 탄식과도 같은 짧은 한숨이 내뱉어졌다. 눈에 맺혀 있던 눈물이 저도 모르게 세면대 위로 툭 떨어진다. 복잡한 감정이 뒤섞여 파도처럼 밀려왔다.

❖　❖　❖

도심 화단의 흰 들꽃들과 연녹빛 나뭇잎이 석양볕으로 물들어가는 시간. 새파란 여름 하늘에 붉은 노을이 엉기기 시작했다. 기울어지는 노을빛이 건물 유리창에 반사되어 한없이 눈부시다. 시준의 아파트 거실에도 주홍빛 잔상이 가득 떨어진다.

파우더룸의 문이 열리며 발걸음보다도 먼저 샤워코롱 향이 거실에 물씬 풍겼다. 시준은 방금 샤워를 마치고 나온 듯 물기 젖은 머리에 하얀 수건을 뒤집어쓰고 있다. 그는 벽에 기대 노을에 물들어 가는 세림을 가만히 바라보았다. 그녀는 아직 채 마르지도 않은 머리를 하고 크림색 소파 위에 웅크리고 잠들어 있었다. 새근거리는 작은 숨소리가 고요한 거실을 채운다.

깊고 평온한 저녁나절이다.

세림이 누워 있는 소파 머리맡 아래에 다가가 앉았다. 집에 돌아왔을 때 잠들어 있는 세림을 보고 한참 동안 자리에서 움직이지 못했다. 먼저 봄비 내리던 날 사놓고 전시해 두다시피 한 원피스를 입고 있다. 은세림이 눈앞에 있다는 게, 같은 공간에서 호흡을 공유하고 있다는 사실이 미치도록 좋았다. 벅차오르는 감정을 주체할 수 없었다.

이시준, 정말 중증이다.

새근새근 고르게 내쉬는 숨소리에 귀 기울이며 세림에게 집중한다. 무방비 상태로 편안하게 잠들어 버린 얼굴 위로 붉은빛 노을이 내려앉는다. 실루엣이 빛에 번져 꼭 사라질 것만 같다. 눈앞에 있는 그녀가 사라져 버릴까 봐 온기를 확인하기 위해 천천히 손을 들어 올렸다. 하지만 잠결인 듯 세림은 금세 고개를 수그린다. 손을 거둬들이며 쓰게 웃었다. 자신의 커다란 손으로 만졌다가는 세림이 부서져 버릴 것 같다. 소파 손잡이를 집으며 자리에서 일어나 주방으로 휘적휘적 걸었다.

공중에 떠도는 은은한 향 때문인지 깊이 감겨 있던 세림의 눈이 스륵 떠졌다. 눈앞에 낯선 풍경을 바라보던 그녀는 놀란 듯 누웠던 자리에서 일어나 앉았다. 멍한 정신을 추스르며 거의 다 말라가는 머리를 매만졌다. 밝은 노을이 지고 있다. 그나저나 얘는 안 오는 건가? 세림은 숨을 뱉으며 고개를 돌렸다. 주방 냉장고 앞에 서 있는 남자의 뒷모습에 두 눈이 동그랗게 커진다. 단번에 굳어진 몸을 천천히 일으켜 세웠다.

시준은 맥주 캔을 따는 동시에 몸을 돌렸다. 돌아선 그곳에 세림이 어색하게 서 있다. 그 역시 적잖게 놀라 그 자리에서 미동도 못 하였다. 먼 거리에서 두 사람의 시선이 얽히는가 싶더니 세림이 먼저 눈길을 피하였다. 공기 흐름이 미묘하게 긴장된다. 시준은 애써 태연한 척 세림 쪽으로 발을 내디뎠다.

왼쪽 심장이 박동하기 시작한다.

"잘 잤어?"

최대한 다정하게 새삼스레 떨려오는 목소리를 진정시키며 물었다. 세림은 무어라 대답할 말을 찾고 있는 듯 고개를 반쯤 수그린 채 눈동자만을 돌렸다.

"피곤했나 봐. 푹 자던데? 코까지 골면서."

"무⋯⋯ 슨 소리야? 나 코 같은 거 안 골아."

금세 반응을 보인다. 오랜만에 보는 세림은 여전하다. 여전히 사랑스럽고, 여전히 귀엽고, 여전히 예쁘다. 특히나 오늘은 더욱. 자그마한 체구에 가느다란 팔과 다리, 그리고 저녁놀이 스며드는 살구색 피부. 파스텔이나 비비드 계열의 옷만 잘 어울리는 줄 알았더니 스트롱 톤도 무척 예쁘게 잘 받는다.

아니, 그냥 은세림이라 예쁜 건가.

가슴이 미세하게 타오르는 욕망으로 요동친다. 작은 체구를 자신 안에 가둬두고 싶다.

"미안해⋯⋯. 나 때문에 복돌이한테 물린 거⋯⋯. 팔은 괜찮아?"

타는 갈증에 맥주를 마시려다 말았다. 생각지도 않은 말이다.

어째서 네가 사과해?

항의하듯, 그러나 최대한 감정을 숨기며 세림을 쳐다보았다. 그녀는 또다시 시선을 피하며 고개를 반쯤 돌린다.

"정말 미안."

시준은 보일 듯 말 듯 아랫입술을 잘근 깨물었다. 세림에게까지의 거리는 겨우 몇 걸음. 몇 걸음만 더 가면 세림과 마주할 수 있지만 그러지 못했다. 더 다가갔다가는 그녀가 뒷걸음질칠까 봐.

"사과하지 마. 미안해할 필요 없어. 그냥 단순한 사고였으니까. 사과해야 할 사람은 나야. 그날은⋯⋯ 내가 나빴어."

어쩐지 조금 냉정하게 들릴 수도 있는 대답이다. 그럴 의도는 조금도 없었지만, 말투의 문제일까. 얼마 전까지 바로 옆에서 농담을 주고받았는데 오늘은 처음 만났을 때보다 멀리 있는 것만 같다. 침묵이 심폐를 무겁게 짓누른다. 답답해 맥주 한 모금을 넘기고는 세림을 보았다. 너도 이 침묵이 싫은 걸까. 그녀가 치맛자락을 살짝 거머쥐었다.

"⋯⋯나도 그날 말이 너무 심했어. 미안해. 옷 좀⋯⋯ 빌려갈게. 허락 없이 물건에 맘대로 손댄 것도 미안해. 나중에 빨아서 줄게."

젠장, 왜 자꾸 사과하는 건데?

드디어 참고 참았던 그간의 감정이 목구멍까지 밀고 올라왔다. 주방 식탁에 맥주 캔을 신경질적으로 내려놓고 세림에게로 성큼성큼 다가갔다. 조금 겁에 질린 듯 보이는 그녀를 와락 끌어안았다. 세림이 품 안에서 벗어나기 위해 안간힘을 쓰며 버둥거렸다.

"뭐, 뭐 하는 거야! 이거 놔!"

하지만 그녀가 밀어낼수록 시준은 더욱 힘주어 품 안에 가두었다. 더 이상은 참을 수가 없다. 이제는 세림이 싫다고 해도 상관없어. 억지로 묶어둘 생각이다.

"야!"

"은세림, 내가 원하는 거 딱 하나야. 그냥, 그냥 내 옆에 있어. 나 좋아하라고도 안 해. 그냥 옆에만 있어주라고. 그거 하나만 바라자."

"……."

"이제는 한시도 널 놓고 싶지 않아. 네가 옆에 없는 게 견딜 수 없이 괴로워 죽겠다, 은세림."

시준은 팔을 풀어 세림을 내려다보았다. 세림 역시 고개를 들어 시준과 눈을 마주했다. 두 사람은 괴로운 표정으로 서로를 바라보았다. 세림이 힘없이 시선을 떨어뜨린다.

"난…… 겁이 나."

무슨 말을 하려는 듯 그녀가 입술을 움직이며 웅얼거린다. 이제껏 시준을 밀어내려고만 했던 세림이 아니다. 가슴에 꾹꾹 눌러오던 말을 힘겹게 꺼내려고 한다. 시준은 그런 변화를 잠자코 지켜보았다. 생각을 전하려는 시도 자체만으로도 세림의 마음은 이미 반쯤 열려 있는 것이다.

어느새 세림은 시준의 옷자락을 꼭 움켜쥐고 있었다.

"영우가 고통스러운 현실이라면 넌…… 언젠가 한 번쯤 꿈꿔보는 이상이었어. 마치 현실 같지 않았어."

목이 메는 듯 숨을 고르며 잠시 말을 멈춘다.

"그래서 현실감 없었어. 널 만나면 꿈꾸는 것 같았고, 헤어지고
나면 현실로 돌아오는 기분이 들었어. 그래서…… 그래서 난 겁이
나. 어느 날 갑자기 네가 내 앞에서 사라져 버릴 꿈일까 봐. 아침에
눈 뜨고 일어났는데 이 모든 게 전부 꿈일까 봐 무서워. 네 존재 자
체가…… 영우를 너무 그리워해서 만들어낸 환상일까 봐. 파도처
럼 밀려오는 상실감은 영우 하나로 족하니까."

시준은 한숨을 크게 쉬었다.

마음에 담고 있는 눈앞의 여자는 어째서 이렇게도 본인에게 자
신감이 없는 걸까. 이 세상 모든 이성의 기준은 박영우인 건가? 박
영우에게 받아들여지지 않으면 모든 남자들에게 받아들여지지 않
는다고 생각하는 거야? 새삼 세림의 머릿속을 차지해 버린 박영우
의 존재를 깨달으며 다시 화가 났다. 하지만 화내지 않을 것이다.
그런 세림인 줄 알고 있으니까.

시준은 세림의 여린 어깨를 큰 손으로 감쌌다.

"은세림……."

"……."

세림은 시준의 옷자락만 움켜쥐었다. 시준이 세림의 손을 맞잡
고는 깍지 꼈다. 손가락이 풀어낼 수 없는 매듭처럼 하나하나 얽혀
들었다.

"세림아……."

울림이 낮고 한없이 다정한 음성. 이끌리듯 천천히 고개를 들었

다. 강물처럼 깊어진 그의 눈동자에 가슴이 뛰고 울컥 눈물이 나올 것 같다.

"은세림, 지금 네 앞에 있는 사람 누구야?"

"……."

"응? 누구지?"

"……."

가슴에 파문을 일으킬 정도로 따뜻한 말투와 눈빛, 웃음. 목구멍까지 밀려오는 거센 감정에 입만 달싹인다.

시준이 눈썹을 들어 올리며 부드러운 눈으로 그녀를 내려다보았다. 눈동자는 할 말이 많은데 입술은 꾹 닫혀 있다. 그 입술이 움직이길 시준은 기다린다.

"세림아."

"이…… 시준."

"그래, 이시준 나야. 네 앞에 서 있는 사람. 다른 누구도 아닌, 환상도 아닌 진짜 이시준이야. 은세림 갖고 싶어 하는 이시준."

"……."

"꿈 아니야. 현실이라고. 네 앞에 손잡고 깍지 끼고 있는 사람, 현실 맞아. 뭣하면 내일 아침까지 내 침대에서 같이 잘까?"

말이 끝나기도 전에 세림은 인상을 썼다. 그 모습에 귀엽다는 듯 시준이 낮게 웃는다.

"매일 아침, 점심, 저녁…… 시간 날 때마다 전화할게. 꿈꾸는 거 아니라고, 현실이라고. 뭣하면 우리 학교에 대자보라도 붙일까? 태종대학교 의예과 이시준, 국어국문과 은세림한테 도장 찍어 났다고. 은세림은 내 거니까 넘보면 전부 다 가만 안 둔다고. 건드리면 남은 인생 숨만 쉬게 될 줄 알라고 써서 정문, 후문, 인문대학, 사회과학대학, 의과대학에 전부 다 붙여놓지, 뭐."

시준의 말에 세림의 얼굴이 웃음을 참으려는 듯 미묘해진다.

못 말려.

"그렇게 할까?"

"……싫어."

"나 믿어. 깍지 낀 이 손으로 너만 잡을 거니까. 내 눈동자는 항상 너만 바라보고 있을 거야. 네가 힘들어서 지치고 주저앉고 싶을 때 내가 일으켜 줄게. 네가 싫어지지 않는 한 절대 네 앞에서 사라지지 않아. 아니, 네가 싫다고 해도 상관없어. 상관하지 않아. 이제는 널 납치해서라도 내 옆에 묶어두고 싶다."

아득하게 시준의 눈동자를 들여다보았다. 마주하면 마주할수록 눈을 뗄 수 없는 심연이 담겨 있는 눈.

난 얼마나 깊이 네 속에 들어가 있는 걸까.

"진짜야. 너 만만치 않게 나도 집착 강하다니까."

웃음이 작게 터진다. 그런 세림의 얼굴을 시준이 손등으로 다정하게 쓸었다. 짙은 주홍빛으로 물든 거실에 마주한 두 사람의 그림자가 길게 드리워진다. 두 사람의 눈길이 서로를 오래도록 바라보았다.

시준의 얼굴이 점점 가까워진다는 생각이 드는 순간, 당황한 세림은 재빨리 고개를 떨어뜨렸다. 하지만 시준이 그녀의 턱을 살짝 잡아 올려 천천히 그 여린 입술에 자신의 입을 맞췄다. 세림의 숨이 순식간에 시준의 입으로 빨려 들어간다.

당황스럽고, 부끄럽고, 까마득하다. 정신이 몽롱해져 눈동자가 반쯤 감겨온다. 어찌해야 할지 모르겠는 감정이 거센 바람같이 덮쳐 온다. 불규칙적으로 뛰는 심장박동에 정신을 잃을 것만 같다.

완전히 가로로 뉘여 쏟아지는 붉은 노을빛이 아찔해 세림은 눈을 질끈 감아버렸다.

예쁘잖아

세림은 도저히 어떻게 할 수 없을 정도로 부끄럽고 성가셔 미칠 것만 같았다.

그날 이후 시준은 정말 아침부터 밤까지 전화기에 불이 나도록 연락해 왔다. 문자는 기본이요, 전화 통화는 당연했고, 시준에게는 빡빡한 기말고사 기간임에도 얼굴을 보는 건 옵션이었다. 키스를 했다는 사실만으로도 떨리고 부끄러워 죽겠는데 하루 종일 전화를 해대니 이건 곤욕이 따로 없다. 자신은 아직까지 첫 키스의 여운이 가시지도 않았는데. 무엇보다 소중하게 간직하고 있던 첫 키스를 예고도 없이 설렘도 느끼지 못하는 사이에 해버리는 건 반칙이다. 그 때문에 시준의 얼굴을 제대로 볼 수도 없는데 그는 전과 다름없이 여유로웠다.

그런 점이 약 오른다는 거야.

난 이렇게 두근거려 죽겠는데.

뜻하지 않은 입술과 입술의 첫 만남. 생각보다 부드러웠고 생각했던 것보다 몹시 뜨거웠던, 그리고 강렬한 달콤함이 자극적이던. 입술에서 퍼진 감각은 그대로 목선을 타고 내려와 어깨에, 팔꿈치에, 명치를 휘돌다가 아랫배를 간질이고는 발끝에 도달했다. 포개진 입술이 멀어지며 서늘한 공기가 닿았을 때, 다리가 풀려 시준을 붙잡은 채로 자리에 주저앉았다. 입술에서 그의 뜨거운 숨결이 마르지 않고 오래도록 머물렀다. 달아오른 얼굴이 화끈거려 차마 고개를 들 수 없었다. 생애 첫 키스의 여운은 온몸에 서서히 깃들며 발열했다.

한쪽 무릎을 세우고 몸을 낮춘 시준은 귓불까지 붉힌 채 고개도 제대로 들지 못하는 세림을 마냥 쳐다보았다. 그 눈길에 심장이 터질 것처럼 진동했다. 시준은 하얗게 웃으며 강아지 다루듯 귀를 덮고 있는 세림의 머리칼을 양손으로 감싼 뒤 또다시 입 맞췄다.

사귀자는 말을 정식으로 다시 듣게 된 것도 그날 시준의 차 안에서였다. 차창 밖으로 보이는 저녁 어둠이 푸르스름하게 내려앉고 있을 즈음이었다.

"사귀자."

새삼스러운 말이었다. 그러나 세림은 역시 이미 키스까지 했으면서도 알겠노라는 대답이 선뜻 나오지 않았다.

"대답은 안 해도 돼. 싫다는 말만 아니면 침묵도 수락의 의미로 받아들일 테니까. 은세림 인생에 나만 한 남자 만나는 것도 흔치 않을 텐데, 그래도 고백은 받고 시작해야 되지 않겠어?"

그의 지나친 자신감에 조금은 어이없다는 눈길로 쳐다본 것 같다.

"아니다. 이미 구두 계약에 도장까지 확실하게 찍어뒀나? 그것도 아주 찐하게."

어조며 눈동자에 장난기가 가득이다. 금세 얼굴이 홧홧하게 달아올라 인상을 썼다.

"혹시나 생각 많아져서 나중에 딴소리하지 말라고 못 박아두는 거야. 납치해서라도 옆에 묶어두고 싶다고 했잖아. 정말 묶어둘 순 없으니까 사귀는 걸로 합의 보는 거지. 아까 구두 계약에 도장까지 찍었다면 이건 서면인 셈. 종이 꺼내서 오늘부로 은세림은 이시준 거라고 계약서라도 써서 둘 다 지장 찍으면 참 좋겠지만 그건 네가 싫어할 것 같고, 난 그렇게까지 해서 확실하게 해두고 싶은데. 어쨌든 사귀기 시작하면 너한테 거부권은 없어. 헤어지는 것도 내가 결정해. 싫으면 변호사 사서 고소하든가."

가끔 진담인지 농담인지 분간 안 되는 얘기를 스스럼없이 잘도 한다. 불만스럽게 입술을 모으자 시준이 귀엽다는 듯 입매를 밀어 올리며 웃었다.

"싫다는 말은 없다? 환불은 절대 못해줘. 교환도 당연히 안 되고. 한다고 해봤자 이시준 같은 애, 이시준 닮은 애, 이시준 비슷한 애 정도겠지만. Imitation 말고 데리고 다닐 때 '아, 남자 볼 줄 아는구나' 하고 사람들이 생각할, 품격 올라가고, 근사해 보이고, 멋있는 진짜가 훨씬 좋잖아. 그런 의미에서 내 레벨쯤 되는 남자들 놓고 봤을 때 난 절대 비교 불가야."

정말이지 청산유수라니까. 무어라 대답할 말을 찾으며 느릿하게 입술을 움직였다.

"다른 것보다 너 지금 무슨 약장수 같아."

"하다못해 장사꾼이냐고 해주라. 나 지금 은세림한테 대놓고 구애 중이야. 잡고 있는 손 놓을 생각 하지 마. 상실감 같은 거 느끼지 않게 할게."

조금 아프게 이시준 손에 담긴 자신의 손을 내려다보았다. 차가운 손끝에서 그가 가진 체온이 전해져 왔다.

세림은 공원 벤치에 앉아 무릎을 세우고 등을 동글게 말았다.

벌써 일주일이나 지난 그날의 일이 좀 전의 일처럼 선명하게 머릿속에서 떠나지 않는다. 귓전에 둔 휴대전화 수화기를 통해 시준의 목소리가 들린다. 그 목소리에 심장이 제멋대로 요동친다. 목소리도 같이 떨린다. 바보 같아.

사실 학교에서야 그렇다 치지만 집 안에서는 도무지 어떻게 해야 할지 모르겠다. 집에 있을 때 전화가 울리기라도 하면 심장이 깜짝깜짝 놀란다. 시준이 아닐 때에는 놀란 가슴 쓸어내리고, 시준일 때에는 슬그머니 자리에서 일어나 자신의 방구석에 무릎을 모아 세우고 앉아 조곤조곤 이야기하거나 베란다로, 공원으로 나왔다. 지금처럼.

〈싫어?〉

멍하니 생각에 잠겨 있다 수화기를 통해 넘어오는 시준의 물음에 눈동자를 굴렸다. 뭐라고 그랬지? 아아, 재미있다고 소문난 뮤지컬 티켓이 생겨서 시험 끝나면 보러 가자고 했지.

전화를 붙잡은 그녀는 한참 동안 대답을 못한다. 무릎 위에 올려둔 손가락을 꼼지락거리기만 한다.

〈왜 대답이 없어? 별로야?〉

"응? 음…… 난 클래식 공연."

〈클래식 공연?〉

"응."

손가락을 세워 무릎을 살살 긁는다.

〈이 뮤지컬 티켓, 인기 많아서 구하기 어려운 건데.〉

"그래도 난 클래식 공연."

〈너 클래식 공연 좋아했어?〉

"그런 건 아니고…… ."

〈지루할 텐데. 보나마나 졸걸?〉

"웃겨. 내가 졸지 안 졸지 네가 어떻게 알아?"

시준의 말에 세림은 금방 발끈했다. 듣고 있는 교양 과목의 기말 고사 대체 과제로 클래식 공연 감상문을 작성해야 한다는 말은 그냥 삼켰다. 수화기 건너편에서 시준의 낮은 웃음소리가 들린다. 그가 이내 알겠노라며 대답하고 전화를 끊었다.

새침한 표정으로 폴더가 닫힌 휴대전화를 바라보았다. 통화 시간이 깜박거리며 바깥 액정에 모습을 드러낸다. 짧지 않지만 어딘가 모르게 부족함이 느껴지는 20분. 아쉬운 한숨을 내쉬며 생각에 잠긴 듯 다시 눈길을 허공에 고정시킨다. 말이야 뮤지컬 보러 가자는 거지 사실상 첫 데이트나 다름없다. 아니, 다름없다고 생각했다. 아직 눈도 제대로 못 맞추겠는데 반나절을 함께 보내야 한다니. 그것도 공연에 어떻게 집중하라고. 사실 생각해 보면 사귀기 전에는 시준과 함께 도서관에도 잘 가고 커피숍에도 잘 앉아 있었다. 전혀 이상할 것 없이. 그런데 지금은 그게 왜 이렇게도 어색한 건지 잘 모르겠다. 누군가를 사귀기 전과 사귀고 난 후는 이토록 다른 의미를 가지는 걸까.

군청색 밤하늘에 유난히도 별이 많다. 과제 하는 마음으로 가야겠다고 하며 모아 세워뒀던 다리를 벤치 아래로 떨어뜨렸다. 내일이면 드디어 마지막 시험이다. 1학기는 또 언제 끝나려나 싶었는데 벌써 한 과목의 시험만 남겨두고 종강이 코앞이다. 그동안 많은 일에 지쳐 버리기도 했지만, 곧 설레는 시간이 기다리고 있을 거란 기대를 안고 마음을 다잡는다.

여름방학이다.

❖　❖　❖

공연은 한여름 밤 연인들을 위한 사랑의 세레나데가 주제였다. 가벼운 실내악임과 동시에 편성 또한 클래식 감상 초보자들을 위해 비교적 편안하고 잔잔한 음률의 곡 위주로 되어 있었다.

공연의 첫 곡은 모차르트 디베르티멘토 제17번 3악장 미뉴에트. 희유곡(嬉遊曲)이라고도 불리며 기분 전환이라는 뜻을 내포하고 있는 디베르티멘토. 17번 D장조는 전체 6악장 중 3악장 미뉴에트가 유명하고 널리 알려져 있어 독자적으로 연주되는 곡이기도 하다.

메인 바이올리니스트가 공연할 음악에 대해 간단한 소개를 마친 뒤 자리에 앉았다. 무대의 환한 조명이 은은하게 그 양을 줄이고 연주자들은 호흡을 가다듬었다. 어둠이 내린 객석에도 정적이 흘렀다. 중년 신사의 헛기침도, 의자의 삐걱대는 소음도, 귓가에 속닥이는 말소리까지 모두 공기의 필터에 흡수될 무렵 눈을 반쯤 내리감고 있던 메인 바이올리니스트가 주변 동료들에게 시선을 보내는 것으로 연주가 시작됐다.

클래식을 정식으로 접하는 게 처음이라던 세림은 긴장하고 있었지만, 첫마디 선율을 듣는 순간 그런 걱정은 놓은 듯했다. 생각보다 가볍고 편한 느낌의 곡은 언젠가 종종 듣던 익숙한 음악이었기에 쉽게 빠져들 수 있을 것이다. 특히 경쾌하게 활시위를 내긋는 연주자의 리드미컬한 모습은 세림의 시선을 단번에 사로잡은 것처럼 보였다. 두 번째 곡은 하이든의 현악 4중주 황제의 2악장. 각각의 현악기는 자기만의 색깔을 잃지 않으면서도 각기 다른 서로의 음색을 감미롭게 보조하였다. 아름다운 콰르텟이다.

두 번째 곡이 절정을 향해갈 무렵, 시준은 오른팔에 작은 무게가 실리는 것을 깨달았다. 금방까지 두 눈 부릅뜨고 공연 관람에 열심이던 세림이 고꾸라질 듯 꾸벅거리며 졸고 있다.

내 이럴 줄 알았지.

입가에 옅은 웃음이 배었다. 시준은 세림이 편안한 자세로 잘 수 있도록 자신의 어깨에 머리를 기대게 했다. 은은한 플로랄 향내가 코끝에 스친다. 세림의 앞 머리칼에 코를 묻어본다.

차에서 내려 세림을 보는 순간 저도 모르게 마른침을 삼켰다. 세림에게 박힌 시선을 돌리며 자신도 모르게 나온 행동에 민망스러운 헛기침을 두어 번 했다. 원래도 예뻤지만 며칠 제대로 못 본 사이 세림은 더 예뻐진 것 같다. 바람이 불자 원피스 자락이 세림의 무릎 근처에서 너울을 그렸다. 회색빛 꽃이 예쁘게 수놓아진 아이보리 시폰 원피스는 뽀얀 살결의 세림에게 무척이나 잘 어울렸다. 둥근 이마를 가리는 앞머리도, 어깨에 가지런히 놓인 머리칼도 한층 더 단정하고 예뻤다. 그냥 미치도록 예쁘다는 말 말고 다른 생각은 들지 않았다.

"오늘 누가 이렇게 예쁘게 하고 나오래? 나 만난다고 신경 썼어?"

운전하던 시준이 빨간불에 천천히 브레이크를 밟으며 장난기 머금은 말투로 물었다. 세림을 태우고 운전석에 앉았을 때 시준은 차 안에서 달콤한 플로랄 향이 나는 것을 느꼈다. 그동안 잘 쓰지 않던 향수까지 뿌린 모양이다.

한참 동안 차 안은 조용했다. 자신의 물음에 아무런 대답이 없어 슬쩍 세림을 돌아보았다. 그녀가 수줍은 얼굴로 앞머릴 매만지고 있다. 사랑스럽다. 신호가 다시 파란불로 바뀔 때쯤 세림이 어렵게 말문을 열었다.

"응, 아무래도 첫 데이트니까……."

예기치도 않은 대답에 하마터면 핸들을 놓칠 뻔했다.

첫 데이트니까?

세림을 알고 난 뒤 장난스러운 만남이 이어져 왔지만, 그녀의 말대로 오늘은 첫 데이트였다. 어쨌든 사귀고 나서 정식으로 만나는 건 처음이니 첫 데이트가 맞긴 했다. 웃음이 나왔다. 언제부터 여자를 만나는 일에 의미를 뒀다고. 그런데 세림과 사귀면서 하는 모든 처음은 자신을 기쁘게 했다. 세림도 그렇다고 하니 새삼 감동이 밀려왔다. 생각 같아서는 조수석에 다소곳이 앉아 있는 세림을 당장 품에 꼭 껴안아주고 싶었다. 운전 중인 게 정말 유감일 정도로.

공연을 보던 시준은 자신의 어깨에 기대고 고이 잠든 세림의 이마에 몇 번이고 입을 맞추었다.

얼마나 시간이 지났는지도 모른 채 잠들어 있던 세림은 환호와 박수갈채가 뒤섞인 소리에 반짝 눈떴다. 방금 전까지만 해도 의자에 앉아 혼신을 다해 연주하던 연주자들이 무대 위에 일렬로 서서 허리 숙여 인사하고 있다. '어라?' 하며 세림은 시준의 팔에 기댄 채로 느릿하게 눈만 깜박거렸다. 그리고는 그제야 상황 파악이 됐는지 퍼뜩 고개를 든다.

"잘 잤어?"

연주자들에게 박수를 보내며 시준이 능청스레 물었다.

"뭐야? 나 왜 안 깨웠어?"

"코까지 골면서 쿨쿨 자는데 어떻게 깨워?"

연주자들은 서로 손을 잡고 관객에게 몇 번이고 감사의 인사를 하며 무대를 퇴장했지만 앙코르 요청은 끊이지 않았다.

"나 코 안 곤다니까, 정말."

세림은 어리광 가득 담긴 목소리로 투정하며 시준의 어깨를 아프지 않게 내려쳤다.

"아이고, 아파라. 나가자. 인터미션이야. 목말라."

시준은 전혀 아프지 않은 얼굴로 아프다 말하며 잔뜩 찡그린 채 노려보는 세림의 팔을 붙잡아 자리에서 일으켜 세웠다.

세림은 세면대의 수도꼭지 레버를 내리고 물기 묻은 손을 가볍게 털고 자연스레 세면대 벽에 위치한 페이퍼 타월을 꺼냈다. 손을 닦아내는 페이퍼 타월의 재질은 부드러웠지만 그녀의 미간은 곱지 못했다. 화장실과 이어진 파우더룸에서 화장을 고치고 옷매무새를 점검하는 와중에도 마찬가지였다. 하지만 관객의 절반쯤 돼 보이는 사람들로 혼잡한 입구를 나설 때쯤, 결국 창피함에 잘게 도리질 치고 말았다.

졸지 안 졸지 어떻게 아느냐며 기세등등하게 쏘아댔는데. 머리 위로 놀리듯 자신을 쳐다볼 시준의 얼굴이 퐁, 퐁, 퐁, 떠오른다.

얄미워, 진짜!

방금 전보다 더 세차게 도리질 치며 주먹으로 머리를 쥐어박는다. 쥐구멍에라도 들어가고 싶은 심정이다. 괜히 심술이 나 아랫입술을 깨물며 내키지 않는 걸음을 떼다가 우뚝 멈춰 섰다. 멀지 않은 소파에서 기다란 다리를 꼬고 앉아 자신을 기다리는 시준이 보인다. 다시 발길을 움직일 생각도 않고 자리에 서서 낯선 사람 보듯 그를 관찰한다. 화이트 진과 하늘색 와이셔츠, 그 위에 단정히 맨 슬림한 검정 넥타이, 옷차림에 받쳐 신은 하얀 끈의 군청색 운동화. 꼭 화보를 찍으러 온 모델처럼 근사하다. 덕분인지 지나가는 사람들의 시선이 한 번씩 시준을 향했다.

그래, 넌 어디에 내놔도 빠지진 않지.

시준과 사귀게 된 지 벌써 보름째. 그럼에도 남자친구라는 단어가 참 낯설다. 더군다나 그 인물이 이시준이라는 것도. 이렇게 멀리서 보면 아직도 현실감 없는 남자다.

복돌이는…… 다행히도 광견병이라든지 몸에 다른 이상은 없었다. 혹시나 큰 사고를 쳐 안락사당하는 건 아닌가 싶었는데 그런 일도 없었다. 대신 얼마 전 보호소로 한남그룹 인왕희망재단의 실장이 찾아와 복돌이를 포함한 세 마리의 개를 입양해 갔다고 했다. 소장님 말씀이 후원하고 있는 재단 한남그룹의 할아버지 회장님이 곧잘 아이들을 입양해 간다고 하셨다.

복돌이를 생각하면 무척 잘된 일이었지만, 그래도 마음 한구석이 허전했다.

쓸데없는 생각에 잠겨 있던 세림은 털어내듯 얕은 한숨을 내쉬며 다시 시준에게로 걸어갔다. 그때였다. 시준이 소파에서 급히 일어서더니 몸에 밴 듯 정갈한 몸짓으로 누군가에게 공손히 인사하며 손을 내밀었다. 인파 사이에서 말끔하게 슈트를 차려입은 중년의 한 남자가 사람 좋게 웃으며 다가와 손을 맞잡았다.

아는 사람인가? 고개를 왼쪽으로 기울여 시준을 살폈다. 꽤 반가운 얼굴이다. 다가가 아는 척하기엔 타이밍이 적절치 않은 것 같아 적당한 거리에 떨어져 앉았다. 화기애애하게 안부 인사를 주고받는가 싶더니 어쩐지 시준의 얼굴에 어두운 기색이 스치는 것 같다. 멀리서 본 탓인가? 중년의 남자는 올 때와 마찬가지로 갈 때에도 인자한 웃음을 머금으며 사라졌다. 이상하게도 웃는 얼굴이 낯익다는 생각이 들었다.

"아는 분이야?"

세림은 슬그머니 시준의 곁으로 다가가 물었다. 몸을 돌린 시준이 언제 왔냐는 듯 내려다보다가 보일 듯 말 듯 옅은 미소를 띤다.

"태현이 아버님."

'아, 그렇구나' 하고 작은 탄성을 내며 고개를 끄덕였다.

"웃는 얼굴이 태현이랑 많이 닮았지?"

"응. 처음 본 분인데 왠지 낯이 익었어. 되게 근사하신 것 같고. 뭐 하시는 분이야?"

"어, 강의도 다니시고⋯⋯."

"강의? 교수님이셔?"

"그런 셈. 뭐 마실래?"

시준은 대충 얼버무리고는 바에서 음료를 주문했다.

인터미션 후 2부 공연은 1분 54초의 짧은 왈츠곡으로 시작됐다. 쇼팽의 6번 소품곡으로 흔히 알려진 곡명은 '강아지 왈츠'. 쇼팽의 연인 조르쥬 상드가 강아지들이 꼬리 흔드는 사랑스러운 모습을 그대로 음악에 담아주길 바라는 간청에 의해 태어난 곡이다.

시준의 설명에 연신 고개를 끄덕이며 연주에 귀 기울였다. 건반 위에서 화려하게 움직이는 손가락이 물결을 튕겨내는 것 같다. 다채로운 음감에 귀가 즐겁다. 세림은 무엇보다 피아니스트의 실력에 감탄했다. 무대 중앙이 바로 보이는 자리이다 보니 피아노를 타건하는 손 움직임이 한눈에 보인다. 건반 위의 기다란 손가락이 경쾌하면서도 품위를 잃지 않고 피아노 위에서 자유롭게 춤추었다.

"멋있다."

입에서 감탄과도 같은 탄사가 절로 튀어나왔다.

옆에 앉아 공연을 보던 시준이 미간을 모으며 세림에게로 고개를 돌렸다. 남자친구가 바로 옆에 있는데 한창 설레는 표정이다.

누굴 보고 설레는 거야, 지금?

"나도 저만큼은 치겠네."

시준은 심드렁한 표정으로 무대를 보며 대꾸했다.

또 그냥 넘어가질 못하지. 기다렸다는 듯이 나오는 밑도 끝도 없는 저 자신감. 곱지 않게 시준을 흘겨보았다.

"도대체 너의 그런 근거 없는 자신감은 어디서 나오는 거야?"

세림은 얄밉다는 듯 새침하게 물었다. 시준이 자세를 고쳐 앉으며 다리를 꼬고는 세림의 손을 잡아 자신의 왼쪽 가슴에 올렸다.

"여기."

뻔뻔스러운 그의 행동에 잽싸게 손을 빼냈다. 하여간 낯부끄러운 행동은 혼자 다 하지.

입술을 비죽거리며 중얼거리는 세림을 보고 시준은 눈을 가늘게 떴다.

생각 같아선 비죽 내밀고 있는 저 입술에 달려들어 양껏 탐하고 싶은 충동이 든다. 새침한 것도 잠시뿐이다, 똥강아지야. 아껴둬야지.

공연 무대로 고개를 돌린 시준의 입가에 여유로운 미소가 걸렸다.

❖   ❖   ❖

며칠 동안 하늘이 우중충하게 내려앉더니 기어이 비가 쏟아지기 시작했다. 오전에 제법 거세게 쏟아지던 빗줄기는 오후가 되면서부터 차츰 잦아져 부슬비로 변했다.

하늘에서 떨어지는 작은 빗방울이 도로에 세워진 차 앞 유리에 힘없이 톡톡 부딪친다. 작은 점처럼 달라붙던 빗방울은 반복적으로 움직이는 와이퍼에 흔적도 없이 사라졌다. 운전석에서 그 모습을 멍하니 바라보는 시준은 핸들에 올려둔 손가락을 까닥거리며 신호가 변하길 기다렸다. 비 오는 금요일 오후라서인지 번화가 도로는 많은 차로 정체돼 조금도 순환하지 못했다. 그는 운전석 창가에 팔꿈치를 기댄 채 손을 이마에 대고 있다가 은색 메탈 시계가 채워진 손목을 시선 아래에 두었다. 오후 5시 40분. 세림과 약속한 시각보다 한참이나 지나 있다.

그가 인상 쓰자 반듯한 미간이 보기 좋게 구겨진다. 외근이라 퇴근이 빠를 것 같다고 했는데……. 잇새로 혀를 물던 시준은 앞차가 움직이는 걸 보며 액셀러레이터를 밟은 발에 힘을 주었다. 하지만 그것도 잠시뿐, 어느새 신호가 끊어졌는지 브레이크 등에 빨간불을 켠 앞차가 미동도 없다.

미치겠네.

시준은 살짝 쥔 손으로 클랙슨을 가볍게 내려쳤다. 다시 시계를 바라보던 그는 비상등을 켜고 버스 전용차선으로 핸들을 틀었다.

검정색 우산을 접으며 커피숍 자동문 버튼을 살짝 눌렀다. 드르륵 하는 무거운 소리와 함께 문이 열리고, 실내에서는 서늘한 에어컨 바람과 뒤섞인 진한 원두 향이 물씬 풍겨왔다. 보트 슈즈를 신은 발이 입구에 닿자 차가운 바람이 먼저 발등에 내려앉는다.

시준이 커피숍에 들어서자 힐긋 엿보는 시선들이 모여들었다. 발목 언저리에서 맴도는 진베이지 팬츠와 하얀 와이셔츠, 걸치듯 입은 먹색 카디건, 훌쩍 큰 키와 우산에 묻은 물기를 털어내는 차분하고도 여유로운 몸짓. 시선들은 그의 곁을 떠날 줄을 몰랐다.

빗방울이 뚝뚝 떨어지는 검정색 우산을 긴 우산 비닐에 집어넣고 바로 카운터로 향하였다. 아이스 아메리카노와 초코쉐이크를 주문하고 커피숍을 돌아보았다. 역시 창가 자리에 세림이 앉아 있다. 음악이라도 듣고 있는지 귀에 이어폰이 끼워져 있고, 읽다 만 듯 책은 엎어져 테이블 위에 놓여 있다. 이미 음악에 푹 빠진 세림은 책 위에 팔꿈치를 댄 채 턱을 괴고 비가 부슬부슬 떨어지는 창밖을 멍하니 바라보고 있었다.

시준의 입가에 엷은 미소가 번진다. '주문하신 아이스 아메리카노, 초코쉐이크 나왔습니다' 하고 말하는 씩씩한 알바생의 목소리에 세림에게로 향해 있는 눈길을 거두었다. 시준은 웃음기를 지우지 않은 얼굴로 고맙다고 인사하며 음료를 쟁반에 담아 들었다. 알바생은 넋 빠진 얼굴로 뚜벅뚜벅 걸어가는 시준의 뒷모습을 쳐다보며 옆에 선 동료와 함께 호들갑을 떨었다.

세림은 시준이 걸어오는지도 모르고 여전히 멍하니 창밖만 응시하고 있었다.

"남친님이 오시는지도 모르고 말이야."

시준이 테이블 위에 음료가 담긴 쟁반을 내려놓으며 소리 나게 의자를 끌어당겼다. 그제야 시준이 온 걸 안 세림은 작게 인상 쓰며 귀에서 이어폰을 떼어냈다.

"늦었잖아."

손을 뻗어 쟁반에 담긴 초코쉐이크를 입으로 가져간다. 달콤한 초코쉐이크가 빨대를 통해 마른 목을 적신다. 금방까지 똑같은 걸

마셔놓고 자신이 생각해도 참 맛있게 잘도 넘긴다 싶다. 하지만 주름진 미간은 여전히 펴지지 않았다.

"인상 펴. 예쁜 얼굴 못생겨진다."

시준의 말에 세림은 도끼눈을 하고 그를 노려보았다.

"알았어, 알았어. 미안해. 외근 업무가 늦어지는 바람에. 알바생이라고 막 부려먹는 거야. 우리 조만간 여름 정기세일 들어간다고. DM 발송에 POP, 육교 현판, 현수막 홍보물 부착 지시에 이동 차량, 전광판 광고물 체크. 이걸 어떻게 한 시간 안에 해? 낚인 거지. 사원 한 명이랑 같이 나갔는데 이 인간이 좀 띨띨해야지. 땡땡이칠 생각만 하고, 여친하고 계속 통화하고. 아니, 나는 여친 없어? 찾아다니는 거래처마다 내가 다 인사하고, 오더받은 거 내가 다 처리했다니까? 입사 1년차에 외근 근무 이따위로 하는 인간이 어디 있어? 약속 시간도 늦고, 생각 같아서는 진짜 정신 차리라고 비 오는 날 먼지 나게 패주고 싶었는데 난 배운 인간이잖아. 나 성질 많이 죽이고 왔어. 잘했지?"

득의한 얼굴로 말하는 이시준을 보며 이것이 지금 이미지하고 안 맞게 애교를 피우는 건가, 거드름을 피우는 건가 싶어 고개를 갸웃하였다.

"잘하긴 뭘 잘해? 돈 받는 알바생이 시키는 대로 해야지."

"그 자식은 돈 받고 일하는 사원 아니야? 월급 나보다 더 많거든? 땡땡이쳐 가면서 월급 날로 먹고 있는데. 내가 사장 되면 바로 자른다."

목이 마른지 시준은 쟁반에 있는 아이스 아메리카노를 들어 입으로 가져갔다. 플라스틱 컵에 담긴 얼음이 표면에 부딪치며 자그락거리는 소리를 낸다. 세림은 그저 어이없어 웃을 뿐이다.

"사장은 아무나 시켜줘? 어느 세월에 하려구? 의대나 제대로 졸업하셔."

도저히 얄밉지 않은 그 한마디에 시준이 씩 웃었다.

"무슨 음악을 그렇게 듣고 있었어?"

최근 클래식 공연을 갔다 오고 나서부터 세림은 부쩍 음악 감상에 심취했다. 혼자 있는 시간에는 말할 것도 없고 차 안에서도 들을 만한 음악 없냐며 뒤적거리다가 음반 하나를 오디오에 넣고 드라이브시켜 달라기에 그저 기사 노릇만 했다. 공연에 데리고 간 게 잘한 건지 못한 건지. 달콤한 연애의 시작에 이게 무슨 미적지근한 데이트인지 한숨만 나온다. 여자를 처음 사귀던 열여섯 살 때로 회귀한 기분이다. 그때도 지금보단 덜 순수했던 기억이 어렴풋한데.

"그냥, 피아노 곡."

세림이 새침하게 대답했다. 시준은 테이블에 놓인 그녀의 MP3를 집어 들어 전원을 켰다. '그냥 피아노 곡이 뭔데?' 하고 보면 'Say You Love Me'라는 곡명이 액정에 떠오른다. 페티 오스틴이 부른 노래를 류이치 사카모토가 재즈 풍으로 편곡한 피아노 곡. 시준의 한쪽 눈썹이 꿈틀 움직인다. 그가 왼쪽 다리를 꼬며 의자 등받이에 비딱하게 기대서는 두 눈썹을 잔뜩 구겼다.

"……그때 그 피아니스트 놈팡이가 그렇게 멋있었어?"

"뜬금없이 무슨 소리야?"

"하고많은 음악 중에 피아노 곡만 듣는 이유가 뭐야? 뭐가 좋다고 멋있다, 멋있다. 멋있긴 개뿔. 마른 멸치같이 생긴 놈한테 혹해서는. 은세림아, 나도 피아노 칠 줄 알거든?"

괜히 뿔이 나서 심술궂은 말만 해대는 시준이 어쩐지 귀엽다.

세림은 웃음이 터지려는 걸 간신히 참았다.

"어이가 없다, 정말. 그냥 피아노 곡이 좋아서 듣는 거지, 그 피아니스트 때문에 듣는 거니, 멍충아?"

"멍충이?"

멍충이란 말에 왠지 모를 애정을 느끼며 시준은 한쪽 입꼬리를 말아 올렸다. 그것을 놓칠 리 없는 세림이 이러다가 또 한소리 들을까 싶어 다급히 화제를 바꾼다.

"피아노 칠 줄 안다는 말 진짜야? 기껏해야 나비야, 나비야 정도겠지."

"무슨 그런 섭한 말씀을. 이래 봬도 명곡집에 작품 곡까지 거의 마스터한 베테랑입니다, 은세림 씨."

"정말?"

"그럼."

자랑스럽게 웃어 보이며 시준은 커피가 담긴 플라스틱 컵으로 손을 옮겼다. 그러고 보니 시준은 기다랗고 섬세한 손을 가지고 있다. 여자가 보기에도 부러울 만큼 예쁜. 그래, 딱 피아노 치기 좋은 손.

"그런데 남자애들은 피아노 같은 거 보통 오래 안 치지 않아?"

"엄마 때문에."

호기심 어린 눈으로 시준을 바라보며 물었다. 그러고 보니 시준에 대해서 도무지 아는 게 하나도 없다. 현재 사는 아파트도 왜 혼자 사는지, 주식으로 얼마나 이익을 봤기에 공동으로 투자한 바를 가지고 있는 건지, 부모님은 지금 어디에 계시는지, 형제가 있는지. 내가 너무 관심이 없었나?

세림은 자신을 반성하며 의자를 테이블 앞쪽으로 끌어당기고는 허리를 곧게 세웠다.

"엄마…… 때문에?"

"어. 내가 어릴 때 우리 엄마가 엄청 속상해했거든. 애가 너무 부산스럽다고."

세림은 자기도 모르게 소리 내어 웃었다.

"웃겨?"

"응. 얼마나 산만했으면 어머니가 속상하다고 하실 정도야?"

"어릴 때부터 형들이 하는 건 다 하고 싶어 했거든. 몸으로 움직이는 걸 좋아하니까. 큰형이 검도를 배우면 나도 검도를 배워야 했고, 작은형이 합기도를 배우면 나도 합기도를 배우지 않고는 못 배겼어."

"형이 둘이나 있어? 형제가 어떻게 되는데?"

"형만 둘. 나까지 삼 형제."

"정말? 누나나 여동생은 없고?"

"없어. 그게 엄마가 제일 속상해하는 부분이었다나 봐. 내가 형들하고 나이 차이가 좀 있거든. 엄마가 날 가졌을 때 이번에는 꼭 딸이길 바라셨대. 그래서 난 태명도 여자 이름이었어. 그런데 이미 뱃속에 있는 내가 뭐 달린 놈이란 걸 아신 아버지는 그런 엄마가 안타까워서 출산일까지 암말도 않으셨던 거야. 나중에 내가 태어나고 나서도 딸이 아닌 게 무척 서운했던 엄마는 백일까지 나를 그 태명으로 불렀더랬지, 아마?"

초코쉐이크를 쪽쪽 빨아 마시던 세림이 천진한 웃음소리를 낸다. 시준의 의외의 면을 안 것 같아 재밌어진 것이다. 그녀는 눈을 반짝이며 테이블 앞으로 몸을 더 가까이 하였다.

"그래서? 갑자기 피아노는 왜 가르치신 건데?"

"아, 피아노 얘기했지? 아무튼 형들 하는 거 다 따라 하다 보니까 유치원 때부터 여자애, 남자애 할 것 없이 그렇게 괴롭혔다는 거야."

"하여간……."

세림이 가늘게 눈뜨며 흘겨본다. 시준은 부드럽게 웃으며 플라스틱 컵에 손을 가져갔다. 커피가 담긴 플라스틱 컵 표면에 어느새 얼음이 녹아 물방울이 생겼다. 무심결에 컵을 만지던 시준은 물이 닿자 테이블 위에 놓인 휴지로 손을 닦아내며 말을 이어갔다.

"하루는 미영이랑 장난치다가 걔 팔을 꺾는 바람에 미영이가 울고불고 난리가 났어. 엄마가 더 이상 안 되겠다 싶어서 미영이 어머니가 운영하는 음악원에 억지로 밀어 넣으신 거야. 처음에는 지루하고 피아노 앞에만 앉아 있으려니 몸이 근질거렸는데 하다 보니까 의외로 재밌잖아? 한 7년 치면서 성격도 많이 차분해졌지."

"그렇게 어려서부터 쳤는데 피아니스트가 될 생각은 없었어?"

"내 실력이 어려서부터 눈부시게 빛나긴 했지. 그런데 난 아티스트적인 마인드는 없었어. 그쪽에 관심이나 본격적으로 칠 열정도 없었고 음악적 편식도 있었고. 말 그대로 잠깐 친 거야."

"그럼 어머니는 거기서 만족하셨고?"

윤 이사는 시준이 아홉 살 되던 해 홍 교수로부터 피아노에 소질을 보인다는 소리를 듣고 그의 예술적 재능을 키워주고 싶었다. 하지만 삼 형제 모두 자신의 뒤를 이어 경영에 참여하길 원하는 남편과 시아버지 때문에 그 꿈은 일찌감치 접어야 했다.

오랜만에 밀려드는 기억은 시준을 씁쓸하게 만들었다. 그는 세림이 눈치채지 않게 빙긋 웃음 지었다.

"만족하시기만 해? 음악원 갔다 와서는 꼭 한 곡씩 쳐드려서 기뻐하셨지. 울 엄마 꿈이 피아노 잘 치는 딸 두는 거였대. 나 유학 가면서 그 몫은 미영이가 했지만."

시준의 눈동자에 어쩐지 아련함과 그리움이 가득 묻어 있었다. 말하지 않아도 전해지는 감정. 입가에 남은 미소가 세림이 모르는 어린 시절을 향해 있는 것 같다.

"어머니 많이 좋아하는 것 같아. 좋으신 분이지?"

"좋으신 분이지. 상냥하고 따뜻하고……."

"그런데 아들은 포악하기로 유명하고."

세림이 귀여운 농담을 던지자 시준은 못 말리겠다는 표정으로 눈을 가늘게 떴다. 그녀가 곧 웃음을 터뜨린다. 자신의 농담이 꽤 만족스럽게 먹혀들어 뿌듯해하는 것 같다. 사랑에 빠질 수밖에 없는 순진한 웃음이다. 시준은 이제껏 감춰두고 있던 애정이 더 이상 숨길 수 없을 만큼 커졌다. 그가 헛기침을 하며 의자에 삐딱하게 기대 있던 자세를 고쳐 앉고는 반대편 다리를 꼰다.

"은세림, 그만 웃어라."

참지 못하는 웃음을 연신 입가에 달고 있던 세림이 의아해 시준을 쳐다보았다.

"응?"

"자꾸 웃으니까 키스하고 싶어진다."

그의 말에 세림은 어떤 대꾸의 말도 찾지 못하고 눈만 껌벅였다. 표정 없이 빤히 쳐다보던 시준이 입매를 밀어 올리며 천천히 시선을 옮겼다. 눈에서 미간, 미간에서 곡선 진 콧등을 따라 고른 치아가 살짝 보이는 분홍빛 입술, 입술에 잠시 머물렀던 시선은 미끄러지듯 턱에서 하얗고 가느다란 목선까지 떨어지다 다시 입술. 그 모든 움직임에는 무척이나 적나라하면서도 하나하나 감상하는 것 같은 섬세함이 묻어 있다.

세림은 온 신경이 그가 눈으로 훑고 간 자리에 모여드는 것만 같았다. 그녀가 저도 모르게 침을 삼킨다.

예상했던 반응이라는 듯 시준은 은은하게 웃으며 엄지와 검지로 자신의 입술을 슬쩍 만지다가 다시 세림과 눈을 맞추었다. 세림의 두 뺨이 금방 불그스레해진다.

"긴장했지. 진짜 키스할까 봐."

나른한 울림과 그 어조에 세림이 대번에 정색한다.

"미쳤니?"

"말했잖아. 너한테 미쳐 간다고. 이제는 정신도 못 차릴 지경이야."

"정말 제정신 아니다."

도대체 이 상황을 어떻게 넘겨야 할지 몰라 얼버무리는 사이, 슬쩍 윗몸을 일으키던 시준이 머리칼 사이로 손을 들이밀었다. 입술이 한순간에 포개졌다. 그는 한껏 젖혀진 뒷머리를 커다란 손으로 받쳤다. 아릿한 감각이 뒷목에서 척추를 타고 퍼졌다.

순식간의 상황에 당황한 세림은 시준을 밀어내려 했지만 또 다른 손에 양손이 잡혀 이내 포기하고 말았다. 시준은 결코 성급하지 않게 조심스레 입술을 맞췄다. 초콜릿을 한입 녹여 물 듯. 세림은 눈을 꼭 감고 시준이 하는 대로 따라갔다. 조그맣게 입술을 벌리는 사이 그가 혀를 밀어 넣기 전까지.

생전 느껴보지 못한 타인의 혀가 입안으로 들어오자 화들짝 놀랐다. 그의 어깨를 밀어내기 위해 안간힘을 써보지만 시준에게 손이 잡혀 그 어떤 저항도 할 수가 없다. 휘감기는 시준의 혀를 따라 진한 아메리카노 맛이 입안으로 사정없이 들이친다.

아주 잠깐 쏟아지는 소나기처럼 갑작스럽고 거셌던 키스는 라떼처럼 부드럽고 다디단 여운을 남겼다.

"무슨 맛이야?"

달아오른 입술을 맞댄 채 시준이 감미롭게 속삭였다. 파르르 떨리는 숨을 내뱉던 세림은 입술을 떼며 그를 올려다보았다.

입맞춤의 여운이 그의 입술에 붉게 남아 있다. 정신없이 아찔한 순간이 가시지 않아 하얗게 질린 얼굴로 시준과 눈을 마주하였다. 그의 눈꼬리가 휘어진다. 심장이 미치도록 뛰는 소리 때문에 고막이 터질 것 같다. 그렇게 웃지 마.

세림은 아직 입안에 남은 시준의 타액을 삼켰다.

"난 달콤한 초콜릿 맛 나네. 넌 무슨 맛 났어?"

입안으로 단숨에 퍼지는 짙은 원두의 향이 후각을 자극시킨다. 비로소 정신이 들어 귓불까지 얼굴을 붉히며 손등을 입가에 대었다. 손등에서 차가운 시준의 입술 온도가 얼얼하게 느껴진다.

진한 아메리카노.

차마 입 밖으로 꺼내지 못하고 속으로 중얼거리며 시선을 떨어뜨린다.

부끄러움에 조용해진 세림은 한창 말썽부리다가 얌전해진 강아지 같았다. 그런 세림을 보는 시준의 눈동자에 사랑이 담겨 있다. 한 번 더 그녀의 달콤한 입술을 맛보고 싶었지만 그랬다간 세림이 혼절이라도 할 것 같았다.

부슬부슬 떨어지던 비가 언제 그쳤는지 간간이 떠도는 회색 구름 사이로 맑게 갠 파란 하늘과 여름 태양이 보인다. 말갛게 씻긴 태양처럼 비가 오기 전보다 더 깨끗해진 햇빛이 두 사람이 앉은 커피숍 창가로 눈부시게 스며들었다.

커피숍에 잔잔히 흐르는 가슴 설레는 재즈처럼.

11.
널 위한 선물

주말 내내 변덕스럽게 내리던 비는 일요일 오후쯤 완전히 그쳤다. 월요일 아침, 따갑게 내리쬐는 햇볕이 공기 중 습기를 모두 빨아들인 듯 특유의 건조함이 사그라졌고, 비구름이 물러간 뒤 여름 하늘은 유럽의 어느 바닷가처럼 새파랗기만 했다. 가끔 불어오는 바람결에 나뭇잎이 흔들릴 때면 아직 빗물 머금은 초록빛 향내가 길가를 물들였다.

하루 종일 맑기만 할 것 같은 날씨였고, 일기예보에서도 당분간 비 소식은 없겠다 했는데 웬걸. 지하철역으로 하나둘 들어오는 사람들 손에 물방울이 뚝뚝 떨어지는 우산이 들려 있다.

세림은 출구 계단 아래에 서서 망연자실하였다. 반쯤 보이는 회색 하늘에서 세찬 빗줄기가 쏟아지고 있었다. 시멘트 바닥을 두드리는 요란한 빗소리가 시원스럽게까지 들린다. 갑작스런 소나기에 세림처럼 미처 우산을 준비하지 못한 사람들은 웬 비냐 하는 얼굴로 인상을 쓰며 출구를 올려다보았다. 그러다 가방을 머리에 이고 종종걸음으로 계단을 오른다. 계단에 우산 파는 아저씨가 있었지만 대다수의 사람들은 소나기려니 하며 그냥 비를 맞고 가는 쪽을 택한다. 세림 역시 작은 한숨을 내쉬며 어깨에 멘 숄더백을 머리에 올렸다.

어차피 파트타임으로 일하는 보습학원은 역 근처이다. 비를 맞으며 뛰어가기 나쁘지 않은 거리다.

계단을 오를수록 예쁜 핑크색 코사지를 단 여름 슬리퍼에 차박차박 빗방울이 튀었다. 무릎 아래까지 떨어지는 얌전한 캉캉 스커트도 조금씩 빗물에 젖기 시작했다.

❖　❖　❖

"승부는 100미터, 왕복 두 바퀴. 먼저 도착하는 놈이 이기는 거다."

하얀색 웨이크 바지와 민소매 셔츠를 입은 승범은 흡사 휴가지에 온 여행객 같았다. 그는 한 손에 칵테일을 들고 다른 한 손으로 수영장 바닥을 가리켰다. 시준과 태현은 레인 앞에 서서 간단하게 몸을 풀었다. 훤칠한 키의 두 사람이 나란히 서 있으니 사람들은 모델이라도 온 줄 알고 그들을 힐끔힐끔 쳐다본다.

체격이며 단정하게 쓴 수영모와 발목까지 내려오는 검정색 스트러쉬 소재의 수영복 덕분에 프로 수영선수 같은 느낌도 난다. 사실 이미지적인 것들을 제쳐 두고서라도 둘은 주변 사람들의 시선을 잡아두기에 충분했다. 남자답게 벌어진 넓은 어깨와 도드라진 쇄골, 단단한 가슴, 지나친 굴곡 없이 적당한 근육으로 탄탄하게 이루어진 복근까지. 완벽히 균형 잡힌 몸이다.

"이시준, 네가 이기면 얼마 전에 김태현이 영국에서 친히 들여온 뉴페, 에스턴마틴 갖는 거고, 김태현 네가 이기면 청평에 있는 이시준 집, 것도 무려 500평에 달하는 세 개 동 전부 다 갖는 거고. 오케이?"

"오케이."

선글라스를 들어 올리며 승범이 확인하듯 묻자 두 사람이 동시에 대답한다.

"그런데 넌 뭘 믿고 이렇게 겁 없이 나오냐?"

승범은 대충 몸을 푸는 시준에게 어딘지 모를 불만 섞인 말투로 물었다. 시준이 오른팔로 왼쪽 팔꿈치를 당기며 힐끗 돌아보았다.

"애스턴마틴 하나 얻자고 청평 집 세 개 동 거는 게 말이 되느냐고. 무슨 자신감이야?"

"나한테 거저 주겠다는 거지."

"떡밥이 커야 고기가 악착같이 달려들지. 그래야 게임 즐기는 맛도 나고."

"그래, 형이 좀 즐겨보려니까 악착같이 달려들어 봐."

도발적인 태현의 대구에 시준이 한쪽 눈썹을 들어 올리며 씨익 웃었다. 승부욕에 발동 걸린 것이다. 물론 내기를 걸 때부터 질 생각은 추호도 없었지만. 준비가 완료됨을 알리듯 시준과 태현은 수영모에 걸쳐진 수경을 내려 쓰며 레인 앞에 섰다. 두 사람이 서로의 주먹을 맞부딪치며 파이팅하고는 출발 자세를 잡는다.

"시작도 하기 전에 아주 활활 불타오르는구만. 좋아. 준비! 출발!"

승범의 손이 공중에서 떨어지기 무섭게 두 사람은 빠른 속도로 물속에 뛰어들었다. 첨벙 하는 물소리와 함께 흡입되듯 물속으로 빨려들어 간 두 사람은 글라이딩 후 킥과 동시에 수영장 코스를 따라 재빠르게 물살을 가르기 시작했다. 두 사람이 힘차게 팔을 휘저을 때마다 거친 물살 위로 하얀 포말이 퍼져 간다. 수면이 경쾌하게 부서지는 소리가 실내 수영장 안을 가득 메웠다.

"아무 앞에서나 그렇게 천진난만하게 웃지 마라, 은세림."

시준은 전날 자신이 했던 이야기를 떠올렸다. 세림은 의아함이 묻은 눈동자로 쳐다보며 이유를 물었다.

그걸 굳이 물어봐야 알겠냐, 이 똥강아지야. 당연히 사랑스러우니까 그렇지. 그렇게 천진난만한 얼굴로 웃는 거 다른 놈들이 봤다가 혹하는 거 죽어도 싫으니까.

수영장 라인을 따라 끝에서부터 끝까지 헤엄치는 두 사람의 거리는 비슷했지만, 첫 번째 턴을 돌면서 태현이 시준을 앞서기 시작하였다. 시준은 악착같이 스퍼트를 올렸다. 물살을 힘 있게 헤치는 만큼 가속이 붙는다.

세림은 예쁘다. 그리고 감당이 안 될 정도로 자꾸만 더 예뻐진다.

새침한 표정과 나른하지만 고운 음색, 사랑스러울 정도로 작은 체구, 맑은 홍채, 어깨까지 늘어뜨리던 머리칼을 하나로 묶어 올릴 때, 가끔 노트에 야무지게 끼적거리는 꼭 저같이 귀엽게 생긴 낙서, 책에 집중할 때면 무의식적으로 깨무는 아랫입술, 작고 하얀 손으로 수줍게 손잡을 때, 그리고 겨울이 이제 막 가신 들판 위로 쏟아지는 아침의 봄 햇살만큼 투명하고 순수하며 시선을 뗄 수 없을 정도로 해맑갛게 웃음 짓는 그녀를 자신만의 것으로 만들고 싶었다.

하루가 지날수록, 날이 갈수록 더욱.

본인은 인식하지 못하는 것 같지만 세림은 이따금씩 맑게, 혹은 사랑스럽게 그리고 순진하고 천진난만하게 자신의 심장을 쥐고 흔들었다. 숨 막힐 것만 같은 그녀의 모든 것은 해소되지 않는 갈증과 열망을 짙게 느끼게 했다. 위험했다. 그것은 티 없이 맑고 청아한 폭력이었다. 세림은 알지 못할 것이다. 자신이 얼마나 많은 욕망에 젖어 그녀를 구석구석 알고 싶어 하는지. 그것은 매번 위험할 정도로 동물적 본능들을 제어할 수 없게 만들었다. 세포 분열하듯 혈관을 빠르게 파고드는 피는 어느 때보다 뜨거웠다. 은밀한 통증을 동반하며.

빌어먹을.

자신의 욕망을 하나둘 떨쳐 내기 위함인 듯 시준은 물길을 가르는 페이스에 점점 속도를 냈다. 그가 두 번째 턴에서 힘 있게 벽을 차고 나온다. 초반부터 스퍼트를 올리며 거리를 벌린 태현을 금세 따라잡았다. 시준의 호흡이 거칠어지기 시작했다.

비치 의자에 느긋하게 기대어 승부를 구경하던 승범은 거침없이 치고 나오는 시준의 페이스에 놀라 몸을 일으켰다. 입이 벌어질 만큼 승부가 재밌어진다. 그는 하얀 치아를 보이며 씨익 웃었다.

그래, 뭐든지 이겨야만 성미가 풀리는 이시준이 순순히 질 리 없다. 웬만한 스포츠라면 전부 자신 있어 하는 시준이기에 승마나 테니스, 골프, 레이싱 등으로 승부를 낼 경우 승패는 볼 것도 없었다. 선천적으로 운동신경이 좋은데다가 남다른 승부욕까지 곁들여 녀석은 말 그대로 휠휠 날아다니니까. 그러나 수영만큼은 예외로 태현이 한 수 위였다. 왜냐, 태현이는 국제 청소년 수영선수 출신이니까. 지는 건 죽어도 못 참는 성격의 시준이 다시 붙자고 한 일이 한두 번이 아닐 정도로 수영은 태현의 주 종목이었다. 그런 시준이 단번에 태현을 제치고 있으니 이번 게임의 승부가 제법 볼 만하다.

하긴 무려 500평에 달하는 청평 집 세 개 동에 겨우 애스턴마틴이다. 지기라도 하면 이시준이 무척 속이 쓰릴 거다. 작년 겨울, 시공할 때 돈뿐만 아니라 공을 얼마나 들였는데.

시준은 세 번째 턴에서 태현을 역전했다. 태현이 악착같이 따라붙는다. 하지만 마지막 페이스를 올리며 단숨에 거릴 벌려놓는 시준을 쫓기엔 역부족이다. 시준이 맹렬하게 팔을 뻗을 때마다 세찬 물살이 몸을 휘감듯 감겨온다. 그는 마치 확인 사살이라도 하듯 자신을 몰아붙여 승부를 한순간에 마무리 지었다. 승범이 환호성을 질러대며 자리에서 일어나 크게 박수 쳤다.

수면 위로 시준이 모습을 드러냈다. 그는 숨을 몰아쉬며 한 손은 수영장 타일에 올려둔 채 다른 손으로 수경을 벗어 올렸다. 태현이 그제야 결승점에 손을 터치하며 고개를 들었다. 확연한 차이로 승부를 낸 것이 만족스러운지 시준은 한쪽 입꼬리를 밀어내며 물 밖으로 올라왔다. 좌아악 소리를 내며 몸에 감겨 있던 물이 바닥으로 곤두박질친다. 승범이 두 사람에게 하얀색 비치 타월을 건넸다.

"괴물 같은 놈. 치열한 접전 끝에 애스턴마틴은 네놈 거다. 좌우지간에 이 새끼 승부욕은 알아줘야 돼."

두 사람은 승범이 건네는 타월을 크게 펼쳐 몸에 휘감았다.

"놔둬. 욕구불만이시라 그런다."

태현이 웃음기 머금은 얼굴로 말했다. 나름대로 자부심 강한 종목에서 졌음에도 불구하고 억울한 기색은 조금도 보이지 않았다. 오히려 시준을 놀리는 것처럼 보인다. 승범이 눈을 크게 뜨고 선글라스를 슬쩍 들어 올렸다.

"욕구불만? 왜 은세림이 너랑 하기 싫대?"

수영모를 벗어 머리를 털던 시준이 멈칫 승범을 쳐다보았다.

"선글라스나 빼. 미친놈. 여기가 야외냐?"

"안 돼, 인마. 주변 누나들의 뜨끈한 눈 좀 봐라. 이거 써야지 간지 폭풍이다."

"지랄이 풍년이다."

어깨에 걸친 수건으로 얼굴을 닦던 태현이 어이없다는 듯 한마디 내뱉었다.

세 사람은 창이 환하게 트인 곳에 위치한 원목 비치 의자에 걸터앉았다. 시준은 물기 가득한 얼굴을 수건으로 닦았다. 수영장 안이 사람들의 웅성거림과 간혹 물결 튀어 오르는 소리로 웽웽거린다.

"그나저나 진짜 은세림 때문에 그런 거야?"

호기심을 떨쳐 내지 못한 승범이 시준에게 물었다. 하지만 시준은 대답 없이 얼굴을 닦아내고는 호흡을 고른다. 거칠게 몰아쉬던 숨소리가 잦아든다. 태현이 그를 슬쩍 돌아본다.

"이 새끼는 이상한 데서 사서 고생하네. 뭘 고민해? 그냥 달려들면 될 거 아냐. 그게 어려운 거냐?"

"그랬다간 미친놈, 짐승 같은 놈, 벌레보다 못한 놈, 온갖 놈 소리는 다 해대면서 쳐다보지도 않을걸. 진저리를 칠 거다."

태현의 말에 승범은 유독 통쾌하게 웃어댔다. 시준의 눈꼬리가 가늘어지며 태현을 향하였다.

"우와! 진짜 순진한 애는 피곤하구나. 야, 사랑하는 사람끼리 하는 건데 뭐가 어때? 평생 안 할 것도 아닌데."

"넌 사랑 안 해도 할 수 있는 놈이잖아."

"이 자식이 큰일 날 소리 하네. 얌마, 너 유정이 앞에서 그런 소리해라? 그리고 솔직히 따지면 사랑 없이는 나보다 이시준이지."

칵테일 잔을 입으로 가져가던 승범이 선글라스를 휙 벗으며 한껏 정색하였다. 태현도 웨이터가 쟁반에 받쳐 들고 온 두 개의 칵테일을 들어 하나를 시준에게 건넸다. 그가 긍정을 표하며 즐거운 듯 껄껄 웃었다.

하긴 얼마 전까지만 해도 시준은 진지하게 누굴 만난다기보다 그 순간을 즐기는 쪽이었다.

"정신 나간 놈. 언젯적 이야기를……."

"언젯적이라고 해봤자 3개월밖에 안 됐거든. 것보다 어떻게 할 거야? 그냥 남자답게 들이대. 뭘 그렇게 꾸물거려? 네놈이 언제부터 성인군자였다고."

손을 휘휘 저으며 귀찮다는 듯 승범은 다시 비치 의자에 몸을 기댔다. 시준이 표정 없이 수영장을 응시하다가 이내 말문을 연다.

"성인군자 아니라고 해도 좋아. 세림이가 원하면 성인군자 아니라 성인군자 스승 흉내라도 낼 수 있어."

승범은 눈을 동그랗게 떴다. 의외인 듯 태현 역시 놀라움을 감추지 못한다.

"일어나자."

잠시 무거운 한숨을 내쉬던 시준은 수영모와 수경을 챙기며 자리에서 일어섰다. 그가 타월을 어깨에 걸치며 샤워실로 향한다. 승범은 뭐에라도 맞은 듯 멍하니 시준의 뒷모습만 쳐다보다가는 태현 쪽으로 몸을 일으켰다.

"저거 왜 저렇게 심각해? 저 새끼가 저런 놈이었어? 답지 않은 신선놀음인데?"

"뭐, 건전한 교제 한다는데 나쁘지 않잖아? 우리도 일어나자."

시준을 따라잡기 위해 무리하게 한 스트로크가 부담이 됐는지 어깨가 뻐근하다. 태현도 어깨의 근육을 풀어주며 자리에서 일어섰다.

"에라이, 말이 건전한 교제지. 그거 하다가 골로 갈 거다."

"두고 보면 알겠지."

"그나저나 영우 이 자식은 언제 오는 거야?"

자리를 정리하며 승범이 허리를 폈다. 두 사람 역시 샤워실로 발길을 옮겼다.

"지금쯤이면 과외 끝날 때 됐어. 샤워하고 연락해 봐야지."

"하여간 바쁜 척은 혼자 다 하면서 살아요."

"너도 바쁜 척 좀 해봐라. 넌 어째 부르면 오냐."

"이 시키가 실컷 심판 봐줬더니 하는 말이. 자식아, 부르면 오는 친구가 좋은 거다."

"그래, 참으로 좋은 친구 돼서 자랑스럽다."

❖ ❖ ❖

호텔 라운지 커피숍 창으로 오후의 햇빛이 길게 비춰들었다. 적당히 노란색을 띠고 있는 햇빛은 옅은 열기를 머금고 있다. 창가에서 조금 떨어진 테이블에 시준과 태현, 승범이 앉아 있다. 태현은 준비된 차량 양도 증명서에 서명을 하고 도장을 찍었다. 그가 서류를 다시 확인하고 맞은편에 앉은 시준에게 밀어낸다.

"와, 진짜 속 겁나 쓰리겠다. 너 저거 몇 킬로미터나 끌었냐?"

승범은 비딱하게 다리를 꼬고 앉아서는 키위 스무디를 얄밉게 흡입했다. 태현이 만년필 뚜껑을 닫으며 그를 노려보다 한숨처럼 웃었다. 서류를 훑어보던 시준의 입가에도 웃음이 생긴다.

"한국 들어오자마자 기념으로 미영이랑 드라이브하고 데이트할 때 한 번 끌어봤나? 몇 킬로미터라고 할 것도 없지. 말 그대로 신삥 공물로 헌납하고 있다."

승범의 입에서 안타깝다는 듯한 탄식이 터져 나왔다. 시준이 웃으며 도장을 찍고는 다시 태현에게 서류를 보였다. 차량의 양도인과 양수인의 서명, 날인이 모두 제대로 됐다. 태현은 결재판을 덮으며 뒤에서 대기하고 있는 남자에게 건네었다. 그가 가볍게 목례하며 자리를 뜨자 이번엔 다른 남자가 시준에게 다가와 결재판을 내밀었다. 호기심이 발동한 승범이 몸을 앞으로 내밀어 시준이 건네받은 서류를 유심히 살폈다.

"그건 뭐야? 권리 양도 계약서? 신사동 로미오(Romeo)? 작년에 다 망해가는 클럽 매물로 나온 거 구입해서 바(Bar)로 리노베이션

해가지고 완전 핫 플레이스 됐잖아. 이걸 왜?"

"로미오 처분하려고?"

승범이 놀란 듯 묻자 옆에 앉은 태현도 의아해하며 끼어들었다.

"아무래도 이것저것 손이 많이 가. 내가 관리하기 벅찬 부분도 생기고 개인적인 시간도 뺏기고."

"그렇다고 월매출 사오천 뽑는 황금알을 처분해? 넌 무슨 멘탈이 그렇게 프리하냐."

시준은 대답 없이 서류를 읽어 내려가며 웃기만 했다.

"하긴 그래도 건물주라 아쉬울 건 없겠다. 그렇게 돈 많은 새끼가 친구 차를 뺏어 먹냐."

계약서에 서명하던 시준이 흘깃 승범을 보았다. 승범이 머리털을 털며 괜히 불만을 표시했다. 샤워 직후라 아직 젖어 있는 머리칼에서 물기가 툭툭 떨어졌다. 시준이 가늘게 뜬 눈으로 결재판을 덮으며 대기하고 있는 남자에게 건네었다.

"내가 뺏어 먹었냐, 내기에서 얻은 거지? 그리고 네가 진 것도 아닌데 뭔 불평불만이 이렇게 많아? 자꾸 이런 식으로 나오면 심판 섭외비 얄짤없어."

"아, 맞다. 그런데 너 은근히 손만 대면 터진다? 저번에 칭하이(靑海) 투자도 대박이었고, 페트로차이나(PetroChina)에 묵혀둔 것도 슬슬 입질 오더만. 시뮬레이션대로면 너 내년에 유전 제대로 터뜨릴 것 같던데?"

"여기까지 오기가 쉬운 길이었겠어? 눈물겨운 노력의 결과지."

"이 새끼도 보면 딱 사업가 기질이라니까. 의대는 취미로 다니는 거지?"

"취미는 이쪽이고."

"칼텍*도 합격했다며."

실없는 농담을 주고받는 와중, 이번에 말문을 연 건 태현이다. 시준이 웃다가 그를 본다. 승범의 눈이 동그래졌다.

"칼텍까지? 그럼 뭐야? 아이비리그는 거의 합격이고, 스탠포드에 시카고, MIT, 칼텍까지. 인생 골라 사는 재미가 있는 놈이네."

승범은 질렸다는 듯 고개를 저었다. 시준은 아이비리그를 포함한 유수 대학 열 개의 학교에서 합격 통지서를 받았다. 특히 다트머스, 버지니아대학에서는 4년간 장학금 제의까지 받은 상태이다.

"어디로 갈지 정했어?"

"좋은 학교 다니고 있는데 가긴 어딜 가."

"인마, 한국이랑 비교가 돼?"

"포기하려는 거야?"

태현이 진중히 물었다.

"포기라기보단 안 가는 거지. 윤 이사가 하도 노친네들한테 들볶이니까 안쓰러워서 시험 삼아 준비했던 거고, 운이 좋으니까 붙은 거고. 굳이 외국으로 나가야 된다면 전공의 과정 마치고 가도 되는 거니까."

"전부 은세림 때문이지? 학교 포기하는 것도, 바 접는 것도."

시준과 태현이 동시에 승범을 쳐다보았다.

"어떻게 빠지면 사람이 이렇게 변하냐?"

시준이 흘리듯 웃음을 털어냈다.

"네놈이 사랑에 빠진 남자의 정신세계를 알 수 있겠냐."

---

*칼텍(Caltech):California Institute of Technology, 캘리포니아 공과대학교

"이 정도면 사랑에 빠진 게 아니라 신흥 종교에 귀의하신 수준이다. 맛탱이가 가도 한참 갔어."

테이블에 좀 더 길어진 태양빛이 내려앉았다. 조금 후에 영우의 전화가 왔고, 세 사람은 자리를 털고 일어섰다. 시준은 확인하듯 휴대전화 폴더를 열었다. 때마침 세림에게 문자 메시지가 왔다. 오늘은 학원 끝나고 바로 병원으로 간다는 내용이다. 메시지를 보던 시준이 미간을 모으다 곧 입가에 미소를 걸쳤다. 그의 엄지손가락이 통화버튼으로 향하였다.

❖　❖　❖

세림의 얼굴에 옅은 피곤이 드리워져 있다. 평소에 어깨까지 늘어뜨리던 머리칼은 하나로 말아 올려 묶었다. 목덜미 아랫부분의 잔머리가 몇 가닥 튀어나온 것만 빼곤 꽤 시원한 느낌이다. 그녀는 묶여지지 않은 잔머리를 귀 뒤로 넘기며 시간을 확인했다. 10시가 다 돼간다. 1층에 도착한 엘리베이터 문이 열렸다. 로비 뒤편 응급실 옆을 가로지르며 병원 후문 쪽으로 발걸음을 옮겼다. 손목에 매달린 옷가지가 담긴 쇼핑백은 세림이 움직이는 대로 흔들리며 버석거렸다. 병원 전체에 밴 소독약과 화학 약품 냄새는 언제나 불편하고 적응되지 않는다.

그녀가 밖으로 통하는 유리문을 밀었다. 야외주차장의 하얀색 차에서 시준이 내렸다.

두근.

부정맥이라도 걸리겠네. 왜 자꾸 멋대로 뛰는 건데? 괜히 신경질이 나서 부루퉁해졌다.

"생각해 보면⋯⋯."

아메리카노를 한 모금 넘기며 잠시 레스토랑 테라스 밖으로 시선을 두었던 시준이 세림을 바라보았다. 그녀는 포크로 작게 뜬 가나슈 쇼트케이크를 입으로 가져갔다. 초콜릿이 잔뜩 들어간 케이크는 보기만 해도 달다.

"너 좀 많이⋯⋯ 좋은 앤 것 같아."

뜬금없는 세림의 칭찬에 시준은 절로 나오는 웃음을 애써 감추지 않았다. 그가 커피잔을 내려놓고 팔짱 끼듯 양 팔꿈치를 테이블에 대며 몸을 앞으로 기울였다.

"어떤 모습에? 네가 좋아하는 밀라노 쇼트케이크 사다 줘서?"

"음, 그것도 그렇고, 굳이 에밀까지 가서 사오는 거 수고스럽잖아. 그리고 아까 냉면 먹을 때 달걀 준 것도 그렇고. 원래 냉면 먹을 때 달걀 주는 거 쉽지 않은 일인데. 좀 감동했어."

자못 진지하게 말하는 세림을 보며 시준은 소리 없이 웃었다. 그는 웃음기를 거두지 않고 나른하도록 근사한 음성으로 말을 이었다.

"영광이네. 달걀이랑 케이크로 감동도 주고, 좀 많이 좋은 애까지 돼서."

"⋯⋯여러모로 고마워. 기분 좋았어."

그녀가 담담히 말하다 조금 수줍고 상냥하게 웃더니 허브티가 담긴 따뜻한 백색 찻잔을 들었다. 시준은 사랑스럽다는 눈길로 세림의 볼에 손등을 대었다.

세림은 새침하지만 상대방의 호의에 순수하게 기뻐하는 사랑스러움이 있었다. 그것이 큰 것이든 사소한 것이든 상관없이. 오직 생각해 준 상대의 마음에 고마워하고 좋아하며 상냥하게 웃었다. 단골손님에게 인심이 후한 에스프레소 밀라노 마스터가 유독 세림을 예뻐하는 것도 아마 같은 이유에서일 것이다. 세림의 초코쉐이크에 항상 산딸기를 얹어주고, 쇼트케이크에 블루베리며 초콜릿을 아낌없이 제공해 주는 마스터의 기분을 모를 것 같지 않다.

시준은 세림에게 눈길을 고정시키고 다시 커피잔을 들었다.

세림은 끈질기게 바라봐 오는 시준의 눈길이 부담스러워 테라스 밖으로 시선을 틀었다.

무르익은 여름밤 하늘은 대양을 옮겨다 놓은 것처럼 서늘한 담청색이었다. 이차선 도로 건너편에는 숲처럼 빼곡하고 높다랗게 솟은 초록색 침엽수들이 늘어서 있다. 바람이 불 때마다 나뭇잎이 해변으로 쏟아지는 파도 소리를 내며 여름밤의 향기를 흩날린다.

방학임에도 시준은 학기 중과 다름없이 바빴다. 방학과 동시에 시작한 백화점 사무 보조 아르바이트와 신사동 바 관리까지. 둘이 만나는 시간은 학교 다닐 때보다 줄었지만 그래도 같이 있는 시간으로 치자면 훨씬 길었다. 그 와중에 언니인 세아가 기말고사 내내 감기에 걸려 고생하다 며칠 전부터 열이 40도까지 오르면서 병원에 입원하게 됐고. 아무리 성인이라도 병원에 혼자 둘 수 없어 엄마가 세아 곁에 있게 됐고, 일이 바쁠 땐 세림이 있곤 했다. 그리고 그때마다 시준이 세림을 데리러 왔다.

단순히 달걀 하나, 좋아하는 케이크 때문이라고만 할 수 없었다. 가끔 가족도 힘들 때가 있는데 시준은 지치는 기색 하나 없이 병원까지 와서 집에 데려다 주고 다시 돌아갔다. 힘들진 않느냐고 물으니 보고 싶은 거 참는 것보단 낫단다.

조금 웃음이 났다. 이 앤 뭐가 이렇게 매일 보고 싶은 걸까?

시준이 옆에 놓인 쇼핑백을 들어 세림에게 건네었다. 세림이 어리둥절한 얼굴로 쳐다보자 그는 말없이 받으라는 눈짓뿐이다. 그녀가 마지못해 시준의 손에 들린 쇼핑백을 받아 들며 안으로 손을 집어넣었다. 네모난 선물 상자가 들려 나온다. 상자는 제법 묵직했다. 크라프트지의 심플한 상자 뚜껑에는 고급스러워 보이는 새틴 재질의 감색 리본이 예쁘게 매어져 있다.

세림은 얼떨떨한 표정으로 상자와 시준을 번갈아가며 쳐다보았다. 시준이 풀어보라는 듯 고갯짓한다. 그녀는 선물 상자를 테이블에 놓고 예쁘게 매어진 리본 매듭을 조심스레 풀어 뚜껑을 열었다. 그녀의 눈동자가 놀란 듯 평소보다 크게 떠졌다. 시준은 만족스러운 듯 입가에 은은한 웃음을 머금는다. 자신의 어깨를 짓누르던 피곤이 단번에 가신 듯.

"이게…… 이게 다 뭔데?"

"선물."

실크와 혼방 성분으로 이루어진 천 위에 향수와 화장품이 의도적으로 어질러지듯 놓여 있다. 아무리 명품에 문외한인 세림이라도 알 만한 브랜드의 향수와 화장품들. 한참 동안 내려다보던 세림은 뚜껑을 닫아버렸다.

"도로 가져가."

시준이 미간을 모은다.

"은세림."

"네가 돈이 어디 있다고 이런 걸 사와? 가서 환불해."

이제 스물한 살이면서 명품 향수에 화장품이 선물이라니. 기가 찼다. 못해도 몇십만 원은 나오겠다. 생각해 보니 몰고 다니는 차도 외제차다. 혹시나 시준이네 집이 잘산다 치자. 그건 그대로 달갑지 않았다. 경제관념 없이 흥청망청 쓰며 즐기는 남자애들은 또 그대로 싫었다.

"세림아, 나 바 공동으로 투자하면서 수익도 공평하게 나눴어. 내가 무슨 말 하는지 이해해? 그리고 네 눈앞에 있는 남자애가 좀 있는 집 자식이구나 하는 생각은 안 해봤어?"

지나칠 정도로 진지한 세림의 표정에 시준은 웃음이 터지려는 걸 아랫입술을 물어가며 참다가 차근하게 이해시키듯 나직이 말하였다.

"그렇다고 해도 이런 건……."

"이런 선물 주는 거, 솔직히 아무것도 아니야. 네 눈앞의 남자는 선물 하나 주고 나서 궁색해질 놈 아니라고. 응?"

아무것도 아니란 말이 귓전을 맴돌다 뇌리에 박히듯 자리를 차지했다.

아무것도 아니야.

그래서 이렇게 고가의 향수와 화장품을 척척 사다 주는 걸까. 저번에 준 원피스하고 가방이랑 신발도 언니 세아가 말해주지 않았다면 웬만한 돈으로는 살 수 없단 걸 몰랐을 것이다. 그땐 그냥 자신에게 잘 보이고 싶어서 그랬거니 했는데 아무것도 아니라니. 물론 시준이 한 말의 의미는 그게 아니란 걸 잘 알고 있다. 하지만 그것은 자신에게 또 다른 의미를 생각하게 만들었다.

이 애한테 아무것도 아닌 선물을 받은 여자들은 얼마나 될까. 그들도 시준을 보면서 제멋대로, 신경질이 날 만큼 괜히 심장이 두근거렸을까. 강물을 닮은 눈동자에 자꾸만 빠져드는 것 같은 기분을 느꼈을까. ……마지막은 어땠을까.

처음부터 알고 있던 사실을 잠시 잊고 있었다. 그래서 밀어냈던 게 아닌가. 시간이 아무리 지나도 가시지 못할 거라고. 그런데 물들 듯, 가랑비에 옷 젖듯 이 애에게 젖어가려 한다. 완전히 젖을지도 모른다.

세림의 눈동자가 공허해진다.

바람 한 점 없는 호숫가에 돌멩이 하나가 아무렇지도 않게 던져지는 걸 본 기분이다.

"세림아."

시선을 들어 올렸다. 자신을 바라보는 시준의 눈동자는 늘 다정하다. 옅게 웃었다.

"그래, 알았어. 잘 받을게. 고마워."

시준의 얼굴에 만족스러운 웃음이 번진다. 그가 손을 뻗어 상자 뚜껑을 연다. 그리고는 향수와 화장품이 어지럽게 놓인 사이로 무언가 들어 올렸다. 세림의 눈이 다시 커진다.

"이거……."

"다이어리."

"이걸 왜……?"

시준의 기다란 손가락에 들린 것은 세련된 보랏빛 에나멜 가죽 다이어리였다. 그냥 보기에도 정말 예쁜 다이어리다.

"앞으로 다이어리 이거 써."

"내 다이어리 아직 쓸 만한데……."

세림이 말끝을 흐리자 시준은 못마땅한 듯 슬쩍 한쪽 눈썹을 들어 올렸다.

"그래도 이거 써. 내가 주는 선물이야. 그거 오래돼서 맘에 안 들어."

"내 마음이다, 뭐. 평생 거기에 쓸 거야."

세림은 새침한 표정으로 시준의 눈길을 튕겨냈다. 시준이 어이없는 웃음을 짓는다.

"쓸데없는 고집쟁이. 앞으로 여기에다 써. 네가 기억하고 싶은 일상, 앞으로 여기에 담으라고."

입술을 모아 내밀었지만 눈동자는 기쁨을 감추지 못하고 다이어리에 사로잡혔다. 손으로 가만히 커버를 쓸어본다. 매끈한 게 기분 좋다. 디자인도 세련되고 어딘가 고상한 멋스러움이 있다.

"예쁘지? 마음에 들어?"

"응, 예쁘다. 마음에 들어. 네가 고른 거야?"

"아니."

"그럼?"

"내가 직접 주문 제작. 다이어리 제일 뒤에 봐봐. 너하고 내 이니셜 있어."

세림은 또다시 놀라 다이어리를 뒤집어보았다. 중앙 하단에 두 사람의 이니셜이 하트를 사이에 두고 있다.

"우리 이름, 한글로는 자음 두 개가 같고 이니셜로는 알파벳 두 개가 같아. 신기하지 않아? 이런 걸 천생연분이라고 하나?"

가느다란 바람이 곡선을 그리며 그의 입가에 여운을 남긴다. 눈에는 시리도록 아름다운 초승달이 담긴다.

정말이지, 아름답게 생긴 남자다.

"응, 되게 신기하다."

괜히 눈가가 뜨거워지는 것 같다. 다이어리 속지를 한 장 한 장 넘겨본다. 속지는 아이보리색 바탕에 진하지 않은, 그렇다고 너무 연하지도 않은 보랏빛 선으로 이루어져 있었다. 캘린더의 윗부분과 구석 한쪽은 자신도 언젠가 본 적 있는 명화들이 그려져 있다. 열두 달의 그림이 전부 다르다. 그림은 온통 따뜻하고, 온화하고, 가끔은 사랑스러운 것들이었다. 지금 파스텔 톤의 꽃무늬 다이어리 속지에 비하면 귀엽거나 아기자기한 느낌은 덜하지만, 이 다이어리 속지는 어쩐지 하나의 작품집 같은 매력도 있다.

"여기에 써."

"생각해 보고."

습관적인 새침한 대답이지만 시선은 줄곧 다이어리에서 떠날 줄 모른다. 그가 빙글 웃음 짓는다.

"4월 19일."

앞도 뒤도 없는 말이다. 세림이 그를 의아한 눈으로 올려다본다.

"내가 다이어리 주운 날, 은세림 다이어리 잃어버려서 발 동동 거렸을 날. 그리고…… 4월 26일, 우리 처음으로 만난 날, 미친놈처럼 너한테 사귀자고 한 날."

"미친놈이었던 건 알아?"

새침한 세림의 되물음에 시준이 낮게 웃다가 다시 말을 이었다.

"6월 7일, 무슨 날이었는지 기억해?"

이번엔 구렁이 백 마리쯤 품은 표정으로 시준이 능글맞게 물었다. 세림의 얼굴이 금세 빨갛게 달아올랐다.

"우리 첫 키스한 날."

"진짜 창피한 것도 모르고! 너 그걸 다 기억해?"

"어제가 오늘 같고 오늘이 내일 같은데 피곤하게 일일이 날짜까지 기억하는 남자가 날 포함해 몇이나 될 것 같아?"

"……."

"황송한 줄 알아. 엄마, 아버지 생일도 당일이나 돼서, 것도 누가 일러줘야 기억해 내는 사람이 나야. 그런데 은세림 네 덕분에 나도 쓸데없이 날짜 기억하는 버릇이 생겼어. 이런 일 한 번도 없었는데. 무슨 일 생기면 날짜부터 확인한다니까."

"……."

"은세림, 재주 있다. 이시준을 길들일 줄도 알고."

기분 좋게 웃는 얼굴의 시준을 보며 어떤 말도 할 수 없었다. 모래알이 굴러다니듯 버석거리던 심장이, 아니, 응어리를 이고 있어 짓눌렸던 심장이 생경하게 뛰었다. 오래전 알고 있던 익숙한 뜀박질과는 다르게 한 번도 경험해 보지 못한 움직임이라 조금 아프기까지 하다.

"어차피 다이어리에 다 적을 거지?"

세림은 크게 호흡하며 말문을 열었다.

"다이어리 이제 안 써. 누가 한 달 동안 다이어리 훔쳐 가서 마음고생 한 덕분에 이제 안 쓰기로 결심했어."

"진짜?"

"그럼 진짜지 거짓말이게?"

예상 밖의 대답에 시준은 곰곰이 생각에 잠기다 팔짱을 꼈다. 얼굴엔 여유가 가득이다.

"모르지 또. 말로만 이러고 집에 가서 몰래몰래 쓸지 누가 알아?"

"글쎄."

"써. 기대하고 있을게. 얼마나 재미있는 일기를 쓸지."

시준이 근사하게 미소를 보였다. 세림은 갑자기 코끝이 시큰해졌다.

이상하다. 이런 감정을 어떻게 정의 내려야 할지 모르겠다. 영우를 좋아했던 때와는 또 다른 감정이 폭포수처럼 한꺼번에 쏟아져 내렸다. 아득함, 물결치는 아픔, 주먹을 쥘 수밖에 없는 손……

그를 똑바로 쳐다볼 수 없어 시선을 돌렸다. 먼 허공을 가로지를 때쯤 시원한 밤바람이 불어왔다. 병원을 나올 때부터 느낀 거지만 오늘 밤은 날씨가 유독 상쾌하다. 하루 종일 뜨거웠어도 어쩐지 여름 날씨답지 않게 습하지 않더니 밤에도 기분 좋을 만큼 맑다. 웃음이 났다. 밤하늘에 구름 한 점 없을 정도이니 내일 날씨도 상쾌할 것이라 낙관해 본다. 날씨만이라도 맑다면 그땐 맘껏 행복을 느낄 수 있겠지.

어떤 아련함이 깊숙이 가슴을 파고드는 그런 밤이었다.

❖　❖　❖

세림은 상자를 책상 위에 올려두고 뚜껑을 열었다. 볼수록 한숨이 절로 나온다. 향수며 화장품이 들어 있는 선물. 시준에겐 아무것도 아닌, 그녀에게는 부담스럽지만 여자로서 기분 좋을 수밖에 없는 선물. 그 사이에서 윤기를 머금고 있는 보랏빛 다이어리.

예쁘다.

상자에 담긴 다이어리를 손으로 쓸었다. 매끄러운 촉감이 손가락 끝으로 전해져 온다. 말간 눈으로 보랏빛 다이어리에 시선을 고정시키고 있다가 책상 아래 왼쪽에 있는 서랍으로 손을 가져갔다. 손잡이를 살짝 잡아당겨 익숙한 손길로 서랍 안쪽에서 무언가를 꺼내었다.

매끈한 갈색 가죽의 다이어리. 그녀는 손에 든 다이어리를 책상 위 보랏빛 다이어리 옆에 나란히 뒀다. 대학교에 입학할 무렵 산 것이니 1년 반이 된 조금은 오래된 다이어리다. 책자 형식으로 된 요즘 다이어리와는 다르게 바인더로 이루어진 다이어리. 속지를 다 쓰면 새로 사서 채워 쓸 수 있기에 1년에 한 번 새로 사지 않아도 됐다. 그 점이 좋았다. 지난 기억이 끊어지지 않고 연결되는 것만 같아서. 덕분에 다이어리는 처음 살 때보다 제법 두꺼워졌다.

커버를 잠시 쓸어내리던 손이 단추를 끌러낸다. 대학교 새내기로 떨리는 마음으로 오리엔테이션에 가서 술을 잔뜩 마셨을 때, 단아 언니와 처음으로 만나 친해지게 되었을 때, 자영을 따라 의학관 근처의 학생회관 학생식당에서 영우를 보고 놀랐을 때. 모든 기억이 이 다이어리에 녹아 있다.

다이어리를 넘기던 손길을 멈추었다. 그러고 보니 곧 있으면 7월, 조금 더 지나면 영우의 생일이다. 작년에는 괜히 속상해서 술에 절어 보냈지. 작게 웃음이 났다. 고개를 들었다. 생각해 보니 그 애 생일이 언제인지 모른다. 얼마 전부터 느끼는 거지만 자신은 시준에 관해 아는 게 너무 없다. 심지어 알려고도 하지 않았고 관심을 가져

본 적도 없다. 자신의 무심함에 괜스레 미안해짐을 느낀다.

무서웠으니까. 그 애에 대해 알아가는 게 무서웠으니까.

삶은 수많은 만남의 연속이고, 수많은 헤어짐의 연속이다. 당연한 이치이고 법칙임에도 이 애에게는 적용되지 않았으면 한다. 아니, 어쩌면 영우에게도 그러길 바랐는지도 모른다. 익숙한 무언가에서 멀어지는 것, 그것을 뒤로하고 새로운 앞을 향해 나아가는 것, 너무나 낯설고 힘든 일이다.

기억이, 시간이, 순간들이 이제까지의 자신을 만들어왔으니까.

배워야겠다. 이성 간의 인력에서도 자연스레 만나고 헤어질 수 있는 방법을. 이 애라면 수많은 여자를 만나고 헤어져 봤을 테니 쉽게 배울 수 있을지도 모르겠다. 이 애랑 헤어질 때쯤엔 혹독한 감기에 걸려 되게 앓을지도 모르겠다. 그런데 이제는 이 애한테 자꾸 잠기는 자신의 마음을 자신도 도무지 어떻게 할 수가 없다. 영우보다 더 호되게 앓고 나면 나아지겠지. 괜찮아지겠지.

세림은 갈색 다이어리를 덮고 상자에 담긴 보랏빛 다이어리를 집어 들었다. 커버를 열어 속지를 펼쳤다. 따뜻한 색채의 명화와 보라색 선으로 네모 칸이 그려진 캘린더 부분, 날짜별로 일기를 쓸 수 있도록 줄이 그어진 것 외에는 깨끗하게 텅 비어 있는 상태다. 세림은 그 텅 비어 있는 공간을 보며 두근거리는 심장의 박동에 귀를 기울였다.

세상에 단 하나밖에 없는 다이어리.

큰일이다. 이 다이어리를 채우려면 그 애하고의 추억을 아주 많이 만들어야 할 것 같다. 조금 서글픈 미소를 지었는지도 모르겠다. 오른손을 뻗어 책상 머리맡에 놓인 둥그런 연필통에서 색연필과 색색의 고운 펜을 집어 들었다.

4월부터 쓰자. 그 애를 처음 만난 날부터.

펜을 들고 제일 첫 장에 무언가를 쓰려던 세림은 다시 고개를 들었다. 생일을 물어봐야겠다. 별자리는 뭐지? 괜히 목줄기가 간지러워진다. 세림은 지그시 입을 다문다.

다음에 만나면 물어봐야겠다.

12.

서툰 두근거림

"뭘 그렇게 심각하게 봐?"

절반이 조금 넘게 읽고 있었을까. 거리를 두었던 책 속 활자가 눈앞으로 바싹 다가섰다. 활자가 그대로 주르륵 쏟아질 것 같아 세림은 움찔하며 옆에 선 시준을 곱지 않게 올려다보았다. 고개만 비딱하게 숙여 표지를 확인하던 시준이 시선을 마주해 왔다. 그의 왼쪽 눈썹이 삐뚤 일그러진다.

세림이 읽고 있던 건 영화 평론가와 감독들이 한국 로맨스 멜로 영화 작품을 추려 평론한 책이었다. 저자는 작품 내의 사랑과 이별에 대한 것을 개인적인 문제와 사회적인 문제를 통해, 그리고 문학적인 면이나 시대적 정서를 곁들여 해석하고 평론했다. 그녀가 보고 있던 부분은 영화 [클래식]에 관한 내용이었다.

"그런 건 건너뛰고 봐도 되잖아."

단순한 문장이었지만 그의 어조에는 분명 시비가 있었다. 읽고 있는 책이 눈에 달라붙을 정도로 밀어내던 그는 기어코 검지와 중지를 튕기며 표지를 두드렸다. 가끔 이렇게 심술부릴 때가 있다니까.

"간절히 원했지만 어긋날 수밖에 없던 사랑, 그리고 돌고 돌아 약속처럼 이루어질 수밖에 없는 사랑. 감동적이잖아. 단순히 나만 느꼈던 느낌 말고 전문가는 어떻게 해석했나 궁금했어. 영화 봤을 때 느낌도 다시 생각나고."

들고 있던 책을 탑처럼 낮게 쌓인 책 위에 얹어놓으며 다시 페이지를 넘긴다. 다른 작품을 평론한 부분도 읽어보고 싶다.

"그 느낌이 어땠는데?"

"이런 명작에 대한 감상을 표현하기엔 내 지식도, 느낌도 너무 얄팍해서……."

시준은 신경질이 묻어난 탄식 같은 한숨을 뱉어냈다. 시준이 왜 이러는지는 아주 조금 짐작이 갔다. 험악한 그의 얼굴이 훤히 그려진다. 책 속에 시선을 둔 세림은 괜히 웃음이 났다.

"그냥 베스트셀러로 올라왔으니까 읽어보는 거야, 바보야."

'이 달의 베스트셀러'라고 쓰인 푯말 아래의 좌판에는 많은 책이 질서정연하게 진열되어 있다. 그의 손에 들려진 하드커버 표지의 두꺼운 책 두 권이 다른 책들 위에 얹어졌다. 막 계산된 듯 두 권의 책에는 교보문고 띠가 둘러져 있다.

"그래서 평론가가 뭐라고 그랬는데. 공감돼?"

"글쎄……."

공감할 수 있을 만큼 제대로 된 사랑을 한 경험도 없다는 생각이 머릿속에 스쳤지만 입 밖으로 꺼내진 않았다.

"하긴 너 걔랑 연애도 못해봤잖아. 짝사랑이었으면서."

"야."

세림은 달아오른 얼굴로 단 한 마디만을 내뱉었다. 시준은 흥미 없다는 표정으로 책을 던지듯 놓고는 계산된 자신의 책을 들었다.

"돌고 돌아온 사랑이 나 아닌 한 세대를 건너는 게 무슨 소용이야. 나하고 이뤄져야지. 그 감상은 또 뭐 하러 굳이 찾아봐. 나만 느꼈음 됐지. 이래서 애들은 독서 지도가 중요해."

그가 투덜거리며 세림의 자그마한 손을 잡고는 걸음을 옮겼다.

심술쟁이. 시준이 움켜쥔 손이 뜨겁다.

"지금 내가 독서 지도를 못 받은 애라는 거야?"

"그럼 독서 지도를 제대로 받은 애가 연애 중에 그런 책 읽는 게 바람직해? 두근두근 연애, 이런 걸 읽어도 모자랄 판에?"

두근두근 연애? 이시준 입에서 저런 말이 나오다니, 도무지 어울리지 않아 웃음이 터질 뻔했다.

"비극적인 작품만 평해 놓은 책도 아니거든? 그리고 그 영화 결국은 해피엔딩이야."

"해피엔딩이든 아니든."

"좋아, 그럼 독서 지도 잘 받은 네가 추천해 줘봐."

"난 모르지. 소설은 안 읽으니까."

"거짓말."

"참말."

"진짜? 이제껏 소설을 읽어본 적이 없어? 베스트셀러도?"

두 사람은 손을 잡고 서점의 코너를 따라 천천히 입구로 향했다.

오늘 자영과 단아, 해나를 만나기 위해 강남으로 나온 세림이었다. 시준은 그전까지만 같이 있자며 굳이 나온 것이다.

"다빈치 코드는 봤다."

"그리고?"

"……단테의 신곡."

시준이 세림을 돌아보며 장난스러운 얼굴로 웃는다. 세림이 어이가 없다는 듯 탄식하며 숨을 뱉어낸다.

"군주론, 맥베스, 햄릿, 로미오와 줄리엣, 올랜도, 순수이성비판. 어때? 취향이 좀 맞아?"

"로미오와 줄리엣, 올랜도."

의외라는 듯 가만히 바라보던 세림이 웃으며 답했다.

"그런데 올랜도를 읽어봤어? 그거 좀 난해해서 취향 타는 소설인데."

"누가 두 번씩이나 읽은 책이기에. 책 자체는 좋았어. 한 번쯤 생각하게 하는 문장도 많았고, 객관성을 유지하려는 주인공의 마인드도 괜찮았어. 그 시대 때 센세이션을 일으킬 만한 책이었던 것 같아. 근데 생각이 너무 많아. 매사 내면이 복잡해서. 내적 고뇌와 갈등이 많아서 내 취향이 아니긴 하더라."

"자아 성찰적이잖아. 원래 자꾸 내면에 대해 생각하는 사람들이 발전하는 거야. 지나치지 않은 내적 고뇌와 갈등은 사람을 발전시키는 거라고 생각해."

세림은 제법 야무지게 말하며 보란 듯 새침하게 웃었다. 피를 끓게 할 만큼 사랑스럽다.

"사색적인 게 취향인가 보네."

"꼭 그렇진 않아. 책보다는 영화를 좀 더 많이 보고. 작년에 개봉한 '지금 만나러 갑니다' 같은 거, 너무 좋았어. 아마 열 번은 넘게 본 것 같아. 그리고…… 1996년 판 '로미오와 줄리엣'. 레오나르도 디카프리오 나왔던 거, 난 원작보다 훨씬 더 좋았어. 그때 레오나르도 디카프리오 얼굴이 진짜 신선한 충격이었는데."

세림은 눈까지 반짝거리며 분홍빛 입술을 쉴 새 없이 움직여 댔다. 키스하고 싶은 충동이 들 정도로 예쁘다. 지금 이 자리에서 키스해도 그렇게 정신 나간 놈이 될 것 같진 않다. 세림에게 시선을 고정시킨 채 밖으로 통하는 유리문을 밀었다. 입가에 웃음이 지워지지 않는다.

"난 네가 더 신선한 충격이다."

종알대던 세림이 눈을 깜박였다. 그가 여전히 놓고 있지 않은 손으로 볼을 스치듯 쓸어낸다. 기분 좋은 웃음이 걸린 입매와 부드럽게 휘어진 눈에 사랑이 담겨 있다. 단번에 알 수 있을 만큼. 세림의 얼굴이 다시 붉게 달아오르고 말았다.

"어, 세림아!"

낯설지 않은 타인의 목소리에 세림의 눈동자가 시준을 비켰다. 시준도 가볍지 않은 하이 톤의 목소리가 난 쪽으로 고개를 돌린다.

"현아야?"

세림이 중얼거리듯 그녀의 이름을 불렀다. 뜻하지 않은 우연에 놀라고 반쯤은 긴장 섞인 어조이다. 현아가 조심스럽게 아스팔트색 계단을 밟으며 내려온다. 푸른 광택이 도는 샌들이 계단을 디딜 때마다 야무진 굽 소리를 냈다.

"어머, 뭐야? 세림이 말고 지겨운 얼굴이 여기 또 하나 있네?"

"나도 너 지겹다."

시준의 말에 세 사람은 웃음이 터졌다. 스키니 진에 하얀색 반소매 티셔츠, 중간부터 컬이 들어간 머리를 옆으로 묶은 현아의 스타일은 웃음소리만큼이나 산뜻하였다.

"책 보러 온 거야?"

웃음이 사라질 때쯤 세림이 살갑게 물었다. 그전에 현아의 주변을 슬그머니 살피던 눈길을 시준은 놓치지 않았다.

"응. 살 것도 있고."

"혼자 왔어?"

이번엔 시준이 물었다.

"어, 혼자. 완전 심심하게 혼자야. 수요일 오후에 이게 뭔가 싶을 정도로. 두 사람은 지금 가는 길인가 봐?"

"응. 우린 아까 왔거든."

"방학이라 데이트 중이구나?"

"그건 아니고…… 아, 그럼 둘이 놀아도 되겠다. 나 어차피 지금 약속 있어서 가는 중이었어."

시준과 현아가 동시에 세림을 돌아보았다. 그녀는 생각 없이 말간 얼굴이다.

"세림아, 나는 저 지겨운 얼굴 학교에서 보는 것만으로 만족하고 싶은데."

현아가 장난스럽게 말하자 시준이 성긴 웃음소리를 냈다.

"그래도 이시준이 놀아달라고 하면 상대는 해줄 수 있지."

"무슨 착각을 하는 거야? 난 혼자서도 잘 노니까 걱정은 고이 접어 주머니에 넣어둬."

세 사람은 또다시 웃음을 터뜨렸다. 세림이 손에 든 휴대전화 폴더액정을 확인했다.

"나 진짜 가야겠다. 그럼 둘이 잘 놀고 있어."

"아직 약속 시간 좀 남았잖아. 뭐가 그렇게 급하다고 혼자 가? 약속 장소까지 태워다 줄게."

시준은 제대로 된 인사도 않고 계단을 급히 오르려는 세림을 붙잡았다.

"이 근처인데, 뭘. 이따 연락할게. 현아야, 나중에 보자."

차례대로 인사를 건넨 세림은 뒤도 돌아보지 않고 계단을 올랐다. 계단 아래에 덩그마니 남겨진 시준과 현아는 서로를 쳐다보며 황당히 웃었다.

❖　❖　❖

두 잔의 아이스 아메리카노가 담긴 쟁반을 테이블에 내려놓으며 시준이 커피숍 의자를 끌어다 앉았다. 그는 서점 한 바퀴를 다시 돌고 나서야 자리에 엉덩이를 붙일 수 있었다. 45.195킬로미터의 장거리 달리기에도 끄떡없을 것 같은 사람이 왠지 모르게 피곤해 보인다. 아마 둘 중 하나겠지. 체력 관리를 게을리한 탓이거나 지금의 상황에 흥미가 없거나. 이시준은 당연히 후자일 터. 역시 아직도 자기 것을 제대로 못 챙기는 은세림이다.

"영우는 무슨 알바를 또 한다는 거야?"

시준의 입에서 영우 이야기가 나오자 현아의 얼굴이 절로 굳는다. 그녀는 보일 듯 말 듯 연한 미소를 보이며 대답했다.

"호프집 아르바이트. 원래 주말에만 하는데 오늘은 대타로 나간 거고."

"진짜 인생 열심히 산다니까. 과외 알바만으로도 웬만한 월급쟁이 정도는 될 텐데. 부자 되겠네."

"눈앞의 누구만 하려구?"

"지금 욕하는 거지? 팔자 좋은 놈이 헛소리하고 앉아 있다고."

"아냐. 사실이잖아. 뭐, 너도 나름대로 열심히 살구. 알바도 하고 공부도 잘하고. 영우가 지나칠 정도로 생활력 강한 것도 사실이고."

마지막 말은 괜히 했다는 생각이 불현듯 뇌리를 스쳤다. 씁쓸한 얼굴을 감추지 못하고 플라스틱 컵의 표면을 매만진다.

영우가 지나칠 정도로 생활력 강한 것도 사실이고…….

그것은 다시 말해 평범한 삶을 쓸데없이 열심히 사는 그가 그리 달갑지 않다는 이야기다. 영우는 성실한 남자 그대로다. 시준과 태현이 방학을 적당히 즐기면서 보낸다면 영우는 아르바이트며 과외에 하지 않아도 될 공부까지 하면서 시간을 보낸다. 왜 그렇게 쓸데없이 열심인 거야? 그 점이 자신에게 가장 스트레스다. 이미 급수부터 다르지만 그렇더라도 영우는 지나쳤다. 우리는 기껏해야 20대 초반이다. 20대면 인생을 즐길 나이야. 그렇게 성실할 필요 없단 말이야. 생각하다 작게 한숨을 내쉰다.

얼굴에 드리우는 그림자를 엿보기라도 했는지 시준이 농담을 던진다.

"너 오늘 인심 후하게 쓴다? 칭찬도 다 해주고."

"과연 그게 칭찬일까?"

"그 정도면 싸늘하기로 유명한 김현아한테 듣는 후한 칭찬 아닌 가?"

"웃기는 소리 하고 있어. 소문난 예과 시베리아 냉풍으로 유명한 게 누군지 모르나 봐?"

"야, 그렇게 부르지 마. 진짜 닭살 돋아. 유치하게 시베리아 냉풍이 뭐냐? 쪽팔리게."

금세 정색하며 인상을 쓰던 시준이 플라스틱 컵에 꽂힌 빨대를 입으로 가져갔다. 현아가 즐겁다는 듯 웃는다.

"네가 나보다 더했으면 더하지 덜하진 않단 소리야."

"퍽이나. 처음에 미영이가 빌린 책 돌려주러 갔을 때 기억나? '넌 뭐야?' 하는 눈으로 쳐다보는데 왜 그렇게 재수 없냐."

"남 말 하기는. 나만큼 너도 재수 없었거든?"

실없는 농담에 두 사람이 즐거운 듯 웃었다.

처음엔 그랬다. 이시준이 어떤 애인지 몰랐으니까. 아니, 적어도 콧대 높은 김현아에겐 주변인들 빼고 나머지는 대체로 상대할 필요가 없었다. 특히 자신이 생각하는 기준에 부합되지 않는 남자들은 상대할 가치조차 느끼지 못했다. 그래도 남자들은 자신의 어장에 걸려 헤어 나오지 못했다. 처음 태현과 미영 무리와 친해졌을 때도 시준은 신경 쓸 존재가 아니었다. 똑똑하고 잘생기긴 했지만 그것을 빼면 영우와 별반 다를 게 없었으니까. 분명히 그 시점에서는. 그런데 이름만 들어도 알 만한 유명 기업의 자제분이라니, 눈 돌아갈 조건이다.

슬쩍 시준을 본다. 경박하지도, 그렇다고 소심하지도 않은 웃음소리가 심장 깊숙한 안쪽을 뜨겁게 달군다. 영우와는 반대되는 매력. 영우가 평범하지만 안정된 삶이 묻어나는 남자라면, 시준은 물고 뜯기는 광활한 초원을 휘젓는 맹수와도 같다. 쳐다보는 눈빛 하나만으로도 상대를 제압할 수 있고, 잘 훈련된 두뇌와 그에 걸맞은 날렵한 몸으로 초원을 누비며 한 번 겨냥한 사냥감은 놓치는 일 없는 최고의 맹수. 먼 훗날, 보이지 않는 치열한 두뇌 싸움의 비즈니스 세계에서 성공한 남자의 이미지와도 같았다. 시준은 의사가 아니다. 기업의 이윤과 미래를 내다보는 비즈니스맨이 훨씬 어울렸다.

결혼은 그들만의 리그니까 거기까지 바라지도 않아. 대신 두툼한 돈봉투라도 던져 준다면 감사하게 받고 떨어져 줄 수 있어. 이런 남자앨 한 번쯤 만남으로써 겪을 수 있는 추억이니까. 그렇다면 내 쪽이 더 낫잖아?

"만약 세림이었다면 그런 인상 주지 않았겠지."

멍하게 창밖을 내다보던 현아가 읊조리듯 말을 꺼냈다. 웃음기를 머금고 있던 시준의 얼굴이 의아함으로 변하였다.

"세림이는 학교 다닐 때부터 애교도 많고 귀여운 구석이 있어서 애들을 무척 따랐어. 그래서인지 사람들 마음 얻는 것도 쉬웠고, 또 세림이를 좋아하는 애들도 많았고. 반면에 난 애교도 없고 좀 곧은 데가 있어서 그런지 같은 여자애들하고 어울리기가 쉽지 않았어. 세림인 좋은 친구이면서 긍정적인 자극제가 됐지."

시준은 의자 등받이에 등을 기대어 잠자코 그녀의 이야기를 듣기만 했다.

"그렇지만 세림이랑 다니면서 한편으론 힘든 적도 많았어. 왜 다른 애들은 내가 세림이 같기를 바라는 걸까. 단지 같이 다닌다는 이유만으로? 심지어 영우의 마음을 얻기 위해 그렇게나 노력했는데도 불구하고 영우는 세림이한테 이미 마음이……."

그녀의 말에 귀를 기울이던 시준의 눈동자가 미세하게 흔들렸다. 현아는 짐짓 놀란 듯 손을 입으로 올리며 시준의 눈치를 살폈다. 마치 실수로 튀어나온 말인 양.

"미안. 내가 방금 말실수한 것 같다. 어떡해."

시준은 반응 없이 창밖만 쳐다볼 뿐이다. 그와 같은 곳에 시선을 둔다. 어스름이 지고 있는 창밖 인도와 도로에는 많은 사람들과 차들이 분주히 움직이고 있었다. 알고 있는 일인가?

"……혹시 세림이가 영우 좋아했던 건…… 알아?"

"뭐, 대충……."

"알고 있었구나. 다행이다. 그래도 내가 실수했네……."

현아는 어색한 듯 웃으며 말끝을 흐렸다. 테이블이 잠시 조용해졌다. 그녀는 테이블 위에 올려두었던 손을 가볍게 쥐며 창가에 눈길을 두었다. 창가에 비친 시준은 팔짱을 낀 채 창밖을 응시하고 있다.

그런데도 아무렇지 않은 거야?

"세림이가 영우 정말 많이 좋아했어. 영우는 세림이를 단지 여동생으로밖에 생각하지 않는다고 했지만, 그건 날 안심시키기 위한 말이고. 이미 사귀기 전부터 알고 있었어. 내가 두 사람 사이에 낀 거구나 싶은 여자만의 감."

두 입술을 굳게 다물며 사이를 두었다. 시준의 미간이 묘하게 일그러졌다. 그는 방금 현아가 한 말의 의미를 되새기기라도 하듯 시선을 조금도 움직이지 않았다. 금세 서늘해질 것만 같은 눈빛의 시준을 보며 현아는 입매가 밀려 올라가려는 걸 곤란함으로 위장했다.

"나 미쳤나 봐. 왜 이런 이야기를 하지? 너무 속상해서 그런가 봐. 나 요새 영우랑 냉전 중이잖아. 미안해, 시준아."

시준은 아무렇지 않다는 듯 표정 관리를 하며 테이블 위의 플라스틱 컵을 집어 들었다.

"뭐, 어때. 지나간 일인데."

"맞아. 지나간 일이지. 그런데…… 우리한테는 지나간 일이 안 되나 봐. 난 언제까지 두 사람 사이에 낀 느낌을 받아야 되는 걸까. 혹시라도 두 사람이 다시 만나는 건……."

격한 감정을 연출하기 위해 그녀는 목소리를 가늘게 떨었다. 눈가에 맺히는 눈물은 별도 선택이다. 시준은 현아를 돌아보았다. 아무것도 비춰지지 않는 인형 같은 까만 눈동자에서 눈물 한 방울이 테이블 위로 뚝 떨어졌다. 그녀는 최대한 무심하게 눈물을 닦아내었다.

"진짜 미안. 내가 별소릴 다 한다. 못 들은 걸로 해줘."

억지로 짓는 웃음인 양 어색한 미소를 보인다. 그리고는 마치 웃음 짓는 것이 곤욕스럽다는 듯 서글픈 표정이 되면 꽤 안타까워할 것이다.

필사적인 현아를 보며 시준은 작은 한숨을 내쉬었다.

"……됐어. 신경 쓰지 마. 걱정할 필요도 없고. 은세림, 나하고 잘 지내고 있으니까."

우회적인 말에는 뼈가 드러나 있다. 잊고 있었다. 이시준은 여자를 상대하는 데 도가 텄다는 사실을. 시준을 쳐다보며 적당한 만큼만 미소 지었다. 미묘하게 경계선 밖으로 벗어난 눈빛으로.

"다행이다. 이시준이 위로해 줘서 그런지 괜히 든든하네. 의외인 데서 멋지단 말이야."

"그 소리도 만날 들어서 지겹다. 가자. 정류장까지 태워다 줄게."

시준이 자리에서 일어섰다.

"아냐. 됐어. 걸어가면 돼."

현아 역시 의자에 둔 가방을 챙겨 들며 일어섰다. 아쉬움이 남는 얼굴이다.

"한참 걸어야 되잖아."

"……난 거절 안 해, 이시준."

주문을 외듯 현아는 그의 이름을 힘주어 말하며 눈이 휘어지도록 웃었다. 최면을 거는 것 같은 웃음이다. 현아의 웃음에 시준도 따라 웃었다. 단지 입만.

❖　❖　❖

주홍빛 조명등과 홀 중앙 천장에 줄 달린 서너 개의 노랗고 푸른색의 인테리어 조명이 전체적으로 어두운 술집을 은은하게 비추었다. 실내는 술집의 분위기 덕분인지 왁자지껄 시끄럽게 떠드는 소리보다 일상에 지쳐 쏟아지는 편안한 수다가 테이블 위를 오가고 있었다.

"세림인 어때? 좋아? 좀 예뻐진 것 같다?"

"예뻐지기는."

색색의 앙증맞은 비즈 발이 경계를 이루는 사이로 안쪽 테이블에 세림, 자영, 단아, 해나가 방학 후 오랜만의 만남에 들떠 이야기꽃을 피우고 있다. 짓궂은 농담을 건네는 해나 덕분에 세림은 부끄러운 듯 얼굴을 붉힌다. 뜨끈한 불판 위의 매운 닭과 해물어묵탕이 놓인 테이블에는 이미 소주 한 병이 비워져 있다.

"얘 또 부끄러워한다. 부끄러워하지만 말구 이제 한창 물올라서 깨 볶을 텐데 빨리 어떤지 알아서 불어. 공식적인 첫 남자친구를 사귄 소감 말이야. 좋아?"

"……좋아. 좋은데, 아직은 잘 모르겠어."

애매한 세림의 대답에 단아와 해나, 자영은 의아한 눈길을 주고받았다. 시준이야 이미 사귀기 전부터 세림이에게 지극정성으로 다정히 대하는 모습에 사근사근한 성격까지 두루 갖춘 이상적인 남자친구의 표본이란 걸 세 사람은 모르지 않았다. 오색찬란한 극광까지는 무리일지언정 최소한 핑크빛 호르몬 정도는 활발하게 분비돼 줘야 정상인데, 세림의 입에서 나오는 대답이 '좋아. 좋은데, 아직은 잘 모르겠어'라니. 이렇게 무심하고 재미없는 대답이 어디 있느냐 말이다. 적어도 지금쯤 달콤한 연애에 푹 빠져 있는 여자애가 할 대사는 아니었다.

"얘 말하는 거 봐? 대답이 왜 이렇게 시원찮은데? 잘 모르겠다는 게 무슨 말이야? 속 시원하게 얘기해 봐."

단아의 말에도 세림은 입술을 우물쭈물 움직이기만 했다. 보다 못한 해나가 나선다.

"설레? 두근거리고?"

말을 잇는 대신 세림은 고개를 가만히 끄덕거렸다. 어떻게 말해야 할지 모르겠다. 자유롭게 활보할 수 없는 마음. 그 애를 좋아하려 하는데 자꾸만 생각이 많아지는 자신을. 깊은 숨을 내쉬며 이리저리 뒤섞여 불안하게 부풀어오는 감정을 어떻게 말해야 하나 단어를 골랐다.

세 사람은 참을성 있게 그녀가 어떤 말을 할지 기다렸다.

"그게…… 좀 다른 것 같아. 영우 때하고는 감정이 달라. 영우를 좋아했을 때는 심장이 너무 두근거려서 영우 얼굴도 잘 못 보겠고, 같이 있는 것만으로 행복해서 실망스러운 모습 안 보이려고 엄청 조심했거든? 그런데 애한테는 그런 게 없어."

"무슨 소린지 알겠다. 나 현준이랑 사귈 때 처음에 진짜 미친 듯이 두근거려서 밥 먹을 때에도 코로 들어가는지 입으로 들어가는지 정신 하나도 없었잖아. 그리고 집에 와서 완전 허겁지겁 먹고."

사뭇 진지하던 테이블에 웃음이 터졌다. 옛 생각에 흘러가듯 말한 단아 덕분이다.

"그런데 시준이랑 있을 땐 안 그렇다? 스킨십 할 때는 어때? 막 심장이 떨려?"

"어? 그, 그게 그러니까…… 그, 그건 당연하지……."

갑작스러운 해나의 질문에 당황한 세림의 얼굴이 금방 벌게진다. 하여간 거짓말을 못한다니까. 세 사람은 터져 나오려는 웃음을 참았다. 빨개진 얼굴만으로도 대강 분위기가 어떤지 알 것 같다.

"그래서?"

"어, 그래서? 그래서, 그러니까, 스킨십 할 때 막 심장이 두근거려서 터질 것 같고 그렇긴 해. 그런데 어딘가 달라. 영우 땐 너무 좋고, 좋아서 사귀는 것도 아닌데 마냥 행복하기만 하고, 하루하루가 즐거웠고, 진짜 영우 생각밖에 안 났는데…… 근데 지금은 매일 그 애 생각이 나지는 않아. 이런 것도…… 좋아한다고 할 수 있을까?"

테이블이 잠시 조용해졌다. 해나는 아무 생각 없이 다시 젓가락을 들어 불판으로 손을 옮겼다. 자영이 옆에 앉은 세림을 돌아본다.

"그러니까 요는 지금 시준이가 좋기는 한데 좋아서 막 미치겠다, 이런 정도는 아니라는 거지?"

"알겠다, 뭔지."

지금 시준을 향한 세림의 감정을 자영이 간결하게 정리하자 해나가 테이블 위의 물수건을 들었다.

"뭔데?"

마치 자신의 일이라도 된 듯 단아가 눈을 반짝거렸다.

"말하기 전에, 그거 알아? 세림이 애, 시준이 이야기할 때 이름을 안 불러. 알고 있었어?"

"어머, 듣고 보니까 그러네?"

세림이 생각하는 듯 눈동자가 느릿하게 움직인다. 내가 그랬나?

"계속 애, 아니면 그 애 그러잖아. 보통 남자친구라고 하면 애칭은 아니더라도 우리 누구, 우리 누구하면서 이름이 닳도록 부를 텐데…… 어쩜 이렇게 타인 말하듯 낯설 수 있니? 영우 이름은 자연스럽게 나오는데 시준이 이름은 네 입에서 듣기 어려운 것 같다. 너 시준이 앞에서도 그래?"

"그건……."

두 눈동자를 굴리던 세림이 한쪽 손으로 목을 매만지며 생각에 잠겼다. 눈동자에 시준에 대한 미안함이 가득하다. 밀려오는 괴로움에 세림은 고개를 반쯤 숙였다.

"세림아, 음, 사랑의 감정에는 여러 가지 종류가 있어. 네가 영우를 좋아했던 것처럼 불타오르는 감정도 있고, 너무 편해서 친구처럼 서슴없이 대하는 감정도 있고, 오빠처럼 한없이 기대기만 하는 감정도 있고 여러 가지야. 꼭 불타는 감정이 아니라고 해서 네가 시준이를 좋아하지 않는다고는 할 수 없어."

다정히 위로해 주며 조언하는 해나를 보며 세림은 천천히 고개를 끄덕였다.

"네가 영우를 오랫동안 좋아했잖아. 그리고 영우를 좋아했던 건 단순히 이성 간의 끌림을 넘어서 약간의 동지애, 동변상련 같은 제3의 감정도 녹아 있었던 것 같아. 서로 의지하고 위로해 주고, 거의 우정에 가까운 애정이었지. 게다가 5년이란 결코 짧지 않은 시간이었고. 난 무언가를 겹겹이 쌓아온 시간을 훌훌 털어버리는 게 절대 쉬운 일이 아니라고 생각해. 아직까지도 그런 건 어쩔 수 없는 부분이고. 물론 자신의 감정을 금방 털어버리는 사람도 있어. 하지만 또 그렇지 않은 사람도 분명 있고. 세림이 너처럼."

테이블에 앉은 사람 중 해나 외에 그 누구도 입을 열지 않았다. 모두가 어떻게 표현해야 할지 난감해하던, 공감되는 말이다.

"그리고…… 세림이 너 같은 경우에는 한눈에 확 빠지는 사랑을 하는 것보다 누군가를 오래 만나면서 좋아하는 타입인 것 같아. 시준이를 오래 알고 사귄 게 아니잖아. 그 애와의 일은 너무나 급작스러웠고, 시준이가 밀고 들어온 부분이 없잖아 있는 건 분명한 사실이고. 그러니까 네가 혼란스러웠던 건 당연해. 그렇지만 적어도 내가 보기에 네가 시준이를 좋아하지 않는 건 아니야. 다만 아직 확 빠지지 않아서 그런 거지. 천천히 그 애를 알아가 봐. 시간 많잖아. 이제 겨우 시작인데 뭘 그렇게 걱정해?"

"응…… 응, 언니. 언니, 그런데 나 있잖아, 사실…… 나 그 애…… 좋아하고 싶어. 걔 만날 땐 편하고 재미있고, 심지어 터무니없이 심장이 두근거려. 그래서 좋아하고 싶은데, 그런데 걔랑 헤어져서 돌아서는 순간 무섭고 겁나. 불안해서 미쳐 버릴 것 같아. 걔가 했던 고백이 진짜일까. 그 애는, 아니, 시준이는 어쩌면 여자들 만나는 게 아무렇지도 않을 텐데 내가 너무 큰 의미 부여를 하는 건 아닐까. 내가 너무 마음 줬다가 힘들어질까 봐……."

"어휴, 세림아!"

해나가 답답하단 듯 웃으며 세림의 손등을 두드렸다.

"너 그렇게 자신감 없는 거, 연애 못하는 애들의 특징이다?"

정확하게, 그러나 연애 젬병인 세림이 상처받지 않도록 해나는 어르듯 말하였다.

"불안해? 걔가 어느 날 그만 만나자고 할까 봐? 그런데 좋지? 그러면 걔가 그만 만나자고 할 때까지 즐겨. 그리고 너도 시준이가 너한테 정신 못 차리게 만들면 되지. 그러다 보면 네가 먼저 시준이가 지겨워질 수도 있고. 세림아, 너무 어렵게 생각하지 마. 남자애들의 머리는 단순해. 단어로 나열된다고. 예쁘다, 착하다, 좋다, 자신감 없다. 시준이 머릿속에는 이미 인식됐을 거야. 아, 자신감이 없구나. 걔 똑똑하잖아. 이미 너에 대한 건 전부 다 파악했을 걸."

기어이 물빛으로 젖어가던 세림의 말간 눈동자가 동그래졌다.

"보통 남자들 같았으면 너 되게 재미없는 애라고 생각하고 돌아섰을 거야. 그런데 내가 보기엔 시준이는 좀 달라. 많은 여자를 만나봤기 때문에 그런 순간적인 재미나 흥미를 걘 이미 넘어선 거야. 그래서 좀 갈고닦으면 예쁜 보석이 되겠다 싶은 게 뭔지 잘 알고 있는 거지."

세림은 가슴속에 자리 잡은 작은 별이 반짝거림을 느꼈다. 그 빛을 시작으로 어둠 속에 잠긴 많은 별들이 미약하게나마 빛을 발하려 한다.

"시준이가 첫 남자친구인 것도 있지만, 원래 연애할 때 그렇게 쓸데없는 불안함은 다른 여자애들도 다 느껴. 그리고 세상에 태어날 때부터 연애 잘하는 애가 어디 있어?"

단아가 젓가락으로 안주를 콕콕 찌르며 장난스럽게 말하였다.

"그래, 그러니까 겁내고 물러서지 말고 자신감 있게. 응? 너 충분히 예뻐. 귀엽고 사랑스러운 건 당연하고. 우리 눈에 예쁜 모습, 시준이한테 배로 보여줘 봐. 홀딱 넘어갈걸."

해나의 말에 단아, 자영, 세림이 낮게 웃었다. 긴장으로 굳어진 테이블에 풀어진 알코올의 공기가 흐른다.

"근데 이름은 부르는 게 좋지 않겠어? 좀 서운하겠다."

숟가락으로 해물어묵탕의 새우를 건지며 자영이 심상하게 말하였다. 말끝에 다시 해나가 덧붙였다.

"세림아, 최소한 이름은 불러줘. 사람이 상대의 이름을 부르는 데 마법 효과가 있대. 그 사람의 이름을 다정히 부를수록 서로 사랑이 생기는 거지. 그리고 내가 당신에게 얼마나 애정을 가지고 대하는 가도 알 수 있고. 다정히 불러줘. 좋아하지 않을까?"

세림이 그제야 수줍게 웃었다. 시준이 좋아하는 그 밝은 웃음이다.

"응."

✤ ✤ ✤

"태워다 줘서 고마워."

현아는 인도에 올라 차창 높이에 맞춰 허리를 숙였다. 운전석에 있는 시준이 옅은 미소를 짓는다.

"고맙긴, 조심히 들어가."

"응, 그리고……."

"……?"

"오늘 나 울었던 거 아무한테도 말하지 말아줘. 꼴사나워."

"이제야 김현아답네. 그런 걸 꼴사납다고 말하고."

시준은 운전대를 고쳐 잡으며 지나가듯 말하였다.

"아무튼 오늘 일, 진짜 쪽팔려."

능청스러운 시준의 대답이 얄밉다는 듯 현아는 새침한 입을 내밀며 애교 있게 말끝을 늘렸다.

"걱정하지 마. 그리고 이번 토요일 무슨 날인지 알지? 기운 내라."

두 사람의 눈길이 공중에서 맞았다. 시준의 눈동자는 덤덤하였다. 현아는 얼굴이 금세 굳어졌다. 그녀가 눈길을 피하며 다시 매끄럽게 입매를 밀어 올린다.

"……알고 있어. 걱정해 줘서 고마워."

짧은 인사를 마치고 현아는 바로 몸을 돌렸다. 등 뒤로 시준의 차가 도로 어딘가로 빠져나가는 소리가 울린다. 그녀는 다시 돌아섰다. 형형색색의 조명으로 환한 도로에서 그의 차가 멀어지는 모습을 좇는다. 평일 밤에도 강남대로는 사람들과 차로 붐볐다.

교보타워 사거리에서 직진해 내려오던 시준은 버스정류장에 현아를 데려다 주고 좌회전 차선으로 핸들을 틀었다.

깜빡이를 켜고 유턴하기 위해 신호를 기다리다 가느다란 한숨을 뱉어낸다. 살갗에 차갑게 이는 바람이 괜스레 짜증스럽다. 에어컨을 끄며 차창을 반쯤 내렸다. 차창 밖에서 여름밤의 시원한 바람이 불어온다. 그 속엔 도로의 먼지와 지나가는 차에서 나오는 배기가스가 섞여 있겠지만 그래도 인위적인 에어컨 바람보다 훨씬 나았다. 대기 중에 습기를 담고 있는 여름 바람은 묵직하면서도 미묘한 상쾌함을 준다.

시준은 오른손을 뻗어 운전석과 보조석 사이에 있는 두 개의 컵받침 통 중 하나에서 담배 케이스와 라이터를 꺼냈다. 담배도 몇 개비 남아 있지 않았다. 그중 한 개비를 꺼내 입으로 가져가 불을 붙이고 라이터는 보조석에 던지듯 놓았다. 그새 신호가 바뀐다. 단숨에 유턴을 하고 도로를 따라 쭉 직진하였다.

차창을 타고 밀려들 듯 들어오는 바람에 따라 담배 연기가 분주히 흔들리며 사그라진다. 타들어가는 담배 끄트머리에 담뱃재가 아슬아슬하게 매달려 있다. 담뱃재는 바람의 흐름을 따라 공중에 하나둘 미세한 흔적을 남겼다. 컵받침 통에 들어 있는 테이크아웃 종이컵에 담뱃재를 털고 다시 입으로 가져오려다 미련 없이 종이

컵에 던져 넣었다.

세림이 보고 싶다. 시선을 오디오 시계에 두었다. 시간은 밤 9시가 훌쩍 넘어 있다. 술자리는 언제 파하려나. 전화를 할까 하고 컵받침 통에 아무렇게나 두었던 휴대전화를 꺼내 들었다가 다시 놓았다. 오랜만에 누나들 만나는 건데 방해하면 안 될 것 같은 기분이다. 세림에게 한소리 들을 것 같기도 하고.

그가 들이쉬던 숨을 다시 짙게 내뱉었다.

"세림이가 영우 정말 많이 좋아했어. 영우는 세림이를 단지 여동생으로밖에 생각하지 않는다고 했지만, 그건 날 안심시키기 위한 말이고. 이미 사귀기 전부터 알고 있었어. 내가 두 사람 사이에 낀 거구나 싶은 여자만의 감."

어른하게 번지는 도심의 노랗고 붉은 불빛들이 시야를 무심히 스쳐 지나간다. 세차게 떨어져 나가는 바람처럼.

"맞아. 지나간 일이지. 그런데…… 우리한테는 지나간 일이 안되나 봐. 난 언제까지 두 사람 사이에 낀 느낌을 받아야 되는 걸까. 혹시라도 두 사람이 다시 만나는 건……."

빌어먹을!

거칠게 핸들을 틀며 갓길 쪽으로 차를 몰아 세웠다. 차가 급브레이크의 영향을 받아 무거운 몸을 들썩인다. 도로에 앞 타이어 자국이 선명하게 번졌다. 감정이 흐트러진다. 하지만 이 정도 흐트러진 감정쯤이야 컨트롤하는 데 어렵지 않다. 어려서부터 받은 감정 제어 훈련은 어디에서나 요긴하게 쓰였다. 어떤 상황에서도 지금의 기분을 절대 얼굴에 드러내서는 안 된다. 흐트러진 얼굴을 보이는 순간, 너를 겨냥한 하이에나 떼가 득달같이 달려들 것이다. 삼 형제를 앞에 앉혀놓고 하시던 할아버지의 말씀을 단 한 번도 잊은 적이 없다. 그래서 또래보다 차분할 수 있었고, 차가울 수 있었다.

그런데 빌어먹게도 짜증은 멈추지 않고 치솟았다.

다이어리는 세림에게 있어 추억하고 싶은 순간을 되돌리게 하는 그녀만의 기록, 일종의 매개체였다. 1년이 넘는 기간 동안 자신의 이야기를 꼼꼼하게 기록한 세림의 다이어리를 엿보며 어느 정도 짐작은 했다. 아니, 자투리를 모아보면 충분히 추측할 수 있었다. 박영우를 좋아하는 마음이 단지 짝사랑만은 아니었을 거라고. 바보가 아닌 이상 짝사랑을 5년씩이나 할 수가 없잖아. 세림과 영우 사이에 존재했던 건 비단 이성 간의 정뿐만이 아니었다. 순수했던 시간, 사람과 사람 사이에 맺어지는 유대 같은 것이 견고히 얽혀 있었다. 사춘기, 가족을 잃은 친구와 가족을 잃을 뻔했던 친구, 그들 가슴에 남겨진 상흔. 비슷한 아픔은 서로를 알아보게 하고, 힘이 되어주고 싶고, 보호해 주고 싶은 감정을 끌어낸다.

그런 자신의 감정에 동생이란 말을 방패막이로 내세워?

김현아의 심정을 아주 이해 못하는 것도 아니다. 아마 죽었다 깨어나도 그 깊은 유대의 틈을 파고들 수 없을 테니까. 때론 견딜 수 없는 감정이 질투를 불러일으키기도 했겠지.

시준은 아랫입술을 비틀어 깨물며 목받침에 머리를 기대었다. 그의 가슴이 천천히 크게 부풀어 올랐다. 운전대를 붙잡고 있던 한 손을 천천히 들어 이마로 가져간다. 눈을 감았다. 질투심에서 발현된 초조함과 불안은 분노로 거세게 변질되려 하였다. 화를 낼 필요도 없는 문제다. 어쨌든 무슨 생각이었는지 모르겠지만 당시 영우는 세림에 대한 마음을 마지막까지 내비치지 않았다. 굳이 나서서 다시 어그러뜨릴 필요가 없다. 다른 사람의 연애 싸움에 동요할 필요가 없는 것이다.

다시 담배를 꺼내 물었다. 깊게 들이마신 담배 연기가 기도를 지나 안쪽 폐 깊숙이 파고들었다. 거슬리던 기분이 몽롱한 연기와 함께 숨죽인다. 기어를 바꿨다. 액셀러레이터를 밟은 발에 힘을 주며 핸들을 튼다. 도로에 진입한 차가 잠시 주춤하더니 그대로 속도를 내어 내달리기 시작했다. 도로는 결코 한산하지 않았지만 시준은 답답하다는 듯 속력을 올렸다. 차는 물살을 가르는 물고기처럼 요령 좋게 도로를 휘저었다.

Reminiscence

어둠이 깔린 한강의 밤은 밝은 불빛과 시원한 바람, 초록이 짙은 나무와 풀로 아름다운 장관을 이루었다. 멀지 않은 오른편 동호대교 교각에는 금빛 화려한 조명이, 왼쪽의 한남대교에는 알록달록한 조명이 칠흑 같은 한강의 어둠을 수놓듯 밝혔다. 여름 강변의 밤은 낮보다 훨씬 더 분주하다. 후덥지근한 더위 때문에 잠 못 이루는 주민들은 가족과 함께, 혹은 연인과 함께 강변을 찾아 산책하거나 운동하며 밤 시간을 보내고 있다. 그것은 여름에만 볼 수 있는 강변만의 풍경이다.

대교 아래 주차장에 차를 세운 시준은 농구장의 가로등 불빛이 떨어지는 벤치에 앉아 담배를 꺼내 물었다. 이미 몇 대나 태운 듯 벤치 위에 그가 먹다 남긴 커피의 종이컵에 적지 않은 담배꽁초가 구겨져 있었다. 시준은 등받이 없는 벤치 뒤로 손을 짚고 길게 뺀 몸을 지탱하였다. 하늘이 지나치게 검다. 그는 담배 연기를 길게 내뱉었다. 내뱉은 희뿌연 담배 연기가 검은 하늘에 흡수되듯 사라져 버린다.

급할 것 없음에도 원활한 도로를 고속으로 주파하다시피 운전해 여기까지 달려오고, 담배를 몇 대 태웠더니 기분이 좀 나아지는 것 같다. 세림이가 미치도록 보고 싶은 것만 빼고는. 강가라 그런지 바람이 잦다. 그칠 듯 잇따라 불어오는 약한 바람은 그런대로 상쾌하였다. 강변 풀밭에 숨어 있는 풀벌레들의 울음소리가 바람을 따라 사방으로 울려 퍼진다. 자연이 주는 평온함에 젖어 있다 문자라도 보내볼까 하며 벤치에 놓아둔 휴대전화를 집어 들었다. 폴더를 열어 액정을 보니 문자가 와 있다. 누군가 하고 보니 세림이다.

〈뭐 해?〉

메시지는 간결하다 못해 지나치게 짧았다. 언제 온 거야? 시간을 확인하니 15분 전. 편의점에서 막 생수와 커피를 사고 있을 때였다. 벌써 술자리를 파했나? 그랬다면 전화를 했을 텐데. 새삼스럽게 내 생각이라도 난 건가? 통화버튼을 길게 눌렀다. 착신음이 여러 번 울리다가 작은 소음이 그의 귓가에 먼저 들려왔다.

〈여보세요?〉

세림의 목소리가 놀란 듯 조심스럽다. 강아지처럼 눈을 동그랗게 뜨고 생각지도 않은 전화에 놀랐을 세림을 생각하니 입가에 절로 미소가 지어진다.

"뭐 하긴, 은세림 생각하고 있지."

생뚱맞은 시준의 말에 수화기 속 세림이 잠시 조용하더니 이내 어이없다는 듯 픽 웃는다.

〈거짓말.〉

"정말인데."

〈진짜?〉

"그러엄. 아까부터 계속 생각하고 있었어. 보고 싶어서 미칠 것 같다."

지나치도록 낮은 음성으로 느릿하게, 그러나 어눌하지 않게 대답했다. 한참 동안 세림은 말이 없다. 전화가 끊겨지기라도 했나 하고 액정을 확인하지만 여전히 통화 중 모드이다.

"……세림아?"

〈매일같이 보다시피 하고 아까도 봤는데 도대체 뭐가 보고 싶다는 거야?〉

"그래도 보고 싶어. 보고 싶을 때 언제든지 볼 수 있도록 가방에 매달고 다니고 싶을 정도야."

〈난 싫어. 것보다 내가 아니라 가방이 나한테 매달려 다니겠지.〉

새침한 세림의 대답에 시준이 큭큭 웃었다. 취기가 올랐는지 세림의 음색은 어딘지 모르게 몽롱할 정도로 달콤하다.

"술자리 언제 파해? 데리러 갈게."

〈아니야. 오지 마. 자영이랑 같이 가면 돼.〉

"데리러 갈게."

〈괜찮다니까! 우리 더 있을 거란 말이야.〉

역시 세림이다. 끝까지 싫다며 고집을 부리자 곤란한 미소를 지으며 희미한 숨을 내쉰다. 이 똥강아지를 어쩌나 하는데, 웅성거리는 소음을 비집고 '이시준! 빨리 와라! 와와와!' 하며 한껏 들뜬 듯 소리치는 단아와 해나의 목소리가 들려온다. 그 뒤로 세림의 불만 섞인 목소리가 따른다.

〈아, 언니들, 좀!〉

시준은 낮게 웃으며 담배 케이스에서 새 담배를 꺼내어 입으로 가져갔다. 손을 둥글게 말아 바람을 가리며 입에 물린 담배에 불을 붙였다. 한 모금 길게 들이마신 담배 연기를 날숨과 함께 내뱉자 바람결에 흐트러진다.

"강남이지? 30분 있다가 출발할게."

〈……〉

"또 부어 있지 말고."

시준이 얼러보지만 심통이라도 난 듯 세림은 조용하였다. 손가락 끝에서 타들어가는 담뱃재를 종이컵에 탈탈 털어냈다. 그의 입가에 기분 좋은 미소가 걸려 있다.

"근처에 가면 전화 다시 할게."

〈알았어. 그리고 있잖아……〉

"그래, 말해."

피곤해 눈을 반쯤 감으며 검지와 중지 사이에 담배 낀 손으로 이마를 매만졌다. 물기를 머금은 강바람이 불어와 머리칼을 흐트러뜨린다. 입술 새에서 뿜어진 담배 연기가 형체를 알아보기도 전에 낮은 곡선을 그리다 공중에서 분해됐다.

〈조심히 와…… 시준아.〉

멍하니 공중에서 사라진 담배 형체를 찾던 시준의 눈이 반쯤 커졌다. 찌르르, 찌르르, 울던 풀벌레 소리가 일제히 자취를 감추었

다. 탱, 탱, 매끈한 농구장 시멘트 바닥을 튕기던 공 소리도, 두런
두런 이야기를 나누며 지나가는 사람들의 말소리도 모두. 모든 소
리가 회오리를 그리며 모조리 공간 속으로 빨려든 듯 가로등 불빛
만 뿌옇게 번지는 벤치 아래 정적이 감돌았다. 형체를 알아볼 수
없던 하얀 담배 연기가 춤추듯 위로 뻗어 올라가다가 다시 불어오
는 강바람에 사그라졌다. 그와 동시에 한순간에 사라져 버린 소리
가 공간을 깨고 나온 것처럼 전과 다름없이 허공에서 녹아 흐르기
시작했다.

"다시 말해줘."

〈응? 조심히 오라고…….〉

"그거 말고."

〈……시준아?〉

"한 번 더."

〈……이시준.〉

이름을 부르는 세림의 음성은 봄날 흩날리는 벚나무의 꽃잎만큼
이나 곱고, 햇살 잘 드는 창가에 잠든 고양이의 체온 같은 따뜻함
이 있었다. 한참 동안 음미하고 싶은 달콤함까지도. 아랫입술을 지
그시 깨문 입가에 기분 좋은 웃음이 걸린다. 규칙적인 박동을 유지
하던 심장도 크게 뛰어올랐다. 고작해야 이름 한 번 불린 것뿐인데
이렇게 가슴이 벅차오르다니. 곤란한데. 자조적인 웃음이 나온다.
그래도 좋다. 고작해야 한 번 불린 이름이지만 그래도 좋다.

"금방 갈게. 조금만 기다려, 은세림."

전화를 끊은 시준은 웃음이 가시지 않은 얼굴로 휴대전화 액정
을 바라보았다. 그가 엄지손가락으로 입술을 쓸어낸다. 초콜릿 원

액같이 달콤하고 진한, 자신의 이름을 부르던 세림의 음색이 뇌리에서 떠나질 않는다.

❖ ❖ ❖

시준은 한 손에 묵직한 패밀리 사이즈의 아이스크림 통이 담긴 작은 쇼핑백을 들고 지하 계단을 디뎠다. 그가 가게 문을 열자 서늘한 바람에 섞인 재즈 음악과 웅성웅성한 사람들의 말소리가 흘러나온다.

종업원들을 지나쳐 세림 일행을 찾으며 손에 쥔 휴대전화로 전화를 걸었다. 귓가에 착신음이 몇 번 들려오는 와중에 시준의 눈동자가 반짝인다. 멀지 않은 거리에서 세림이 그를 향해 두 손을 높이 든 채 반갑다고 신나게 흔들어댄다. 표정이 풀린 게 벌써 한껏 취기가 오른 모양이다. 시준은 보폭이 큰 걸음으로 테이블로 향했다.

테이블에 가까워졌을 때쯤 세림이 자리에서 벌떡 일어나 총총 다가오더니 두 팔을 벌려 그의 품에 달려들었다. 미처 예상도 못한 상황에 시준은 자신의 품에 달려든 세림을 내려다보았다. 고개를 비비적거리며 '헤헤' 웃는 세림이 이제껏 쌓아둔 이성에 균열을 일으켰다. 지나칠 정도로 순진무구한 얼굴이다. 이대로 키스하거나 들쳐 업고 으슥한 곳으로 도망쳐도 되지 않을까 하는 불온한 유혹이 이성에 손을 내밀 만큼. 시준은 세림을 한참 동안 내려다보다가 덥석 안아버렸다. 이 정도라면 용인 가능한 범위니까. 덕분에 주변 사람들은 보이지 않느냐는 자영, 단아, 해나의 나무람을 들어야 했다.

　자리에 앉을 때에도 세림은 배시시 웃으며 자신의 팔에 두 손을 휘감았다. 그리고는 무어라 웅얼거리며 어깨에 머리를 기댄다. 평소 같으면 절대 상상도 못할 일이다. 한 번도 아니고 두 번씩이나. 왜 이렇게 애교부리냐, 간장 떨리게. 평소와는 다른 세림을 보며 얼떨떨한 얼굴로 이러지도 저러지도 못하고 있자 자영과 단아, 해나가 큭큭거린다. 지금 비웃는 거지?

　시준은 멋쩍은 얼굴을 감추지 않았다.

　"그렇게 좋아?"

　해나가 시준이 사온 아이스크림을 떠먹으며 장난스럽게 물었다. 시준은 부정하지 않으며 애정이 담긴 눈길로 어깨에 기댄 세림을 내려다보았다.

　"당연하지."

　"좋대."

　"철벽녀에 첫 남자친구, 거기다 융통성 없는 연애 젬병. 어휴, 네가 넘어야 할 산이 많다. 그래도 어쩌겠어. 반했으니 사귀는 수밖에 없잖아?"

　해나가 능청스럽게 말하자 시준이 낮은 웃음소리를 냈다.

　"그래, 그리고 우리한테 감사해. 세림이 얘기 들어보니까 네가 좀 불쌍해서 손 좀 썼으니까."

　"애교부리는 약이라도 탄 거야?"

　농담 반, 진담 반이 담긴 시준의 물음에 자영이 플라스틱 아이스크림용 숟가락을 빙빙 돌리며 세림을 가리켰다.

　"몰랐구나? 세림이 제대로 취하면 완전 애교쟁이 돼. 어리광 엄청 피울걸?"

❖ ❖ ❖

"어리광 엄청 피울걸?"

의미심장한 자영의 말소리가 귓가를 맴돌았다. 그러나 그 말이
무색하게도 세림은 차에 오르자마자 새근새근 숨소리를 내며 잠들
어 버렸다. 어리광 엄청 피울 거라며? 운전대를 붙잡은 손에 왠지
힘이 빠진다. 에어컨 바람이 싫다고 차창을 내린 세림은 도로에서
불어오는 바람을 맞으며 이 세상 누구보다 가장 평화로운 얼굴로
잠들었다.

가로로 넓게 트인 공원 주차장에 차를 세우고 시동을 껐다. 일정
한 간격으로 세워진 가로등의 주홍빛 등불을 제외하면 공원 주차
장 주변은 짙푸른 어둠과 사방을 메우는 고요함이 조우하고 있다.
차창 밖에서 시원한 밤바람이 불어 들어왔다. 운전석 창가로 들어
온 바람은 보조석 창가로 가만히 흘렀다. 달빛 받은 잔잔한 해수면
에 몸을 뉘인 것 같은 착각이 든다.

의자에 고개를 기대고 잠든 세림의 잔머리가 바람에 맥없이 흔
들린다. 시준은 그녀가 불편함을 느끼지 않도록 편하게 목을 가누
어주었다. 새근새근 잘도 잔다. 앞머리에 가려진 세림의 이마에 가
볍게 입을 맞추었다.

그의 기척을 느낀 건지 세림이 감았던 눈을 천천히 뜬다. 한순간

두 사람의 눈빛이 깊게 얽혀들었다. 세림의 눈꼬리가 예쁘게 휜다. 시준의 심장이 묵직한 소리를 내며 내려앉았다. 그렇게 순진한 눈으로 웃지 마. 심장에서 흘려보내는 피가 혈관을 빠르게 팽창시켰다. 시준은 천천히 고개를 꺾으며 세림의 입술을 찾았다. 하지만 세림은 고개를 돌리며 그를 피하고는 차 문을 열어 밖으로 나갔다. 탁 하는 분명한 소리와 함께 보조석 문이 닫힌다. 미간에 주름이 잡히는 것도 잠시, 시준은 바람 빠지는 웃음을 터뜨리며 세림을 따라 나갔다.

밖으로 나온 세림은 두 팔을 쭉 들어 올려 기지개를 켰다. 뭉친 몸의 근육이 이완되어 몸이 한결 개운해진다. 아, 시원해. 세림의 말소리가 바람결을 따라 들려왔다. 나른하면서도 맑은 목소리.

서로의 손에 깍지를 끼며 세림과 시준은 공원 벤치로 걸어가 앉았다. 여름밤의 공원은 한적한 여유로움과 생기가 공존하였다. 그 분위기에 녹아드는 두 사람 사이로 이따금 미풍이 불어 그들 사이를 파고들었다.

세림은 시준의 어깨에 머리를 기대며 나지막이 웃었다. 그 웃음소리가 간지러워 시준은 심장이 안달 났다. 견딜 수 없는 자극이 전신 세포를 일깨운다. 현기증이 일 만큼. 세림은 그런 시준과 상관없이 말간 얼굴로 푸른 밤하늘을 들여다보고 있다. 시준은 불온한 감각을 지우며 세림의 앞 머리칼에 몇 번이고 짧게 입 맞췄다.

바람결에 세림의 머리칼 몇 가닥이 가볍게 흔들린다. 얌전하다. 술김이라지만 정말이지 미치도록 사랑스럽다.

세림이 갑자기 자리에서 벌떡 일어나 시준 쪽으로 몸을 돌린다. 웃음기 번진 얼굴로 몇 걸음 뒤로 가더니 두 팔을 벌린다. 시준이 의아한 표정으로 따라 자리에서 일어나자 세림이 쪼르르 그에게 와 겨드랑이 밑으로 손을 올리며 안겼다. 밀착된 두 사람의 몸에 서로의 뜨거운 체온이 닿았다. 크게 뛰는 두 개의 심장 고동은 서로의 오른쪽 가슴에서 느껴졌다. 시준은 세림의 목덜미 사이에 고개를 묻으며 그녀를 꼭 끌어안았다.

지금 이 순간, 세림을 바스러지도록 안고 싶다.

어디선가에서 또다시 바람이 불어온다. 무리를 이루는 나뭇잎의 흔들림에 공원 조명등이 어른거린다. 그녀의 머리칼이 흩날리며 시준의 코끝을 간질였다.

시준의 가슴팍에 안겨 가만히 바람을 느끼던 세림은 감은 눈을 떴다. 풀린 동공을 느릿하게 움직여 보니 하늘에 가득 찬 달이 유난히 하얀 빛을 발하고 있다. 달 주위에 달무리가 무척 넓게 번져 어두운 밤을 희게 밝힌다. 어쩐지 안심이 되는 달이라 세림은 행복한 기분으로 다시 눈을 감으며 숨을 한껏 들이마셨다. 시준의 품에서 페라리 블랙의 은은한 잔향과 옅은 담배 냄새가 뒤섞여 났다.

"담배 피우고 왔지?"

"응."

시준의 몸을 살며시 밀어내며 세림이 물었다. 그녀는 가늘게 뜬 눈으로 눈썹을 들어 올렸다.

"담배 냄새나."

"향수 뿌렸는데도?"

"조금 나."

세림의 눈동자가 은은하게 웃음 지었다. 새까맣고 여린 눈동자에 모든 정신을 뺏길 것만 같다고 생각하는 순간이었다. 떨리는 세림의 숨결이 입술에 와 닿고는 금세 사라졌다.

시준의 옷자락을 부여잡으며 플랫슈즈를 신은 세림의 뒤꿈치가 훌쩍 올라가더니 곧 제자리에 발을 붙였다.

시준이 멍한 눈으로 바라보자 그녀가 '킥' 하며 짧은 웃음을 터뜨린다. 그것도 잠시, 시준은 고개 숙여 웃음이 번진 그녀의 입술에 다시 입 맞췄다. 시준의 어깨에 손을 얹고 있던 세림은 팔을 들어 그의 목을 살며시 감았다.

한껏 시준의 입술을 느낀다. 부드럽고, 촉촉하고, 매끈한, 청포도 한 알을 베어 무는 것 같은. 그러나 뜨거운, 귓가의 찬바람과 목덜미에 깃드는 이상적 감각. 우거진 나무에서 나는 짙은 초록의 향내, 풀밭에서 찌르르 우는 풀벌레의 울음소리, 멀지 않은 6차선 도로에서 차들이 간간이 지나다니는 소리, 감은 눈 사이로 그려지는 시준의 향기, 입술 맛, 저릿함에 팔에 돋는 소름.

힘이 풀리고 그대로 기절해 버릴 것만 같은 아득함이 온몸을 에워쌌다.

입맞춤이 깊어지고, 조금 벌어진 입술 사이로 시준이 조심스레 혀를 밀어 넣는다. 세림이 고개를 수그리며 입술을 뗀다.

"혀 넣지 마."

새침한 눈으로 시준을 올려다본다. 자신을 내려다보는 그의 눈동자가 깊다.

"왜?"

"싫어. 기분 이상해."

"어떻게?"

세림이 난감할 정도로 능청스레 웃으며 시준이 물어온다. 그저 얄밉다는 듯 세림은 눈매를 가느다랗게 만들며 입술을 비죽 내밀었다.

'아랫배가 이상하게 간지럽단 말이야' 하고 속으로 중얼거린다.

어느 정도 거리를 두고 자신을 바라보는 시준의 눈동자에 깊은 애정이 담겨 있다. 말끄러미 시준의 반듯한 얼굴을 올려다본다. 새삼 이토록 그의 얼굴을 눈에 담아보고 싶다니. 이상한 기분을 느끼며 앞머리로 가려진 그의 이마부터 가늘게 늘어진 눈매, 높게 솟은 콧날을 따라 달콤한 입술을, 그리고 날렵하게 마무리된 턱 선으로 시선을 옮겼다.

이게 이시준의 얼굴이구나.

관찰하듯, 새겨 넣듯 생김 하나하나에 눈길이 머문다. 손을 들어 시준의 앞머리를 단정히 정리하였다. 손길이 기다란 목선을 따라 목 언저리를 감싸는 머리칼로 향한다.

작은 바람이 목줄기를 스친다. 세림의 손길이 지나간 자리의 피부 세포가 빠르게 반응해 온다. 세림의 허리를 다정히 감싸고 있던 두 손에 힘이 들어갔다. 이대로 정말 세림을 납치해 아파트로 데리고 가고 싶다는 위험한 생각을 통제하지 못할 때쯤, 잔잔한 그녀의 음성이 공기를 가르며 귓전에 다가와 앉았다.

"머리…… 되게 많이 자랐다."

시준의 초점이 미세하게 흔들렸다. 세림의 말간 눈동자가 그를 향해왔다. 그는 옅게 미소 지었다. 자신의 생각 따윈 읽지 못하게.

"응, 귀찮아."

"근데 잘 어울려."

"그럼 길러?"

"그건 싫어."

시준은 조용히 웃었다. 시준의 목에 팔을 감은 채로 세림이 그의 어깨에 턱을 올려놓았다. 자연스레 부드럽게 등이 휘어진 시준은 한 손으로 그녀의 뒷머리를 받치고 다른 손으로 그녀의 등을 따듯이 감쌌다.

"이렇게 사람 잔뜩 설레게 해놓고 내일 기억 못하는 거 아냐?"

세림은 살며시 눈을 감으며 바람을 느꼈다.

"나 아무리 취해도 필름 끊긴 적은 없어. 다음날 선명하게 기억이 떠올라서 좀 괴로울 뿐이지. 모른 척할 거야."

"너무한다. 난 지금 엄청 기분 좋은데. 모른 척 못하게 이대로 납치한다?"

"소리 지를 거야."

새침한 세림의 말에 시준이 낮게 웃었다.

"······알았어. 나도 안 잊을게."

세림은 작게 말하며 고개를 가눈다.

"진짜?"

"진짜."

"그럴 줄 알았어."

시준은 그 어느 때보다도 세림을 꽉 안으며 그녀의 목덜미에 얼굴을 묻었다.

술자리에서 밴 담배 냄새와 모두 날아간 향수의 잔향 사이로 연약한 살내가 코끝을 자극한다. 옅게 나는 체향을 더 깊게 맡고 싶어 고개를 더욱더 파묻는다.

시준의 품에 갇힌 세림은 고개를 뒤로 꺾으며 그에게 매달렸다. 좋다. 어쩐지 눈물이 날 만큼 행복하고, 이 행복이 실감이 나지 않는 그런 아스라한 밤이다.

"이시준."

"응."

"……이시준."

"응."

백 번, 천 번이라도 입에 담고 싶은 이름. '이시준' 하고 부르는 목소리가 가늘게 떨리는 것만 같다.

"시준아."

떨리는 목소리를 가누며 그의 이름을 다시 힘주어 불렀다. 손에 움켜쥔 이 행복이 자신의 것이 맞는 건지 다시금 확인해 보고 싶다.

좋아해.

세림은 그 말을 속으로 삼켰다.

"좋아해."

시준이 그녀의 귓가에 나직이 속삭인다. 그녀가 마음속으로 웅얼거린 말을 듣기라도 한 듯이. 동그랗게 뜬 세림의 눈가에 작은 눈물방울이 맺힌다. 눈가에 맺힌 눈물방울이 귓가로 흘러내린다.

"응."

고마워. 네가 주는 애정에 눈물 날 만큼 고마워.

살갗에 부드럽게 바람이 와 닿는다. 이대로 시준과 아침까지 함께하고 싶다고 처음으로 그런 생각을 하였다.

❖ ❖ ❖

"생일이 언제야?"

학여울역 교차로에서 영동대로 구간은 언제나 교통 체증이 심하다. 특히나 주말에는 더욱. 그 탓에 차들은 아까부터 뙤약볕 아래 내놓은 거북이처럼 도로를 기어가고 있었다. 걸어가는 게 더 빠를 정도이다.

운전자들 모두가 지루하고 짜증 난 얼굴을 하고 있는 와중에 시준만이 방관하는 모양으로 느긋하였다. 도무지 정체가 풀릴 기미가 보이지 않아 차선을 바꾸기 위해 핸들을 돌린다. 그러다 시준은 보조석에 앉아 있는 세림을 돌아보았다. 방금 세림이 했던 말은 귓바퀴를 맴돌다 사라졌다. 세림이 시준을 보며 옅게 미소를 띠었다.

"이시준, 네 생일…… 언제냐고."

"생일?"

평소보다 반쯤 크게 뜬 눈으로 시준은 바로 앞에 보이는 신호등에 시선을 두었다. 파란불이다. 이제야 좀 풀리는 모양인가 싶었는데 또 막힌다. 얼마 가지를 못하네. 옅은 숨을 뱉어내던 시준이 다시 세림을 돌아본다. 세림은 도대체 얼마나 기다려야 되느냐는 지루한 얼굴이다. 무슨 말을 하고 싶은 건지 안다는 표정으로 시준은 피식 웃었다. 주말의 도로 운전은 정말이지 사람을 힘 빠지게 만든다. 시준이 사이드 브레이크에 손을 얹는다.

"은세림, 너 요새 여러 가지로 사람 감동시킨다."

장난스럽게 말하던 시준은 다시 액셀러레이터를 밟았다.

"그게 감동받을 일이야?"

"엄청."

진심이 묻어나는 가벼운 말투. 시준을 살폈다. 금방까지 지루해하던 그의 얼굴에 어딘가 모르는 즐거운 기색이 엿보인다. 생일 하나 물어본 건데, 그것만으로도 표정이 변할 만큼 기분 좋아? 괜스레 미안해지며 문득 공원에서의 고백이 떠오른다.

"좋아해."

가슴을 떨리게 만들 만큼 낮고 차분했던 음색. 얼굴이 달아오르는 것 같다. 작은 한숨을 내쉬며 정면을 응시하였다.

"앞으로 감동받는 일 많이 해줘야겠네."

"눈물이 앞을 가린다."

시준의 말투에는 여전히 장난기가 어려 있다. 세림은 한숨 같은 웃음을 터뜨리고 말았다.

"생일 언제야?"

"언제일 것 같아?"

"언젠데? 뜸 들이지 말고 빨리 대답해."

세림이 운전에 집중하고 있는 시준을 보았다. 그의 옆모습은 지나치리만큼 단정하다.

"10월 23일."

"10월 23일? 아직 한참이나 남았네."

"네 생일은 얼마 안 남았잖아."

무심히 휴대전화 폴더를 열어 달력을 찾던 세림의 눈동자가 커졌다. 시준은 능청스러운 웃음을 지으며 힐끗 눈길을 주고는 다시 주행속도를 올렸다. 신호가 풀렸는지 앞차들이 술술 잘도 굴러간다.

"내 생일을 알고 있어?"

"7월 20일. 다이어리에 보라고 써놓은 거 아니었어?"

맞다, 다이어리.

"그걸 기억하고 있어? 꽤 됐잖아."

"은세림에 대한 거면 머리끝부터 발끝까지 모르는 거 없어. 말만 해. 아니면 지금 모조리 읊어볼까?"

"아니, 됐어. 하지 마."

역시나 세림은 금방 정색하며 고개를 돌려 버린다. 시준이 귀엽다는 듯 낮게 웃었다. 정체 구간을 벗어난 차는 도로 위를 시원스레 내달렸다.

"박영우 선물…… 샀어?"

휴대전화 달력에 시준의 생일을 입력하던 세림은 뜬금없는 그의 말에 고개를 돌렸다. 신호에 다시 차가 멈춘다. 시준의 시선은 움직임 없이 정면을 향해 있다.

무슨 생각을 하는 거야?

"아니…… 안 샀어."

"사주고 싶으면 사든가."

고개를 갸웃하던 세림은 미간에 주름을 세웠다.

모레면 영우의 생일이다. 때문에 시준을 비롯한 태현, 승범 커플은 영우의 생일을 축하하기 위해 깜짝 파티를 열 계획이다. 그 계획은 미영이 낸 아이디어로, 지금 시준과 자신이 차를 타고 이동하는 것도 그 때문이다.

"무슨 말이 듣고 싶은 거야?"

"별로. 작년에 축하 못해줘서 속상해했잖아."

일기 다 봤구나. 깊은 숨을 조용히 내뱉으며 그를 살폈다. 무표정한 얼굴에 이시준의 생각은 조금도 드러나 있지 않다. 처음 만날 때부터 그랬다. 이 애 머릿속은 도무지 살필 수가 없다.

"그땐 그때고 지금은 다르잖아."

"어떻게?"

"지금은 네가 내 옆에 있잖아."

"……."

"옆에 있는 남자친구 두고 한눈팔 만큼 뻔뻔하지 않아."

"……."

시준이 고개를 돌려왔다. 웃는 건지 아닌지 알 수 없는 얼굴로. 그가 뚫어져라 쳐다본다. 그 곧은 눈동자를 받아내기 힘들다고 생각할 때쯤 건너편의 신호가 다시 파란불로 바뀌었다. 곧 있으면 호텔에 도착한다.

"신호 바뀌었어."

"알아. 그런 거 눈치 못 챌 만큼 바보 아니야."

"……."

막힘없이 뚫린 도로를 시준은 일정한 속도로 안정감 있게 달렸다.

"사고 싶으면 사줘, 선물."

"됐다니까."

"네가 원하는 거 내가 해주고 싶어서 그러는 거야."

"정말이야? 정말 그렇게 해주고 싶어?"

"……아니, 싫어. 참을 수 없을 만큼 싫어. 아마 선물 사면 박살 내 버릴지도 몰라."

세림은 저도 모르게 낮은 웃음을 터뜨렸다. 허풍쟁이. 긴장의 공기가 감돈다고 생각했던 차 안에 여유가 스몄다.

"하지만 그런 모습까지도 전부 다 좋아해. 하나도 남김없이, 어쩌지 못할 만큼 좋아해. 미치도록…… 좋아한다, 은세림."

때마침 차 안에 흐르는 Blue의 [Love at First Sight], 한낮이 훌쩍 지났음에도 그 열기를 식히지 못하고 어슷하게 기울어 떨어지는 태양빛, 물 먹은 듯 순식간에 부풀어 오르는 심장.

무어라 대답해야 할지 모르겠다. 고맙다는 말도, 나도 널 좋아한다는 말도, 나를 아껴주는 너를 하나도 남김없이 어쩌지 못할 만큼 좋아하게 될지도 모르겠다는 무수한 애정의 말, 모두 목이 메어 할 수가 없다.

나도 네가 미치도록 좋아져 버릴 것 같아, 이시준.

Surprise Party

영우를 위한 서프라이즈 파티 시나리오는 이러하였다.

영우와 현아는 여느 날과 다름없이 데이트를 즐긴다. 두 사람은 미리 준비해 둔 데이트 코스로 점심을 먹고 영화를 본 후 커피숍에서 둘만의 시간을 보낼 것이다. 이때, 나머지 세 커플은 저녁때 즐길 서프라이즈 파티를 위해 미리부터 호텔에 룸을 잡고 준비한다. 파티 준비가 끝나면 미영이 현아에게 완료 메시지를 전송. 메시지를 확인한 현아가 영우를 이끌고 호텔로 향한다. 물론 영우는 호텔에서 일어날 일에 대해 짐작하지 못한다.

호텔 로비에 들어서면 현아는 계획한 대로 프런트에 맡겨놓은 키를 받아 든다. 영우는 자신이 체크인을 하려다 만류할 것이고, 현아는 그냥 예쁘게 웃으면서 그의 손을 잡고 엘리베이터로 향하기만 하면 된다. 엘리베이터를 기다리며 현아는 일상이듯 아무렇지 않게 가방에서 휴대전화를 꺼내 연락한다.

"엄마? 나 오늘 늦게 들어갈 것 같아. 친구들이랑 놀다 보니까 중간에 못 빠져나가겠어. 응, 알았어요."

이 전화 역시 엄마가 아닌 미영에게 하는 것. 조금 있으면 엘리베이터를 타고 올라갈 것이라는 일종의 신호다. 현아의 전화를 받고 나면 룸에 있는 세 커플은 불을 끄고 문 앞에서 두 사람이 오기만을 기다린다. 캄캄한 어둠 속에서 붉은 촛불이 은은하게 어른거리는 케이크를 들고.

리드미컬한 단음이 흐르고 엘리베이터 문이 열린다. 그와 동시에 영우와 현아는 커플들이 있는 룸으로 향한다. 세 커플이 준비한 룸은 '클럽 로열 스위트(Club Royal Suite)'. 룸 앞의 금빛 영문 글자를 보고 영우가 놀라 무어라 말하려는 사이, 현아가 카드키를 꽂으며 문을 연다. 갑작스레 커다란 폭죽 소리와 샴페인이 터지고, 움찔 놀란 영우를 향해 세 커플은 이렇게 외칠 것이다.

"서프라이즈!"

❖　❖　❖

하얀 스프레이 눈과 폭죽, 샴페인을 뒤집어쓴 영우는 생각지도 못한 서프라이즈 파티에 어안이 벙벙해하였다. 그런 영우를 보며 현아를 비롯한 세 커플이 크게 웃었다. 영우도 따라 웃고 만다.

세 커플은 영우의 머리를 정리하며 홀로 장소를 옮겼다. 촛불을 켜놓은 채로 들고 있던 케이크를 홀 가운데 동그란 원목 테이블 위에 올려놓았다. 초콜릿 치즈 스펀지 시트에 하얀색 생크림과 코코아 가루, 시럽을 짙게 뿌린 딸기로 화려하게 데코해 놓은 케이크는 보기만 해도 달콤하니 맛있어 보인다. 어둠이 깔린 홀에는 배경음악처럼 클래식 재즈가 잔잔히 흐르고 있고, 넓게 트인 창에서 연노란 달빛과 도심의 알록달록한 인위적인 조명들이 어우러져 스며들었다. 케이크 위의 I LOVE YOU 알파벳 초와 다른 촛불들의 불빛이 어른거리며 테이블 주변을 밝혔다. 축하의 노래가 끝나자마자 또 한 번 폭죽이 터졌고, 영우를 제외한 일곱 명이 케이크에 데코된 크림을 손가락에 묻혀 그의 얼굴에 찍어댔다. 유쾌한 웃음소리가 넓은 홀에 울려 퍼졌다.

네 커플은 첫 잔으로 축하를 하고, 불과 한 시간도 되지 않아 샴페인과 와인을 차례대로 비워냈다. 그대로는 모자란 감이 있는지 급기야는 위스키와 보드카까지 오픈하였다. 흰 천을 두른 직사각형의 테이블에는 룸서비스로 주문한 간단한 음식이 준비되었다. 테이블 위의 접시들이 바닥을 드러낼 즈음에는 제법 분위기가 무르익었다. 남자들은 홀 한쪽 창가로 가 창문을 열어놓고 담배를 피웠고, 테이블에 옹기종기 모여 수다를 나누던 여자들은 아예 바닥에 자리를 잡았다. 음식과 샐러드가 담긴 그릇은 카펫 위에 깔아놓고 쿠션을 껴안은 채 소파 다리에 몸을 기대어 편안한 자세를 취하고.

"시준이 재밌는 애지?"

맞은편에 앉아 샴페인을 한 모금 마시던 현아가 세림에게 물었다. 다소곳이 앉아 앞접시에 담은 시저 샐러드를 입으로 가져가던 세림은 포크를 잠시 내려놓았다. 미영과 유정이는 이미 다른 화제에 푹 빠져 조금 상기된 얼굴로 웃음을 참지 못하고 있었다.

"걔 겉으로는 혼자 분위기 다 잡아도 꽤 괜찮은 애야. 보기보단 나쁘지 않아."

"응, 그런 것 같아. 너도 영우랑 잘 지내지? 아까 보니까 둘이 보기 좋았어."

웃으며 세림이 대답하자 현아는 씁쓸하게 샴페인 잔을 천천히 흔들었다. 투명한 샴페인이 잔 안에서 작은 기포를 내며 둥글게 원을 그린다. 어느새 심란해진 현아를 보며 세림의 얼굴에 걱정스러움이 번졌다.

"왜 그래? 무슨 일 있어? 표정이…… 안 좋아."

"그냥…… 영우랑 요새 좀 냉전 중이라 좋다는 소리는 못하겠네. 이런 기분을 떨쳐 내지 못하겠어."

현아를 의아히 바라보며 이어질 말을 차분히 기다렸다. 금방까지도 영우랑 같이 잘 웃고 분위기가 꽤 좋아 보였는데 그게 아니었던 건가? 눈길을 떨어뜨리며 생각에 잠긴다. 둘 사이에 다른 사람들은 눈치채지 못하는 문제라도 있나?

어차피 자기 일이 아님에도 불구하고 세림은 동요하는 마음을 쉽게 진정시키기 어려웠다. 그녀가 자신 앞에 놓인 샴페인을 한 모금 넘긴다. 현아는 희미하게 웃었다. 서글픔과 허무함이 스민 웃음이다.

"너랑 영우 사이에 끼어 있는 기분, 쭉이야, 쭉."

숨이 턱 막히는 것처럼 긴장되었다. 이해할 수 없다는 얼굴로 현아의 얼굴을 조심스레 살핀다. 설마 그동안 영우를 정리하지 못한 자신 때문에 두 사람 사이에 무슨 일이라도 생긴 건가?

버릇처럼 물건을 훔치다 걸린 아이처럼 세림은 가슴이 크게 두 근거리기 시작했다.

"그럴 만도 하지. 두 사람 사이에 내가 낀 건 맞으니까. 나랑 사귀기 전부터…… 영우가 너 좋아했어. 나…… 그거 알면서도 사귀었고."

조심스럽던 세림의 눈동자가 일순 경직되며 얼굴에서 표정이 지워졌다. 접시 위에 올려둔 포크를 집고 있던 손이 미세하게 떨린다. 자신의 귀를 의심하던 세림은 눈을 감아버리고 말았다.

심장이 진동하듯 요동친다. 몽롱한 술기운이 단숨에 정수리까지 차올라 눈앞이 아찔했다. 떨리는 가슴을 진정시키며 피곤에 짓눌린 눈꺼풀을 무겁게 들어 올린다. 명치끝이 회오리치듯 쑥 밀려 내려갔다. 한 가닥씩 천천히 풀리고 있던 실타래가 한순간에 칭칭 엉켜 버리는 기분이 강하게 들었다. 손을 쓸 수 없을 정도로.

생각을 정리해 본다. 두 사람이 사귈 무렵 영우는 자신을 좋아했고, 자신도 그를 좋아했다. 나를 좋아했다고? 그런데 어째서 영우는 나한테 아무 말도 하지 않았던 거야? 왜 거절했던 거야? 자신은 몰랐지만 어쨌든 두 사람이 좋아했음은 분명한데 도대체 그때 왜? 왜……!

한순간에 지난 5년간의 기억이 흐름을 거슬러 물밀듯이 밀려왔다. 정리한다고 내려놓았던 모든 것이 우르르 머리 위로 떨어졌다. 아픈 것보다 숨이 막혔다. 떨리는 손을 들어 올리며 목 부근을 매만졌다. 타들어갈 듯 뜨거운 갈증이 목구멍을 휘젓는다. 앞에 놓인 샴페인 잔을 들었다. 그러나 비어 있다. 마른침을 삼켰다.

말간 눈동자는 기어이 축축해지고 말았다. 기가 막혀서, 이해가 안 돼서 가슴이 답답해 왔다. 영우는 왜, 현아는 왜 아무 말도 하지 않았던 걸까.

"너를 보면서 동생이 생각났어. 무슨 말을 해도 까르르 웃고 좋아하는 게…… 동생이랑 비슷해서."

"그래서 아마 애초에 널 연애 대상으로 생각지도 못한 것 같아."

좋아하지만 동생 같아서였어? 그래서 차마 말 못한 거야? 현아는 동생 같이 안 보이고?

알고 있었다. 영우는 자신의 이름을 끝까지 불러주지 않았다. 좋아하지만 동생 같은 마음이라니, 도무지 이해가 가지 않는 감정이다. 원망스럽다. 아무런 말도 하지 않았던 영우도, 몇 년 동안이나 바보처럼 힘겹게 영우를 좋아했던 자신도, 그런 사실을 알면서도 영우와 사귀었던 현아도 모두가 원망스러웠다.

"……세림아. 세림아?"

"어?"

눈가에 눈물이 그렁한 채로 멍하니 있던 세림은 현아의 고운 목소리에 번뜩 정신을 차렸다. 텅 빈 눈동자가 반사적으로 현아에게 향했다.

"내가…… 하지 말아야 할 이야기를 했나 봐. 그런데 영우 때문에 너무 속상해서, 이제 한계에 다다라서 도저히 참을 수가 없었어."

자신보다 한층 더 괴로운 표정을 짓고 있는 현아를 보며 세림은 눈앞이 아려왔다.

결과가 어떻게 되었든 영우는 현아를 선택했다. 그것은 돌이킬 수 없는 사실이다. 만약, 만약 영우가 현아보다 자신이 더 좋았다면 그런 선택을 하지 않았겠지.

생각보다 풍랑은 거칠게 휘몰아치지 않았다. 하지만 어찌 된 일인지 심연에서는 큰 진동이 너울을 그리며 솟아오르는 듯했다. 그 마음을 진정시키기 위해 깊은 숨을 들이켰다. 오히려 자신이 마음을 빨리 정리하지 못해 두 사람이 힘든 일을 겪게 된 것 같아 죄책감도 들었다. 좋아하는 사람한테 그런 기분을 느낀다는 건 생각도 하기 싫은 일이다.

상투적이고 가증스럽다.

현아를 안타까워하는 자신에게 불현듯 그런 생각이 든다. 누가 누구를 걱정하는 거야? 이시준 말대로다. 자신은 현아를 조금도 생각지 않는 이기적인 인간이었다. 두 사람을 따라 이 학교에 오지 말았어야 했다.

세림은 제멋대로 흐트러진 감정을 추스르기 위해 양손을 꾹 쥐었다.

"나야말로 미안해……. 너 이렇게 속상해하는지도 모르고. 나 너무 무신경했어."

"그게 무슨 소리야? 네가 왜 무신경해."

"나도…… 나도 시준이랑 사귀기 전까지 영우 못 접고 있었어. 미안해. 정말 미안해. 영우에 대한 마음 빨리 접었어야 하는데 그러지 못했어. 나 이제는 시준이랑 잘 사귀고 있어. 네 말대로 시준이 되게 괜찮은 애야. 잘해줘서 좋아. 그러니까 너도 영우랑 어서 풀어. 혹시라도 내 도움이 필요하면 도와줄게."

"그래? 그거 고마운 소리다. 그런데 너…… 시준이하고 싸우진 않았고? 우리 강남교보에서 만난 날 너무 속상해서 이 이야길 해버렸거든. 그 뒤로 너랑 시준이 싸우지 않았나 싶어서 걱정됐어."

이시준한테 그걸 말했다고?

전혀 몰랐다. 이시준 그런 건 조금도 내색하지 않았어.

세림의 눈동자가 동그랗게 커졌다. 고개를 돌려 시준을 보았다. 시준은 창가에 걸터앉아 남자애들과 담배를 피우고 있었다. 세림의 시선을 느끼기라도 했는지 그가 눈길을 돌린다. 두 사람의 시선이 맞닿자 시준은 부드럽게 웃음 지었다. 세림 역시 어색하게 웃어 보이다가 다시 고개를 돌렸다.

"아니야. 괜찮아. 아무 일 없었어. 걱정하지 않아도 돼."

걱정하는 현아를 보며 세림은 그녀가 안심할 수 있도록 애써 미소 지었다. 그러나 그와 반대로 현아의 표정은 오히려 굳어지는 것 같았다. 기분 탓일 것이다. 다음 순간 곧 익숙한 웃음이 입가에 매끄럽게 걸리며 그녀가 세림의 손을 다정스레 잡았으니까.

"그렇구나. 다행이야. 대신 넌 나한테 아직 빚 하나 있는 거다?"

현아는 특유의 애교 섞인 목소리로 말끝을 늘렸다. 애달픈 표정 사이로 미소가 번진다.

"응, 그래."

그 미소를 보며 세림 역시 나오지 않는 웃음을 짓느라 입가의 근육이 아팠다.

가슴 부근이 무거운 돌로 묵직하게 짓눌리는 것 같아 뻐근하였다. 혼란스러운 밤이다.

❖　❖　❖

　남자들이 담배를 태우고 나서 그들은 다시 자리를 합쳤다. 마라
톤이라도 하듯 그들은 휴식 후에도 결코 적지 않은 양의 알코올을
흡입하였다. 남자들은 주로 위스키만을 마시고 여자들은 간간이
샴페인, 과일주스와 보드카를 섞어 마시거나 승범이 제조하는 칵
테일을 받아 마셨다. 술을 좋아하는 세림이긴 하지만 마음먹고 마
셔대는 이들을 보니 절로 혀가 내둘러질 지경이다.

　그야말로 주당들이 따로 없다. 아니, 한층 더 독보적인 수준이
다. 특히나 시준과 태현은 표정 하나 변하지 않고 '한 병 더 오픈할
까?' 한다. 평소에도 술을 좋아하긴 하지만 끝을 본 적은 한 번도
없었는데. 역시나 날이 날인 만큼 제대로 마셔주는구나. 영우도 은
근히 잘 마셨다. 그러고 보니 고등학교 때부터 한창섭이랑 주당이
라고 소문났었지. 승범이 연이어 주는 위스키를 지치지도 않고 비
워내는 걸 보며 또다시 놀라고 말았다.

　여자애들도 만만치 않았다. 현아는 말할 것도 없고, 청순하게 생
겨 가장 못 마실 것 같던 유정이는 멀쩡한 얼굴로 와인을 더 따랐
다. 놀란 승범이 술병을 빼앗자 그녀가 한껏 투정하였다. 세림은
머리가 띵해서 속이 울렁거릴 지경인데. 가장 의외인 건 미영이었
다. 여자애들 중 제일 잘 마시게 생겨서는 세림보다도 먼저 취해
고조된 기분으로 술자리의 흥을 돋우었다.

　술병을 들고 친구들의 달리기를 독려하던 승범에게 시준이 손
가락을 교차시켜 딱 소리를 냈다. 승범이 쳐다보자 시준은 무슨

메시지를 전달하듯 눈짓하였다. 그제야 승범은 까맣게 잊고 있던 사실을 기억해 내기라도 한 것처럼 재빨리 자리를 털고 일어났다. 그가 리빙룸 한쪽에 비치해 놓은 와인냉장고 제일 아래에서 무언가를 꺼냈다. 영우를 비롯한 여자애들이 의아함에 그의 행동을 잠자코 주목한다. 마치 상패를 들 듯 양손으로 물건을 받쳐 들고 걸어오는 승범은 어딘지 모르게 비장해 보인다. 그가 '두둥둥!' 하며 입으로 효과음을 내더니 손에 든 나무 상자를 높이 들어 외쳤다.

"이 몸이 보르도 뽀이약에서 직접 공수해 온 일곱 살 잡수신 샤또 무똥 로칠드님 등장이시다! 귀한 몸 경건한 마음으로 영접하라!"

승범을 제외한 일곱 명이 만세를 부르며 환호성을 질렀다. 미영과 유정은 비명에 가까운 소리를 지르며 소파에 올라가 방방 뛰었다.

새벽 1시를 훌쩍 넘기면서 술기운이 올라 대화를 주도해 나가던 미영은 이대로는 안 된다며 자리에서 일어났다. 그녀는 오디오 스테레오의 볼륨을 크게 높이고 태현과 몸을 밀착시켜 춤을 추기 시작했다. 연인만의 애정이 느껴지는 농염한 춤이었다. 세림은 공연히 민망해 시선을 어디에 둘지 몰라 난감했다. 승범과 위스키를 주거니 받거니 하던 영우는 현아의 손에 이끌려 미영 커플과 함께 춤을 추었다.

온몸 구석구석 스며든 알코올이 감각을 둔화시킨다. 그래서 애들의 높아진 말소리도, 지나치게 큰 음악 소리도 하나도 들리지 않앉다. 눈앞의 불빛도 뿌옇다. 애들의 움직임은 오래된 영화의 필름처럼 뚝뚝 끊어져 자연스럽게 이어지지 않았다. 객석에 앉아 연극이나 영화를 관람하는 관객이 된 기분이다.

와인이 담긴 잔을 빙빙 돌리다가 그대로 쭉 들이켰다. 혀끝에 가장 먼저 닿은 단맛은 말로 형언할 수 없을 정도로 떫고, 시큼하게, 그리고 마지막엔 부드러움만이 남았다. 복잡한 맛이 입안을 배회하다 목구멍으로 넘어간다. 목구멍에서 달콤한 향이 올라왔다. 인상을 쓰며 어깨를 움츠리다 눈을 질끈 감았다. 갑자기 현기증이 파도처럼 밀려온다. 이마에 손을 얹고는 눈을 떴다. 들고 있는 와인잔을 내려다보니 말간 액체가 표면을 따라 매끄럽게 흘러내린다.

소주라도 마셔? 언제쯤이 되면 이 우아한 술을 품위 있게 음미할 수 있을까? 자조적으로 웃으며 잔을 내려놓았다. 깊은 한숨이 역류하듯 입술 사이로 흘러나온다. 고개를 돌리자 시준의 곧은 눈동자가 맞닿아온다. 시준이 치즈 하나를 포크로 찍어 들이밀었다. 멀뚱멀뚱 치즈와 시준을 번갈아보다가 입술을 벌려 받아먹었다. 투박한 겉보기와 다르게 크림처럼 부드러운 속살이 입안에 녹아들었다. 특유의 느끼함과 독특한 치즈 냄새는 와인의 달콤한 향에 중화되었고, 꺼끌꺼끌한 와인 맛은 치즈에 희석되었다.

"와인은 치즈랑 먹어야 제 맛이지. 어때?"

"좋아."

"왜 그렇게 정신을 놓고 있어?"

"정신을 놓기는…… 누가?"

세림은 모른 척 애들에게 눈길을 돌렸다. 항상 생각하는 거지만 시준의 눈동자는 사람 속을 꿰뚫어 보기라도 하듯 적나라하고 날카로웠다. 지금도 마찬가지다. 그 눈빛에 우울함으로 들어찬 생각 같은 건 읽히고 싶지 않았다.

애들은 지치지도 않고 춤을 추었다. 이젠 멜로우 재즈로 바뀐 음악을 따라 두 커플도 잔잔한 선율에 몸을 천천히 움직인다. 세림이 다시 자리를 둘러보는데 어쩐지 승범과 유정의 모습이 보이지 않는다.

"유정이랑 승범이는 어디 갔어?"

"걔 둘은 방 따로 잡았어."

"방을 따로 잡아? 왜?"

"남녀 둘이 왜 방을 따로 잡았는지 궁금해?"

고개를 갸웃거리던 세림은 순식간에 경악하였다. 그가 한 말의 의미를 이해한 듯 귓불이며 목줄기까지 단번에 붉힌다. 세림의 반응이 귀엽다는 듯 시준은 짓궂은 얼굴로 웃었다.

"알아봐 줄까?"

"아니! 필요 없어!"

그의 말이 끝나기도 전에 세림은 단호하고도 완고하게 도리질 쳤다.

세상에! 박승범은 그렇다 치더라도 유정이까지! 양 볼 가득 바람을 불어넣었다. 연인이니까 애정이 깊어지는 건 당연하지만 아직은 잘 모르겠다. 덥다. 손부채질을 하다 능청스레 웃고 있는 시준과 눈이 마주쳤다. 도대체 앤 부끄러운 줄도 모르고 그런 소리를 잘도 한다. 뻔뻔한 시준의 말에 오히려 당황한 것은 자신이었다. 아마 그는 이렇게 당황해하는 자신의 모습을 즐기기라도 하는 것 같다. 눈을 가늘게 떴다.

"나도 가끔 참을 수 없이 화나."

뜬금없는 시준의 말에 한쪽 눈썹을 들어 올린다. 무슨 말이냐는 뜻이다.

"은세림. 세림이 네가 너무 예뻐서 눈만 마주쳐도, 손만 잡아도, 웃는 것만 봐도…… 가끔 참을 수 없을 정도로 화가 나. 미치도록."

시준의 눈빛이 한순간에 바뀌었다. 매혹적일 정도로 미염한 빛을 발하는 눈동자. 알코올에 물든 심장이 느릿하게, 그리고 크게 뛰었다. 순간적으로 몸이 뜨거워지는 기분을 떨칠 수가 없다.

"그런데 참으려고."

나른하게 말끝을 끌며 그가 세림의 뺨 근처까지 입술을 가져다 댔다. 가열된 숨이 그의 입술을 비집고 나와 심장을 옭아맸다.

"가끔은 참았다가 풀어주는 편이…… 더 짜릿하니까."

도대체 무슨 말을 하는지 이해할 수가 없다. 그런데도 불구하고 심장이 무섭도록 달음박질친다. 목덜미의 희미한 맥이 살벌하게 뛰어오를 정도로. 온몸이 뻣뻣해지는 것만 같다. 바닥에 두었던 손을 힘껏 쥐었다.

그가 낮게 웃으며 세림의 어깨에 가지런히 놓인 머리칼을 쓸어내었다.

어쩐지 화가 난다. 공연히 심술이 나 입술을 비죽 내밀었다. 이 애의 장난에 놀아나는 건 언제나 자신이다. 이번에도 그렇게 호락호락하게 넘어가 줄까 보냐.

한순간에 몸이 풀어진 세림은 억울하다는 듯 눈초리를 세웠다.

"항상 느끼는 거지만 이시준 너…… 이상해. 변태 같아."

"어쩔 수 없어. 여자친구를 갖게 되는 순간 이 세상 모든 남자들은 전부 변태가 돼."

"웃겨. 모든 남자애들이 다 너 같을까. 안 그런 사람도 있을지 누가 알아?"

"아니. 단언할 수 있어. 안 그런 놈은 절대 없어. 심지어 남자친구를 연인으로 둔 남자도 전부 다 변태 맞아."

세림은 다시 한 번 얼굴을 붉혔다.

아우, 얄미워!

앞머리를 몇 번 매만지며 헛기침하던 세림은 의연하게 표정을 정리하였다. 그녀는 접시 위에 얹어놓은 포크를 집어 들어 얼마 남지 않은 케이크로 가져갔다. 포크로 케이크를 먹기 좋게 자르고 조각을 포크 위에 얹어 여전히 자신을 뚫어져라 쳐다보고 있는 시준에게 내민다.

"먹을래?"

그래, 은세림! 아무렇지도 않게 당황하지 말고 침착하게 행동해! 언제까지 이시준한테 놀아날 내가 아니거든요.

세림은 자신을 다독이며 여유로운 웃음까지 지어 보인다. 오히려 당황한 시준이 잠시 그녀를 살핀다. 하지만 이내 무슨 생각을 하는지 알겠다는 얼굴로 빙긋 웃음 짓는다. 그 웃음의 의미를 헤아리지 못한 세림은 저도 모르게 긴장해 눈길을 피하고 말았다.

하여간 뭘 하든 훤히 보인다니까. 시준이 웃음을 감추며 그녀에게 시선을 고정시킨 채로 포크에 얹은 케이크를 받아먹었다.

두근.

세림의 심장이 예기치 않게 뛰어올랐다. 뚫어지게 쳐다보는 시준의 눈동자 때문인지, 아니면 케이크를 받아먹는 그의 입술 때문인지 갑작스럽게 튀어 오르는 심장의 고동에 세림은 어찌해야 할지를 모르고 다시 얌전해졌다.

이시준을 당황스럽게 만들려다가 왜 오히려 자기가 두근거리는 건데?

자신을 질책하던 세림의 눈동자가 금세 의아해졌다. 케이크를 받아먹은 시준이 작게 인상 쓰고 있다.

"왜?"

"달아."

귀여운 구석도 있네. 긴장으로 굳어 있던 세림은 웃고 말았다. 사람 기분이란 게 참 알 수 없다. 금방까지 바닥을 파고 싶을 만큼 우울했는데 지금은 또 괜찮다니. 감정에 휘둘리는 건 피곤한 일이다. 아마 이시준이 없었다면 이 일로 일주일이나 앓아누웠을지도 모른다. 고마워해야 하는 건가.

시준에게 시선을 두던 세림은 그의 입술 옆에 작은 빵 조각이 붙어 있는 걸 발견했다.

"키스하고 싶어?"

떼어줘야 하나 말아야 하나 고민하는 사이 시준의 황당한 말이 머리를 쥐고 흔드는 듯하다.

"무슨 소릴 하는 거야?"

"뚫어져라 내 입술 쳐다보고 있었잖아. 키스하고 싶은 건가 하고."

"여기에 빵 조각 묻어서 떼어줄까 말까 고민하고 있었거든?"

세림은 검지로 입가를 톡톡 치며 퉁명스럽게 말했다. 시준이

'그래?' 하고 고개를 끄덕이더니 세림의 검지를 입가로 가져갔다.

입가에 묻은 빵 조각이 손가락에 달라붙었다. 목덜미까지 붉어지고 있다는 건 거울을 보지 않아도 알 수 있었다. 시준에게 붙잡힌 손을 빼내려고 했지만 그는 쉽게 놔주지 않았다. 대신에 빵 조각이 묻은 손가락을 입으로 가져간다. 심장이 쿵 하고 큰 소리를 내며 내려앉았다.

"뭐, 뭐 하는 거야!"

그의 입에 물린 손가락을 재빨리 빼내며 신경질을 냈다. 그가 특유의 능청스러운 표정으로 고개를 까닥인다.

"하여간 변태! 저질! 더러워!"

질린 얼굴로 시준에게 쏘아붙이던 세림은 자리를 박차고 일어나 홀을 빠져나갔다.

시준은 고개를 사선으로 뉘며 세림이 어디로 향하는지 확인했다.

화장실이다. 세림의 손가락이 닿았던 혀끝이 얼얼하다. 찬 얼음을 물었을 때처럼. 감각이 무뎌 혀에 묻어 있는 빵 조각을 치아로 몇 번이나 짓눌렀다. 탄수화물은 녹말을 포도당으로 분해하는 타액과 섞여 단맛을 냈다. 낮은 미소를 지으며 시선을 옮기는데 소파에 앉아 있는 영우의 눈길과 마주쳤다. 어느새 앉아 보고 있던 건지 영우는 놀란 송아지처럼 눈을 동그랗게 뜨고 있었다.

시준이 아무렇지 않게 고개를 까딱이자 두 사람은 약속이라도 한 듯 피식 웃어버렸다.

화장실 문에 기대선 세림은 쿵쾅대는 심장을 진정시키느라 정신이 없었다.

맥이라도 빠졌는지 살짝 주먹을 쥔 채 가슴에 얹어둔 손이 미세하게 떨려온다. 자신의 손바닥을 펴본다. 그의 입에 닿았던 검지가 불에 데기라도 한 양 후끈후끈 뜨겁다. 한순간이었지만 시준의 입으로 들어갔던 손가락의 느낌이 생생하다. 부드러운 입술의 감촉과 검지 끝부분을 쓸어내던 혀, 그리고 빼낼 때 닿았던 고른 치아. 얼굴이 터질 듯 달아올랐다. 열꽃이 가득 핀 두 볼을 손으로 감싸며 낮은 신음 소리를 냈다.

은세림, 정신 차려라. 정말 왜 이러니.

떨리는 손을 내려놓으며 세면대로 힘없이 향했다. 윤기 머금은 검정색 대리석 위에 하얀 세면대가 조명에 비쳐 눈부시다. 터치 센서로 된 수도꼭지를 살짝 건드리자 투명하게 반짝이는 물이 손바닥 위로 떨어졌다. 물비누로 손을 꼼꼼히 닦아내다 미간에 주름을 세웠다. 두근거림도 잠깐, 시준은 생각하기만 해도 민망한 행동을 너무나 자연스럽게 해댔다.

늘, 언제나, 항상!

변태같이. 영우는 그렇게 능청스럽지 않았는데…….

세림의 눈동자가 떨렸다. 그녀는 거울에 담긴 자신을 바라보았다. 하지만 거울 속에는 자신이 아닌 다른 영상이 있었다.

"나랑 사귀기 전부터 영우가…… 너 좋아했어."

생각 저 깊은 곳으로 밀어두었던 현아의 말소리가 볼륨을 높이듯 커져 오기 시작했다. 술을 마시면 마실수록 더욱 선명해져 멈추지 않고 머릿속에 웽웽 울렸다. 그 말은 혈관을 따라 온몸에 스며 드는 산소를 차단시켰다. 가쁜 숨을 몰아쉬며 가슴에 손을 올린 채로 천천히 심호흡을 하였다.

어떻게 그걸 알면서도 넌 영우랑 사귈 수 있던 거야? 왜 나한텐 한마디도 해주지 않았어?

스산한 겨울바람이 불던 그날을 되새겼다. 그 겨울 아래에서 울던 현아는 그때부터 알고 있었던 건지도 모르겠다. 울었던 건 그 사실을 알고 어떻게 해야 할지 몰라서였을까.

자신만을 생각하면 이제 와서 그런 소리를 하는 현아가 원망스러웠다. 하지만 본인도 얼마나 괴로웠을까. 내가 현아의 상황이었다면……. 모르겠다. 그런 상황 같은 거 생각하고 싶지 않아.

하지만 그래도…….

말하지 않으려고 했다면 끝까지 하지 말지.

밀어내지 못하는 원망스러운 마음이 질척하게 달라붙어 떨어지지 않는다. 산뜻하게 가시지 않는다. 눈가에 맺힌 눈물방울들이 뚝뚝 떨어졌다. 고개를 들어 눈을 깜박이다 숨을 깊이 들이쉬었다. 이대로 나가면 이시준이 금방 눈치챌 거다.

화장이 번지지 않도록 페이퍼 타월을 찾아 눈가에 대고 연신 꾹꾹 눌러냈다. 하지만 야속하게도 아무리 눈가를 눌러대도 눈물은 쉽게 멈추지 않았다. 마음을 다스려 보기도 하지만 잘 되지 않는다. 눌러내고 또 눌러내도 그만큼의 눈물은 하염없이 이어졌다.

차라리 말을 하지 말지.

미영은 태현의 다리를 베고 어느 샌가 잠들어 버렸고, 영우는 태현과 위스키 병을 기울이며 다른 이야기에 빠져 있었다. 세림은 한참이 지나도 화장실에서 나오지 않았다. 손가락 사이에서 타들어가는 담배를 방치하며 홀 밖에 시선을 두고 앉아 있던 시준이 현아에게 눈길만 던졌다. 김현아의 미려하도록 짙은 눈매가 알코올에 물들어 나른해 보인다.

"뭘 그렇게 봐? 무슨 할 말이라도 있어?"

그녀의 매끄러운 눈꼬리가 휘어졌다. 시준은 담배 연기를 들이마시고는 허공에 길게 불어냈다. 어떤 기대를 품은 시선, 유쾌하지 않은 눈빛. 시준은 그런 종류의 것도 잘 알고 있다.

"김현아."

"응, 왜?"

"네가 원하는 게 뭐든 거기에 은세림 끼워 넣지 마."

"……뭐?"

"세림이 헤집어놓지 말란 뜻이야."

생그레한 미소가 현아의 얼굴에서 지워졌다. 건조하게 말라붙은 시준의 눈동자는 처음 봤을 때보다 더 심했다. 그녀의 눈살이 일그러진다.

시준은 손에 든 담배를 재떨이에 비벼 껐다. 지금껏 아무 말 않고 있었지만 이건 단순히 박영우와 김현아만의 문제가 아니다. 김현아는 그 둘 사이에 굳이 애먼 세림을 다시 끼워 넣으려 한다. 그 이유가 세림이를 떨어뜨리기 위함인지, 단순히 세림이가 거슬리기 때문인지, 아니면……. 이유가 어찌 됐든 셋 다 용인되지 않는 것이다. 박영우의 여자친구로는 더욱. 신경질적인 숨을 뱉어낸다. 영우는 시준에게 있어 애증의 존재다. 그와 항상 겹쳐지는 인물은 시준을 곤혹스럽게 했다. 그리운 기억 때문이다.

　세 커플이 완전히 침실로 향한 것은 새벽 4시가 가까울 무렵이었다. 한참 전부터 소파에서 꾸벅꾸벅 졸던 세림은 시준의 권유로 미영과 함께 침실로 가 잠을 청했다. 영우와 현아가 2층 침실로 들어간 것은 그 뒤였다. 마지막까지 자리를 지키던 시준과 태현은 반 병 남은 위스키를 비워내고 자리를 마무리 지었다.

　침실로 들어선 시준은 헛웃음을 지으며 망연히 섰다. 당연히 침대에서 미영과 다정히 잠들어 있어야 할 세림이 소파에서 자고 있었다.

　졸린 와중에 소파에서 잘 생각은 어떻게 했는지. 기가 막혀 소파에 누워 잠든 세림을 한참을 내려다보았다. 김태현이 고소하다는 듯 껄껄 웃으며 미영의 옆자리에 조심스레 누웠다. 그가 등을 보이고 잠든 미영을 끌어안고는 자신의 옆자리에서 꿀맛 같은 잠을 나눠보자고 장난친다. 미쳤냐, 내가? 거칠게 한마디 내뱉으며 소파에서 잠든 세림을 안아 들어 침대에 눕혔다. 그렇게 잔다고 우리가 한 침대에 못 누울 거라 생각했어?

　침대에 뉘인 세림을 곤란하게 내려다보던 시준은 협탁에 놓인 전화기를 들었다. 그가 프런트에 엑스트라 베드를 요청한다.

　"세림이 가운데로 밀고 같이 자면 되잖아."

　"자신 없어서."

　"뭐가?"

　"자다가 세림이 덮쳐 버릴까 봐."

　"……."

'이 정신 나간 놈이 지금 뭐라는 거야?' 하며 태현은 어이없어하였다.

"최악이라 그러겠지? 인간 취급도 안 할 거야."

진지하게 고민하는 시준을 보며 태현은 시원스레 폭소했다. 그 바람에 옆에서 잠들어 있던 미영이 깨버렸다. 태현이 미안하다고 말하려는 사이, 미영이 눈초리를 한껏 세우며 베고 있던 베개로 그의 얼굴을 강타했다.

Spell

샤워실 문이 열리고 안쪽에서부터 옅은 수증기가 피어올랐다. 트레이닝복으로 갈아입은 시준의 몸에 샤워 후의 습기가 배어 있었다. 어깨에 하얀 타월을 걸친 채 침실로 들어서려던 시준은 그대로 나무 기둥에 기댔다. 아직 해가 뜨지 않았는지 로만셰이드로 가려진 큰 창에서 부연 연회색 빛만이 새어들어 침대 근처를 맴돈다. 침실에는 킹사이즈 베드와 엑스트라 베드가 자리해 있다. 엑스트라 베드에는 제멋대로 구겨진 시트와 반쯤 접힌 이불이 시준이 일어나기 전의 모습을 그대로 보여주었고, 킹사이즈 베드에는 세림과 미영, 태현이 규칙적인 숨소리를 내며 아직까지 단잠에 빠져 있다. 숨소리 외엔 기척조차 느껴지지 않는 고요한 풍경. 나무 기둥에 기대 있던 시준은 세림이 누워 있는 쪽으로 걸었다.

아슬아슬하게도 잔다. 세림은 침대 끄트머리에서 잠든 것도 모자라 아예 바닥으로 떨어질 기세다. 엎드린 자세로 한쪽 팔은 바닥에 늘어뜨리고 머리도 아래를 향해 있다. 양쪽 바지주머니에 손을 넣고 세림을 내려다보며 혀를 찼다.

난 이렇게 자라고 해도 못 자겠네.

바지주머니에서 손을 빼내며 세림의 목덜미와 두 다리 무릎 밑으로 팔을 넣어 안아 올렸다. 자신이 자던 침대에 세림을 가지런히 눕히고는 근처에 위치한 원목 테이블 의자 하나를 끌어당겨 앉았다.

세림은 자는 모습도 단정했다. 감겨진 두 눈 아래로 보이는 기다랗고 풍성한 속눈썹과 부드럽게 곡선 진 콧날이며 진분홍빛 도는 작고 도톰한 입술은 금방이라도 먹어버리고 싶은 충동을 불러일으켰다. 매끈하고 만지면 부들부들할 것 같은 화장기 없는 피부도 사랑스럽다.

이토록 사랑스러울 수밖에 없는 네 얼굴에 또다시 그림자가 드리워졌다.

한숨을 깊이 쉬며 세림의 이마를 덮고 있는 앞머리를 옆으로 쓸어냈다. 아무리 생각해도 그 이야기 말고는 너에게 그런 표정을 짓게 할 일이 없었다.

시준은 손으로 입가를 가리듯 쓸어내리다가 의자 안쪽 깊숙이 몸을 기대었다. 버릇처럼 테이블에 놓인 담배 케이스에서 담배를 꺼내려던 행동을 멈춘다. 그는 손에 든 담배를 다시 집어넣고 라이터와 함께 다시 원래 있던 자리에 던져 놓았다.

세림이 시준을 만나기 전까지 그녀의 세계에 자리한 영우는 깊숙이 뿌리내린 나무와도 같았다. 지독한 잔가지와 무성한 잎을 가진 세림만의 쉼터, 위안, 행복, 학창 시절의 순수한 기억. 누군가가 한 사람에게 이렇게 큰 영향을 줄 수 있다는 사실이 새삼 놀라울 뿐이다. 그리고 그것은 시준의 심장을 불쾌하게 흔들어댔다.

다이어리를 읽으면 읽을수록 영우와 같이한 세림의 추억에 자신도 일부분이 되어갔던 건…… 어느 무렵부터였을까. 이해할 수밖에 없었다. 영우를 향한 세림의 마음의 깊이를. 짝사랑이었지만 짝사랑 같지 않았던 짝사랑. 아무도 구해주지 못할 멈춰진 시간 안에 그녀는 오래도록 서 있었다. 낡고 오래된 시간을 깨고 나올 수 있는 것은 오로지 세림뿐. 그런 세림은 얼마 전까지도 손짓해야지만 한 걸음 가까이 오는 정도였는데, 어느 순간부터 저 스스로 느릿하지만 분명한 발걸음으로 걸어오기 시작했다. 이름을 그제야 따뜻하게 불러줬던 것도, 술에 취해 잔뜩 설레게 했던 사랑스러움도, 생일을 물었던 것 모두. 그것은 관심의 시작. 급작스러운 변화였다. 아주 소소한 것이지만 영우를 완전히 정리하기 전까지 그 어떤 욕심도 내지 않겠다고 다스렸는데.

세림은 영우를 서서히 마무리하기 시작한 것이다.

단숨에 그녀를 쥐어버릴 수도 있었지만 그러지 않았다. 세림의 마음을 차지한 박영우를 억지로 도려내면서까지 쥐고 싶지 않았으니까. 오히려 상처에 난 딱지를 억지로 잡아떼면 그 자국은 오래도록 남을 뿐이다. 세림을 옆에 두며 박영우의 환영까지 안고 갈 이유가 없었다. 때문에 세림 스스로가 자신에게 오기를 바랐고, 이제 쭉 걸어올 일만 남았다고 생각했다.

제기랄, 잠잠하던 세림의 눈빛이 흔들렸다.

시준은 베개에 올려둔 그녀의 하얗고 작은 손을 힘껏 잡았다.

은세림, 이제 그만 주춤거려. 네 눈길, 나 아닌 다른 남자에 대한 생각, 더는 관대한 마음으로 이해해 줄 수 없어.

내 잔인성을 시험하려 들지 마.

❖ ❖ ❖

학원 수업이 일찍 끝난 세림은 길 잃은 어린아이처럼 배회하고 싶었다. 하지만 아침부터 비가 와 도보로 움직이기엔 무리가 있었다. 학원 빌딩 앞에 서서 추적추적 비 내리는 모습을 하염없이 바라보다가 지하철역으로 천천히 발걸음을 옮겼다. 발걸음을 옮길 때마다 땅바닥으로 떨어진 빗방울이 다시 튀어 올라 하늘빛 플랫 슈즈를 적셨다.

지하철 노선도를 확인하는데, 딱히 갈 만한 곳이 없다. 멍하니 거리를 가늠하다 포기하고 만다. 멀리 이 근처가 아닌 곳으로 가고 싶은데 축 늘어진 몸이 무겁고 귀찮다.

결국 대화 방면으로 가는 지하철을 타고 압구정에서 내렸다. 지상으로 이어지는 지하철 계단을 하나씩 오르다가 중간에 멈춰 서서 민무늬 연분홍빛 긴 우산을 펴 들었다. 발 앞에 빗방울이 하나둘 뚝뚝 떨어진다. 힘겹게 계단을 오르고 나니 이제는 정말 어디로 가야 할지 모르겠다. 보도에 우두커니 선 채로 생각에 잠겨 마른기침을 뱉어냈다.

어디로 가면 좋을까. 어디로 발길을 돌릴까. 비 냄새가 섞인 미풍이 불어온다. 얼굴을 살짝 가리며 날리는 머리칼을 귀 뒤로 넘기고 힘겹게 고개를 든다. 우산 너머로 굵은 빗방울이 떨어져 내리는 회색빛 하늘이 적나라하게 보인다. 맑은 빗물이 그대로 땅바닥에 곤두박질치고, 반대편 도로에는 차들이 빠르게 스쳐 지나간다. 날렵하게 빗속을 달리는 차 주위로 하얀 물보라가 인다.

평일의 이른 오후, 우산을 쓴 사람들은 세림이 서 있는 보도를 빠르게, 혹은 느릿한 걸음으로 지나쳤다. 비 오는 날의 풍경이 헤집어진 마음을 고요하게 적신다. 그냥 무작정 길을 걸었다. 그러다 멀지 않은 거리에서 영화관 방향 안내 표지판을 발견하였다. 잠시 머뭇거리다가 방향을 바꿨다.

세림은 매표소에서 표 한 장을 끊고 영화관 로비 소파에 하염없이 앉아 있었다. 가방 속에 넣어둔 휴대전화가 부르르 진동한다. 무릎 위에 올려둔 숄더백 안주머니에서 휴대전화를 찾아 들었다. 폴더를 열어 확인해 보니 시준이다.

전화 꺼둘걸.

받을까 말까 고민하고 있는 사이 전화가 끊어진다. 액정에 부재 중 전화 한 통이란 문구와 함께 시준의 이름이 뜬다. 오후 2시 11분. 종료버튼을 눌러 전원을 끄려는데 또다시 전화가 울린다.

세림의 낯빛이 흔들렸다.

종료버튼 위에서 헤매던 손가락이 통화버튼으로 자리를 옮겼다.

"응."

〈수업 끝났어? 전화 안 받아서 아직 안 끝난 건가 했지.〉

"아냐. 수업 아까 끝났어. 일찍 끝나서…… 영화 보러 왔어."

〈영화? 누구랑?〉

"……혼자."

수화기 건너편의 시준은 말이 없다가 낮게 웃었다.

〈은세림답네. 뭐 보는데?〉

"그냥…… 새로 개봉한 거."

〈그런 걸 혼자 보러 갔단 말이지?〉

시준의 말끝으로 그를 부르는 다급한 목소리가 잇따랐다.

"……바쁜가 보네."

가방 위에 얹어둔 왼 손등을 말끄러미 바라보았다. 시준은 방학을 맞아 백화점에서 사무 보조 단기 아르바이트를 시작했다. 지인의 연결로 하게 된 일이라는데, 돈은 적게 주고 엄청 부려먹는다고 툴툴대던 일이 생각났다. 그러고 보니 일하는 데도 이 근처라고 한 것 같은데.

〈바쁘진 않은데 쓸데없이 시키는 일이 많네. 나 이따 6시에 끝날 것 같아. 넌 영화 몇 시에 끝나? 같이 저녁 먹자. 보고 싶다.〉

보고 싶다는 시준의 말에 세림은 선뜻 나도 그렇다는 말을 꺼내지 못했다.

〈세림아?〉

"아, 응…… 나 5시 10분쯤 영화 끝날 것 같아."

〈그럼 좀 기다려야겠다. 될 수 있는 대로 빨리 끝내고 달려갈게. 너 어디에 있어?〉

"압구정."

〈바로 코앞에 있잖아. 나 보고 싶었구나?〉

이 근처였구나.

"글쎄……."

시준이 특유의 낮은 웃음소리를 냈다. 그 다정한 음색에 세림은 곤란한 미소를 띤다. 공중에 두었던 시선을 힘없이 떨어뜨린다.

〈여기서 기껏해야 5분도 안 걸려. 영화 재미있게 보고 있어. 끝나면 전화하고.〉

"응."

바로 당일에 개봉한 영화임에도 상영관에는 사람이 드문드문 있었다. 평일 낮 시간 덕분인 듯싶다. 에어컨 바람의 차가운 냉기가 콧등에 내려앉아 얼얼하다. 그녀는 담요 속에서 손을 꺼내 콧등을 매만졌다. 영화는 재미있었지만 감기 기운으로 물먹은 솜처럼 가라앉는 몸 때문에 좀 지치는 기분이다. 거기다 상영관 안 특유의 짙은 레몬 방향제 냄새로 머리까지 아프다.

1편에서 죽은 줄 알았던 선장이 등장하며 영화는 엔딩크레디트를 올렸다. 엔딩크레디트가 어느 정도 올라가자 온통 어둠뿐이던 상영관에 은은한 조명등이 켜졌다. 세림은 끝난 영화의 여운에 잠겨 한참이나 멍하니 스크린을 응시하였다. 빠르게 올라가는 감독, 영화배우, 스태프의 이름 같은 것들을. 그것은 감상한다기보다는 그저 넋을 놓고 보고 있다는 표현이 맞을 것이다.

세림은 아랫배를 만졌다. 한 달에 한 번 오는 그날은 힘들다. 정신적으로도, 심리적으로도, 육체적으로도 지치게 만든다. 감기 기운을 동반해 더욱. 거기에 더해 현아가 했던 말은 자신을 녹초로 만들기에 충분했다.

시준은 현아에게서 그 이야기를 듣고 무슨 생각을 했을까.

시준에게 그런 이야기를 듣게 만들어 왠지 자신이 미안했다. 지난 일이란 걸 알고 있다. 이제 와서 그런 이야길 들었다 한들 부질없고 소용없다는 것도. 하지만 가슴에 진득하게 눌어붙은 감정의

찌꺼기를 어떻게 할 수가 없다. 되돌아갈 수 없는 시간에 남은 미련이 불쑥불쑥 억울하고 속상한 감정에 손을 내밀 때면 미칠 것만 같았다. 가슴이 뻐근해져 옴에 두 눈을 꾹 감았다. 이상하게도 시준이 간절하게 보고 싶어졌다. 자신만을 바라봐 주는 이시준. 어쩐지 심장이 짓눌리듯 저릿하고 먹먹해진다. 그의 얼굴을 똑바로 볼 자신이 서지 않으면서도 넉넉하도록 편안한 그의 품에 안기고 싶다. 녹아들 듯 따뜻한 체온과 자신을 단단히 감싸 안는 단단한 팔과 권태롭도록 낮은 음성이 절실하게 그립다.

음악이 끊기고 엔딩크레디트도 모두 올라갔다. 다음 편을 기약하며 영화는 완전히 끝났다. 빨리 나가야겠다. 눈을 느릿하게 껌벅거리며 정신을 차린다. 힘없는 팔을 들어 빈 옆자리에 놓아둔 가방을 집어 들고 상영관 밖으로 빠져나왔다.

상영관 출구에 선 세림은 실내의 밝은 조명 때문에 잠시 눈을 감았다가 떴다. 항상 느끼는 거지만 영화를 보고 나면 한참 동안 꿈속을 헤맨 듯 현실세계로 돌아오기까지 시간이 걸린다. 긴 출구를 따라 나와 영화관 로비 가죽 소파에 앉았다. 무릎에 얹어둔 가방 속에서 휴대전화를 꺼내 시각을 확인했다. 오후 5시 17분. 다시 자리에서 일어나 로비 근처에 있는 커피숍으로 무거운 발걸음을 뗐다. 무언가 바늘로 목을 쿡쿡 쑤시는 느낌이 들어 또다시 마른기침을 몇 번 내뱉었다.

❖   ❖   ❖

"감기 걸렸어?"

"그건 아니고…… 그냥 컨디션이 안 좋아. 금방 괜찮아질 거야."

스테이크를 먹기 좋은 크기로 썰며 덤덤하게 대답했다. 고개를 창 쪽으로 돌렸다. 올림픽대로와 한강의 울긋불긋한 야경이 빗물에 번져 있다. 꼭 수채화 같다. 이 레스토랑에서 내려다보는 비 오는 날의 풍경은 일품이다.

대답이 미덥지 않은지 시준은 미간에 주름을 세웠다. 작은 스테이크를 입에 집어넣던 세림의 눈동자와 시준의 시선이 맞닿았다.

"괜찮다니까."

그러나 시준은 전혀 괜찮지가 않았다. 평소보다 깔깔하게 내려앉은 음색과 생기 없는 얼굴빛. 세림은 며칠 사이 부쩍 야위었다. 잠은 제대로 자는 건지 윤기를 잃어 가칠해진 피부와 좋지 않아 보이는 컨디션, 힘없이 웃는 얼굴도 그의 눈에는 하나도 괜찮아 보이지 않았다. 시준은 식사를 하다 말고 포크와 나이프를 내려놓으며 와인잔으로 손을 뻗었다.

"왜 그래? 맛없어?"

그를 살피며 세림이 조심스레 물었다. 포크를 빙글 돌린다. 내색 않으려고 하지만 그의 얼굴이 무겁게 가라앉아 있다. 와인의 풍미를 느끼듯 한 모금 입에 물고 있던 시준은 소리 없이 잔을 내려놓았다. 그가 다시 포크와 나이프를 손에 쥐고 스테이크를 적당한 크기로 썰어낸다.

"입맛은 괜찮아? 양식 말고 한식 먹으러 갈 걸 그랬다. 아니면 지금이라도 한식 먹으러 갈래? 아니다. 병원부터 가자. 미열 있어 보여."

잔뜩 쏟아놓는 걱정세례 끝에 시준은 스테이크를 썰던 손을 다시금 멈춰 그녀를 바라보았다.

세림은 명치끝이 눌리는 듯한 기분이 들었다. 목구멍으로 넘긴 스테이크 조각이 그 좁은 틈새를 비집는다. 그녀는 힘겨운 미소를 보이며 물잔을 들었다.

"엄살쟁이."

세림은 물을 한 모금 넘기고 부러 시준을 가는 눈으로 보았다.

새침함이 맴도는 세림의 얼굴을 보며 시준은 그제야 조금 안도한다. 분홍빛이 도는 입술은 연약해 보이지만 탐하고 싶을 만큼 여전히 예쁘다.

"겉으로는 세상에 무서울 거 하나 없는 얼굴 하고 있으면서 왜 이렇게 엄살이야?"

"다른 사람은 몰라도 너한테 손톱만큼 작은 일이라도 생기는 건 절대 못 참아. 참을 수 없어."

"……."

"그러니까…… 아프면 혼자 떠안고 있지 말고 말해. 괜히 예과 다니는 남친 두고 있어?"

무표정하게 말하던 시준은 옅게 웃었다. 그는 따뜻하고 커다란 손을 세림의 손등에 포갰다.

시준의 한마디 한마디가 가슴에 스며들 듯 심장을 세차게 두드린다. 명치를 짓누르던 묵직한 무언가가 이내 목구멍을 메웠다. 견디기 힘든 그것을 진정시키기 위해 포크를 내려놓으며 다시 물잔을 들었다.

"감기는 옮기면 낫는다는 이야기 들어봤어?"

그를 보았다. 시준의 눈빛이 어느새 장난기로 번져 있다. 이시준, 또 무슨 말을 하려고?

세림은 의심이 잔뜩 묻은 눈초리다.

"그런 얘기가 있어?"

"어."

"그런데? 그걸 너한테 옮기기라도 하라는 거야?"

"응."

"무슨 수로? 너한테 대고 기침을 콜록콜록 해?"

"키스로 옮기는 게 직방이라 이거지."

시준이 능청스럽게 웃으며 엄지손가락으로 자신의 입술을 쓸었다. 이시준다운 대답이다. 무어라 쏘아붙일 기세로 말문을 열려는 찰나, 한꺼번에 들이닥친 공기가 목구멍을 할퀴었다. 마른기침을 크게 뱉어냈다. 시준이 대번에 자리에서 튕기듯 일어나 물잔을 건네주며 옆으로 왔다. 그에게 건네받은 물을 한 모금 넘겼다. 알칼리수가 까끌까끌하게 긁힌 목 안을 부드럽게 진정시킨다.

시준이 한쪽 무릎을 바닥에 꿇고 세림의 목에 손을 대었다.

"편도선 부은 것 같다."

따뜻한 시준의 손이 목에 닿자 얼굴에 열이 확 번진다. 금방이라도 터질 듯 두근대는 맥박이 그의 손을 통해서 느껴졌다. 그 느낌이 너무나 생경해 재빨리 시준의 손을 잡아 내렸다.

"괘, 괜찮아……."

가슴이 요동치기 시작한다. 시준이 자신을 걱정해 주는 순간마저 심장이 제멋대로 뛰다니. 왜 이렇게 새삼스레 긴장하는 거야. 아무렇지 않은 척하며 옆에 있는 시준을 힐끗 내려다보았다. 그의 얼굴에 근심이 가득하다.

"몸이 이러면 여행을 어떻게 가려고."

"여행?"

난데없는 시준의 말에 세림은 목소리 톤을 반쯤 높였다.

"어, 여행. 제주도로."

시준은 표정 하나 변함없이 별일 아닌 듯 대답했다. 당연히 놀란 건 세림이다. 토끼같이 커진 눈으로 그를 보는데, 시준은 덤덤히 옆에 있는 의자를 끌어 세림의 옆에 앉았다.

"그게 무슨 소리야? 뜬금없이 제주도를 가자니?"

"말 그대로야. 휴가, 제주도로 가자. 2박 3일 정도."

"뭐? 언제? 그보다 설마 너랑 나랑 둘이서 가자는 얘긴 아니지?"

"둘이 갈까? 들러붙는 시끄러운 녀석들 다 떼어놓고."

"미쳤어? 안 갈 거야. 아니, 절대 안 가!"

세림은 잔뜩 깔깔하게 잠긴 목소리를 높였다. 목이라도 타는 듯 물잔을 집어 든다. 예상했다는 듯 시준은 빙긋 웃었다.

"생일날 모였던 네 커플, 같이 갈 거야. 아무 생각 없이 놀다 오자. 재미있을 거야."

생일날 모였던 네 커플? 영우랑, 현아도? 세림의 눈동자가 보일 듯 말 듯 잠시 굳었다. 그런 생각을 읽어내기라도 한 것처럼 시준이 그녀의 얼굴을 손등으로 천천히 쓸어내렸다. 걱정하지 말라는 듯. 세림은 또다시 귓불까지 붉히고 말았다.

알고 있었다. 시준과 사귀는 동안엔 언제까지고 두 사람을 봐야 한다는 것. 마음을 굳게 다잡으며 무릎 위에 올려둔 손을 힘 있게 쥐었다.

식사를 마치고 레스토랑을 나온 세림과 시준은 엘리베이터 앞에 섰다. 뿌옇게 코팅된 엘리베이터 문에 두 사람의 실루엣이 흐릿하게 비춘다. 세림은 멍하니 시준의 실루엣 하나하나를 눈에 담았다.

불투명하게 보이는 눈앞의 그와 달리 머릿속에 떠오르는 그는 선명하다.

오늘같이 일을 하고 만나는 날의 시준은 늘 포멀한 세미 슈트 차림이었다. 베이지색 팬츠에 깔끔해 보이는 흰 와이셔츠. 차분하고 단정히 생긴 얼굴에 슈트를 입혀놓으니 한층 더 근사하게 보인다. 더운 여름임에도 긴 와이셔츠를 입고 있지만 깔끔한 스타일링 덕분에 분위기는 시원스럽다. 어느새 눈길을 돌려 시준을 바라본다. 타이 없이 풀어놓은 셔츠의 옷깃 사이로 그의 단단한 쇄골이 희미하게 모습을 드러내고 있었다.

센스 있는 스타일 연출에 날카로운 이목구비가 도드라져 보이는 어른스러운 외모, 사람들의 시선을 단번에 압도하는 공기, 그 주목을 당연하게 생각하는 남자. 시준은 그런 사람이었다.

"내가 그렇게 멋있어?"

한 손은 세림의 손에 깍지를 끼고 다른 손은 바지주머니에 찔러넣고 있던 시준이 장난스럽게 물었다. 세림은 말없이 고개만 살짝 든다. 미간에 작은 주름이 생긴다.

"인상 쓰지 말라니까."

시준이 손가락으로 미간을 지그시 누르자 세림은 불만스럽다는 듯 그의 손을 붙잡고 내렸다. 그가 손을 그대로 내리는가 싶더니 얼굴을 감싸며 고개를 숙였다. 세림이 눈을 감자 시준의 입술이 조심스럽게 닿는다. 입맞춤은 숨결을 불어넣듯 부드러웠다.

"감질나지?"

세림은 천천히 눈을 떴다. 시준이 바로 코앞에서 빙긋 웃고 있다. 오롯이 자신만을 집중하고 있는 곧고 새카만 눈동자. 눈꺼풀이 바르르 떨려왔다. 이럴 땐 어떻게 해야 하지? 망연히 그를 쳐다보다가 눈길을 피하며 고개를 돌렸다. 하지만 그의 손에 턱이 가볍게 들려 올라간다. 다시 시준의 입술이 다가온다고 생각한 순간, 경쾌한 멜로디가 울리며 엘리베이터 문이 열렸다. 퍼뜩 옆으로 고개를 돌렸다. 다행히도 엘리베이터 안에는 아무도 없었다.

"아, 진짜 눈치 없는 엘리베이터네."

시준이 김샌 얼굴을 하고는 한쪽 눈썹을 찡그렸다. 세림은 그가 귀엽다는 생각이 들어 웃음이 났다.

"차 몇 층에 주차시켰어?"

엘리베이터 안에 들어선 세림은 숫자 버튼을 누르려다 멈추고 시준에게 물었다. 그가 지하 2층 버튼을 누르고 다시 닫힘 버튼에 손가락을 가져다 댄다. 그와 동시에 세림의 입술에 자신의 입술을 포갠다. 시준은 고개를 옆으로 기울인 채 한 손으로 세림의 어깨를 가만히 잡고 다른 손으로는 허리를 부드럽게 휘감았다. 그의 손이 성급하지 않게 세림의 척추를 부드럽게 누르며 뒷목을 받쳤다. 입술에 닿은 그의 숨결이 뜨겁다. 부드러운 손길과 달리 그의 키스는 저돌적이었다. 시준을 받아들일 준비가 안 돼 있는 세림을 열망하듯.

쉼 없이 달려드는 입맞춤에 숨이 막혀온다고 느낄 무렵, 시준의 매끈한 혀가 입안을 비집고 들어왔다. 당황스러움에 고개를 돌리려고 하자 시준이 어깨를 잡았던 손으로 재빠르게 얼굴을 고정시켰다. 다른 한 손은 이미 반대 목덜미를 감싸고 있다. 시준이 손이 닿은 목덜미는 타들어갈 듯 뜨거웠지만, 그보다 더한 입맞춤은 강렬하게 전신으로 뻗어 나갔다.

반항할 새도 없이 세림은 시준의 가슴팍 옷자락을 꼭 쥐었다. 농도 짙은 타액이 입안으로 사정없이 들이친다. 그 어느 때보다도 거칠고 뜨거운, 방금 막 내린 오리지널 커피처럼 지독히도 짙은 입맞춤. 그에게 잡아먹혀 버릴지도 모른다는 생각을 하였다. 그가 입술을 떼기 전까지.

가슴을 크게 들썩이며 숨을 골랐다. 잠시 동안 두 사람의 입술 사이로 거친 숨이 토해져 나왔다. 두 입술이 금세라도 닿을 거리에서 시준이 옅게 웃었다.

"감기, 제대로 옮았는지 모르겠네."

길게 끈 낮은 음성이 귓전을 간질인다. 소름이 돋았다. 달콤하면서도 끈적한 그 음색에 가슴의 중심부가 타들어가는 것 같다. 손바닥 깊은 곳에서부터 팔을 타고 쇄골까지 단숨에 밀고 오는 전극을 견딜 수 없어 그의 가슴팍에 얼굴을 묻었다. 엘리베이터는 지금 몇 층을 지나고 있을까. 갑작스럽게 멈춰 사람들이 타지 않을까 하는 생각에 긴장감으로 심장이 더욱 날뛰었다. 하지만…… 그런 건 아무래도 좋았다.

시준은 아직 모자라다는 듯 고개 숙여 세림의 입술을 찾았다. 그가 세림이 옅게 내뱉는 날숨을 단번에 삼키며 다시금 달려들었다. 지금껏 해온 입맞춤보다 더욱 농밀하고 한층 더 강렬하게. 시준은 연약하게 벌려진 세림의 입술 사이로 그녀의 보드라운 혀를 집요하게 휘감아 당겼다. 휘감기는 서로의 혀에 하나 되는 질척한 타액.

입맞춤이 깊어질수록 시준은 세림을 엘리베이터 벽면으로 밀어 붙였다. 한 팔은 세림의 어깨를 감싸고 다른 팔로 허리를 감아 자신 안에 확고히 가둬둔다. 빈 공간이 거의 없이 맞닿은 두 사람의 몸이 서로를 갈망하였다. 무섭도록 요동치는 심장과 맥박 소리가 귓가를 가득 메우고 체온은 더욱 뜨거워진다.

시준의 옷자락을 그러쥐던 손을 들어 그의 목을 감았다. 눈에서 서러운 눈물이 뚝뚝 속절없이 떨어지고 만다. 시준의 목을 꼭 끌어안으며 매달렸다. 그 어느 때보다 애절하게.

도와줘. 어떻게 해야 할지 모르겠어.

이시준, 미칠 듯이 두근거리는 심장이 너만 볼 수 있게, 간절히 원하게 만들어줘.

내가 흔들리지 못하도록. 부탁이야.

시준은 가늘게 뜬 눈으로 세림을 내려다보았다. 좀처럼 멈추지 않는 눈물이 여린 뺨을 따라 흘러내린다. 시준은 눈을 감으며 달래 듯 세림의 눈가에 흐르는 눈물을 삼켰다. 하지만 애타는 세림의 입술이 시준을 먼저 찾는다.

끊길 듯 끝나지 않는 입맞춤이었다.

❖　❖　❖

한울백화점 본점 23층에 위치한 경원지원실 문이 조심스럽게 열리며 캐주얼 로퍼가 천천히 걸어 나왔다. 발길은 복도를 따라 왼쪽으로 꺾어진 코너로 들어섰다. 커피자판기와 일자로 된 소파가 놓인 간이 휴식 공간이다. 시준은 커피자판기로 걸어가 지폐를 넣고 빨간 불이 들어온 버튼을 손가락으로 꾹 눌렀다. 자판기 입구에 컵이 떨어지고 곧이어 커피 가루와 온수 섞이는 소리가 선명히 들린다.

연하게 선팅된 창을 통해 떨어지는 여름 햇살이 휴게 공간을 가득 메웠다. 떠도는 미세한 먼지가 빛을 따라 대각선을 그리며 복도 바닥으로 떨어진다. 오후의 강렬한 햇살은 건물 내 천장에서 쏟아지는 에어컨의 차가운 기류에 기세등등한 열기를 잃은 지 오래이다.

시준은 다 내려진 커피를 집어 들고 소파로 걸어가 앉았다.

지겹다. 하루 종일 앉아 있는 건 학교에서만으로 만족하고 싶은데. 복도 벽에 등과 머리를 기댔다. 피곤함에 전 한숨을 내뱉으며 무겁게 눈을 감았다. 기다렸다는 듯 세림이 두서없이 떠오른다. 세림은 지난 며칠 감기 때문에 몸이 좋지 않았다. 몸이 안 좋은 건 감기 때문만은 아닌가. 어쨌든 더 심해지기 전에 병원을 가자고 해도 통 말을 안 듣는다. 감기 때문에 병원 가는 건 돈 아까운 짓이라니. 그건 또 어느 나라 사고방식이야. 하여간 자신의 말은 죽어도 안 듣는 청개구리 고집쟁이. 하나에 꽂히면 그것밖에 안 보이는 여자애. 그럼에도 미치도록 사랑스러워 한눈도 못 팔게 하는 똥강아지.

감았던 눈을 다시 떴다. 그날 흘렸던 세림의 눈물이 혀에, 기도에 깊은 흔적을 남겼다. 침을 넘길 때마다 몇 번이고 되새겨지는 그 애의 슬픔. 헝클어진 세림을 보는 순간, 심장이 차갑도록 얼얼해짐을 느꼈다. 꼭 쥐면 바스라질 것 같고, 그렇다고 놓아버릴 수도 없다.

멀거니 허공을 응시하는 동안 옆에 아무렇게나 놓아둔 휴대전화가 진동하였다. 세림인가? 반쯤 기대하며 집어 든 휴대전화의 액정을 확인하였다. 의아함에 눈썹을 위로 밀어 올린다. 액정에 떠오른 이름은 '윤 이사', 어머니 혜정이다. 휴대전화의 폴더를 열어 올리며 통화버튼을 눌렀다. 양쪽 입꼬리가 저도 모르게 밀려 올라간다.

"윤 이사님, 오랜만이야."

장난기 머금은 시준의 낮은 목소리는 전보다 더 부드러웠다.

〈너 일 열심히 하더라?〉

오랜만에 듣는 엄마의 목소리에 귀 기울이던 시준이 눈을 깜박였다.

"아아, 왔었어?"

〈그래, 아버지하고 점심 식사하고 가는 길에 잠깐 들렀지. 사고만 치는 우리 막내, 일 열심히 하나 안 하나. 부려먹는다고 엄청 툴툴대더니 이젠 사원증 달아도 되겠더라고.〉

"됐어요. 만족하신 데에 의의를 둘게. 목소리 들어보니 잘 지내시는 것 같네. 별고 없으신 것 같아."

〈얘 태평한 소리 하지 마라. 별고 없긴, 난 지금 몸이 열 개라도 모자라. 거기다 네가 들어야 할 잔소리까지 내가 두 배로 듣고 있단다. 도대체 너 집에 언제 돌아올 거야? 이제 그만 반항하고 빨리 들어오시지? 너 때문에 요새 할머니고 할아버지, 아버지까지 나한테만 잔소리하잖아! 내가 너 때문에 이 나이에 혼이 나야겠니?〉

핀잔하는 윤 이사의 목소리마저도 시준은 좋았다. 엄마의 나긋나긋한 말투는 오랜만이라 마치 자장가를 듣는 듯 편안했다. 시준은 의자 위에 올려둔 커피를 집어 들었다. 짙기만 한 카페 아메리카노 향이 코끝에 닿는다.

"우리 윤 이사는 다 좋은데 가끔 참 냉정해. 오랜만에 하는 통화데 타박부터 하는 거 보면. 그지?"

〈어쩜, 말은 잘한다. 방학했는데 연락도 한 번 없고. 할머니가 얼마나 서운해하시는지 알아? 아버지는 말도 마. 진짜 너 때문에 내가 제명에 못 살아.〉

"바빠요. 알잖아. 공부하면서 윤 이사하고 한 약속 지키느라 일하고. 나 시간 없어."

〈어이구, 제주도로 휴가 갈 시간은 있고?〉

커피를 한 모금 넘기던 시준은 포기한 듯 허탈하게 웃었다.

"그건 또 어디서 새어 나간 정보야?"

〈어머, 엄마 수중에 유능한 언더커버 하나 있잖니. 시준아, 이제 그만 들어와. 가뜩이나 넓은 집, 너무 허전해. 해준이랑 연준이 둘 다 미국에 가 있고, 너도 나가 있으니까 엄마 얼마나 쓸쓸한지 알아? 너 엄마 안 보고 싶니? 정말이지 못된 놈 같으니라구. 아들 키워봐야 소용없다는 말, 딱 맞아.〉

반쯤 원망 섞인 엄마의 투정에 빙긋 웃음이 났다. 그녀의 얼굴이 눈앞에 선명하게 그려진다. 한없이 따뜻하고 상냥한 엄마.

"우리 윤 이사님 보고 싶지. 보고 싶어서 눈물 날 것 같아. 윤 이사님이 해준 밥도 먹고 싶고."

〈그러니까 들어오래도.〉

"안 가. 안 가요. 6년 동안 아들 하나 없는 셈 치라니까. 6년이 더 될 수도 있겠지만. 윤 이사나 몸 건강히 잘 지내요."

〈너 그게 무슨 소리야? 정말 그 학교들 포기할 거니? 엄마랑 약속했잖아. 다음 학기에 들어갈 거라고. 난 좀 다른 엄마라고 생각했는데 그건 아닌가 보다. 이해가 안 돼.〉

"세상에 이해할 수 있는 일만 있으면 얼마나 좋겠어. 그리고 약속한 건 아니었지. 일단 시험 보고 나서 생각해 본다고 했지. 엄마, 나 의대가 맞아. 체질인가 봐. 여기서 2년이나 다녔어. 공부한 거 아깝다고. 거긴 나중에 가서 공부해도 되잖아. 엄마라도 내 편 돼 줘."

〈의대로 빠지는 건 거기 가서도 할 수 있어. 그리고 겨우 1년 반이야. 엄만 네 편이니까 거기 가서 너 하고 싶은 대로 하고 살아. 시준아, 일단 들어와서 얘기하자. 아버지 정말 화나셨어. 너 자꾸 그렇게 버티고 있다간 아파트랑 차, 통장…… 도로 뺏긴다.〉

"노친네, 진짜. 룰도 없는 독재자처럼 왜 그래? 계좌 막아버린 걸로 모자라 빈털터리로 내쫓아서 엄마가 빌려준 생활비, 전세자금, 리스 받은 차 원금에서 이자까지 쳐서 갚아줬잖아. 용돈도 내가 벌어요. 아들 둘이나 마음대로 휘두르면 됐지, 안 잡혀서 내친 놈을 뭘 또다시 불러요?"

한마디도 지지 않는 시준의 대꾸에 수화기 너머에서 깊은 한숨 소리가 들린다. 그 한숨 소리에 반성이라도 하듯 시준의 시선이 땅으로 떨어진다.

"그러니까 윤 이사도 그만 포기하고 잘 지내기나 해."

〈그래, 좋아. 네 말 알아들었어. 엄마가 중재하는 건 여기까지.

그런데 너, 그 일은 아버지도 절대 양보 안 할뿐더러 나도 네 아버지 못 이겨. 그러니까 어느 날 갑자기 길거리에 나앉게 되더라도 내 원망하기 없기다. 끊는다.〉

찬찬히 시준을 구슬리던 윤 이사는 드디어 인내심의 한계를 느꼈는지 차갑게 경고하고는 전화를 뚝 끊어버렸다. 시준은 통화가 끊어진 액정을 빤히 바라보다 웃었다.

역시 윤 이사다. 이렇게 깔끔할 수가 없어.

손에 쥔 커피를 단숨에 들이켰다. 싸구려 커피 가루 잔해가 밑바닥에 무겁게 녹아 있다. 손에 힘을 주며 종이컵을 구겼다. 휴식 시간 끝. 자리에서 일어난 시준은 쓰레기통에 컵을 던져 넣으며 사무실로 발걸음을 옮겼다. 휴식 공간에 떨어지는 여름 태양빛이 아까보다 더 짙게 쏟아져 내린다.

❖   ❖   ❖

자영에게서 전화가 왔다. 오랜만에 평일 저녁의 느긋함을 느끼며 거실 소파에 앉아 언니와 TV를 보고 있던 중이었다. 그냥 소소한 안부를 물었고, 일상 이야기가 오가다 문득 영우 생일날 이야기가 나왔지만 현아가 했던 말에 대해선 일절 하지 않았다. 말할 수가 없었다. 걱정할 건 뻔했고, 이젠 옆에 시준이가 있으니 그만 생각하라고 하겠지. 화낼지도 모르고.

자영과 통화를 끝내고 다시 리모컨을 들려는데 이번엔 해나에게서 전화가 왔다. 오늘 무슨 날이래. 수화기를 통해 해나의 밝은 얼굴만큼이나 산뜻한 목소리가 타고 넘어왔다. 왠지 눈물이 날 것 같다. 소파에서 일어나 자신의 방으로 들어갔다.

〈세림아, 감기 걸렸다며. 컨디션도 안 좋다고 그러던데 괜찮은 거야? 시준이랑은 잘 지내고? 단아랑 자영이가 걱정해. 몸은 좀 어때?〉

해나가 상냥한 목소리로 다정히 묻자 눈물이 핑 돈다. 낮에 문자한 단아도, 금방까지 통화하던 자영도, 지금 연락한 해나도 모두 걱정하고 있었던 것이다. 새삼 세 사람의 애정에 어찌할 바를 모르겠다. 참으려고 했던 눈물이 한꺼번에 와락 쏟아진다. 방문에 기대서 있다 자리에 주저앉아 그날의 일을 해나에게 털어놓았다.

며칠 동안 혼자서 꾹꾹 참고 참았던 괴로움이 한꺼번에 밀려들었다. 말을 하는데 감정이 북받친다. 자신의 감정을 애써 진정시키기 위해 천천히 호흡해 봤지만 눈물이 떨어지고 만다.

해나는 그저 세림의 이야기를 조용히 들어주었다. 뚝뚝 떨어지는 눈물을 애써 참아가며 괴로움을 쏟아낸 세림은 조금 진정되는 듯했다. 해나는 잦아드는 울음소리에 위로의 말을 건넨다.

〈그랬구나. 우리 세림이 힘들었겠네. 근데 세림아, 이제 영우는 지난 사람이야. 그거 무엇보다 네가 제일 잘 아는 것 같아. 그지? 네 옆에 시준이 있잖아. 영우가…… 그래, 영우가 너 좋아했다는 건 나도 충격이다. 그런데 네 말대로 너무 멀리 돌아왔어. 결국 너희 둘, 안 될 사람들이었던 거라고 생각해. 만약 될 거였다면 네가 이렇게 힘들 일 없이 이어졌을 거고. 사람 사이에 인연이 있다는 얘기, 어느 정도 신빙성 있는 것 같아. 안 되는 사람하고는 뭘 해도 잘 안 되고, 될 사람하고는 어떻게든 되더라고. 그러니까 잘 생각해 보고 이제는 시준만 바라봐. 좋아했던 사람하고 안 된 것도 엄청 마음 아픈 일이지만, 좋아할 수 있는 사람을 마음껏 좋아하지 못한 것도 나중에 엄청 후회되지 않을까? 내 말 무슨 뜻인지 잘 알아들었지?〉

해나와의 전화를 끊고 세림은 창만 응시했다. 열어놓은 창밖에서 풀벌레와 매미 울음소리가 들릴 듯 말 듯 새어 들어왔다. 간혹 방충망을 통해 흘러드는 미세한 바람이 울어 발갛게 부풀어온 세림의 여린 볼을 스쳤다.

세림은 자리에서 일어났다. 그녀는 붙박이장으로 걸어가 결심이라도 한 듯 굳은 얼굴로 옷장 문을 열었다. 오른쪽 가장 구석 아래에 놓인 정사각형의 크라프트지 상자. 세림은 자리에 앉아 상자를 꺼내 뚜껑을 열었다. 영우에게 전해주지 못한 편지들, 선물, 그와의 일상을 담아두었던 고등학교 때 일기장, 얼마 전까지 썼던 다이어리. 겹겹이 쌓여온 추억이 상자 안에 고스란히 자리해 있다. 굳게 입술을 다물고 상자를 내려다보다가 편지 하나를 꺼내 들고는 천천히, 그리고 망설임 없이 찢기 시작했다. 종이 찢기는 소리가 방 안에 울렸다. 마음이 단순한 쪼가리가 되는 건 순간이다. 그것을 기점으로 상자 안에 있는 편지를 죄다 찢기 시작했다.

쉽지 않은 결심이지만 이젠 해야만 하는 일.

지난 5년간의 마음은 얼마 되지 않는 시간에 모두 조각조각 나버렸다. 허무하다. 이제 남은 건 고등학교 때 쓴 일기장과 다이어리뿐. 차마 버릴 수가 없다. 이건 영우와의 추억을 넘어서 자신이 그간 걸어온 길이다. 이것들마저 버린다는 건 고등학교 시절 기억 모두를 잘라내는 것과 같았다.

망연히 일기장과 다이어리를 내려다보다 그것들을 꺼내 책상으로 걸어갔다. 책상 서랍을 열고 일기장과 다이어리를 안쪽 깊숙이 넣었다. 밀어 닫은 서랍의 묵직한 무게에 힘이 풀려 책상을 붙잡은 채로 그 자리에 주저앉았다.

내가 걸어온 기억까지 모조리 잘라낼 순 없어, 시준아.

2권에서 계속……